목련의 기도

목련의 기도

백금남
장편소설

참글세상
1% 나눔의 기쁨

햇살 같은 꽃잎 한 잎도 어머니 몸이옵기에……

_ 본문 '지옥 방랑3' 중에서

일러두기

부득이하게 산스크리트어, 팔리어, 한어를 병행한 곳이 있다.

차례

1장

1장

오늘의 아들

좀 전부터 요란하게 울어대는 전화벨을 의식하면서도 나는 좀처럼 눈을 뜰 수가 없었다. 아직도 날이 새려면 한참인 새벽이었다. 숙면을 취하기 위해 핸드폰을 꺼놓았었는데 아내가 집을 비운 참이라 다시 켜놓은 것이 잘못이었다.

분명히 아내는 아니었다. 그녀 때문에 핸드폰을 켜놓기는 했지만 강의 준비하느라 겨우 잠들었을 남편을 이 시간에 깨울 사람이 아니었다.

'누구야? 지금이 몇 시인데……. 아직도 새벽이라는 걸 모르나?'

뒤치락대던 나는 끈질기게 울어대는 벨 소리에 하는 수 없이 핸드폰을 집어 들었다.

"여보세요?"

'누구요? 새벽부터'라는 말이 입 밖으로 달려 나가려는 걸 꾹 참고 물었다. 다분히 원망기가 섞인 내 말이 끝나기가 무섭게 귀에 익은 음성이 들려왔다. 그제야 정신이 번쩍 들었다.

"뭐? 한국이라고? 진선이?"

"네, 맞아요. 새벽에 죄송해요."

"무슨 일이냐?"

"외할머니 있는 곳을 알아냈어요."

"뭐? 어머니 있는 곳을 알아냈다고?"

"네."

"어디야, 그곳이?"

"자주 가시던 절에서 보았다고 하네요."

"절? 목련암 말이냐?"

"네. 그래서 엄마가 어제 다녀오셨는데 못 만났나 봐요. 아무래도 삼촌이 나오셔야겠어요."

"그래?"

나는 선불 맞은 사람처럼 후다닥 일어났다. 다음 말은 들어보지 않아도 알 것 같았다.

✿

짐을 꾸리면서도 어머니가 절에 계신다는 사실이 실감나지 않았다. 혹여 돌아가시지 않았을까 걱정했었는데 그곳에 계셨다니.

나는 부랴부랴 짐을 꾸렸다. 오사카(大阪)에 있는 친구 집에 간 아내에게 전화를 했더니 한달음에 달려왔다.

"무슨 소리예요? 어머님이 목련암에 계시다니?"

"혹시나 했는데 역시 그곳에 가셨던가 봐."

"강의는 어떡해요?"

"지금 강의가 문제야? 학교 측에 양해를 구해봐야지."

사태의 심각성을 깨달은 아내가 고개를 끄덕였다.

"그래요. 저도 준비할게요. 다른 말은 없었어요?"

"진선이가 공항에 나올 거야. 전화라 자세한 것도 못 물어보겠더라고. 진선이 엄마가 휴일을 택해 목련암에 가본 모양이야. 못 찾았대."

"그래요?"

"아무튼 가보면 알겠지. 그러잖아도 그곳으로 가려던 참이었는데⋯⋯."

"그래요!"

아내와 함께 집을 나섰다.

아내는 내내 말이 없었다. 도쿄대학 교환교수로 들어온 지 반년도 안 된 참이었다. 일본에 들어올 때 어머니를 여동생에게 맡긴다는 게 아무래도 언짢았지만 모시고 들어올 수도 없는 입장이어서 여동생에게 일 년만 모시라고 했더니 순순히 그러겠다고 했다.

그런데 한 달도 못 돼 어머니가 사라져버렸다. 평소에 치매 기가 있었던 것도 아니고 갑자기 치매 증세를 보인 것도 아니었다. 내가 떠나온 후 먼 산만 바라보고 있다가 집을 나가버렸다는 것이다.

오죽 답답하셨으면, 싶었다. 여동생도 그만그만하게 살아 맞벌이를 하지 않으면 애들 공부시키기도 힘든 형편이었다. 두 가장이 모두 직장에 나가버리고 애들마저 학교에 가버리면 어머니 홀로 달랑 남아 닭장 같은 아파트를 서성거렸을 것이었다.

말이 교환교수지, 일정은 빠듯한데 강의 몇 번 하지 못하고 들어간 지 얼마 되지 않아 어머니를 찾아 한국으로 나와야 했다. 백방으로 갈 만한 곳을 찾았지만 찾을 길이 없었다. 경찰서에 신고도 하고, 사설기관에 부탁도 하고, 신문광고도 내고, 신발이 닳도록 찾아다녔지만 어머니의 흔적조차 찾을 길이 없었다. 어머니가 자주 다니던 절에도 안 가본 건 아니었다. 하지만 그곳에도 없었었다.

그런데 그곳에서 이제 어머니를 보았다니.

나비 한 마리가 감은 눈 속에서 나풀거렸다.

나는 나비를 쫓았다.

여기가 어디인가.

어머니는 술래였다. 눈 먼 술래였다.

무궁화꽃이 피었습니다 무궁화꽃이 피었습니다……

꼭꼭 숨어라 머리카락 보일라…….

어머니를 찾아 나섰다. 미지를 벗겨내고, 환상을 벗겨내고…….

무엇이었을까. 오랜 시간 나를 잠 못 들게 하던 것의 정체는?

김 박사!

김 박사!

네. 어머니.

김 박사, 어서 오시게.

네, 어머니…….

언뜻 눈을 떴다. 꿈이었다.

이런 저런 생각을 하다가 잠시 잠이 들었던 모양이었다. 눈 먼 어머니도, 눈 뜬 어머니도 거기에는 없었다. 윙윙거리는 기내 소음과 음료수를 나르느라 분주한 승무원들, 조는 사람, 책을 보는 사람, 귓속말로 수다를 떠는 사람, 우는 애를 달래고 있는 사람, 화장실로 가기 위해 일어서는 사람…….

"꿈꿨어요?"

아내가 지켜보고 있었던지 물었다.

"음. 졸았던 모양이야."

"피곤했나 보네. 졸리면 눈 좀 더 붙이세요."

"됐어."

아내가 스르르 창밖으로 시선을 던졌다. 문득 그녀와 신혼여행을 가던 날이 떠올랐다. 그때 보았던 구름송이들.

그랬었다. 그녀와 함께 행복에 겨워 꽃처럼 피어 있는 구름송이를 타고 융단처럼 깔린 구름 방, 구름 강, 구름 벌판을 달렸었다. 구름 바위 뒤에 숨어 그녀를 놀래키기도 하고 구름 냇가에서 송사리를 잡으며 물장구를 쳤었다. 아아, 석양에 반사된 구름 세계, 거기 황금빛 강이 있었다. 수묵화 같은 산하가 있었다. 꽃들이 만발한 세계가 있었다.

어느 한순간 하늘에 호수 하나가 생겨났다. 창밖으로 펼쳐진 푸른 호수.

"외삼촌!"

출입구를 나서자 마중 나온 사람들 사이에서 진선이가 손을 흔들었다.

아내가 진선이를 발견하고는 고개를 내저었다.

"어머, 쟤 좀 봐. 요즘 애들 크는 거 무섭다니까."

진선이 가까이 다가온 아내에게 인사를 했다.

"안녕하세요? 외숙모님."

"어머, 이제 장가가도 되겠네."

"외숙모님도!"

"넌 숙모밖에 안 보이냐?"

내 말에 그제야 진선이 꾸벅 인사를 했다.

"어서 오세요, 삼촌."

"정말 그동안 키가 더 컸네."

"에이, 삼촌도. 헤헤."

"잘 있었어?"

"네. 삼촌."

"절에서 어머니를 보았다는 사람이 누구냐?"

진선이 집으로 차를 몰려는 걸 막듯이 물었다.

멀쩡하던 햇살이 다시 검은 구름 사이에서 장난을 치기 시작했다. 하늘은 바닷속처럼 어둡고 깊었다. 소나기가 쏟아지기 시작했다. 때 아닌 소나기 특유의 단조롭고 간헐적인 빗소리가 새삼스러웠다. 차창에 빗물이 칙칙 떨어졌다. 빗물에 지열이 식으면서 바짝 달아오른 아스팔트에서 허연 김이 피어올랐다.

"단양 가까운 곳에 사는 사람인데요, 용하게 외할머니를 기억해내더라고요. 그렇잖아도 가는 길에 만나자고 해놓았어요."

"그래?"

"한 사흘 같이 기도실에 있었다고 해요."

"그럼 절에서도 알고 있겠구나?"

"그런데 이상해요."

"응?"

"정작 절에서는 몰라요. 사진까지 들고 접수부로 가 보였는데 고개를 내저어요. 원체 많은 사람들이 들락거려 사진으로는 구별이 안 된대요."

"그럼 할머니의 본명을 넣어보지?"

일전에도 그랬다는 생각을 하며 내가 물었다. 어머니를 찾아 처음 일본서 나왔을 때 목련암에 들러 어머니의 사진을 보이고 컴퓨터에 저장되었을 어머니의 이름을 넣어보지 않았던 건 아니었다. 그러나 이름이 없었다. 법명을 넣어보았지만 없었다. 분명히 이름과 법명이 등재되어 있을 텐데 없었다.

역시 진선에게서 예상했던 답이 흘러나왔다.

"없어요."

"없어?"

그렇겠지 싶으면서도 뇌까리듯 되물었다.

답답하다는 생각이 드는데 진선의 음성이 다시 들렸다.

"그런 이름으로 등록된 신도가 없는데 그들이 무슨 수로 행방까지 알 수 있겠어요."

목련암은 기도하는 신도들이 많아 기도 기간 중에 온 신도는 컴퓨터에 거처를 등록하기 마련이라 진선이 그런 말을 하는 것 같았다.

"지금은 기도 기간이라 목련불이 모셔진 대법당에 있을지 몰라 혹시나 하고 찾아보았지만……."

"도대체 어딜 가셨기에? 법명을 한 번 넣어보지 그래?"

진선이 고개를 내저었다.

"마찬가지예요."

"없어?"

"네."

저번에도 그랬었다. 어머니의 본명과 법명을 넣어보았지만 그때도 없었었다. 그런데 이번에는 어머니를 보았다는 사람이 있지 않은가. 그런데 없다?

"거 참 이상하구나. 저번에는 그렇다고 하더라도 이번에는 보았다는 사람이 있는데 없다니?"

어머니의 법명은 금명봉무였다. 금명봉무보살. 그 법명을 내린 이는 목련암을 창건한 목성 조실이었다. 눈 먼 어머니가 눈을 뜨자 그제야 목성 조실이 어머니의 깊은 신심을 받아들여 금명봉무란 법명을 내렸던 것이다.

목성 조실은 법명을 내리면서 이런 말을 했다.

"왜 너의 법명이 금명봉무인지 아느냐?"

어머니가 대답을 못하자 목성 조실이 웃으며 다시 말했다.

"이제 금(今) 자, 이름 명(名) 자, 받들 봉(奉) 자, 없을 무(無) 자이다. 무슨 말이냐 하면 지금 이 이름을 받들지만 실은 없다는 뜻이다. 세상사가 이와 같다. 받은 생명은 언젠가 지기 마련이며 무로 돌아간다. 그 뜻을 깊이 깨달으면 너 또한 부처의 경지에 이르리라. 그때 있음의 경지, 즉 유(有)의 경지를 비로소 알게 되리라."

"이상하구나. 저번처럼 무턱대고 찾는 것도 아니고 엄연히 기도를 같이 한 사람이 있다는데 이름이 없다니."

"그러게요."

"그렇다면 문제가 있어도 단단히 있는 게지. 저번에도 그냥 없다고만 해. 예사 사람이면 몰라. 본시 성한 사람도 아니었고 그곳에서 눈을 떠 모르는 이가 없을 텐데, 무조건 모른다고만 해."

"사실 이해가 안 되는 건 아니에요. 옛날이야기죠. 목성 조실이 언제적 얘기냐는 거예요. 거기다 벌써 조실만 해도 몇 번이 갈렸는데. 그 절이 창건할 당시 말입니다. 지금도 그렇지만 당시에는 수많은 이적이 일어났다고 하거든요. 앉은뱅이가 일어서는가 하면 외할머니처럼 눈을 뜨고 곰배팔이가 멀쩡해져 불사를 돕고……. 하지만 오랜 세월이 흘러 이제 사람들이 다 바뀌었어요."

"그래도 노스님이나 노보살님네들은 알 터인데……?"

"만나기가 쉽지 않아요. 거의 돌아가시고, 살아 계신다고 해도 산을 오를 나이는 아니죠. 몇몇 할머니들을 만나보았는데 목성 조실 살아 계실 때 오던 할머니들은 보이지 않고 성월 조실 스님을 몇 분이 겨우 기억하더라고요."

"그래도 그렇지."

"그래서 절에서도 신경을 쓰는 눈치더군요. 이번이 창건주 탄신 백 주년이 되는 해랍니다. 크게 축하 공연도 할 모양이에요. 모두가 창건주의 업적을 되새김으로써 목련암을 창건한 이들을 위로하고 찬양하는 자리가 될 것이라고 하더라고요."

"나도 가보았다만 엄청나더구나. 한두 사람의 원력으로 이루어진 곳이 아닌데 말이다. 짧다면 짧은 세월인데, 어머니 같이 신심 있는 분들의 원력이 있고 보면, 그런데도 이제는 옛말이 되었다?"

그러고 보면 목련암은 분명히 암자가 아니었다. 보통 암자는 큰 절에 딸려 승려들이 임시로 거처하며 수도를 하는 집을 말한다. 반면에 사찰은 부처님을 모셔놓고 수행하는 곳이다. 조계사, 해인사, 통도사, 월정사, 불국사처럼 무슨무슨 사라는 고유명칭이 붙어 있다.

그런데도 목성 조실은 목련암을 목련사로 칭하지 않았다. 소박하게 자신의 절을 암자라고 생각하고 싶었는지도 모를 일이었다. 그러나 암자라고 하기에는 덩치가 웬만한 사찰은 상대가 되지 않을 정도로 컸다.

"그건 그렇고 집으로 바로 갑니다. 가봐야 아직 어머니 아버지가 돌아올 시각은 아니지만, 어머니가 제게 신신당부했거든요. 외삼촌 잘 모시라고."

잠시 생각에 잠겨 있는데 진선의 음성이 들려왔다.

"고맙구나. 그런데 목련암부터 먼저 가는 게 좋겠다."

내가 시선을 들며 말했다.

"예?"

"먼저 어머니부터 찾아보는 것이 도리이지 싶다. 집이야 돌아갈 때 들러도 늦진 않을 테니."

진선이 잠시 생각하다가 룸미러로 아내를 쳐다보며,

"그러실래요?"

하고 물었다.

아내가 나를 쳐다보았다.

내가 고개를 끄덕였다.

"그래. 이이 말이 맞지 싶다. 목련암부터 가자."

진선이가 뭔가 생각난 듯이 조수석 앞 글로브 박스를 열었다. 그는 그곳에서 책 한 권을 꺼내 뒤로 넘겼다.

그가 운전을 하고 있었으므로 내가 얼른 받았다.

"뭐냐?"

"외할머니 찾아 목련암 갔을 때요. 접수처에 들렀다 나오는데 그 책이 있더라고요. 왜 외할머니가 목련암 창건 당시 옛날 바위 있던 곳에서 이상한 고서를 발견한 적이 있었잖아요."

"그래. 그랬었지."

"맞아요. 아마 그 글을 그곳의 조실 스님이 전문가를 시켜 다시 풀어쓴 것인가 봐요. 얼핏 봤는데 외할머니가 발견했다는 그 고서 있잖아요. 〈목련전(目連傳)〉인가 하는 거요."

"그래."

"그것을 쉽게 풀어 쓴 것 같더라고요. 목성 조실 탄신 기념일이 다가오니까 절 홍보용으로 만들었나 봐요. 먼저 나온 것은 경(經)이라 그런지 일반인들이 읽기에는 좀 그렇거든요."

"먼저 나온 것?"

그렇게 물으면서 이미 나와 있는 〈목련경〉을 떠올렸다. 진선이 분명 그 경을 말하고 있다는 생각이 들었기 때문이었다.

"저도 〈목련경〉인가 뭔가를 본 적이 있어요. 위경이라고 하더군요. 사실 목련존자를 다루었다고 하는데……."

진선이 말을 못 맺고 고개를 갸웃했다.

"이것도 목련존자 일대기 같은데?"

그의 말을 잠시 기다리고 있다가 내가 물었다. 어머니가 목련암 바위 밑에서 발견한 고문서의 내용을 대충 알고 하는 물음이었다.

"하지만 앞서 나온 경보다는 이야기체로 쉽고 자세하게 푼 것 같더라고요. 목련존자의 일생이 조목조목 꽤 상세히 나와 있어요."

"그래?"

"그런데 읽어나가다 보니 이상한 점도 있는 거 같더라구요."

"이상한 점?"

"뭐랄까요? 외할머니를 연상케 하는……. 한 번 읽어보세요."

외할머니를 연상케 하는?

그게 무엇일까 하는 생각을 하며,

"여기가 어디쯤이냐?"

하고 물었다. 생각 같아서는 그에 대해 물어보고 싶었지만 읽어보면 알겠지 하는 생각에 그만두었다. 그런 내게 진선이,

"이제 막 김포 빠져나왔어요. 목련암까지 한참 걸릴 거예요."

하고 대답했다.

내가 책을 뒤지자 아내가 곁눈질로 살피다가 안 되겠는지 옆으로 머리를 기댔다.

"외숙모, 옆에 있는 방석을 머리에 받치세요."

아내가 방석을 빼서 머리에 받치고 눈을 감았다.

나는 책표지를 내려다보았다. '목련암'이란 제목이 먼저 눈에 들어왔다. 감빛이 도는 인쇄체가 인상적이었다. 표지를 넘기고 차례를 살피다가 본문을 펼쳤다.

그날의 아들

강심에 드리운 석양이 붉다. 물너울마다 황금빛 햇살이 부서진다.

두 청년은 강심에 눈을 붙박은 채 움직일 줄 몰랐다.

한 청년은 우파실사(優婆室沙, Upatisya)라는 이름을 가진 이였고 한 청년은 구율타(拘律陀, Kolita)라는 이름을 가진 이였다. 둘 다 명문 집안의 자손이었다. 두 청년은 왕사성(王舍城, Raja grha)에서 그리 멀지 않은 콜마 강기슭으로 와 이제 나란히 앉은 참이었다.

글을 읽다 말고 나는 고개를 갸웃했다. 언뜻 글이 좀 설다는 생각이 들었다.

우파실사? 구율타?

내가 알기에 우파실사라면 부처님의 제자 사리자(舍利子, Sāriputta)의 어릴 때 이름이다. 그리고 구율타라면 역시 부처님의 제자인 목련(目犍連, maudgalyayana)의 어릴 때 이름이다. 물론 어머니가 목련암 바위 아래에서 발견했다는 그 고문서 때문에 알게 된 이름들이지만 그렇다고 해도 이상하게 그들의 이름이 낯설다는 생각이 들었다.

너무 오랜만에 그들을 대해서일까?

그런 생각을 하며 다시 책에 시선을 붙박았다.

우파실사의 어머니 이름은 사리(舍利, śāri)였다. 사리는 새의 이름이었다. 그 새의 눈을 닮았다고 해서 사리라는 이름이 붙여진 것이다.

우파실사는 태어날 때부터 총명한 아이였다. 그는 바라문교의 교전을 배워서 학문과 덕행이 뛰어났다. 여덟 형제 중에서도 그의 총명함은 따를 자가 없었다. 그는 이미 고대성전인 네 가지 베다를 익혀 그 깊은 뜻을 알고 있었고 예술 방면에도 남다른 재주가 있었다.

반면에 구율타는 사색적이면서도 그 사색을 행동으로 옮기려는 행동형의 아이였다. 우파실사보다 성질이 괄괄했고 불의를 보면 참지를 못하였다. 가난한 이를 보면 자신의 손에서 피를 내어서라도 먹이려 들 정도였다.

서로 성격은 달랐지만 두 아이의 우애는 지극했다. 눈만 뜨면 두 아이는 어울려 산으로 들로 계곡으로 돌아다니며 서로의 우애를 확인하곤 하였다.

어느 사이에 아이 티를 벗고 청년으로 자라난 그들은 올해도 여느 해와 마찬가지로 어울려 산정제(山頂祭)라는 연중행사에 참석했다.

그들은 행사를 구경하고 돌아오다가 나자가하 근처에서 이상한 광경을 목격하고 걸음을 멈추었다. 전국 방방곡곡에서 몰려온 바라문교의 사제들이 제사를 지내고 있었다. 제사가 시작되어 무악이 흐르자 그들은 음악에 맞춰 춤을 추고 노래를 불렀다.

우파실사와 구율타도 흥에 겨워 노래를 부르고 춤을 추었다. 광란의 밤이 깊어만 갔다. 모닥불은 시뻘건 혓바닥을 날름거리며 타올랐고 두 청년의 광기도 거센 폭풍우처럼 치달았다.

불길이 일면 그 불길은 언젠가 꺼지기 마련이었다. 하나 둘 제등의 불빛이 꺼지고 지친 사람들이 비치럭거리며 쓰러질 때쯤 그제야 정신을 차린 두 청년은 새벽의 냉기 속에서 눈 밑을 붉혔다.

그때 늙고 병든 한 늙은이가 그들의 눈에 들어왔다. 제사장의 을씨년스런 풍경이 그 노인네의 모습과 겹쳐졌다가 사라졌다. 인생이란 이처럼 무상한 것일지 모른다는 생각이 두 청년의 가슴을 헤집었다.

"이 새벽이 가면 또 다른 새벽이 다시 오겠지?"

먼저 입을 연 것은 우파실사였다.

구율타는 대답이 없었다.

그러자 우파실사가 다시 물었다.

"구율타, 우파라(優婆羅, Upatra) 일은 어떻게 되었느냐?"

구율타는 멀거니 강심을 내려다볼 뿐 여전히 말이 없었다.

"왜? 무슨 일이 있었던 것이야?"

"우파라의 증오는 이제 도를 넘었다."

구율타가 곤혹스런 어조로 말했다.

"무슨 말이야?"

"우파라는 제정신이 아니다. 그녀와 내가 어떻게 만났느냐. 늘 지켜보면서 같이 자랐다. 그의 오라비 우자로(優紫搗, uzaro)는 어떻고."

우파실사가 고개를 끄덕였다.

"그걸 내가 왜 모르겠는가. 사람들은 너희들이 형제 같다고 할 정도였는데……."

"그래. 그런데 그의 어머니가 몹쓸 자에게 칼을 맞고 죽은 후 우파라는 완전히 변해버렸다. 언제나 소매 속에 날카로운 칼을 숨기고 다니니 말이다."

"칼을?"

구율타가 고개를 주억거렸다.

"왜?"

"그놈을 죽이겠다는 거다."

"무엇이?"

우파실사가 놀라 눈을 크게 떴다.

구율타가 나직이 한숨을 물었다.

"구율타, 무슨 소리냐?"

말이 안 된다는 듯이 우파실사가 다시 물었다.

"그 여리던 계집아이가 칼이라니……?"

"우파라의 심중이 이해되지 않는 건 아니다. 누구도 자신의 말을 믿어주지 않으니까 말이다. 관청에서도 혐의가 없다고 하는데 그녀는 보았다는 것이다. 그자가 제 어머니를 겁탈하고 죽이는 것을. 그러나 증거가 없으니. 그녀의 오라비 우자로의 성질을 너도 알지 않느냐. 우자로가 그자를 찾아가 죽이려고 했지만 그자는 당당하게 자신의 무죄를 증명해 보였다는 것이다."

"어떻게?"

"살인이 일어나던 시간에 자신은 친구들과 술을 마시고 있었다는 거지. 우자로가 그 친구들을 만나보고 술집 주인을 만나보았는데 사실이었다고 해. 그러니 오라비도 제 동생을 의심할 수밖에. 아무리 그녀가 자기 눈으로 어머니를 직접 죽이는 걸 보았다고 해도 그렇게 증인들이 있으니 말이다. 우자로 역시 동생에게 잘못 본 것이라고만 하니, 이제 그녀는 직접 그 자를 죽이려고 한다. 오라비나 아버지가 그자를 죽이지 않겠다면 자신이 어머니의 복수를 하겠다는 것이야."

"구율타, 너는 어떠냐? 우파라의 말을 믿느냐?"

듣고 있던 우파실사가 걱정스런 음성으로 물었다.

구율타가 강심에 눈을 붙박은 채 고개를 끄덕였다.

"난 우파라의 말을 믿는다. 하지만 어떡해야 할지 모르겠다."

"어떡해야 할지 모르겠다니?"

구율타의 말이 이상하게 들려 우파실사가 반문했다.

"어제 우파라가 그러더구나. 자신을 사랑한다면 도와달라고……."

"뭐? 그럼 너보고 살인을?"

"맞아. 그자를 함께 죽이자고 한다."

"걔가 정말 미쳤구나! 그게 말이 되는 소리냐? 정말 우파라가 많이 변한 모양이다. 그 여리던 아이가……."

"변한 정도가 아니다. 어떻게 달래야 할지 모르겠다. 만약 도와주지 않는다면 그자를 죽이고 자신도 죽어버리겠다고 해."

"그 애의 성질을 모르는 건 아니다만 구율타, 정신 차려. 그건 사랑이 아니야. 널 사랑한다면 어떻게 그럴 수 있어?"

그제야 구율타가 강심에서 시선을 거두어 우파실사를 쳐다보았다.

"그럼, 나는? 넌 방금 물었지? 이 새벽이 가면 또 다른 새벽이 오겠지 하고."

"그래."

"그렇겠지. 우주적인 전망에서 본다면 그것은 또 희망이겠지. 하지만 한 번 주어진 우리 인생에서 본다면 허무의 시작이요 끝이겠지?"

"구율타, 흔들리고 있구나?"

구율타가 슬픈 눈으로 강심을 다시 내려다보았다. 햇살에 비친 물너울이 그대로 황금빛이었다.

"그렇다면 그 끝은 어디일까?"

구율타가 낮게 중얼거렸다.

구율타의 유식함을 알고 있었지만 우파실사는 눈을 감았다.

그는 잠시 후 눈을 뜨고 구율타에게 이렇게 말하였다.

"구율타, 사랑을 얻기 위해 살인을 생각하고 있다면 너답지 않다."

"모르겠다. 나다운 것이 어떤 것인지. 예전에 세속을 버리고 출가한 사문을 만난 적이 있다. 그가 물었다. '소년이여, 인생을 아느냐?' 나는 아무 말도 하지 못했다. 그가 다시 물었다. '처음과 끝을 아느냐? 처음과 끝도 없는 세계를 얻으려면 출가하여라. 나고 죽는 세계가 벗겨지리라.' 우파라를 생각하면서 왜 그 생각을 했을까."

"그 사문이 누구냐?"

구율타의 말에 우파실사가 물었다.

"모르지. 그 사문은 그 말을 남기고 사라져버렸으니까. 난 꼭 꿈을 꾼 것 같았다. 그런데 제사장에서 내가 보았던 건 바로 생과 사의 모습이었어. 살아 있음과 죽어 있음의 세계, 그 수많은 사람들. 미친 듯이 춤을 추고 노래하지만 죽고 난 후에 무엇이 남을까? 우리 또한 지금 이렇게 살아 있지만 그때쯤엔 하얀 백골로 남아 있겠지. 아무튼 그런 생각이 들더구나. 우리는 방금 전까지 그 죽음을 축복하고 있었으니 말이다."

"구율타, 그래도 살인은 안 된다."

"내가 우파라를 도운다고 해도 알아다오, 내 마음을……."

우파실사가 말없이 구율타의 등을 안았다.

본디 그곳

　진선이 내비게이션에 목련암을 입력했다. 내비게이션이 작동하자 기계음이 간간이 흘러나왔다.

　책에서 시선을 뗀 나는 흘러가는 창밖 풍경을 막연하게 바라보았다. 어느새 날이 고개를 들고 있었다. 스쳐지나가는 풍경 속으로 방금 읽은 글의 내용이 실타래처럼 엉키며 떠올랐다. 아직 뭐라 말할 단계는 아니지만 목련존자의 청년기를 묘사하고 있음이 분명했다.

　눈길을 돌리자 아내는 피곤한지 차창에 기대어 눈을 감고 있었다.

　나는 웃옷을 벗어 덮어주었다.

　그제야 아내가 눈을 떴다.

　"안 추워요?"

　아내가 물었다.

　"춥긴. 한숨 자."

　"당신도 좀 쉬세요."

　"그래."

　아내가 눈을 감으며 다시 차창에 머리를 기댔다.

　나는 멀거니 스치는 차창 밖 풍경을 바라보았다. 가로수 잎에도 단풍이 들기 시작한다.

벌써 겨울이 오려는 것일까.

들판이 펼쳐졌다. 벼를 수확하는 농부들이 보였다.

문득 휘이휘이 산길을 올라가는 여인의 모습이 그들의 모습과 겹쳐졌다. 외할머니가 살아 계실 때부터 외할머니 치마꼬리를 붙들고 절을 찾아다녔던 어머니였다.

부처님이 모셔진 법당에 들면 그렇게 좋을 수가 없었다고 했다. 부처님의 인자한 미소를 보고 있으면 꼭 부모님 품에 안긴 것 같더라고 했다.

외할머니는 아버지를 일찍 여읜 딸의 외로움이 언제나 마음 아팠을 것이었다.

어머니를 따라 딱 한 번 가보았던 외가.

그 외가는 참으로 쓸쓸했었다. 차라리 개발에 밀려 현대식 건물이라도 들어섰으면 어머니의 상실감은 덜했을지도 모를 일이었다.

어머니가 뛰어놀던 그곳은 그루터기만 남아 있었다. 빈집이라 애들이 들어와 놀다가 불을 냈다고 했다. 어딘가에서 벼를 베며 불러대던 농부들의 풍년가.

외할머니마저 돌아가시고 의지할 데가 없던 어머니는 객지 생활의 외로움을 달래듯 더욱 절을 찾았다고 했다.

아버지와 결혼을 하고서도 그녀는 홀로 절을 찾았다.

어머니는 늘 말했다.

"언젠가 고향으로 돌아갈 거다. 본디 그곳으로 돌아갈 것이야. 그 그루터기에다 다시 집을 지을 것이야."

결국 어머니는 고향으로 돌아가지 못했다. 고향 집터를 판 돈은 아버지 술값으로 날아갔고 어머니에게 남은 것은 고향을 잃어버렸다는 상실감뿐이었다.

"절에 미친 년!"

어머니가 집을 비울 때마다 아버지가 저주스럽게 내뱉은 말이었다.

지금도 아버지의 그 말이 잔상의 언저리를 밟아오면 몸이 떨렸다. 왜 그 말이 목련암을 떠올릴 때마다 되살아나는지 모를 일이었다.

어느새 농부들의 모습도 사라져버린 들판을 멀거니 바라보다가 방금 읽고 있던 책장을 내려다보았다.

어둠의 속살1

　우자로가 집으로 들어서는데 그를 기다리고 있던 여동생 우파라가 앞을 막아섰다.

　"오라버니, 어딜 다녀오세요? 구율타 오라버니와 함께 있었던 거 아니에요?"

　"오늘 구율타를 보지 못했다."

　"그럼 어디 다녀오시는 거예요? 아, 그자에게 갔었군요?"

　"우파라, 이제 그만하지 못하겠니. 그놈 말은 이제 하지 말라고 하지 않았어."

　우자로가 버럭 화를 내자 우파라가 눈초리를 세웠다.

　"이상하군요. 왜 화를 내세요? 흥, 내 모를 줄 알아요? 오라버니도 그놈을 의심하고 있잖아요. 오라버니를 제일 사랑한 사람이 누구였어요? 어머니였어요. 그런데 그놈은 우리를 비웃듯 활개치고 있어요."

　"우파라, 제발 그만두자."

　"아, 그러고 보니 죽였군요? 정말 죽인 거예요? 그럼 나도 데려가라고 했잖아요."

　"우파라, 너 왜 그러니? 그런 애 아니었잖니. 어머니를 생각하는 네

심정을 모르는 건 아니다. 이제 그만 좀 하자."

"오라버니는 나빠."

우파라가 쌩하게 토라지며 말했다.

"마음을 좀 바꾸어봐. 그렇지 않아도 구율타도 널 염려하더라."

"염려만 하면 뭐해요. 도움이 되지 않는 걸."

"그래도 널 보고 싶어 하더구나."

"남자들이 그렇게 약해서야…… 실망이에요. 정말 왜 그럴까?"

"일간 너를 만나러 오겠다고 하더구나."

"그 사람은 그렇다고 하더라도 오빠는 그러면 안 되는 거 아니에
요? 내가 보았다고요."

"우파라, 너를 발견했을 때 넌 이미 정신을 잃고 있었어."

"몇 번을 말해야겠어요? 그 남자를 어머니와 본 적이 있다구요. 어
머니가 시집오기 전 이웃에 살던 사람이었대요. 어머니가 시집을 가
자 그도 결혼해 어디서 살았는데 아내가 죽자 이곳으로 이사를 왔다
고 하잖아요. 그리고는 속을 숨기고 살았겠지요. 언제나 기회를 엿보
았을 거란 말이에요."

"말이 안 돼. 왜 너를 두고 그자가 어머니를 겁탈하고 죽여?"

"모르겠어요? 그 사람은 내가 아니라 어머니를 사랑하는 사람이었
다고요."

"그래도 그렇지. 싱싱한 널 놔두고 다 늙어빠진 여자를…… 어머
니에게는 미안하다만 옛사랑이라고 해도 그렇지……."

"정말 말이 안 통하는군요. 도대체 꽉 막혔으니……."

"그래서 널 때려눕히고 늙은 어머니를 겁탈했다?"

도저히 이해가 되지 않는다는 표정으로 우자로가 말하자 우파라

가 더 못 참겠다는 표정을 지으며 고함을 질렀다.

"쓰러졌어도 정신은 있었다고 했잖아요! 눈은 뜨고 있었다고요! 어머니가 겁간을 당하면서 눈으로 내게 말했다구요! 가만있어라 아가야, 가만있어라 내 딸. 그렇게 말했다구요!"

소리치던 우파라가 분을 이기지 못하고 울기 시작했다. 그녀는 울면서 다시 부르짖었다.

"이 딸을 살리기 위해 어머니는 눈을 껌벅이며 그렇게 말하고 있었다고요."

"그런데 넌 가만있었다?"

우자로가 냉정한 어투로 뇌까렸다.

"전 손가락 하나 까딱할 수가 없었다고 했잖아요."

"너를 의심해서 하는 말이 아니야."

"아니긴요. 어머니가 죽어가는 데도 내가 겁이 나서 죽은 체했다 그 말이잖아요?"

그렇게 말하고 우파라는 원통하다는 듯이 더욱 소리 내어 울었다.

"그런 말이 아니잖니. 누가 그랬다고 그래. 미안하구나. 이렇게 살아 있는 것만도 고마운 일인데……."

"죽일 거예요. 오라버니가 죽이지 않는다면 어떻게든 내가 그놈을 죽일 거라구요."

그렇게 말하고 우파라는 쌩하게 제 방으로 들어가버렸다.

우자로는 멍하니 그녀의 뒷모습을 바라보다가 고개를 절레절레 내저었다. 그럴 만도 하다는 생각도 들었지만 좀 심하지 않나 싶었다. 어머니가 죽어가는 데도 손가락 하나 까딱할 수 없었던 자신이 얼마나 지독하게 저주스러울까 싶으면서도 의심나는 점이 한두 가지

가 아니었다. 어머니가 돌아가시기 전까지만 해도 여리디 여린 아이였
다. 겁도 많던 아이였다. 파리 한 마리, 개미 한 마리 못 죽이던 아이
였다. 그렇기에 그날 받은 충격은 말로 형용할 수 없을 것이었다. 그
렇지 않고서야 저럴 리 없었다. 어머니가 돌아가신 후로 눈빛이 달라
졌다. 왜 그러느냐고 물으면 우파라는 언제나 어머니의 눈빛이 생각
난다고 하였다. 그 눈빛이 생각나면 가슴이 불을 맞은 것 같다고 하
였다. 점차 청순하던 모습은 사라지고 냉기만이 흘렀다. 눈에는 신열
이 창날처럼 뻗치고 표정은 얼음처럼 차디차게 변해 갔다. 목소리에
도 온기란 없었다.

우자로가 그렇게 멍하니 서 있는 사이 우파실사와 헤어진 구율타
는 집으로 들어섰다.

그를 발견한 하비(下婢)가 달려 나오며 반겼다.

"도련님, 어디 갔다 이제 오세요? 아버님이 얼마나 찾으셨는데요!"

"왜?"

"아버님 건강이 갑자기 좋지 않으세요."

"건강이 좋지 않다니?"

아침까지 멀쩡했던 아버지를 떠올리며 구율타가 물었다.

"그러게 말이에요. 어서 가보세요."

"아버지가 아프다니?"

언제나 태산 같던 아버지였다. 바라문의 아들로 태어나 이 나라 제
일가는 부를 이룬 사람이었다. 그러면서도 수행자 못지않게 수행에
힘써 그 인격이 고상하여 사람들로부터 칭송을 받는 인물이었다.

구율타가 안방으로 들어서자 이상하게 어머니의 모습이 보이지 않
았다. 아버지가 하비들의 부축을 받으며 약을 들고 있었다.

아버지가 들어서는 아들을 쏘아보았다.

"구율타, 어디를 그리 쏘다니는 것이냐? 내 그랬지? 어떤 일이 있어도 외박은 아니 된다고. 그런데 밖에서 밤을 보내고 들어오다니?"

"아버지, 우파실사와 제사장에 갔었어요."

"제사장? 아하, 벌써 세월이 그렇게 되었구나!"

"어디가 아프신 거예요?"

"괜찮다."

그렇게 말하고 아버지가 말을 이었다.

"구율타, 그렇다고 하더라도 대주(大主)는 밖에서 머리를 눕히는 법이 아니다. 너는 이 집안의 장자야. 이 집안을 이끌어나가야 할 몸이다 그 말이다."

"알겠어요. 아버지."

구율타는 밖으로 나와 집사를 찾았다. 집사에게 어머니가 왜 보이지 않느냐고 물었다. 이상하게 어머니가 어제부터 보이지 않는다고 하였다. 하비 몇을 데리고 친정에 간다고 출타했는데 밤늦게 친정집에서 사람을 보내 아버지의 병문안을 한 걸 보면 친정에 가신 것 같지 않다고 하였다.

"그럼 어디를 가셨단 말입니까?"

"요즘 외출이 잦다는 걸 도련님도 아시지 않습니까."

"그래도 그렇지요. 아버지가 저렇게 병환이 나셨는데……."

어머니가 요즘 들어 푸라나 깟사파라고 하는 벌거숭이 외도(外道)에게 미쳐 있다는 것을 구율타는 알고 있었다.

푸라나 깟사파는 본디 노예 출신이었다. 주인을 떠날 때 알몸으로 떠났다고 하여 흔히 벌거숭이 외도라 불리는 사람이었다. 그는 그렇게 벌거벗은 채 주인을 떠나 수행을 통해 자기만의 독특한 사상을 정립했다. 어떠한 사상도 브라흐마니즘의 일파로 단정되는 상황에서 그의 도덕부정론은 사람들의 관심을 끌 수밖에 없었다. 선과 악의 구별은 진실로 실재하는 것이 아니며 업에 대한 보응도 있을 수 없으므로 도덕적인 모든 것이 부인되어야 한다는 주장이었다.

이 주장은 브라만(사제), 크샤트리아(무사), 바이샤(상인), 수드라(노동자)의 네 가지 계급체계 속에서 《베다》의 절대권위에 식상한 사람들에게 신선하게 받아들여질 수밖에 없었다.

그래서 그의 설은 수많은 사상가들이 들고 나와 공공연히 제창되곤 하였는데 어머니 역시 그 사상에 매료되어 집을 비우는 일이 잦았다. 아무리 그래도 아버지가 병중인데 너무하지 않나 싶었다.

구율타는 하비들에게 어머니가 계시지 않더라도 아버지를 잘 간호해달라는 말을 하기 위해 부엌으로 향하였다.

막 부엌으로 들어가려던 그는 우뚝 발을 멈추었다. 부엌에서 이상한 말이 흘러나왔기 때문이었다. 그는 재빨리 상기둥 옆에 몸을 숨기고 말을 엿들었다.

"왜 마님이 직접 어르신이 드실 죽을 챙기셨는지 모르겠다니까."

"그야 우리들에게 어르신의 음식을 맡겨 놓으실 수가 없었던 게지."

"그런데 왜 개가 그 죽을 핥아 먹고 죽은 것이야?"

"이것아, 소리 죽여라. 누가 듣기라도 하면 어쩌려고 그래?"

"이상해서 그러지."

구율타는 깜짝 놀랐다.

무슨 말인가?

그들에게 있어 마님은 어머니다. 그리고 어르신은 바로 아버지다.

그런데 어머니가 직접 챙긴 죽을 집짐승이 먹고 죽었다?

구율타는 부엌으로 바로 들어가려다가 은밀히 조사를 해보아야겠다고 생각했다. 하비들을 공개적으로 족칠 일이 아닌 것 같아서였다.

그는 먼저 부엌에서 말을 나누던 하비 중에서 가장 나이가 많은 하비부터 불렀다. 그리고는 조용히 물었다.

"너희들이 나누는 말을 들었다. 어머니가 끓인 죽을 개가 핥아 먹고 죽었다니? 그게 무슨 말이냐?"

하비는 겁을 집어먹고 몸을 떨었다.

"저는 모르는 일입니다."

"타리아, 모른다고 해서 될 일이 아니다. 이미 개가 죽었다는 것도 확인했고 아버지가 병이 나시지 않았느냐. 그러니 실토해보아라."

그녀는 계속해서 모른다고 울먹였다.

구율타는 그녀를 달랬다.

"마님이 이 사실을 안다면 저를 가만두지 않을 거예요."

"내가 너를 지켜주마. 사실대로 말해보아라."

그제야 하비는 실토하기 시작했다.

"마님이 느닷없이 엊그제 아침 부엌에 들러 어르신의 아침상을 보겠다고 하시더군요."

"그래서?"

"아침상을 다 볼 때까지도 몰랐어요. 그런데 뭔가 이상하다는 생각이 들어 자꾸 눈길이 가지 않겠어요. 평소에는 부엌 출입을 잘 하지 않는 분인데 왜 갑자기, 하는 생각이 들었거든요."

"그런데?"

"한순간이었어요. 막 물을 길러 가려고 물항아리 있는 쪽으로 몸을 돌리려다가 보지 않았겠어요. 마님의 검지에 낀 반지 말이에요. 그 반지 뚜껑이 열리고 그 속에서 하얀 가루가 죽으로 쏟아지지 않겠어요."

"그게 뭐였는데?"

하비가 겁에 질린 얼굴을 가로저었다.

"그걸 제가 어떻게 알겠어요."

"그러니까 그 후 어머니는 상을 봐 아버지의 방으로 들어갔고 그 죽을 핥은 개가 죽었다?"

"그래요."

"그 후 어머니는 집을 비웠고?"

"네."

"이 사실을 누가 알고 있느냐?"

"아까 부엌에 있던 애들요."

"그 외에는?"

하비가 없다는 표정을 지으며 고개를 내저었다.

"절대로 입을 열어서는 안 될 것이다. 아까 부엌에 있던 애들에게도 나를 만났다는 말을 하지 말거라. 알겠느냐?"

"네네, 그럴게요."

"가보아라."

하비를 내보내고 다른 하비들을 불러 물어보았으나 대답은 같았다. 어머니가 아버지가 드실 죽을 직접 끓인 것은 사실이었다. 그리고 그 죽을 드신 아버지가 앓게 되었으며 먹다 남은 죽을 개가 핥아먹고 죽었다는 것도 사실이었다.

어머니가 아버지를 왜?

구율타는 깊은 의혹에 빠지고 말았다.

아버지는 왕사성 제일의 부자다. 왕사성 땅 대부분이 아버지 소유일 정도로 부를 이룬 사람이다. 부의 상징인 낙타와 나귀, 코끼리, 말 등 가축이 셀 수 없고 창고마다 비단과 보석이 가득하다. 그렇다고 인심을 잃지도 않았다. 없는 이들을 내 몸같이 대하는 이가 바로 아버지였다.

하지만 외도(外道)들에게는 냉정한 사람이었다. 그는 브라흐만의 신봉자였다. 그러니 어머니가 신봉하는 푸라나 갓사파를 좋게 생각할 리 없었다. 어머니가 때로 갓사파의 교단에 시주할 것을 간청했으나 그때마다 아버지는 냉정했다.

어머니는 이틀이 지나도 돌아오지 않았다.

구율타는 갓사파 교단에 찾아가볼까 했으나 어머니와 동행했던 하비 하나가 먼저 돌아와 내일 오실 것이라고 하여 기다리기로 했다.

해가 지고 어둠이 몰려왔다. 하비가 등불을 들고 방으로 들어오더니 손님이 찾아왔다고 하였다.

"누구지?"

"저번에 찾아왔던 우파라예요."

그렇게 말하고 하비가 알 듯 모를 듯한 미소를 지었다.

구율타가 나가보니 우파라가 하비를 데리고 서 있었다. 하비가 든 등불에 드러난 그녀의 모습이 아름다웠다.

"어쩐 일이야, 우파라?"

우파라가 푸른 치맛자락을 날리며 달려왔다.

"왜 소식 주지 않았어요?"

구율타는 우파라와의 약속을 그제야 생각해내고 아차 했다.

"아버지가 몸져누우셨어."

구율타의 말에 우파라가 정색을 했다.

"많이 아프세요?"

"음."

"어떻게 갑자기?"

핑계가 아니냐는 듯이 우파라가 구율타의 표정을 살폈다.

구율타는 대답하지 않았다.

우파라가 슬픈 표정을 지었다. 그러나 이내 입술을 깨물었다. 그렇다고 자신의 결심이 무너지지 않는다는 표정이 역력했다.

"내일 그놈을 만나러 갈 거예요."

그럴 줄 알았다는 듯이 우파라가 다짐하듯 말했다.

"우파라, 좀 미루면 안 될까?"

"그만두세요. 저 혼자 할 수 있으니까요. 우리의 사랑이 그것밖에 되지 않나 보군요. 내일 그놈이 낚시를 가요. 매달 그날 낚시를 가거든요. 밤에 살며시 다가가 죽이고 말 거예요."

"우파라, 제발!"

"어머니가 밤마다 꿈에 나타나 울어요. 원수를 갚아달라고."

"우파라, 다시 생각해봐. 아무리 억울하게 죽었다고 해도 어떻게 부모가 자식의 꿈속으로 와 살인자가 되라고 할 수 있는지……."

우파라가 눈물을 흘렸다.

"정말 우리의 사랑이 그것밖에 안 되는군요. 거짓말쟁이들. 오라버니도 내 오라비와 하나도 다를 게 없어요. 하기야 그토록 사랑받던 아들도 살인자가 되기 싫어 주저하는데 당신이 뭐라고……."

우파라가 눈물을 흘리며 돌아가고 난 그날 밤 구율타는 이상한 꿈을 꾸었다.

산이 몸서리를 쳤다. 비가 쏟아졌다. 하늘이 계속해서 으르렁거렸다. 어둠이 내리고 검은 옷을 머리까지 뒤집어쓴 여인이 등불을 든 하비를 앞세우고 나타났다. 우파라가 기어이 복수를 하고 있구나 생각하는데 그 모습을 보다가 구율타는 깜짝 놀랐다. 검은 옷을 입은 여인이 우파라가 아니라 어머니였기 때문이었다. 어머니는 시퍼런 단도를 들고 있었다. 단도는 등이 굽고 곁가지가 달려 있었으나 끝이 송곳처럼 뾰족하고 날이 서 있었다.

어머니는 이내 아버지가 누워 있는 안방으로 들어갔다. 아버지가 목침 위에 잠들어 있었다.

칼을 움켜쥐고 아버지를 향해 다가서는 어머니의 몸짓이 살기스러웠다. 하비가 등불을 들고 벌벌 떨었다.

"등불을 들어 올려라."

어머니가 나직이 하비에게 소리쳤다. 음성이 얼음장보다 차가웠다.

등불에 아버지의 모습이 드러났다. 약에 취하기라도 한 것인지 목침 위에 널브러지듯 누워 있었다. 터번이 풀어져 흘러내린 머리, 수염 투성이 얼굴. 아, 아버지가 맞았다. 왕사성 제일의 부호답지 않은 모습이었다.

어머니가 목침 앞에서 잠시 아버지를 내려다보았다. 이제 오십 대의 사내.

어머니가 아버지의 얼굴을 손으로 쓸었다. 비웃음이 날카롭게 어머니의 입에 물렸다.

"흥, 별 수 없구려. 이 지독한 노랭이. 오늘로 당신의 생명도 끝날 것이오."

그렇게 중얼거리며 어머니는 목침 밑으로 늘어진 아버지의 머리카락을 움켜쥐고 얼굴을 들어올렸다. 아버지의 얼굴이 가슴께로 세워지듯 들렸다.

여전히 눈을 감은 얼굴이었다.

"잘 가세요. 그렇게 모은 재산이 꿈이구려. 내가 잘 관리하리다."

그렇게 말하고 어머니는 아버지의 목을 베기 시작했다.

아버지!

그렇게 소리치며 구율타는 벌떡 일어났다.

꿈이었다.

'아, 꿈이었구나.'

구율타는 벌떡 일어나 그 길로 아버지의 방으로 달려갔다.

인연의 고리

차가 덜컹거리자 아내가 깨는 것 같더니 다시 그대로 눈을 감았다.

흘러내린 옷을 끌어올려 덮어주고 시선을 돌리려다가 아내의 잠든 얼굴에 눈길이 멎었다.

순간 아내가 그린 그림 한 폭이 눈앞에 떠올랐다.

그림을 전공한 아내가 어느 날 그림 한 폭을 가지고 와서 물었다.

"이 그림 어떻게 생각해요?"

"무슨 그림이야?"

며칠 작업실에 틀어박혀 나오지 않는 것 같더니 그림이 좀 이상하다는 생각이 들어 내가 물었다.

그러면서 그림을 자세히 살폈다. 검은 장막이 드리워진 음침한 방에서 한 여인이 살인을 하고 있는 그림이었다.

"무슨 그림이 이래?"

무심코 그림을 내려다보다가 내가 다시 물었다.

"그리긴 했는데……."

"섬뜩하네."

그러면서 그림을 더 자세히 보았다. 건강한 남자를 살해하고 있는 한 여인의 모습이 선명하게 보였다. 분명히 여인은 침상 위에 누운 사내의 머리카락을 움켜쥐고 칼로 목을 긋고 있었다. 피가 흘러내려 여인의 발밑에 흥건했다.

나는 멍하니 아내를 쳐다보았다. 왜 갑자기 이런 그림을, 하는 표정으로.

아내가 이내 알아채고는 입을 열었다.

"며칠 전 동창들을 만났지 뭐예요. 애들과 헤어져 인사동 화랑에 들렀는데 문득 생각이 나지 않겠어요."

"뭐가?"

"언젠가 이 모습을 보았다는……."

"보았다니?"

"꿈에 말이에요."

"꿈?"

"꿈에 이 그림 속 인물들을 본 것 같았거든요."

"그래?"

"그래서 그리긴 했는데……. 대학 다닐 때 이와 비슷한 그림을 본 적은 있거든요. 하지만 이와는 완전히 다른 그림이었는데 갑자기 왜 그런 꿈을 꾸었는지 모르겠어요."

"그럼 그때의 잔상 때문인가 보네."

"그래도 이상하잖아요. 갑자기 이런 환영이 보이는 것도 그렇고, 저도 어떻게 그 꿈속의 상황을 옮겨 놓았는지 모르겠어요. 이러기도 처음이네요. 어떤 이끌림에 그려놓고 보니 이렇네요. 괜찮죠?"

나는 고개를 갸웃했다.

"강렬하긴 한데……. 엄청 한이 진 모양이네. 남편인가?"

여인이 칼로 죽이는 사람이 남편이냐는 물음이었다.

"모르겠어요."

뜻밖에 아내가 고개를 내저었다.

"모르겠다니?"

이상하다고 생각하며 내가 다시 물었다.

"생각지도 않게 그런 꿈을 꾸었고 그 잔상을 옮기긴 했는데……. 솔직히 이런 그림을 그릴 만한 원인이 없고 보면……."

"원인?"

그렇게 되뇌면서 나는 아내가 솔직하다는 생각을 했다. 그림을 보아선 사내를 죽이고 있는 여자는 사내에게 한이 지고 원이 진 것이 분명하다. 그렇지 않고서야 이렇게 잔인하게 죽일 이유가 없었다.

아내와 살면서 언제나 느끼는 것이지만 남편에게 피해의식이나 느끼는 여자가 아니었다. 여성상위 따위와는 거리가 먼 사람이었다. 여자로서 남편에게 느끼는 불편한 감정이 없을 수 없겠지만 그렇다고 그런 것을 속으로 삭이며 꽁하다가 이런 그림이나 그릴 여자가 아니었다. 서로 연애를 할 때부터 적당한 선(線)을 지키고 있었다. 서로에게 상처를 주기보다는 그 상처로 인해 아파할 상대를 먼저 위로하고 있었다. 서로간에 그것이 사랑이라고 생각했다. 사랑한다고 말하지 않아도 느낌으로 알 수 있었다.

그림이란 어떤 영감에 의해 이루어지는 것일 터이지만 평소 그런 영감을 떠올리게 할 원인이 아내에게 있을 리 없고 보면 이런 끔찍한 그림을 갑자기 그릴 이유가 없었다.

잠든 아내의 평온한 얼굴에서 시선을 돌리며 나는 문득 할아버지를 생각하였다.

할아버지는 정미소와 쌀장사를 해 자린고비란 말을 들으며 큰돈을 번 사람이었다. 경기도 광명 읍내에 큰 가게를 열어 농부들로부터 쌀을 사들여 읍내 사람들에게 되팔아 부를 이룬 사람이었다.

할아버지를 생각하다보니 그의 모습 너머로 기다렸다는 듯이 아버지의 모습이 달려왔다.

아버지는 2대 독자였다. 그는 광명에서 고등학교를 나와 서울에서 대학을 졸업하고 미국 유학까지 한 사람이었다.

본시 천성이 어진 사람이었다. 어머니를 처음 만날 때까지만 해도 없는 이에게 처지에 맞게 베풀 줄도 아는 사람이었다. 그런 사람이 어느 날부터 갑자기 변하기 시작했다.

이상한 일이었다. 무엇이 아버지를 그렇게 변하게 했는지 어린 나로서는 모를 일이었다.

지금도 내 기억 속에 각인된 아버지는 어머니가 백내장으로 눈이 멀자 슬퍼하기는커녕 물 종지를 바로 앞에 놓고도 없다고 시치미를 떼던 몰인정한 모습이었다.

그랬다. 세상은 정말 모를 일이었다. 내 의지와는 상관없이 진행되는 것이 세상의 법칙이었다.

갑작스런 어머니의 실명, 변해가던 아버지.

단란했던 가정이 한순간에 무너져가자 우리는 속절없이 흔들렸다.

그때 우리의 일과는 집안의 가재도구들, 그러니까 상이든 테이블이든 의자든, 아무튼 모가 난 곳이라면 어디든지 두꺼운 박스나 스펀지, 스티로폼 따위를 잘라 테이프로 붙이는 것이었다. 갑자기 눈이 먼 어머니가 앞을 더듬다가 뭔가에 부딪쳐 넘어지기 일쑤였기 때문이었다.

나는 밖으로 나가기가 싫었다. 밖으로 나가면 아이들이 놀려대었
던 것이다.

"너희 엄마 당달봉사라며?"

"아니야."

"아니긴."

당달봉사야 당달봉사야

어디만치 왔니

너아비 고개까지 왔다

너아비 고개가 어디냐?

네 아비 고개가 너아비지

아이들이 노래까지 불러대며 놀려대는 날이면 피가 터지게 그들과
싸웠다. 피를 흘리며 들어가면 어머니는 대청마루에 앉아 나를 기다
리다 보이지 않는 눈을 희번덕거리며 물었다.

"상오니?"

"응."

"어디 갔다 와?"

그럼 그만 '와앙' 하고 울음보가 터졌다. 울지 말아야지, 어린 마음
에도 다짐하고 있었지만 왜 멀쩡하던 어머니가 갑자기 눈이 멀게 되
었는지 이해할 수 없었다. 예전 같았으면 이게 무슨 일이냐며 손목을
잡아끌고 나를 두들겨 팬 아이네 집으로 달려갔을 어머니였다.

내가 울음을 터트리면 날 향해 기어 내려온 어머니가 내 몸을 더
듬다 당신 손에 묻은 피를 보이지 않는 눈으로 내려다보며 물었다.

"이게 뭐냐? 피 아니야? 누구랑 싸웠니? 응? 누구랑 싸웠어?"

"아니야."

어머니는 피 냄새를 맡아보다가,

"맞네. 피네. 누구야? 널 팬 놈이 누구야?"

"아니야. 땀이야."

"땀? 아니, 요것이 지 어미가 앞이 안 보인다고 거짓말을 해."

"거짓말 아니야."

"그래도 이것이."

어머니의 손바닥이 엉덩이로 날아오고 나는 눈물 콧물을 흘리며 어머니에게 앙탈을 부렸다.

"왜 때려? 왜 때려?"

"왜 맞고 들어오니? 손이 없니, 발이 없니. 눈구녕이 멀쩡해 가지고 왜 맞고 들어와?"

그런 날이면 어김없이 어머니와 나는 부둥켜안고 울었다. 때리다 지친 어머니는 뒤늦게야 제풀에 놀라서는 나를 안았고 나는 그저 내 게 주어진 모든 것이 원망스럽기만 하여 울었다.

잠시 생각에 잠겼던 나는 내비게이션 소리에 차창 밖으로부터 시선을 거두었다. 그리고는 나도 모르게 책에 시선을 주었다.

손으로 눈앞을 쓸면서 먹먹해지는 가슴을 다잡았다. 염치없이 일 어나는 감정의 잔상을 짓밟기라도 하듯 꼬물꼬물 살아 일어나는 활 자에 눈을 붙박았다.

의혹의 덫

　구율타는 아버지의 방문 앞에서 걸음을 멈추었다. 방문은 닫혀 있었다. 불도 꺼져 있었다.

　살며시 문을 열어보았다. 문이 소리 없이 열렸다. 희미한 달빛이 창으로 흘러들어와 방을 지키고 있었다. 아버지를 죽이던 어머니도, 등불을 든 하비도 보이지 않았다.

　구율타는 살며시 아버지를 향해 다가갔다.

　희미한 여명 속에 아버지는 머리카락을 침상 밑으로 늘어뜨린 채 잠들어 있었다.

　그 길로 방으로 돌아온 구율타는 깊은 상념에 사로잡혔다.

　왜 그런 꿈을 꾸었던 것일까?

　집을 비우고 있는 어머니. 어머니가 끓인 죽을 드시고 앓아누운 아버지. 그 죽을 핥아 먹고 죽은 개.

　새벽길을 구율타는 걸었다. 아무래도 어머니가 가 있을 푸라나 갓사파 교단으로 가보아야 할 것 같아서였다.

　새벽길은 어눌하고 낯설었다. 가끔 돌부리가 발끝에 채였다.

　갓사파의 교단에 닿을 무렵 서서히 해가 떠올랐다.

구율타는 갓사파의 교단으로 들어서다가 어머니가 갓사파의 방에서 나오고 있는 모습을 보았다.

"아니 구율타가 아니냐? 이 아침에 어쩐 일이냐?"

"어머니가 여기 계신다기에요."

"인사 드리거라. 제 아들 구율타랍니다."

갓사파에게 어머니가 구율타를 인사시켰다.

갓사파는 키가 홀쩍하니 컸다. 눈이 검고 컸다. 얼굴에 수염이 성성했고 목이 길어 고고해 보였다. 이제 오십 대의 잘생긴 사내였다.

"구율타라고 합니다."

"호오, 아주 잘생긴 청년이군요. 왜 부인의 이름이 니라(nila)인지 알겠습니다. 푸름이 더할 수가 없군요. 둑방처럼 가득하니 말입니다. "

"어느 날 되국(중국)의 선인이 와 제 이름을 그렇지 않아도 보리(菩堤) 그대로 청리(靑堤)하다고 하더군요."

어머니가 자랑스럽게 말했다.

"청년의 몸에 푸른 기운이 아주 청리처럼 쌓인 걸 보니 부인의 은덕임을 알겠습니다."

"교주님, 그럼 이제 가보겠습니다."

교단을 나서면서 구율타는 아버지가 앓아누웠다고 어머니에게 말했다.

어머니는 잠시 말이 없었다.

말이 없는 어머니를 구율타는 돌아보았다. 알 수 없었다. 어머니가 무슨 생각을 하고 있는지.

남편에게 병이 났다는 걸 안 것은 집을 나올 때부터였다. 그녀가 교단에 온 후에도 그녀의 하비들이 급하게 달려와 남편의 위중함을 두 번이나 알렸었다.

그 사실을 안 교주 갓사파는 도덕부정론자답게 이렇게 말하였다.

"마음에 담아두지 마오. 그대가 그를 죽이든 죽이지 않든 죄가 되는 것은 아니라오. 오로지 영원한 것은 우리의 사랑뿐이라오."

"방금 사랑이라고 하셨나요?"

"그대가 어떠한 일을 하든지 간에, 어떠한 일을 시키든지 간에, 악은 존재하지 않는다는 것이 이 교단의 교리라오. 생물이나 인간을 잘라 죽이더라도, 또는 누구를 살해하라 시키더라도, 악을 향한 것은 아니다 그 말이오. 고통스럽더라도, 또 고통스럽게 하더라도, 슬프게 하더라도, 또 괴롭히더라도, 떨게 되더라도, 또 떨리도록 하더라도, 생명을 해치더라도, 도둑질을 하더라도, 타인의 집에 몰래 숨어들더라도, 약탈을 하더라도, 강도질을 하더라도, 추박(追剝)을 당하더라도, 타인의 처와 통하더라도, 거짓말을 하더라도, 이런 짓을 해도 악을 행한 것이 되지 않는다는 말이외다. 인간은 그저 본능대로 사는 것, 그대와 내가 며칠 밤을 즐겼다 하더라도 그게 죄가 되는 것은 아니라오. 바로 이것이 갓사파 교단의 교리인 것이오."

어머니는 집으로 돌아올 때까지 한마디도 하지 않았다.

다음 날 새벽 구율타는 아슴한 잠결 속에서 하비들의 음성을 들었다.

"어르신이 돌아가셨다!"

구율타가 아버지의 방으로 달려갔을 때 아버지의 시신 앞에 앉아 있던 어머니가 돌아보았다. 눈물 한 방울이 또르르 볼을 스쳐 바닥으로 굴러 떨어졌다.

"아버지!"

구율타가 아버지를 향해 달려들었을 때 어머니는 시선을 다른 곳
으로 돌려버렸다.

"어떻게 되신 거예요?"

아버지의 시신을 붙들고 울다가 구율타가 물었다.

어머니는 고개만 내저었다. 어머니를 향한 원망이 소리 없이 입가
에 물렸다. 그런 어머니가 아니었다. 푸라나 갓사파를 만나기 전까지
만 해도 언제나 온화하고 누구에게나 따뜻했던 어머니였다. 남편 섬
기기를 하늘 섬기듯 하였고 아랫사람들을 자기 살처럼 챙기던 어머
니였다. 추운 겨울날 따뜻하게 직접 차를 끓여내던 어머니가 변해버
린 것은 작년 이맘 때부터였다. 어머니는 막내를 임신하고 있었고 노
산(老產)이라 막내는 세상 빛을 보기가 무섭게 죽고 말았다. 어머니는
죽은 핏덩이를 품속에서 내놓으려 하지 않았다. 미친 사람처럼 애를
끌어안고 울었다. 아버지가 핏덩이를 뺏으려고 하자 어머니는 짐승처
럼 으르렁거렸다. 사람의 모습이 아니었다. 눈에서는 시뻘건 불길이
쏟아졌고 손톱을 세우고 달려들었다.

"이 일을 어떡하면 좋을지 모르겠구나!"

아버지는 난감해 눈물만 흘렸다.

"네 어미가 불쌍해 보지 못하겠구나."

여름이라 애가 썩기 시작하자 온 집안에 시체 썩는 냄새가 코를
찔렀다. 어머니는 방문을 걸어 잠근 채 나오려고 하지 않았다. 아무
리 아버지가 애원해도 어머니는 꿈쩍도 하지 않았다.

"이러다가는 애 어미까지 죽이겠다."

안 되겠다고 생각한 아버지가 아랫사람들을 시켜 문을 부수고 들
어섰다.

장정들이 아기를 빼앗았다. 어머니는 미친 듯이 몸부림쳤으나 장정들의 힘을 당해낼 수는 없었다.

핏덩이는 이미 많이 상해 있었다. 세상 빛을 보지 못한 핏덩이는 꽁꽁 묶여 철관 안으로 들어갔다. 그것이 그때의 장법(葬法)이었다. 세상을 다 살지 못한 생명은 악귀가 되어 세상 사람들에게 해를 끼친다고 하여 철상자에 넣어 땅속 깊이 묻었다.

어머니는 짐승처럼 울부짖었다. 그렇게 울부짖던 어머니는 그 길로 무신론자가 되어버렸다. 그때부터 어머니는 신을 믿지 않았다. 그녀는 만약 신이 있다면 그 핏덩이를 죽지 않게 했을 것이라며 신을 향해 저주를 퍼부었다. 신이 있다면 어찌 그럴 수 있느냐는 것이었다. 개미 한 마리도 죽이지 못하던 어머니는 그때부터 살생을 밥 먹듯이 하였다.

그러면서 푸라나 갓사파를 신봉하기 시작했다.

나중에는 갓사파의 교단으로 들어가 신도가 되었고 공공연히 그가 내세운 법을 외쳤다.

"내가 설령 칼이나 날이 선 무기를 가지고 이 세상의 생물 모두를 하나의 고기더미나 고깃덩어리로 만들어도 이것으로 인하여 악이 생기는 것도 아니며, 또한 악의 과보가 오는 것도 아니다. 그저 물질일 뿐……."

마음속에 신이 없어져버린 어머니에게는 이제 신성 따위는 없어 보였다. 눈에는 살기가 가득했고 세상을 향한 원망만이 가득했다.

구율타는 눈물만 흘리며 생각해보았지만 세상을 향한 어머니의 원심을 풀 길이 없었다.

구율타는 아버지의 장례를 치르면서도 갓사파의 사주에 의해 아버지가 돌아가셨다는 게 믿어지지 않았다.

그러나 그렇다고 어머니로 인해 망해 가는 집안을 두고 볼 수도 없었다. 이제 대주는 자신이었다.

"구율타 오라버니!"

아버지의 장례를 치르고 난 어느 날 우파라의 음성이 들려왔다.

"오, 우파라."

그동안 집안일 때문에 그녀에게 신경을 쓰지 못했다는 생각이 그 제야 들었다. 어머니를 죽인 자를 죽이겠다고 하더니 헛소리를 했던 것이 분명했다. 아무리 정신이 없었어도 낚시터에서 그자가 죽었다는 소문은 듣지 못기 때문이었다. 무엇보다 장례를 도와주던 우파라의 오라비에게서도 그런 말이 없었다.

"오랜만이구나. 우파라. 그동안 정신이 없었다."

우파라가 생각했던 것과는 달리 밝게 웃었다.

"어떻게 안 그렇겠어요."

"약속을 지키지 못했구나."

"신경 쓰지 마세요."

우파라는 심드렁하게 말했다.

순간, 이제 증오심을 버렸나 하는 생각이 들었는데 그녀가 돌아가고 나니까 혹시 싶었다. 속내를 숨기고 있는 것이 아닐까 하는 생각이 들었기 때문이었다.

그러나 구율타는 고개를 내저었다.

그녀의 어머니가 정말 그자에게 목숨을 잃었을지도 모르지만 가녀린 처자의 몸으로 사람 죽이기가 쉬운 일은 아닐 것이었다. 포기한 것이 분명했다.

구율타는 이 기회에 집안을 정리하기로 했다.

먼저 재산부터 정리했다.

"어머니, 아버님이 계실 때는 돈과 재물이 한없이 많았으나 그동안 재산이 많이 줄었습니다. 그렇게 가득했던 창고도 거의 비었으니 말입니다."

"구율타, 지금 나를 원망하고 있는 것이냐?"

어머니는 눈에 날을 세우고 나무라듯 말했다.

물론 구율타는 알고 있었다. 어머니가 기회 있을 때마다 갓사파 교단에 헌금을 하고 있었다는 걸. 그렇기에 어머니에게 재산을 맡겨 놓아서는 안 되겠다고 생각해 재산을 정리했던 것이다.

"어머니, 이 집안의 대주로서 이대로 집안이 무너져 가는 것을 보고 있을 수는 없습니다. 정리를 해 그 돈으로 장사를 해서 다시 집안을 일으킬까 합니다."

"재산을 모두 장사 밑천으로 쓰겠단 말이냐? 그럼 나는 어쩌란 말이냐? 이 집안은?"

"이렇게 하겠습니다. 대략 계산해보니 남아 있는 소(rupya)는 3천 두 정도 되었습니다."

집에서 기르는 소는 그 집안의 빈부를 가늠하는 척도였다. 그래서 소는 루피아라고 하여 재산의 상징적 단위로 쓰이고 있을 정도였다.

"그래서?"

"3등분하겠습니다. 소 1천 두씩 말입니다. 1천 두는 어머니께 드리겠습니다. 그것으로 이 집안을 보전하십시오."

"그럼 2천 두는?"

어머니가 눈을 빛내며 물었다.

"1천 두는 백승재(百僧齋)를 베풀 것입니다. 백 사람의 훌륭한 선지식을 모셔다 공양하고 법문을 들을 것입니다. 그게 아버지와 어머니를 위하는 길일 테니까요."

외도에 물이 든 어머니를 위해서라면 1천 두의 소가 뭐가 아까우랴 싶어 구율타가 그렇게 말했을 때 어머니가 뜻밖에도 고개를 주억거렸다.

"그럼 그 소를 나에게 다오."

"네?"

"너는 나머지 1천 두를 가지고 장사를 나갈 모양인데 내가 1천 두를 들여 백승제를 모시는 게 좋지 않겠니?"

구율타도 생각해보니 그렇겠다 싶었다. 어차피 어머니를 위해 백승제를 생각한 것이었다.

어머니 스스로 백승재를 열어 선지식들을 불러 그들의 설법을 듣다 보면 예전의 어머니로 되돌아갈 수 있을 것이었다.

"어머니, 그렇게 하겠습니다."

"그럼 아들아, 너는 이 어미를 믿고 어서 떠나거라."

구율타는 주먹을 불끈 쥐었다. 재산 정리를 잘했다 싶었다. 비로소 이렇게 어머니를 구할 수 있게 되었다는 생각이 들었다.

소식을 들은 우파실사와 우파라가 달려왔다.

"무슨 일이야? 갑자기."

우파실사가 물었다.

"그리 되었다."

"재산을 정리해 떠난다고?"

"이제 내가 가문을 책임져야지. 장사를 할 생각이다."

"네가 언제 장사를 해보았다고?"

그날 밤. 구율타는 우파라의 손을 잡았다.

우파라가 눈물을 흘렸다.

"울지 마. 우파라. 돌아올 거야."

"어떡해요? 오라버니. 나 오라버니 따라갈까 봐."

"돌아온다고 하지 않아."

"그럼 전 기약 없이 기다려야 하는 건가요?"

"나도 너와 헤어지는 것이 마음 아프지만 어떡하겠어. 참자. 우리의 사랑을 위해서."

순간 우파라의 입술이 구율타의 볼을 스쳤다. 그녀의 살 내음이 구율타의 콧속으로 스며들었다.

"사랑해요. 구율타 오라버니."

구율타는 가만히 우파라의 얼굴을 쳐다보다가 손으로 그녀의 눈물을 닦아주었다.

"울지 마라. 우파라. 꼭 성공해서 돌아올 테니."

"기다릴게요."

"다행이다. 우파라. 옛날의 우파라로 돌아왔으니."

우파라가 밝게 웃었다.

다음 날 구율타는 어머니에게 소 2천 두를 드리고 집안 사람들과 우파실사와 우파라의 배웅을 받으며 길을 떠났다.

모호한 음률

크앙.

갑자기 엄청난 물체가 차를 향해 달려드는 것 같아 나도 모르게 책에서 눈을 뗐다.

뭐야?

그런 생각이었는데 저만치 스쳐지나간 것은 트럭이었다.

"어휴, 차가 흔들흔들하네요."

진선이 큰 차가 속력을 내며 지나가자 한마디 했다.

"뭐가 저리 바쁜지……."

내가 뇌까리자 진선이 웃었다.

그 웃음을 보고 있자 어느 날 어머니가 하던 말이 문득 떠올랐다. 아마 일곱 살 무렵이었을 것이었다. 유치원생이었던 나는 다음 해에 초등학교에 들어간다는 것이 그렇게 좋을 수가 없었다.

"나 내년에 학교에 들어간다아."

그렇게 자랑을 하고 다니던 어느 날 어머니가 태몽 이야기를 했다.

"우리 상오, 크면 크게 될 것이구먼."

그때 작은 아버지가 살아 있었을 때였다.

작은 아버지가 물었다.

"형수님, 왜 좋은 태몽이라도 꾸셨습니까?"

부정 탈까 봐 그때까지 꽁꽁 숨겨왔던 태몽 이야기를 어머니가 왜 그날 꺼냈는지는 모를 일이었다.

"그래요. 초저녁인데 하늘에 별이 총총하지 뭐예요. 아 참 별이 곱다, 그러는데 우르르 별이 내게로 떨어지지 않겠어요. 나도 모르게 치마에다 그 별을 받았지요."

"정말 예사롭지가 않네요."

"애를 낳았는데 눈망울이 정말 별 같더라니까요."

작은 아버지가 허허 웃다가 나를 향해,

"상오 이놈, 들었지? 큰 사람이 되려면 공부 열심히 해야 한다."

"학교에 가면 공부 열심히 할 거예요."

"허허허, 그래야지."

그랬던 작은 아버지도 이제 이 세상 사람이 아니었다.

작은 아버지가 돌아가시던 그날도 아버지는 집에 없었다. 어쩌면 어머니가 눈이 먼 것은 사람 좋은 작은 아버지와는 너무나 다른 아버지 때문이었을지 몰랐다.

그때의 아버지.

눈만 뜨면 들려오던 아버지의 고함소리.

그랬다. 아버지는 작은 아버지처럼 선한 사람은 아니었다. 어머니를 만날 때까지만 해도 본성이 착했다는데 언젠가부터 탐욕적인 사람으로 변해 갔다. 고통받고 핍박받는 사람들에게 베풀 수 있는 위치에 있으면서도 쌀 한 톨 베풀 줄 몰랐다. 어머니가 눈이 멀자 위로는커녕 집에 들어오지도 않았다. 술에다 외박에다 계집질까지 하면서 어머니의 속을 있는 대로 썩였다.

사람들은 누구나 손가락질했다.

무려 사흘을 집에 들어오지 않자 기다리다 지친 어머니는 아버지에게 전화를 했고 아버지는 여편네가 식전부터 전화질이냐며 화부터 냈다.

"어디 계세요?"

어머니의 음성에 꼿꼿하게 날이 섰다. 나는 어머니가 어쩌려고 저러나 싶어 고개를 갸웃거렸다. 어머니의 그런 모습을 한 번도 본 적이 없었다. 아무리 슬픈 일이 있어도 자식들에게 눈물을 보이지 않던 어머니였다. 조금도 흐트러짐이 없는 조신한 어머니였다. 그런 어머니가 아버지에게 어디 있느냐고 묻고 있었다.

배신감이었을까. 어머니가 눈이 완전히 멀기 전에는 그렇게 대놓고 외박을 하지 않았었는데 완전히 눈이 머니까 기다렸다는 듯이 외박을 해대는 아버지에게 배신감을 느꼈을지도 몰랐다.

하기야 그럴 만도 했다.

어머니가 아버지를 만난 것은 대학 다닐 때였다. 광명이 고향이었던 아버지는 서울로 유학을 했고 학교 교정에서 어머니를 만났다. 어머니는 그때 외할머니마저 잃고 아르바이트를 하면서 학교를 다니고 있었다. 그러면서도 글에 소질이 있어 문학 동아리에서 시를 썼는데, 대학신문에 발표한 시를 읽어본 아버지가 어머니에게 관심을 가지기 시작한 것이다. 두 사람은 이내 자연스레 가까워졌고 좋은 일을 해보자며 야학에 나가 학생들을 가르쳤다. 그때까지만 해도 아버지는 순수한 열정에 차 있던 대학생이었다.

부잣집 외아들이었던 아버지는 대학을 졸업하고 어머니와 함께 유학을 떠났다. 그때가 어머니 인생에서 가장 행복한 순간이었을 것이었다. 아버지는 어렵게 미국에서 의사 면허를 따고 대학병원의 레지던트 자리를 따내었다. 기적이었다. 기적이랄 수밖에 없었다.

그러나 아버지는 진정하게 그 기적을 지키지는 못했던 사람이었다. 어느 날 소파 수술을 하다가 실수로 임산부와 핏덩이를 죽인 것이다. 그 파장은 엄청났다. 아버지는 병원에서 쫓겨났다. 결국 미국 땅에서 발 붙이지 못하고 한국으로 돌아왔다.

한국으로 돌아와서도 아버지는 그 상처에서 헤어나지 못했다. 임산부만 보면 점차 이를 갈기 시작했다. 이윽고 문을 걸어 잠그고 대인기피증까지 보였다.

그뿐만이 아니었다. 어머니가 아버지 대신 장사라도 해보겠다며 밖으로 나돌자 점차 어머니를 의심하기 시작했다. 의처증이란 병까지 얻은 것이다. 술이 늘기 시작했고 폭언을 일삼았고 폭언은 이내 폭력으로 이어졌다. 어머니에게 손찌검을 하고 난 다음 날은 사람이 그렇게 좋을 수가 없었다. 주먹질을 당해 눈 주위가 시퍼렇게 멍든 어머니 앞을 어슬렁거리며,

"사랑해, 사랑해서 그런 거야. 남자가 그럴 수도 있지 뭘 그래. 이해해줘. 당신이 이해하지 않으면 누가 날 이해해주겠어."

그렇게 폭력 남편의 전형적인 면을 아버지는 보이고 있었다.

이해 못할 사람은 어머니였다. 아버지가 그러면 매몰차게 돌아서야 할 터인데 어머니는 한숨을 내쉬다가 고개를 숙여버렸다. 그것으로 싸움은 끝이었다.

그 와중에도 나를 낳았고 여동생을 낳았으니 신통한 일이었다.

아버지의 의처증과 폭력은 여동생과 내 귀부터 막았다. 그들의 싸

움이 시작되면 동생과 나는 귀부터 막았기 때문이었다. 폭력이 끝나면 아버지의 반성이 시작되고 그러면 싸움은 끝이 났다. 아니, 끝이 아니었다. 채 며칠이 지나지 않아 싸움은 또 시작되었다. 어머니가 조금만 잘난 체한다 싶으면 '난 죽어도 그런 꼴 못 봐.' 이런 식으로 아버지의 폭력과 폭언이 시작되었다.

시간이 흐르면서 그들 사이는 더 나빠졌다. 어머니를 의심하던 아버지가 밖으로 나돌면서 외간 여자를 넘보기 시작했다. 의처증과 폭력, 거기에 계집질까지 시작되자 우리는 '이젠 끝나겠지.' 했다. 그러나 어머니는 결코 아버지와 헤어지지 않았다. 사랑, 어린 마음에도 사랑이라고 생각했다. 그들의 관계는 끝나지 않았다.

"이건 아니야! 이건 아니야!"

어머니는 분명히 그러면서도 이상하게 아버지를 놓지 않고 있었다.

헤어지리라. 헤어지리라.

그러면서도 어머니는 아버지와 헤어지지 않았다.

차창을 내리자 바람이 흘러들어왔다. 바람에 머리카락이 흩날렸다.

아내가 깨는 것 같아 창을 닫았다.

"어디쯤이에요?"

아내가 눈을 떠 차창 밖을 살피다가 물었다.

"아직 멀었어. 좀 더 자."

아내가 자세를 고쳐 앉으며 눈을 감았다.

심호흡을 한 번 하고 하릴 없이 책으로 다시 시선을 옮겼다.

어둠의 속살2

구율타가 소 1천 두를 팔아 금을 만들어 아프가니스칸[金地國]으로 떠나자 구율타의 어머니는 즉시 일하는 이들을 불러놓고 명령했다.

"아들은 내게 백승재를 지내라고 했으나 나는 그럴 마음이 없다. 만약 불승(佛僧)들이 우리 집 문 앞에 와서 교화하려 하면 몽둥이로 쳐서 내쫓아라."

종들이 하나같이 고개를 갸웃했다. 그녀가 외도에 미칠 때부터 알아보기는 했지만 이제는 아주 불승들을 몽둥이로 내쫓으라니.

그뿐만이 아니다. 아들이 백승재를 올리라고 한 소를 팔아 돼지나 양, 거위, 오리, 닭, 개 등을 사들여서는 기둥에 달아놓고 피를 내어 사발에 받거나 동이에 받아 마신다. 때로 돼지나 개와 같은 짐승을 묶어놓고 몽둥이로 때리기도 해 집안에 짐승의 처절한 비명 소리와 슬픈 울음 소리가 그치지 않았다.

사람들은 하나같이 구율타의 어머니가 귀신이 씌어 그렇다고 했다.

그러는 사이 3년이 흘렀다. 구율타가 장사를 하기 위해 들어간 아프가니스탄은 부즈카시(Buzkashi)를 국기로 삼는 나라였다.

부즈카시란 두 편으로 나뉘어 말을 타고 송아지나 염소를 낚아채어 표시된 원 안에 넣는, 아주 거친 경기였다. 그래서 선수는 물론, 관중도 다칠 수 있었다. 여자는 경기가 벌어지는 운동장에는 출입조차 할 수 없었다. 끊임없는 전쟁에도 이 나라의 전통은 지켜졌는데 구율타는 부즈카시에 필요한 염소와 송아지를 아프가니스탄 전국에 공급하였다. 그는 아프가니스탄에 들어오기가 무섭게 자신의 존재를 드러내기 위해 정부 관료들에게 접근해 그들과 허물없는 사이가 되었고 드디어 부즈카시에 필요한 동물들을 공급하게 되었던 것이다. 부즈카시에 필요한 동물들의 목장을 가질 정도로 큰돈을 번 구율타는 어느 날 자신을 시기하는 무리들의 모함을 받았다.

자신이 믿었던 정부 관리는 그 길로 관리직을 그만두었다.

구율타도 목장을 팔아야 했다.

구율타는 고국으로 돌아가야겠다는 생각을 했다.

그는 모든 재산을 정리해 돌아오면서 생각하였다.

어머니는 어떻게 변하셨을까?

구율타는 데리고 있던 하인에게,

"이 길로 먼저 가 어머니를 좀 살펴보고 오너라."

하고 말했다.

그가 머물고 있는 곳은 집으로부터 40여 리 떨어진 곳이었다.

하인이 달려가는 사이 구율타는 이런 생각을 하였다.

'어머니가 그동안 백승제를 통해 착한 인연을 지으셨으면 어머니께 공양을 해야 할 것이고 혹여 악업의 인연을 지었으면 번 돈으로 어머니를 위해 보시하는 데 바쳐야 할 것이다.'

구율타가 집으로 먼저 보낸 하인 추잉이 집으로 돌아가니 종 피얀이 달려 나왔다. 그녀는 구율타의 어머니의 심복이었다.

"아니, 너는 추잉이 아니냐. 어떻게 된 것이냐? 도련님은?"

추잉이 피얀에게 자초지종을 말했다.

피얀이 후다닥 안채로 달려 들어가서 마님인 니라 부인에게 사실을 알렸다.

"서방님이 돌아오신답니다."

"뭐라고? 그걸 네가 어찌 아느냐?"

"추잉이 먼저 와 알려주었습니다."

"그렇다면 추잉으로 하여금 이 어미가 어떻게 변했나 알아보려는 것이다."

니라 부인의 얼굴이 사색이 되었다. 그녀는 막내아들을 잃음으로써 비록 악녀가 되었지만 자식에 대한 정만은 철저한 여자였다. 그녀 자신을 악녀로 만든 것도 바로 자식이었다. 세상사람 모두를 자신 앞에 무릎 꿇릴 수 있어도 그녀를 무릎 꿇게 하는 이는 자식뿐이었다. 오늘 그 자식에게 자신의 비행이 들켜 자식이 실망하는 것은 있을 수 없는 일이었다.

그녀는 허둥거리다가 피얀에게 소리쳤다.

"어서 가서 문을 닫아 걸어라. 그리고 추잉이 안채로 들어오지 못하게 해라."

"알겠어요."

"나는 창고로 가서 재에 필요한 것들을 꺼내 후원에 늘어놓겠다."

"그것들은 왜요?"

"그래야 재를 지낸 줄 알 것 아니냐. 그때 문을 열고 추잉이 들어오게 하여라."

"알겠어요."

피얀이 달려 나가 안채로 들어오려는 추잉을 막았다.

그 사이에 니라 부인은 창고에서 재에 필요한 가재도구들을 꺼내 재를 지내고 있었던 것처럼 꾸며 놓았다.

그제야 피얀이 추잉을 안채로 들였다.

"마님, 그동안 안녕하셨는지요?"

"오냐. 너는 추잉이 아니냐."

"그렇습니다. 도련님이 저를 먼저 보냈습니다."

"내 아들은 지금 어디에 있느냐?"

"여기서 40여 리 떨어진 성 외곽 버드나무 밑에 있습니다."

"보고 싶구나. 어서 오라고 일러라."

추잉이 이곳저곳을 살피자 니라 부인이 다시 물었다.

"왜, 내 아들이 먼저 살펴보라고 하더냐?"

"아, 아닙니다."

"그럴 것 없다. 살펴보아라. 타지로 나가 장사를 하면서 의심병만 는 것 아니냐. 네가 서방님과 함께 떠난 후 나는 날마다 5백승재를 지냈느니라. 믿어지지 않으면 후원에 가보아라."

추잉이 후원에 가보니 불당 앞에서 재를 올린 흔적이 역력했다. 가 재도구들이 여기저기 흩어져 있고 향불이 채 사그라지지 않고 있었 다. 추잉은 그 길로 구율타에게 돌아가 자신이 본 대로 말했다.

"마님께서 기다리고 계십니다."

"어떻더냐?"

"도련님과의 약속을 지키고 계셨습니다."

"그래?"

"오늘도 5백승재를 올린 것 같았습니다. 집으로 돌아가보니 재를 올린 흔적이 있고 향을 사른 연기가 자욱했습니다."

"아아, 내가 어머니를 의심하고 있었구나."

구율타는 어머니를 의심했다는 생각에 부끄러운 마음이 생겼다. 잠시나마 어머니를 의심한 자신이 후회스러웠다.

"나는 여기서 어머니를 향해서 1천 번 절을 하리라."

그렇게 말하고 구율타는 어머니가 있는 곳을 향해 절을 하기 시작했다.

그러는 사이에 구율타가 돌아온다는 말이 마을에 퍼졌다. 그가 40리 밖에 머물고 있다는 말을 듣고 친척들이 마중을 나왔다.

마중을 와 보니 구율타가 누군가를 향해 열심히 절을 올리고 있었다. 친척들이 그가 절을 하는 곳을 쳐다보았지만 아무 것도 없다.

친척들이 누구에게 그렇게 절을 열심히 하고 있느냐고 물었다.

구율타는 어머니를 향해 절을 올리고 있다고 대답했다. 어질고 지혜로운 어머니를 잠시나마 의심한 것이 못내 죄송스러워 참회하고 있다고 하였다.

친척들이 코웃음을 쳤다.

"무슨 말을 하는지 모르겠구나, 구율타. 너의 어머니는 네가 떠난 후에 말로 다할 수 없는 짓을 저지르며 살아왔는데 지금 무슨 말을 하고 있는가?"

"작은 아버님, 그게 무슨 말씀이십니까?"

구율타가 무슨 말을 하고 있느냐는 표정을 지으며 물었다.

"어허, 정말 모르고 있는 것이 아닌가."

"뭘 말입니까?"

"구율타, 정신 차리거라. 이렇게 말하면 우리가 너와 어머니 사이를

이간질시킨다고 할지 모르지만 그게 아니다. 네 어머니는 네가 떠난
후 집으로 불승들이 찾아오면 몽둥이로 때려 내쫓았다."

"아니, 불승들을 몽둥이로 내쫓다니요?"

"그뿐인 줄 아느냐. 재를 올리라는 돈으로 온갖 짐승들을 사서 피
를 내어 먹었다. 네가 여기 오기 전까지만 해도 짐승들의 고통스런
비명 소리가 끊어지지 않고 있었다는 걸 왜 모르는가."

구율타는 그 자리에 주저앉고 말았다. 너무 기가 막혀서 말이 나
오지 않고 사지가 부들부들 떨렸다. 그는 그만 정신 줄을 놓고 말았
다. 내 어머니가 그럴 리 없다고 생각하면서도 거짓말을 할 친척들이
아니었다.

구율타가 정신이 들 때쯤 어머니가 여종들을 거느리고 마중을 나
왔다. 마중을 와 보니 아들이 땅에 쓰러져 일어나지 못하고 있다.

"아들아!"

니라 부인이 구율타에게 다가가 손을 잡았다.

"아들아, 왜 이러느냐?"

"어머니, 어머니시군요!"

"그래, 너의 어미다."

구율타의 눈에서 눈물이 주르륵 흘러내렸다. 눈물로 범벅이 된 얼
굴을 들어 어머니의 얼굴을 찬찬히 살폈다. 그 사이에 흰머리가 많이
늘었을 줄 알았다. 그러나 흰머리는커녕, 얼굴에 주름살도 없었다. 아
버지를 그리워하며 상심하고 있을 줄 알았던 어머니, 아들이 잘되기
를 기도하고 있을 줄 알았던 어머니. 그 어머니가 아니었다. 그 얼굴
이 아니었다. 아버지를 그리워하고 아들을 기다리는 얼굴이 아니었
다. 마른 갈대처럼 형편없이 시들었을 줄 알았던 어머니는 뒤룩뒤룩

살이 쪘고 영양 상태가 지극히 좋아 살비듬이 번지르르했다.

이상하게도 깊은 배신감이 구율타의 가슴을 찔렀다.

어머니의 건강한 모습에 기뻐해야 할 자식이 왜 갑자기 가슴이 아파왔는지 모를 일이었다. 구율타는 자기도 모르게 그만 이렇게 말하고 말았다.

"아주 건강하시군요."

어머니가 고개를 주억거렸다.

"그래. 이 어미는 아주 건강하단다."

구율타의 가슴 밑바닥에서 불덩이 같은 것이 불쑥 솟구쳤다. 그것을 내뱉으려다가 입을 다물었다.

그러자 어머니가 입을 열었다.

"그동안 장정이 되었구나. 어서 일어나거라."

"그보다 먼저 물어볼 것이 있습니다."

가슴 밑바닥에서 솟구친 그 무엇을 도로 삼켰지만 구율타는 그만 그렇게 말을 해버렸다.

"무엇이냐?"

어머니가 눈을 크게 뜨며 물었다.

구율타는 결심을 하고 물었다.

"제가 없는 사이 백승제를 지내기는커녕 오는 불승들을 몽둥이로 내쫓고 살생을 하셨다고 하니 어떻게 된 것입니까?"

어머니가 깜짝 놀라는 표정을 지었다.

"구율타, 무슨 말을 그렇게 하느냐?"

"친척 어른들이 거짓말을 하겠습니까."

어머니가 주위에 둘러선 친척들을 매섭게 노려보았다.

친척들이 슬며시 그녀의 눈길을 피해 서성거렸다.

친척들을 돌아보던 어머니가 구율타를 향해 입을 열었다.

"아들아, 잘 들어라. 누구에게 무슨 말을 들었는지 모르겠다만 남 말하기를 좋아하는 이들의 모략임을 왜 모르느냐. 세상을 살아가다 보면 때로 섭섭하게 대할 수도 있고 때로 모질게 대할 수도 있는 것이다. 그 와중에 척이 생기고 그 척이 모략을 가져오는 것이 아니냐. 저 강물이 저렇게 넓고 크지만 그 위에는 출렁이는 파도가 있기 마련이란다. 그와 같이 남을 칭찬하는 사람보다 남을 헐뜯는 사람이 많은 법이니라."

"어찌 제가 그걸 모르겠습니까. 그러나 저분들도 나름의 신앙이 있어서 거짓을 모르는 분들이십니다."

"그럼 이 어미가 거짓말을 하고 있다는 말이냐? 내 단언컨대 아들이 떠난 뒤에 아들을 위하여 5백승재를 지내지 않았다면, 천벌을 받을 것이다."

"천벌?"

구율타는 자신도 모르게 되뇌었다.

"그렇다. 만약 내가 그러지 않았다면 집에 돌아가는 대로 병을 얻어 이레를 넘기지 못하고 죽어가게 될 것이다. 그리하여 아비대지옥에 떨어지고 말 것이다."

어머니의 맹세가 너무나 진실되고 중대해 구율타는 그만 어머니 품에 안기고 말았다.

"어머니, 그만하세요. 제가 죄송스럽습니다. 어머니를 의심하고 탓하다니요."

"일어나거라. 일어나 집으로 돌아가자."

구율타는 일어나서 어머니와 부둥켜안고 집으로 돌아왔다.

집으로 돌아와 보니 어머니의 말이 맞았다. 후원에 세워진 불당이 어지러웠다. 백승제를 올리고 있었음이 분명했다.

'아, 내가 이런 어머니를 의심하고 있었다니.'

집으로 돌아오기 무섭게 우파실사와 우자로, 그리고 우파라가 찾아왔다.

"구율타, 대단하구나. 성공했다니."

"네 덕이다, 우파실사. 잘 있었어? 우자로."

우파라가 눈물을 보였다.

"이 울보!"

그러면서 구율타가 우파라를 안았다.

그날 밤 우파라가 품에 안겨 구율타에게 말했다.

"저는 이제 오라버니의 사람이에요. 저와 헤어질 생각은 하지 말아요. 세세생생 오라버니의 사람이 될 거예요."

"우파라, 후생에도 우리는 부부가 될 수 있을까?"

"그럼요. 제 영혼은 오라버니 것이니 결코 헤어지지 않을 거예요."

"그래. 이제 결혼할 때도 되었지. 그래, 언약식을 치르자꾸나."

구율타가 그 사실을 알리기 위해 다음 날 어머니의 방으로 가니 어머니가 이상했다. 어머니가 자리보전을 하고 죽어가고 있는 것이 아닌가.

"어머니, 왜 그러세요?"

어머니가 눈을 뒤집어 뜨며 아들을 올려다보았다.

"아들아, 내가 죽으려나 보다."

"무슨 말씀이십니까?"

"용서해라, 아들아. 너를 실망시키는 게 겁이 나 거짓말을 했단다. 설마 했는데 정말 천벌을 받는 모양이구나."

그렇게 말하고 어머니는 이레를 넘기지 못하고 죽고 말았다.

그럼 어머니가 백승제도 지내지 않았고 살생을 밥 먹듯이 했다는 말인가?

그런 생각이 들면서도 구율타는 자식에게 실망을 안겨줄까 봐 중대한 약속을 할 수밖에 없었던 어머니의 마음이 손에 잡히는 것 같아 주먹으로 가슴을 쳤다. 아! 내가 어머니를 돌아가시게 하였구나. 설령 어머니가 그랬던들 나는 어머니의 자식이 아닌가. 지극정성으로 아픈 마음을 어루만져드리지는 못할망정 그 가슴에 칼질을 하였으니 이 불효를 어이 할까.

구율타는 어머니 산소 곁에 풀로 암자를 짓고 어머니의 무덤을 지켰다. 3년 동안 고행을 했다.

우파실사와 우자로, 우파라가 찾아와 그를 위로하였다.

구율타는 낮에는 삼태기로 흙을 담아다가 어머니 무덤에 보토를 하고 밤에는 기도를 올렸다.

때로 사슴 무리들이 무덤 앞에 나타나기도 했다. 자오새(까마귀)와 학이 나타나 상서로움을 표하기도 하였다. 구율타의 심중을 이해한 자오새의 두 눈에서 피가 흐르기도 했다. 산짐승들이나 새들이 흙을 물어다가 보토 작업을 도와주기도 했다.

그런데 상이 끝나는 날 구율타는 이상한 꿈을 꾸었다. 어머니가 꿈속으로 찾아온 것인가 했으나 어머니가 아니었다.

분명히 강변이었다. 물빛이 달빛을 받아 은빛으로 출렁거렸다.

검은 망토를 쓴 사내가 낚시터를 서성거리는 모습이 보였다.

멀리 두둥실 떠오른 달을 등지고 낚시를 하고 있는 중늙은이 모습
이 보이는가 했는데 낚시터 주위를 서성거리던 사내가 중늙은이 뒤로
다가들었다. 그의 손에 들린 칼.

그 칼이 중늙은이의 목덜미에서 달빛을 받아 번쩍, 빛났다. 뒤이어
시퍼런 칼날이 중늙은이의 목을 단숨에 그었다. 피가 솟구쳤다.

분명히 보았다. 뒤에서 칼을 들고 있는 사내의 얼굴을. 분명 우파
라였다. 그토록 여리고 아름답던 우파라가 시퍼렇게 눈을 치뜨고 앞
으로 넘어지는 사내를 노려보고 있었다.

어제의 오늘

내가 책을 읽는 동안에 진선은 묵묵히 운전대만 잡고 있었다. 그라고 생각이 번다하지 않을 리 없을 터였다.

나는 읽던 책에서 시선을 거두었다. 차창 밖을 보았다. 조금 전에 읽은 글귀들이 실타래처럼 생각의 잔상을 밟고 지나갔다.

진선이 좀 더 속력을 내었다. 차창 밖의 을씨년스러운 풍경이 빠르게 눈 속으로 파고들었다.

"삼촌."

진선이 문득 불렀다.

"응?"

다시 책으로 시선을 가져가려다가 나는 진선을 보았다.

"무슨 생각을 그렇게 골똘하게 하세요?"

"글을 읽다보니 그런 모양이다. 목련존자 청년 시절이 손에 잡히는 듯해서……."

"훌륭한 분들은 타고나나 봐요. 어릴 때부터 우리들과는 다르니 말이에요."

"그러게."

"학교생활은 어떠세요? 타국이라 어려움이 많을 것 같은데?"

엊그제까지만 해도 어려보였는데 벌써 대학생이 되는가 했더니 어른스러워졌다는 생각이 들었다.

자식, 삼촌 걱정을 다하고.

"어려움이야 뭐 있을 리 있나. 집사람도 있고."

"외할머니 삼촌 일본에 보내놓고 한동안 제정신이 아니더라고요."

그랬을 것이었다. 속 썩이는 아버지로부터 우리를 보호하려던 어머니의 애정은 차라리 눈물겨운 것이었다.

왜 그때 어머니가 아버지에게 그토록 집착하고 있었는지 모를 일이었다. 끝없이 이해하려 하고 끝없이 사랑하려 하고……

정말 이상한 일이었다.

그런 어머니를 뒤로 하고 아버지는 여전히 안하무인이었다. 사람들을 끌어들여 집을 난장판으로 만드는가 하면 송아지만한 개를 끌고와서는 어머니를 놀라게 하기도 하였다.

어머니가 개를 밖으로 내보내 재웠다.

개가 계속 낑낑댔다.

어머니가 참다못해,

"저 개 말이에요. 어떻게 좀 해보세요."

하고 말하자 아버지는 기다렸다는 듯이 사냥총을 들고 밖으로 뛰쳐나갔다.

아버지는 어머니가 보라는 듯이 새벽의 미명 속에서 한쪽 눈을 감고 개를 향해 사냥총을 겨누고 엄숙하게 말했다.

"차라리 모두 죽이고 말겠어."

그때 나는 몸을 떨었다. 모두라는 말이 가슴에 날아와 콱 박혔기 때문이었다. 그것은 분명 협박이었다.

어머니가 애들 깨겠다고 목소리를 좀 낮추라고 하자 아버지는 더 으르렁대었다.

"애들만 눈에 보이고 나는 보이지도 않는 거냐? 그래, 어쩔 거야?"

뒤이어 탕, 하고 총이 발사되었다. 총구를 쳐다보며 마냥 꼬리를 흔들던 송아지만한 개가 켕, 하고 고꾸라졌다.

아버지는 달려가 마구 개를 걷어차기 시작했다.

"울긴 왜 울어. 이 망할 놈의 개새끼야!"

아버지의 본능적인 분노를 보며 나는 새삼 내가 어떤 인간과 살고 있는지를 돌이켜봐야 했다.

어느 날 어머니가 마치 죄라도 지은 듯이 내게 말했다.

"너를 볼 낯이 없구나."

어머니는 분명히 그렇게 말했다.

"아버지를 이해해다오."

아버지는 그때쯤 마약에까지 손을 대었다. 정말 구원받을 수 없는 사람이었다.

약기운이 떨어지면 눈을 뒤집고 몸을 떨며 어머니를 붙잡고 늘어졌다. 폭언을 퍼붓다가 폭력을 썼다.

"이년, 눈멀었다고 방심했더니 재산을 모두 네 년 명의로 돌려놔?"

"그래요. 약이나 하는 당신에게 맡겨 놓을 수는 없으니까요. 눈먼 년이 애들과 먹고 살려면 어쩔 수 없구먼요."

폭력을 써도 어머니가 돈을 주지 않자 두 손을 모으고 싹싹 비벼 댔다. 그래도 안 주면 가재도구를 들고나가 팔아서는 약을 했다.

나중에는 팔 것이 없으니까 울면서 어머니에게 매달렸다.

어머니는 차디차게 그런 아버지를 밀어버렸다. 그래도 아버지는 매달렸다. 그러자 어머니는 자신의 말대로 하면 돈을 주겠다고 했다.

"단양 목련암으로 저를 데려다주세요."

"목련암? 당신이 다니던 그 절?"

"그래요. 그곳에 가면 성월 조실이란 분이 계세요. 그 신력이 대단하여 신통(神通) 선생이라 불리는 분이지요. 얼마나 신력이 대단한지 살아생전 신통전이라는 전각이 세워질 정도니까요."

"그래서?"

"그곳에 가서 저와 함께 기도를 해요. 그럼 마지막으로 약값을 드릴게요."

어머니는 그곳으로 가 한 달만 기도하면 눈이 뜨이고 남편이 회개할 것이라는 소문에 반신반의하면서도 물에 빠진 사람 지푸라기라도 잡는 심정으로 그렇게 아버지를 꾀었다.

어머니의 기도가 시작된 것은 그때부터였다.

차는 어느새 서울 톨게이트를 지나 잠시 서행하다가 한남IC 경부고속도로로 진입하고 있었다. 내 기억이 정확하다면 잠시 후 서울 만남의 광장 휴게소가 나올 것이고 서울 톨게이트 경부고속도로 통과 후 영동고속도로가 나올 것이었다.

그런 생각을 하면서 나는 하릴없이 책으로 시선을 옮겼다.

그들의 출가

　어머니의 상을 치르고 집으로 돌아온 구율타는 이제 결혼을 하자
는 우파라의 말을 듣고 고민에 사로잡혔다.

　이상한 꿈은 그녀의 처지와 맞물리면서 괜한 상상을 하게 만들었
다. 그렇기에 의혹이 더욱 깊어지고 있었는지 몰랐다. 고민에 고민을
거듭하던 그는 차라리 솔직하게 물어보자 싶었다. 그래야 그녀와 결
혼을 해도 불행해지지 않을 것 같았다.

　"우파라, 결혼하기 전에 하나 물어볼 것이 있다. 네 어머니를 죽인
그자 말이다."

　우파라를 만난 구율타는 계속 망설이다 기어이 그렇게 운을 떼고
말았다.

　"왜 그래요?"

　"네 어머니를 죽인 사람 말이다. 자연사가 아니라는 말을 들었다.
낚시터에서 칼에 맞아 물가에서 건져졌다고······."

　"왜 갑자기 그 소리를 하세요? 그래서요? 무슨 소릴 하고 싶으신
거예요?"

　사태를 짐작한 우파라의 눈에 파르르, 날이 섰다.

"지금 절 의심하시는 거예요?"

"그럴 리도 없지만……. 하지만 우파라, 솔직히 말할게. 요즘 꿈만 꾸면 네 모습이 보여."

그녀가 갑자기 돌아서며 킬킬 웃었다.

"아이고, 우리의 심약한 오라버니. 눈 시퍼렇게 치뜨던 내 예전 모습이 생각났나 보네. 아니 여리디 여린 어릴 때의 내 모습 그대로네요. 남 의심하는 병까지."

"무슨 말이냐?"

"하지만 전 아니에요."

"아니라고?"

구율타의 물음에 우파라가 고개를 끄덕였다.

"내가 돕지 않으니까 기다린 거 아니야? 그자가 늙을 때까지. 그래 이제 죽인 것이 아니냐?"

"지금 무슨 소리를 하고 계신 거예요. 증오심을 버린 지가 언젠데……. 오라버니가 번민하는 모습을 보고 증오심 같은 것은 예전에 버렸다고요. 오죽하면 그럴까 싶어서. 오라버니가 그랬잖아요. 너의 어머니가 너를 진정으로 사랑했다면 꿈에 나타나 살인을 하라고 하겠느냐고. 맞아요. 사랑이란 그런 게 아니지요. 부디 제 사랑을 의심하지 말아요."

구율타는 고개를 갸웃했다.

여전히 의심을 못 푸는 구율타를 보는 우파라의 눈빛이 순간 매섭게 빛났다.

그날 밤, 이상하게 구율타는 우파라의 꿈을 다시 꾸었다. 우파라가 검은 망토를 입고 강가에서 낚시를 하고 있는 사내를 칼로 찔러 죽이는 꿈이었다.

구율타는 일어나 앉아 고개를 내저었다.

그럴 리가 없다, 그럴 리가 없어.

날이 밝았다. 날이 밝기가 무섭게 기다렸다는 듯이 낚시터에서 죽은 사내의 범인이 잡혔다는 소식이 전해졌다. 범인은 인근 마을의 청년이라고 했다.

"왜 그 사람을 죽였지?"

수사관들이 그를 추궁했다.

"그자가 날 업신여겼소."

"그래서 죽였다?"

"지렁이도 밟으면 꿈틀한다는데 제 신분은 생각지도 않고 날 천민 취급하지 않소."

"그럼 천민이 아니란 말인가?"

"내 비록 이렇게 태어났으나 그런 자에게까지 업신여김을 당할 만큼 모질게 살지는 않았소."

"모질게 살다니?"

"홍, 아직도 모르시는군. 그자는 아내가 죽고 나자 짐승 잡는 도살업자가 되었소. 그러다가 무슨 이유에선지 이곳에 온 거요. 저잣거리에서 그자를 만났는데 내가 그랬소. 보살라에서 짐승들을 잡고 있지 않았었냐고. 여긴 어쩐 일이냐고. 그렇게 그자와 가깝게 지내게 되었소. 그런데 그날 술자리에서 그자가 날 조롱하는 거요. 그래서 그만……."

"뭐라고 조롱했기에?"

수사관이 듣고 있다가 다시 물었다.

"내가 우자로 가문의 우파라를 사모하고 있다고 술김에 말했는데 그자가 날 비웃었던 거요. 그자가 이상하게 화를 내며 너 같은 놈이 어떻게 그런 마음을 먹을 수 있느냐며 후려치고 발길질을 하는 거요. 그래서 그만……."

비로소 우파라를 공연히 의심했다는 생각에 구율타는 마음이 아팠다.

아, 내가 그녀의 진심을 왜곡했구나.

이게 인간이구나, 하는 생각이 들었다. 진심도 사랑도 왜 똑바로 직시하지 못하는지 참으로 우매하다는 생각이 들었다.

그런 생각이 들자 슬픔이 밀물처럼 밀려들었다. 그렇지 않아도 어머니의 상을 치르면서 인생이라는 것이 무엇인가 싶었었다. 어머니의 자궁에서 태어나 어머니의 품에 안겨 어린 시절을 보내고 짝을 만나 다시 자식을 낳고……. 꿈이라는 생각이 들었다.

왜 사는가? 왜 늙는가? 왜 죽는가? 왜 태어나는가?

그 의문을 뒤로 하고 인간은 순간의 희로애락에 몰두하고 있다. 그리고 이제 가장 사랑하는 여인을 의심하며 죽음을 향해 걸어가고 있다. 죽음? 죽음은 태어남의 반대쪽이다. 그러나 태어남은 곧 죽음을 향한 여로가 분명하다. 죽음으로써 생의 풍경은 끊어진다. 이별이다. 영원한 이별. 사랑하는 이들과의 이별……. 이것은 모순이다. 이 모순을 풀지 않고는 이 삶을 영위할 이유가 없다. 그렇다면 먼저 우주의 철리(哲理)를 풀어야 되는 것이 아닐까.

그렇게 생각한 구율타는 우파라에게 슬며시 출가의 뜻을 내비치고 말았다. 깜짝 놀란 우파라가 할 말을 잃고 어쩔 줄 모르다가 울며불며 매달렸다.

"지금 무슨 말을 하는 거예요? 출가라니요? 안 됩니다. 안 돼요!"

소리치는 우파라를 보자 구율타는 슬며시 내비쳤던 출가를 정말 해야 되는 것이 아닐까 하는 생각이 들었다. 이상한 충동이었다.

출가라는 말이 가슴 속에서 활활 타오르는 것 같았다. 그 불길이 등을 떠미는 것 같았다.

출가가 무엇인가? 이런 인연을 끊고 집을 나가 수행한다? 그것을 출가라고 한다면 언젠가 만났던 사문. 그 역시 이 과정을 거쳐 사문이 되었다는 말이다. 그럼 도(道)란 바로 이 인연을 먼저 끊어내는 데 있다?

순간 비정(非情)이란 말이 번개처럼 뇌리를 스치고 지나갔다.

그렇다. 비정하지 않고서야 어찌 출가하여 홀로 우주의 철리를 깨달을 수 있으랴.

"우파라, 나를 이해해다오."

비로소 구율타의 입에서 확신에 찬 말이 터져나왔다.

우파라가 더욱 놀라 눈을 크게 떴다.

"생각해봐요. 이게 이해로 해결될 문제예요?"

"너는 말했지. 세세생생 나의 아내가 되겠다고. 내가 출가를 결심한 것은 우리들이 영원한 하나가 되기 위한 것이라는 걸 왜 몰라?"

"그런 궤변이 어딨어요? 이 생에도 맺어지지 않는 사랑이 어떻게 출가를 함으로써 세세생생 이어진단 말이에요?"

"우파라. 우리가 우리의 사랑을 완전히 하려면 이 우주의 이치를 먼저 깨달아야 해. 그렇지 않고는 우리는 이 생에서 맺어진다 해도 영영 이별하고 말 것이야."

"우리가 헤어지지 않기 위해 이 생에 헤어진다고 하면 세상이 웃을 거예요. 안 돼요. 못 보내요!"

헤어지지 않겠다고 몸부림치는 우파라를 뒤로 하고 돌아서자 그녀가 새파랗게 질려 소리쳤다.

"나쁜 사람. 당신과의 사랑을 완성하기 위해 난 못할 짓까지 했단 말이에요."

"못할 짓이라니?"

"내가 말해도 어차피 믿지 못할 거예요."

그녀의 말이 이상했지만 구율타는 그대로 집으로 돌아왔다.

구율타는 문중의 친척들을 불러 모았다. 그들 앞에 무릎을 꿇고 말했다.

친척들이 하나같이 놀라 무슨 말을 하고 있는 것이냐고 물었다.

"용서하십시오. 제가 이 문중의 대주임에 분명하오나 이제 저는 생사의 진리를 찾아 출가를 해야겠습니다."

"출가? 출가라니? 아니, 세속을 등지겠다는 말이냐?"

작은 아버지가 펄쩍 뛰었다.

"아버지의 상을 치르면서 많이 생각했습니다. 왜 아버지가 그렇게 돌아가시고 어머니가 그렇게 돌아가시게 되었는지……. 이는 필시 이유가 있을 것 같기 때문입니다."

"안 된다. 너는 이 가문의 대주다. 조상에게 제사를 지내야 할 대주가 출가를 한다니. 그럼 누가 제사를 주관한다는 말이냐?"

"작은 아버님, 용서해주십시오."

"너를 믿었는데 이렇게 실망을 시키다니."

다음 날 구율타는 친구 우자로를 찾아갔다.

우자로의 집으로 들어서던 그는 그만 얼어붙고 말았다. 집안 사람들이 우파라의 시신을 안고 통곡하고 있었기 때문이었다. 그동안 서로 만나지 못했으므로 반갑게 끌어안아줄 줄 알았던 우자로가 다가오더니 날선 눈으로 노려보았다.

"구율타, 무슨 염치로……?"

"우자로, 무슨 일이냐?"

"우파라가 죽었다. 네놈이 아니면 안 된다고 하면서……. 너의 출가를 비관했다는 말이다."

구율타는 그 자리에 풀썩 주저앉았다.

뒤이어 우자로의 아버지가 달려 나와 구율타를 두들겨 패기 시작했다.

피투성이가 되어 돌아온 구율타는 며칠 동안 앓아누웠다. 눈만 감으면 우파라의 모습이 떠올랐다.

그런 어느 날이었다. 낚시터에서 죽은 사내를 수사하던 수사관들이 범인에게서 청천벽력 같은 자백을 받아냈다.

구율타는 그 말을 들으면서 눈을 감고 말았다. 그 청년에게 살인을 사주한 자는 바로 우파라였기 때문이었다.

'우파라?'

어이가 없었다. 그러나 소문은 정확했다.

우파라가 낚시터 범인을 찾은 것은 사건이 나기 얼마 전이었다.

평소 자신을 짝사랑하고 있다는 걸 안 우파라는 자신의 어머니를 죽인 자를 죽여준다면 동침을 하겠노라고 꾀었다.

"그러니까 그녀와 동침을 하기 위해 살인을 했다는 말이냐?"

수사관이 물었다.

"어릴 때부터 그녀를 짝사랑했었소. 언감생심 나 같은 천민이 사랑할 수 없는 여인이었지요. 내게 그녀는 하늘이었단 말이오."

"허허, 천민이 상전과 하룻밤 정사를 위해 살인을 했다? 살인을 사주한 년이나 한 놈이나 참으로 모진 것들이로다."

수사관들이 우파라의 집을 급습했으나 그녀는 죽고 난 뒤였다.

구율타의 출가 결심은 더욱 굳어졌다.

겨우 몸을 추스르고 우파실사를 찾았다.

우파실사가 구율타의 손을 잡았다.

"정말 모를 것이 인생이다. 우파라가 마음을 잡은 줄 알았는데 그 원심을 속으로 숨기고 그토록 오래도록 키우고 있었다니."

"우파라의 마지막 말을 이제야 이해할 것 같다. 당신과의 사랑을 완성하기 위해 난 못할 짓까지 했었다는……."

"구율타, 그래 출가일은 잡았나?"

"집안이 정리되는 대로 떠나려고 한다."

우파실사가 갑자기 한숨을 쉬었다.

"실은……."

무슨 말을 하려다가 우파실사가 입을 다물었다.

"왜?"

이상하다는 생각이 들어 구율타가 물었다.

우파실사가 먼 산을 바라보았다.

"나도 우자로의 동생 우파라가 죽은 후 많은 생각을 했다. 왜 그 애가 죽었을까 하고. 너 때문이라고 했지만 아니라는 생각이 들더라."

"응?"

"이상하더구나. 우파라가 너의 출가를 비관해 죽고 그래도 네가 출가를 하겠다는 말을 들었을 때 오죽했으면 싶더라. 그때부터다. 그래

맞다, 그때부터였지 싶다. 먼저 깨달아야 할 것은 우주의 철리가 아닐까 하고."

"너는 내가 이해된단 말이냐?"

우파실사가 고개를 끄덕였다. 눈가가 젖어 있었다.

"나도 출가를 할까 싶다."

"뭐?"

구율타는 자신도 모르게 소리쳤다.

우파실사가 다시 고개를 끄덕였다.

"맞아. 세상살이가 뭔가 싶어."

"그냥 해보는 말이지?"

구율타는 믿기지 않아 그렇게 물었다.

우파실사가 고개를 내저었다.

"모르겠다. 나도."

"아니, 너도 출가를 하겠다고?"

"그럴까 싶다."

"우파실사, 정말 예사롭지 않구나!"

믿지 못하겠다는 듯 구율타가 말했다.

우파실사가 젖은 눈을 들어 구율타를 바라보았다.

"너와 이토록 오래 함께했는데 네가 없는 세상 어떻게 살까 싶기도 하고⋯⋯."

"그렇다고 출가를 결심했다면 말이 안 된다."

"안 될 것도 없지. 나도 네가 출가한다는 말을 들었을 때 안 믿었으니까."

그제야 구율타는 우파실사의 결심이 일시적 감상이 아니라는 생각이 들었다. 묘한 인연이라는 생각이 들었다.

"그래도 쉽지 않을 터인데……."

구율타는 잠시 후 걱정스럽다는 투로 중얼거렸다.

"너도 집안의 장손 아니냐."

우파실사가 고개를 끄덕였다.

"그럼 쉽지 않을 터인데……. 나도 집안 어른들이 허락하지 않고 계시거든."

"가문을 이을 장남이 출가를 한다고 하니 난리가 아니다."

"어찌 그렇지 않겠어."

"그래서 오늘부터 부모의 허락이 떨어질 때까지 단식을 할 거다."

"뭐?"

"어제 한 사문을 만나 의논을 해보았거든. 그가 말하더구나. 출가는 비정의 산물이라고. 비정하지 않고 어찌 출가를 할 수 있겠느냐, 어찌 진리를 볼 수 있겠느냐고. 그렇게 큰 법은 부정을 거쳐 대긍정에 이르는 법이라고. 이제 결심했으니 밀어붙이려고 한다."

"오호, 무엇이 너를 그렇게 만들었는지 모르겠구나."

그동안 그가 출가를 결심하고 있었다는 사실이 믿어지지 않았지만 그에게도 그만한 이유가 있을 것이란 생각이 들었다.

그런 구율타를 향해 우파실사는 말을 이었다.

"네가 장사를 하고 있을 때 나는 사랑을 했다. 그런데 그녀가 병으로 죽고 말았어."

"그래? 왜 지금까지 말하지 않았나?"

"말하면 그녀가 살아오는 것도 아니고. 그래서 네가 이해가 되더라. 이제 정말 세상이 싫다. 알고 싶다. 우리의 인연에 대해서. 그리하여 그녀를 다시 만나고 말 것이다."

구율타는 눈을 감았다.

그렇구나. 그에게도 그만한 사연이 있었구나.

그러나 우파실사가 단식을 해가면서까지 출가를 할까 싶었다.

그러나 우파실사의 발심은 무서웠다. 그날로 단식을 결행했기 때문
이었다.

단식 일주일이 넘어가자 서서히 말라가던 우파실사의 몸에서 시체
썩는 냄새가 나기 시작했다. 그러자 설마 했던 우파실사의 부모는 아
들이 가고자 하는 길을 막다가 영영 아들을 잃어버리는 건 아닐까
싶어 발을 동동 굴렀다.

우파실사의 어머니는 아들을 부여잡고 빌기 시작했다.

"우파실사야, 아버지 성질을 몰라서 이러느냐! 네가 이 집에서 죽
어나가도 출가만은 허락하지 않으실 것이다. 지금이라도 마음을 고쳐
먹고 일어나려무나."

"물러가십시오, 어머님."

다음 날 그의 어머니는 남편을 붙들고 빌기 시작했다.

"여보, 저러다 아들 하나 죽이겠소. 그만 내쳐버립시다. 저놈도 바
깥세상 맛을 봐야 제 분수를 알게 아니겠소."

"어림없는 소리! 그놈은 이 집안을 이어갈 장손이야."

"벌써 일주일째예요. 어쩌려고 이러시오?"

"죽을 테면 죽으라지."

열흘이 되는 날 참다못한 아버지가 그의 방문을 열어젖혔다.

"이놈! 더 고집부린다면 용서치 않겠다!"

우파실사는 아무 대꾸도 하지 않았다.

"가문을 이어 조상을 돌보지 않겠다면 그것은 짐승이나 다름없는 것, 차라리 너를 죽여 가문의 수치를 씻으리라!"

"그렇다면 그렇게 하십시오. 하지만 그게 뭐 그리 중요한 것입니까. 어차피 우리는 죽어가고 있습니다. 생각해보세요. 우리 조상님들이 이 세상을 살면서 선근만 쌓으며 살았겠습니까. 그중에는 악한 일을 저지른 이도 있었을 텐데, 그럼 그들은 어디로 갔을까요? 전 들을 수 있습니다. 저 지옥의 불길 속에서 아우성치는 조상님들의 신음 소리를. 아버님 귀에는 들리지 않으세요? 저는 들립니다. 그런데 그런 그들을 구할 이 아들의 앞길을 오히려 아버님이 막고 계신 것입니다. 그렇다면 누가 조상님께 죄를 짓고 있는 걸까요? 저일까요? 아닙니다. 아버지입니다. 그들이 그렇게 고통스러워하고 있는데 여기 이렇게 호의호식하며 조상을 위해본들 그게 무슨 소용이겠습니까?"

아들을 용서치 않겠다고 달려들던 아버지가 멈칫했다. 그러잖아도 한 가문에서 출가 사문이 나와 성도한다면 그 가문이 구제받을 수 있다는 말은 들어왔던 터라 수염을 떨며 아들만 노려보고 있었다.

우파실사는 본의 아니게 조상님 핑계를 대긴 하였지만 아버지의 반응이 심상치 않자 말을 이었다.

"아버지, 전 내 한 몸 던져 세상의 이치를 깨닫고 우주의 철리를 바로 보아 억겁의 지옥에서 헤매는 조상이 있다면 그 조상을 구하리라 벌써부터 생각하고 있었습니다."

"그, 그게 정말이냐?"

"그럼요 아버지. 내 조상이 만에 하나 저 지옥의 불구덩이에서 신음하고 있는데 자손된 도리로 가만히 있을 천하에 못난 놈이 어디 있겠습니까?"

아버지는 그만 허락하고 말았다. 못 미더운 구석이 없는 건 아니었으나 아들의 말에도 일리가 있었던 것이다. 이 가문이 어떻게 이어져 온 가문인가. 아들 하나 출가시켜 고통받는 조상님을 구할 수만 있다면 죽어서도 조상님 보기가 떳떳할지도 모를 일이었다.

아버지의 허락을 받은 우파실사는 그 길로 집을 나왔다. 그는 집을 나와 구율타의 집으로 갔다. 둘이 헤어질 때 출가하기로 굳게 약속했던 터였으므로 구율타도 문중의 허락을 받고 자신을 기다리고 있을지도 모른다고 생각했기 때문이었다.

역시 구율타는 그를 기다리고 있었다. 구율타도 문중의 반대를 모든 재산을 포기하는 것으로 막았다. 자신의 모든 재산을 정리해 문중에 헌납하고 작은 아버지의 후손 중에서 장남을 자신의 후계로 하여 대주로 삼았던 것이다.

두 청년은 환하게 웃으며 손을 마주 잡았다. 그리고 그 길로 출가를 하였다.

그들은 그때쯤 라자가하에서 푸라나 갓사파와 쌍벽을 이루던 산자야 밑으로 들어갔다. 푸라나 갓사파가 도덕부정론자라면 산자야는 회의론자였다. 그의 주장은 인간은 일체 진리를 알 수 없다는 것이었다. 모든 것이 의문이라는 것이다.

산자야 밑으로 출가를 한 지 얼마나 되었을까. 어느 날 구율타의 어머니가 귀의했던 푸라나 갓사파와 이제 별처럼 떠오른 석가모니(Śākyamuni)가 그의 처소를 찾았다. 석가모니라고 불리는 이자가 곧 불승의 우두머리였다. 사람들은 그때쯤 그를 깨달은 이라 하여 붓다(Bud·dha)라 부르고 있었다. 또는 샤카족의 침묵하는 성인이라 하여 샤카무니, 세월이 흐르면서 되국의 문물이 들어오자 문언문(文言文)의 영향을 받아 석존이라고도 불리고 있었다. 그렇지 않아도 샤카가 석(釋)으로 음사되어 존칭 존을 붙여 석존(釋尊)이라 불리고 있었다. 또는 세상의 존경을 받는 이라 하여 세존(世尊)이라 부르기도 하였다.

그제야 구율타는 산자야가 그들과의 논쟁을 준비하고 있었다는 걸 알았다.

구율타는 그때 처음으로 석존을 보았다. 참으로 수려한 얼굴이었다. 분소의를 걸쳤는데 머리 주위로 하얀 원광이 빛나고 있었다. 그는 카필라국의 왕자였으나 출가 수행하여 해탈에 들었다고 하였다.

구율타는 푸라나 갓사파, 산자야, 석존의 사상을 비교분석해 보았다. 푸라나 갓사파나 산자야는 하나같이 석존과는 반대적인 입장에 서 있는 것 같았다. 그날 안 것이지만 석존이 제창한 불교의 가장 핵심적인 교리는 연기법(緣起法)이었다. 그는 인생과 우주의 진리를 깨쳤다는 것이다.

구율타는 석존의 법에 더 접근해보았다. 자세히 살펴보니 그의 어떤 법도 연기법의 테두리를 벗어나지 않고 있었다. 모든 것은 홀로 존재하지 않는다는 사실을 그는 확실히 하고 있었다. 오로지 상호관계 속에서 존재한다는 것이었다. 그것이 그의 진리였다. 존재의 상황이 어떻게 바뀌더라도 상관없다고 하였다. 이것과 저것은 상호 의존관계에 있으며 그 상관관계에서 벗어날 수 없다는 것이다. '이것이 있으므로 저것이 있고', '이것이 생기므로 저것이 생긴다'라고 그는 말하고 있었다. 그 한마디로 그는 존재의 발생과 소멸을 간단히 설명하고 있었다.

구율타는 그날 세 사람의 피 터지는 논쟁을 보았다.

"스스로 붓다라고 칭하는 이여."

석존을 향해 먼저 포문은 연 것은 자신의 세력을 뽐내기라도 하듯이 하던 갓사파였다.

그는 역시 도덕부정론자다웠다.

"갠지스 강의 남쪽 언덕에 가서 생물과 인간을 죽이든지, 해치든지, 자르든지, 고통을 주든지, 고통스럽게 하든지, 이것으로 인하여 악이 생기는 것도 또한 아니며 악의 과보가 오는 것도 아니외다. 그러한데 그대는 연기설을 설하고 있소. 스스로 붓다라고 자처하는 이여, 연기법의 근간이 무엇이오? 나는 그대의 연기법에서 존재의 '생성과 소멸의 관계성(關係性)'을 보았소. 생성과 소멸, 그것이 서로 의지하여 관계를 맺고 있다 그 말 아니오."

"그렇소이다. 바로 그게 '상의성(相依性)의 법칙'이오."

가만히 듣고 있던 석존이 대답하였다.

"모든 존재는 원인과 조건에 의해서 생겨난다?"

이의를 제기하듯 갓사파가 되뇌었다.

"서로는 서로에게 원인이 되기도 하고 조건이 되기도 하기에 비로소 존재케 되는 것이오."

"그러니까 그게 그 말 아니오. 모든 존재는 전적으로 상대적이고 상호의존적이다?"

"그렇소이다."

"흥, 그걸 모를 사람이 어디 있을라구. 난 또 엄청난 세계라도 보여 줄 줄 알았네."

갓사파가 노골적으로 느물거리자 석존이 그의 말을 받았다.

"진리란 우리의 일상 속에 있다오."

갓사파가 눈을 크게 떴다.

"그럼 그 위에 있는 것은 무엇이오? 우리를 옭아매는 것? 그것을 알고 있소? 왜 죄의식을 느끼오? 그것은 구속받기 때문이오. 그 구속하는 것. 그대는 그것이 마음이라고 했소. 그대 마음을 보았소. 그게 신이오? 신은 없소. 그리고 마음도 없소. 우리를 얽매는 것은 없소. 그대가 갠지스 강의 북안에 가서 보시를 하든 누군가에게 보시를 시키든, 제사를 지내든, 제사를 지내게 시키든, 이것으로 인하여 선이 생기는 것도 아니며, 또 선의 과보가 오는 것도 아니오. 보시를 해도 자기를 제어하고 감관을 제어하고 진실을 말해도 이것으로 인하여 선이 생기는 것도 아니며 또 선의 과보가 오는 것도 아니오."

"그럼 인간이 짐승과 다른 것이 무엇이겠소?"

석존의 질문에 갓사파가 뜨악한 표정을 짓다가 대답했다.

"그대는 인간이 왜 짐승과 다르다고 생각하시오?"

"인간이기 때문이오. 인간은 사고할 수 있기 때문이오."

"짐승은 사고(思考)가 없소? 짐승도 언 물은 본능적으로 차다는 것을 알며 불은 뜨겁다는 것을 아오. 문제는 그 앎으로부터 도망칠 수는 없다는 데 함정이 있다는 것이오."

"뭐라고?"

"나는 방금 본능이라고 했소만 인간의 본능 속에는 죄의식이 선험적으로 작용하고 있소. 그걸 양심이라고 해도 좋소. 인간은 본능적으로 선과 악을 받아온 동물이기 때문이오. 그 선과 악이 어디로 왔겠소. 바로 생성과 소멸의 관계, 그 상호성에서 온 것이오. 이 본능적 분별을 어떻게 감당할 것이오. 그저 신이 없다, 도덕을 부정함으로써만 그 경지를 얻을 수 있소? 죄지은 이에게 그대의 도덕부정론은 일시적으로 도피처가 될 수 있을지 모르나 영원히 그를 구제하지는 못할 것이오."

"그러고 보니 그대에게는 해답이 있는 것처럼 들리는구료."

듣고 있던 산자야가 끼어들었다.

"바로 우리를 옭아매는 것으로부터의 해방이오. 그대가 없다고 하는 것. 그것이 가장 큰 적이기 때문이오."

"어허, 이제 말이 제대로 서는군. 내가 없다고 하는데 그대는 그것이 있다고 하며 그 해결책을 제시하고 있지 않은가."

석존이 산자야를 무시하고 갓사파를 향해 말했다. 갓사파가 다시 무슨 말인가를 하려고 했으나 석존은 말을 계속했다.

"그대는 산 생명을 죽여도 죄 될 것이 없다고 하였소. 정말이오? 당신과 당신이 죽일 생명과 무엇이 다르오. 내가 보기에 하나도 다르지 않소. 그것은 입장을 바꿔보면 바로 알 수 있는 것이 아니요. 그런데도 죄의식을 느끼지 않는다니."

"그럼 그대가 그것으로부터 해방되는 경지와 내가 버린 죄의식은 무엇이 크게 다른가?"

갓사파가 물었다.

"나는 절대선의 해방을 말하고 있고 그대는 절대악의 해방을 말하고 있소. 절대선의 해방은 금강석처럼 굳건하나 그대의 절대악의 해방은 모래성과 같을 것이오. 왜냐면 그대의 눈이 그걸 말하고 있기 때문이오. 지금 그대의 눈은 광기에 절어 미쳐가고 있음을 증명하고 있기 때문이오."

"이, 이단자! 그렇다면 말해보라, 그대가 말하는 절대선으로 가는 길을!"

갓사파가 화가 나 소리쳤다.

그러나 석존은 조금도 흔들리지 않았다.

"이렇게 대답하지요. 조금 전에 모든 존재는 상호의존이라고 했는데 그게 무엇이겠소? 바로 인과(因果)요."

"인과?"

"그렇소. 결과론이요. 인이 있기에 과가 있는 것이오. 그것을 우리는 윤회(輪廻)라고 하오. 짓는 대로 간다는 말이오. 내 불법의 요지는 그것으로부터의 해탈(解脫)이오. 일체개고(一切皆苦)란 말을 아시오?"

"일체개고?"

"무상(無常)과 무아(無我)를 깨닫지 못하고 영생하고자 터무니없는 집착에 빠져 고통받는 것을 이르는 말이오."

"그것이 어떻단 말이오?"

"나의 법은 오로지 그 세계에서 해탈(解脫)하는 것이오."

"해탈? 해탈이라니? 그대는 그 길을 알고 있다는 말인가?"

"내 이제 구체적인 실천항목을 말해드리리다. 바로 팔정도(八正道)요. 바른 진리에 이르는 길. 고(苦)의 멸(滅)에 이르는 길(道). 그것은 성스러운 길이지요. 정견, 정사, 정어, 정업, 정명, 정정진, 정념, 정정이 바로 그것이오."

"그것이 괴로운 생의 연(緣)을 멸하는 방도를 실현하는 실천의 항목이란 말인가?"

갓사파가 다시 물었다.

"정견(正見)은 올바른 견해, 사물을 올바르게 보는 것을 의미하오. 정사(正思)는 올바르게 생각하는 정신적 작용을 의미하오. 정어(正語)는 올바른 언어생활이오. 정업(定業)은 올바른 신체적 행위요. 정명(正命)은 올바른 생활을 하라는 것이오. 정정진(正情進)은 올바른 노력으로 수양과 정진을 계속한다는 것이오. 정념(正念)은 사념(邪念)을 버리는 것이오. 정정(正定)은 올바른 마음을 안정시킨다는 것이외다."

갓사파가 할 말을 잊고 있는데 산자야가 입을 열었다.

"흥, 듣고보니 그럴 듯은 하구려."

그제야 석존의 시선이 그를 향했다.

"산자야, 내 일찍이 그대의 법 또한 알고 있소. 하지만 참으로 터무니없는 주장이었소."

산자야는 회의론자였다. 그는 객관적인 진리에 대하여 불가지론(不可知論)의 입장을 취하고 있었다. 그는 모든 판단에 관한 단정을 피해야 한다고 주장하는 사람이었다. 그렇기에 형이상학적 문제에 판단중지(判斷中止)를 처음으로 주창한 사상가였다. 그러므로 그의 주장은 항상 확답을 내리지 않는 데 있었다. 자연히 그의 해답은 모호할 수밖에 없었다. 그래서 뱀장어 같이 잡기 힘든 논의자라고 하여 아마라비케파(amarāvikkhepa)라고 불리고 있었다.

"나는 그대가 형이상학적 문제에 대해 판단중지(判斷中止)를 처음으로 주장하고 있다는 것을 알고 있다오."

"그래서?"

산자야는 심기가 상해 노골적인 분노를 음성에 담았다.

"모든 것이 의심스럽다면 그 주장 자체가 의심스럽기 때문에 의심스러운 것이 아니겠소."

"뭐라고?"

산자야가 할 말을 잃고 입을 딱 벌렸다.

석존은 못을 박듯이 다시 한마디 덧붙였다.

"그렇다면 의문스럽다는 것도 의심스러운 것이 된다 그 말이오."

산자야가 할 말을 잃고 입을 벌리고만 있자 푸라나 갓사파가 질 수 없다는 생각이 들었는지 끼어들었다.

"결국 무엇인가? 인과? 그럼 사후세계를 인정한다? 모든 것이 그 선에서 이루어지고 있다는 말 아닌가?"

"그럼 그대는 어디서 오시었소? 무(無)에서?"

갓사파가 다시 할 말을 잃었다.

이번에는 석존이 산자야에게 물었다.

"그대는 사후세계가 존재한다고 생각하시오?"

정곡을 찌르는 석존의 무서운 질문 앞에 산자야는 잠시 눈을 감고 있었다. 잘못하면 자신의 논리가 들통이 날 판이었다.

"그럼 그대는 사후세계가 존재한다고 생각하시오?"

그는 책잡히지 않으려는 아이처럼 조심스런 어조로 되물었다.

석존은 미소 지었다. 그 미소를 보자 산자야는 자신의 얕은 자식이 탄로 나는 것 같아 재빨리 다시 입을 열었다.

"만약에 그대가 사후세계가 존재한다고 생각한다면 나도 그렇게 대답할 것이오. 그러나 나는 그렇게 생각지 않는다오."

석존이 기가 막혀 눈을 감았다. 석존의 눈치를 보던 산자야가 말을 이었다.

"그럴 것이라고도 생각지 않는다오. 그와는 다르다고도 생각지 않으며 그렇지 않다고도 생각지 않는다오."

"그렇지 않은 것이 아니라고도 생각지 않는단 말씀이군요?"

모든 것을 꿰뚫어본 석존이 물었다.

마지막 말을 가로채버리는 석존을 보며 산자야는 눈을 크게 떴다.

"미꾸라지처럼 요리조리 빠져나가는 곳에 진리가 있는 것이 아니라, 진리는 그 위에 있습니다."

석존이 그런 그에게 말했다. 그렇게 말하고 석존은 연기의 법칙을 다시 설했다. 그때 우파실사는 산자야 밑에서 스승의 강의를 대신하고 있었는데 석존의 설법에 그만 빠져들고 말았다. 비로소 그에게 청정한 진리를 볼 수 있는 법안이 생겼기 때문이었다.

먼저 소리친 것은 구율타였다.

"가세, 친구여. 나는 이미 그대의 표정을 읽고 있었다네. 어찌 그런 스승을 놓칠 수 있겠는가."

그러자 우파실사가 기다렸다는 듯이 말했다.

"어찌 우리들만 이 법의 은혜를 입을 수 있겠는가. 우리의 스승이었던 산자야 선생도 모시고 가세."

"그러세."

그들은 함께 산자야에게로 갔다.

"우주의 이법을 깨친 이가 이 세상에 오시어 법을 바르게 펴고 있으니 가십시다. 스승님께서도 알고 계시지 않습니까."

산자야는 고개를 내저었다.

그들은 산자야의 제자 250명을 데리고 석존을 찾았다.

석존은 그가 오는 것을 멀리서 보고는 이렇게 말했다.

"저기 지혜가 가장 뛰어난 자들이 오고 있다."

그들은 정사 앞에서 석존의 제자를 만났다.

"그대의 스승은 지금 어디 계십니까?"

"정사에 계십니다."

산자야가 그 사실을 알고는 패배감으로 인해 피를 토했다.

석존에게 패한 것에 상심한 갓사파는 얼마 지나지 않아 미쳐서 물에 빠져 자살하고 말았다.

석존의 제자가 된 우파실사는 사리자(舍利子, 사리풋드라)라는 법명을 얻었고 구율타는 목련(目連, 목건련=못가라나)이라는 법명을 얻었다.

사리자와 목련은 교단의 중심이 되어 열심히 수행했다.

수행의 길은 멀고도 험했다. 석존은 그들에게 선정(禪定)에 드는 방법을 가르쳤는데 그게 그렇게 쉽지 않았다.

한 치의 오차도 있을 수 없는 세계였다. 결가부좌(結跏趺座) 자체가 어려웠다. 앉은 자세에서 한쪽 다리를 구부려 반대쪽 허벅지 깊숙이 올려놓는다. 반대쪽 다리를 그 위에 올려놓는다. 그런데 몸이 비만하여 다리가 말을 듣지 않았다. 어쩌다 되어도 넘어지기 일쑤였다. 석존이 그걸 보고는 계곡으로 데리고 갔다. 물속에서 해보라고 했다. 물의 부력 때문인지 훨씬 수월했다. 그렇게 결가부좌를 익혔다.

혀를 입천장에 붙이고 눈을 반쯤 감고 숨을 천천히 코로 들이마신다. 배꼽 아래까지 쭉 들이마신다. 입으로 소리 없이 내뱉는다. 그래도 마음잡기가 쉽지 않다. 마음은 잡다한 생각으로 저 혼자 떠돈다. 고향집이 생각나는가 하면 울고 있는 우파라가 보였다. 그와 행복했던 순간이 떠오르고 사랑을 나눌 때의 모습이 떠올랐다. 그러다가 다시 다른 생각이 이어지고 생각을 하지 말자고 다짐하다보면 또 우파라의 모습이 떠올랐다.

'정신을 집중하기가 이렇게 어렵단 말인가.'

어느 날 스승 석존이 다가왔다.

"정신을 집중할 수가 없습니다."

목련은 솔직히 말했다.

석존이 고개를 끄덕였다. 그리고는 이렇게 말하였다.

"목련아, 그대로 두라. 생각이 나면 생각을 하여라. 물이 흐르듯 그 물길을 따라 그대로 흘러가거라."

목련은 그 생각을 따라갔다. 어머니가 생각나면 어머니를 생각했다. 어머니의 품에 안겨 잠들었던 시절, 어머니와 함께 꽃이 핀 산등성이로 올랐다. 어머니 품에 안기도 하고 어머니와 정다운 말을 나누기도 하였다.

구율타와 행복하게 웃으며 산기슭을 내달렸다. 개울에서 송사리를 잡고 집으로 돌아와 우파라와 사랑을 나누었다.

그러다 문득 깨달았다. 자신의 몸이 자신도 모르게 슬슬 흔들리고 있었다. 그때 목련은 깨달았다. 선정(禪定)에 들 때 몸의 흔들림은 전조증상이라는 것을.

그렇게 몸을 흔들다보니 마음이 잡혔다. 점차 얽매임이 없어져 갔다. 점차 정신이 맑아졌다.

그러다가 이내 정신은 먼 기억 속으로 사라져버렸다.

그러면 스승 석존의 지팡이가 사정없이 어깨에 떨어졌다. 화들짝 눈을 떠보면 졸고 있었다는 생각이 들었고 석존이 말없이 내려다보고 있었다.

졸았구나. 졸았어.

자세를 가다듬지만 수마(睡魔)는 계속해서 쏟아졌다.

그렇게 세월이 흘렀다.

어느 날 그날도 선정에 들었는데 느닷없이 눈앞에 어머니가 보였다. 꼭 현실 같았다. 어머니가 펄펄 끓는 물속에 들어앉아 비명을 질러대었다.

너무 끔찍한 모습에 깜짝 놀라 그만 눈을 번쩍 떴는데 이번에는 우파라가 보였다. 우파라는 이상하게 어느 여인의 자궁 속에 웅크리고 있었다. 그 모습이 참으로 평온해 보였다.

다시 깜짝 놀라 눈을 뜨자 그제야 그들의 모습이 보이지 않았다.

내가 환영을 보고 있구나.

다시 어찌어찌하여 선정에 들자 이번에는 날개 달린 말이 보였다. 분명 현실 속의 말이었다. 그 말을 잡기 위해 자신도 모르게 손을 허우적거렸다. 그러다가 눈을 떴다. 역시 말은 보이지 않았다.

그 길로 목련은 스승 석존의 방으로 들었다.

"세존이시여, 선정에 들어 참으로 이상한 경험을 하였나이다."

"왜 그러느냐?"

"선정에 들었는데 꼭 현실 같았나이다. 지옥이 분명합니다. 그곳에서 어머니가 고통받고 있는 모습이었습니다. 다시 선정에 들었는데 이번에는 말이 보이는 것이 아니겠습니까."

스승 석존이 웃었다.

"목련아, 혼침(昏沈)이다. 선정에 깊어지면 때로 헛것을 보기도 하느니라. 날개 달린 개가 보이기도 하고 말이 보이기도 하고 죽은 이들이 보이기도 하느니라. 그것은 깨침의 전단계이니 개의치 말고 수행에 정진하거라."

바람의 눈

경부고속도로를 올라탄 차는 신갈IC에서 마성 동수원(원주, 인천) 방면 우측 도로로 진입하고 있었다. 잠시 후면 용인 휴게소가 나올 것이었다. 그다음이 덕평 휴게소일 것이고 다시 몇 개의 휴게소가 나올 것이었다.

문막 휴게소를 지나야 중앙고속도로를 탈 수 있겠지.

그런 생각을 하다가 문득 읽고 있던 책의 표지로 시선을 던졌다. 번안을 누가 했을까, 하는 생각이 들었기 때문이었다. 내가 알기에 이 원전은 어머니가 찾아낸 것이 분명하고 그럼 분명히 한어로 기록된 것일 터였다. 분명히 그렇게 들은 기억이 있었다.

한어로 기록된 것이라고 할지라도 번안 실력이 만만치 않다는 생각이 들었다. 어머니가 발견한 글 때문에 일찍이 나는 이미 나와 있는 〈목련경〉을 읽어본 적이 있었다.

〈목련경〉은 위경(僞經)이라고 알려진 경이다. 어머니가 발견한 글 때문에 알게 된 것이지만 석가모니가 교설한 경은 주로 정전(正典)과 의경(疑經)으로 나뉜다. 석존이 직접 교설(佛說)한 것처럼 '불설'이라는 이름을 빌렸지만 정전의 진실성을 인정할 수 없을 때 의경이라고 한

다는 것이다. 위경은 주로 중국 등에서 제작되지만 우리나라에서도
나온 것이 있는데 세종 때 꾸며진 〈부모은중경〉이 대표적인 예라고
했다. 그러니까 〈불설대목련경〉도 목련구모(目連求母), 〈아함부(阿含部)〉
의 여러 경전, 〈목련변문류(目連變文類)〉에서 영향을 받아 태동한 경전
이라는 것이다.

목련구모는 목련존자가 아귀도(餓鬼道)에 떨어져 고통받고 있는 어머
니를 구했다는 설화다. 〈아함부〉의 여러 경전에는 목련의 전기라고
할 수 있는 전기가 여기저기 수록되어 있다. 〈목련변물류〉는 우란분
경을 심화시킨 둔황 출토물로, 10세기의 산물로 추정된다. 그러니까
〈목련경〉은 그런 것들에 영향을 받아 우리나라에서 11세기 무렵에
경전으로 성립되었다는 것이다.

그런데 어머니가 발견했다는 〈목련전〉은 불설이 아니었다. 한자어
로 표기되기는 하였지만 예초에 경전으로 쓰인 것이 아니라 목련 이
야기였다. 경(經)이라고 붙이지 않고 아예 전(傳)이라는 말을 붙여 놓았
다. 글자 그대로 〈목련전〉이었다. 누군가가 목련존자의 영향을 받아
후세에 한어로 집필한 것이 분명했다. 나름 당시 사정이 자세한 것으
로 미루어 보아 이곳의 수도승이 천축으로 구법을 가 그곳에 살며 목
련에 대한 자료를 모아 돌아와 썼을지도 모를 일이었다.

번안자를 보았더니 알 만한 작가의 이름이었다.

역시 작가였구나.

번안은 언어만을 객관적으로 옮기는 번역(飜譯)과는 다르다. 번안은
옮기는 과정에서 번안자의 주관적인 상상이 개입될 수 있다. 더욱이
고대의 기록물들은 대중을 상대로 할 때 번역만으로는 읽기 힘든 면
이 있다. 대중을 상대로 만들어진 것이 분명하고 보면 번안자의 적절

한 주관적 개입을 바랐기에 창작자를 찾아 맡겼을 터였다.

그랬다. 번역을 전문으로 하는 이들의 번안물과 소설 창작을 전문으로 하는 이들의 번안물은 다르다. 아무래도 창작을 하는 작가들의 번안물은 어딘가 문학적 기개가 엿보인다. 그래서인지 읽는 내내 뭔가 다르다는 생각을 하고 있었는데 역시 소설가의 번안물이었다.

올해가 목성 조실 탄신 100주년이다 보니 번안자도 신경을 써서 제대로 고른 것 같았다.

스치는 산정엔 가을이 무르녹고 있었다. 가로변의 나무들도 가을 단장을 끝내고 결 좋은 바람에 흔들리고 있었다.

나는 차창을 좀 더 열고 담배 한 대를 피워 물었다. 창을 통해 길게 연기를 밖으로 내뿜으며 진선을 쳐다보았다.

"미안하다."

"아뇨."

진선이 웃으며 머리를 내저었다.

"괜찮아요."

"끊는다, 끊는다 하면서도……. 교대할까?"

"아직은 괜찮아요. 다음 휴게소에서 잠시 쉬었다 가지요."

"그러자. 그곳에서 요기도 하고. 앞으로 두어 시간 가야겠지?"

"그렇겠지요."

진선이 대답하며 차창 밖을 흘끔거렸다.

"단풍이 고와?"

스쳐가는 산기슭으로 눈길을 주며 내가 물었다.

"그래요. 봄이면 봄꽃이 피고 가을이면 가을꽃이 핀다는 말을 처음에는 이해하지 못했어요. 나중에야 단풍이 곱다는 걸 알고는 그 말이 실감이 나더라고요."

"그러게. 진선이 여자 친구 있니?"

뜻밖의 질문이었던지 진선이 웃었다.

"없어?"

"삼촌도!"

그렇게 말하고 진선이 웃었다.

"좋을 때다."

"삼촌은 안 그런가요?"

"옛날 같지 않아."

멀리 산 중턱에 우거진 산림이 보였다. 단풍이 고왔다.

가을꽃이라고 하더니.

어느 사이에 해가 난 것일까. 멀리 검은 구름장을 터져 나온 빛살
이 곱다.

잠이 든 아내는 기척이 없었다. 얼마 전에 퇴근해 들어가자 아내가
물었다.

"나 뭐 변한 거 없어요?"

아내의 모습을 살펴보았는데 변한 것이 없어 보였다. 아내는 키가
좀 큰 편이었다. 앞이마가 조금 나와 항상 머리카락으로 가리고 다녔
는데 그것도 그대로였다. 얼굴이 하관이 좀 빠져 보여서 콧날이 날카
로워 보이고 턱이 길어 보였다. 하지만 날선 코와 작고 도톰한 입술
이 묘한 대조를 이루어 아주 지적인 분위기를 풍긴다. 귀로부터 흘러
내리는 어깨선이 곱다. 목덜미의 솜털이 햇빛 속에 드러날 때면 때 묻
지 않은 소녀적인 감성을 불러일으킨다.

"모르겠는데?"

"자세히 좀 봐요."

다시 아내를 살폈으나 변한 것이 없었다.

"왜 그래?"

"아이고, 내 그럴 줄 알았어. 도대체 내게 관심이나 있는 거예요?"

"이 사람이 갑자기 왜 그래? 피곤해 죽겠는데……."

"머리요."

"응?"

그러면서 아내의 머리를 보았더니 긴 머리채가 댕강 날아갔다. 그제야 아내의 머리가 단발이라는 생각이 들었다.

"어떻게 된 거야?"

"아무튼 눈썰미 하고는……. 오늘 미용실에서 잘랐어요."

"왜, 긴 머리 좋았는데?"

"여름도 되고 해서요. 장마철이라 날도 칙칙한데 머리까지 길어서……."

그 머리가 벌써 자라 어깨를 덮었다.

"우리 만날 때 생각나요?"

어느 날 아내와 정사를 끝내고 담배를 피우고 있는데 아내가 내 팔을 가져가 팔베개를 하고 문득 물었다.

내가 쳐다보기만 하자 아내가 말을 이었다.

"그 벤치 지금도 있을지 모르겠네요. 도서관 건물 앞 은행나무 밑에 있던 벤치 말이에요. 은행나무는 암수가 마주 봐야 한다고 했잖아요. 그런데 어느 날 맞은편 은행나무 아래 앉아 있는 남학생이 눈에 들어오는 거예요."

그랬다. 맞은편 은행나무 밑을 바라보던 그날의 남학생은 언젠가

부터 늘 와서 앉는 여학생과 눈이 딱 마주쳤다.

그때 왜 저 사람이다, 하는 생각이 들었는지 모를 일이었다. 나중에 그 여학생과 사귀면서 알았다. 그녀도 나를 보기가 무섭게 저 사람이다, 하고 생각했다는 것을.

"전생을 믿어요?"

그때를 그녀도 생각하고 있었던지 문득 물었다.

나는 아내를 쳐다보았다.

"글쎄? 왜?"

"오늘 집에 갔걸랑요. 아빠 엄마 뵌 지가 오래된 것 같아서."

"그래? 건강하시지?"

아내가 고개를 끄덕였다.

"가니까 엄마가 자주 가는 절 스님이 와 있더라고요. 그분이 아빠에게 물었어요. 시주님은 다시 태어나도 사모님과 결혼하실 거예요?"

"그러니까?"

"아버지가 허허허 웃다가 '그럼요' 하고 대답하더군요."

"맞아. 장인은 그러실 거야."

성실이 몸에 밴 장인을 생각하며 내가 말했다.

"근데 엄마는 아니래요."

"뭐?"

"다시는 저런 사람과 한 침대 안 쓸 거래요. 아빠 육군사관학교 때 만났잖아요. 얼마나 멋진지 한눈에 반했는데 그 후 아버지 따라 이사 다니며 골병이 들었다는 거예요. 다음 생에는 부잣집 아들을 만나고 싶대요."

"하하하, 장모님답지 않으시네."

언제나 소박하고 정이 넘치는 장모를 떠올리며 내가 말했다.

아내가 웃다가,

"당신은 어때요?"

하고 물었다.

왜 화살이 내게 돌아오나 하는데 아내의 음성이 달려왔다.

"다시 태어나면 말이에요. 나랑 결혼할 거예요?"

"응?"

아내가 눈을 치떠 나를 올려다보았다.

"그래야겠지?"

마지못해 내가 대답하자,

"그래야겠지?"

하고 아내가 눈을 흘기며 되물었다.

"그래야지가 아니고 그래야겠지?"

아내가 어이가 없다는 투로 되뇌었다.

"그럼 당신은 어때?"

궁지에 몰렸다는 생각에 내가 물었다.

아내가 잠시 생각하는 표정이더니,

"글쎄요. 나도 모르겠어요. 당신이 좋긴 하지만 요즘 나오는 잘생긴 아이돌들 말이에요. 얼마나 싱싱해요."

하고 말했다.

나는 나도 모르게 일어나 앉았다.

"당신 미쳤어? 이런 속물. 뭐 아이돌?"

아내가 덩달아 일어나 앉으며 크크크, 웃었다. 그리고는 무릎을 세우고 그 무릎에다 턱을 기댔다.

"아이고 재밌어."

"뭐? 재밌어?"

"우리 사랑의 인연은 얼마나 되었을까요?"

아내가 잠시 생각하다가 정색을 하고 슬픈 목소리로 중얼거렸다.

이번엔 내가 허공을 올려다보며 허허허 웃었다.

"이 사람 오늘 왜 이러는데……?"

그러면서 아내를 와락 안았다.

"머리까지 자르고……. 혹시 바람 난 거 아냐?"

"하이고, 나 바람 날 때까지만 사세요."

"얌전한 고양이 부뚜막에 먼저 올라간다고……. 요게 암살이 났어요. 암살이……."

"어머머, 왜 이래요?"

그날 그녀의 입속에서 단내를 맡았다. 아니 불덩이처럼 달아오르는 그녀의 몸에서 단내를 맡았다. 그게 사랑이라고 생각했다. 서로의 단내를 맡고, 느끼고, 넘기고……. 그게 사랑이라고 생각했다.

아내를 멀거니 쳐다보다가 시선을 돌려 차창 밖을 바라보자 꽃덤불인지 아니면 벌써 단풍이 든 건지 형형색색의 숲더미가 스치고 지나갔다.

어머니의 눈 먼 모습이 떠올랐다. 눈이 멀기 전에 어머니는 봄만 되면 산으로 올라 진달래꽃을 땄다. 술도 담고 화전(花煎)도 부치기 위해서였다.

그래서였을까. 산을 보면 언제나 어머니가 먼저 생각나고 화전이 생각났다. 화전을 부쳐 오순도순 둘러앉아 맛있게 먹던 모습이 눈앞을 스쳤다.

세월은 그냥 흐르는 것이 아니었다. 언제 어디서나 제 나름의 무게를 싣기 마련인 것이 세월이란 놈이었다.

약값을 타내기 위해 어머니를 목련암으로 데려갔던 아버지.

어머니에게 약값을 챙기고는 산을 내려왔지만 이내 그는 다시 어머니를 찾아갔다. 어머니가 돈을 줄 리 만무했다.

보다 못한 그 절의 성월 조실이 아버지를 신통전으로 데려갔다. 신통전 토굴 속에 넣고는 성월 조실이 말했다.

"여기에 앉아 두 시간만 석가모니불을 찾는다면 그 돈을 내가 주리라."

처음에는 픽픽 웃던 아버지가 못 견디자 그 자리에 퍼질러 앉아 석가모니불을 부르기 시작했다.

"석가모니불, 석가모니불, 석가모니불……."

식음을 전폐하고 약만 하던 몸은 삼십 분을 넘기지 못하고 넘어졌다. 눈을 뒤집고 게거품을 물고 사지를 떨었다.

성월 조실이 달려들어 침을 놓고 약을 썼다.

정신이 들자 아버지는 돈을 내놓으라고 악을 썼다.

성월 조실이 아버지에게 다시 두 시간 석가모니불을 찾을 수 있다면 돈을 주겠다고 말했다.

이번엔 이십 분도 넘기지 못하고 넘어졌다.

성월 조실이 다시 침을 놓고 약을 쓰고, 그렇게 몇 번을 반복했는지 몰랐다.

아버지가 점차 몸을 회복해 두 시간을 채웠을 때 성월 조실은 아버지에게 돈을 내밀었다. 아버지는 돈을 받기가 무섭게 절 아래로 뛰어갔다.

제자가 성월 조실에게 말했다.

"조실 스님, 어쩌려고 그러십니까?"

성월 조실이 머리를 내저었다.

"기다려보아라. 돌아올 것이다."

성월 조실의 말은 맞았다.

아버지는 되돌아왔고 그때부터 기도를 했다. 어머니와 나란히 앉아 기도를 했던 것이다.

생각이나 했으랴.

사고가 났다. 교통사고였다. 어머니에게 입히려고 털목도리를 단양읍에서 사 돌아가다가 차가 낭떠러지로 구른 것이다.

정말 그때까지도 나는 몰랐었다. 아버지의 사랑을. 어머니를 향한 아버지의 사랑을.

그렇게도 어머니의 속을 썩이던 아버지가 돌아가시던 날 우리는 몰랐었다. 세상 사람이 다 욕하고 손가락질해도 어머니는 아버지를 깊이 사랑하고 있었다는 사실을. 행여 자식들이 아버지 원망이라도 할라치면 어머니는 눈을 뒤집었다.

"아버지가 왜 그렇게 살아야 하는지 몰라서 그러는 게냐?"

아버지는 죽기 직전 자신의 눈을 어머니에게 남겼다. 그의 유언을 들은 어머니는 눈물을 흘리다가 까무러쳐버렸다.

> 여보, 죄 많은 몸이오. 당신과 함께 기도를 하면서 참 많이
> 깨달았소. 이제야 나를 깨달았으니 그동안 어둠 속에서 살
> 아온 것은 그대가 아니라 바로 나였다는 걸 알았소. 그렇
> 소. 바로 나였소. 내 먼저 가면서 그대에게 줄 것이 눈밖에

없으니 미안하구려. 이럴 줄 알았다면 좀 더 소중하게 내
몸을 다루었을 것을.

천지가 뒤집힐 일이었다. 그렇게 자기밖에 모르던 사람이 어머니에
게 눈을 남기다니. 도저히 이해가 되지 않는다고 사람들은 하나같이
수군대었다.

의식이 돌아온 어머니는 자신의 눈으로 인해 생사람을 잡았다며
불문곡직하고 방문을 걸어 잠갔다. 우리가 문을 부수고 들어섰을 때
어머니는 소복 단장하고 송곳으로 자신의 눈을 겨누고 있었다.

"이까짓 눈이 뭐라고."

친척들이 어머니를 덮쳤다.

나와 여동생은 울기만 했다.

사람들이 혀를 차댔다.

"허어, 부부간 일은 아무도 모른다더니. 그나마 정이 깊었는갑네.
그 천하 불한당이 제 여편네 갑갑할까 눈 주고 가는 걸 보믄."

"본시 개차반이들이 여편네한테는 잘한다지 않소. 요 아래 깡패 짓
이나 하고 다니는 뺄대놈 그렇게 제 여편네에게는 잘한다우. 주먹을
쓰고 다니다가도 여편네만 보면 솜사탕이라고 하지 않수."

"참 모를 거이 부부간이여. 언제 사람 되려나 했더니……."

어머니는 아버지의 눈을 받지 않겠다고 했다. 사람들이 어차피 죽
을 목숨이 아니냐, 그걸 알고 남편은 눈을 주겠다고 하는 것이다, 이
러면 눈을 주고 가는 남편의 고마운 마음이 어떻게 되겠느냐, 하고
어머니를 달랬다.

그래도 어머니는 고개를 내저었다.

아버지가 눈을 남긴다는 게 믿어지지 않아서였을까.

그때 어머니는 기도하던 수호신에게 눈을 뜨게 해달랬더니 왜 생사람을 잡아 놓느냐고 생각했을지도 모른다. 생사람 잡아 눈을 뜨면 뭐할 것이냐고 생각했을지도 모른다.

그런데 꿈을 꾸니까 병원에서 죽어가는 아버지가 문 앞에 서 있더라고 했다. 아버지가 웃으며 말하더란다. 당신 때문에 내가 죽은 것이 아니라 살아서 악행을 너무 많이 저질러 그 업값음을 그렇게 한 것이니 내 눈을 소중하게 간직하고 있다가 오라고 하더란다.

그제야 어머니는 아버지의 사랑을 받아들였다.

그때 어머니는 이렇게 생각을 바꾸었을 것이다. 기도의 영험함을. 자기밖에 모르던 이기적인 인간이 죽어가면서 아내에게 눈을 주고갈 수 있는 힘, 그 힘이 어디에서 왔는가를. 두 미물의 사랑. 그 사랑을 지극하게 끌어올리는 힘. 인간이 가장 인간답게 살아갈 수 있는 숭고한 힘의 원천이 어디서 비롯되는가를.

그 후 어머니는 목련암이 전부가 되어 버렸다. 그곳에는 아버지가 있고 그 힘의 원천이 있다고 생각했기 때문이었을 것이었다.

이제 어머니는 자신의 눈이 아니라 눈을 주고 간 아버지를 향해 기도하고 있었다. 그러기 위해 어머니는 집부터 옮겼다. 광명에서 단양으로 내려온 것이다. 우리가 머문 곳은 미진이란 곳이었다. 목련암까지 한 시간도 채 걸리지 않는 곳이었다. 어머니는 시간이 날 때마다 목련암으로 올랐다. 그리고 일 년에 꼭 두 번씩, 여름에 한 번 겨울에 한 번 한 달씩 목련암에 들어가 안거라는 것을 했다.

그렇다고 기도로 인해 어머니가 우리에게나 집안에 소홀하지는 않았다. 아니, 장사를 하고 있었으므로 더 적극적으로 생활했다고 해도 과언이 아니었다. 문제는 우리가 학교에서 돌아올 무렵 어머니가 그 시간에 가게 문을 닫고 일주일에 두 번 목련암으로 간다는 것이었다. 그리고는 밤새 기도를 하고 돌아온다는 것이었다. 그런 날이면 여동생과 나, 우리 남매는 우리대로 살아가는 법을 배웠다.

"어디까지 읽으셨어요?"

잠시 생각에 잠겨 있는데 문득 진선의 음성이 들려왔다.

"진도가 잘 나가지 않네."

"보기보다 꽤 양이 많죠?" "차 안이라 그런가."

"피곤하면 삼촌도 잠시 눈을 붙이세요."

"괜찮다."

그러면서 나는 엄지로 짚고 있던 갈피를 찾았다.

천상 속으로

며칠 후 목련은 스승 석존을 다시 찾았다. 선정에 들면 계속해서 이상스런 현상이 일어났기 때문이었다.

어느 날 어머니가 다시 보였는데 아귀지옥이란 곳이었다. 그곳에 어머니가 있었다. 어머니의 모습은 눈 뜨고는 못 볼 참상이었다. 얼굴과 사지는 뼈가 드러날 정도로 말랐는데 배만 희멀겋게 불룩 나와 있었다. 먹을 음식이 곁에 있어도 어머니는 먹지 못하고 있었다. 음식을 먹기 위해 달려들면 음식이 손에 들어가기가 무섭게 불이 되었다. 그 모습을 보다가 목련은 그만,

"어머니!"

하고 부르며 눈물을 흘렸는데 어머니가 그 소리를 들었는지 손을 허우적거리며 아들을 찾았다.

"아들이구나! 아들의 목소리를 들었어!"

"맞습니다. 어머니."

갑자기 자신의 환영이 어머니 앞에 나타났다.

목련은 어머니 앞에 나타난 자신의 모습을 멍하니 바라보았다. 자신의 환영이 눈물을 흘리며 가져간 주먹밥을 어머니에게 내밀었다.

어머니가 그 밥을 받아먹으려고 하자 손에서 불길이 일었다. 주먹밥은 역시 불이었다. 어머니가 음식을 먹지 못하고 울부짖었다.

"아아! 왜 이러는 것이냐?"

선정에서 깨어난 목련은 석존을 다시 찾고 말았다. 석존에게 자신이 본 것을 말하자, 석존이 혼침이 너무 오래 계속되는 것이 아닌가 이상히 생각하여 앞을 내다보았다. 정말 목련의 어머니가 아귀지옥의 불구덩이 속에 있었다.

혼침이 아니라는 생각이 들자 석존은 눈을 감았다.

"목련아, 너의 어미는 불승에게 간탐(慳貪) 죄를 저질렀기 때문이다. 인색하고 욕심이 많아 자기밖에 모르고, 없는 이들에게 전혀 자비심을 보이지 않았으니 아귀지옥에 떨어진 것이다."

"세존이시여, 어머님께서 세상에 계실 때 저에게 말씀하시기를 날마다 5백승재를 올렸다고 하셨습니다. 당신은 이 아들이 실망할까 만약 5백승재를 올리지 않았다면 집으로 돌아가 이레를 넘기지 못하고 죽을 것이라고 했는데 약속한 날에 돌아가신 것으로 보아 약속을 지키지 않았음이 분명합니다. 하지만 세존이시여, 불승을 내쫓고 산 생명을 죽였다고 해도 그렇습니다. 한 가문에서 한 사람만 출가해도 칠조(七祖)가 구원을 받는다고 하셨는데 그럼 내 어머니는 마땅히 화락천궁에 태어나야 하지 않겠습니까. 그런데 지옥에 계시다니, 어떻게 된 것입니까?"

눈을 감고 있던 석존이 스르르 눈을 떴다.

"목련아, 업이란 누구에 의해서 씻어질 수가 없는 것이다. 네가 출가했다고 해서 칠조가 구원받는다고 한 것은 공덕의 문제이니라. 너의 어머니는 세상에 있을 때 삼보를 믿지 않고 간탐하고 적악했기 때문에 그 죄가 수미산과 같아서 죽어 지옥에 들어 있는 것이니라."

목련의 눈에서 눈물이 흘러내렸다. 그는 눈물도 훔치지 않고 입을 열었다.

"세존이시여, 저는 제 어머니의 죄를 알기에 출가했사옵니다."

"왜 내가 그것을 모르겠느냐."

"그럼 이제 어찌 해야 하겠습니까?"

석존이 다시 앞을 내다보니 제 어머니를 지옥에 두고 수행에만 정진할 목련이 아니었다. 사람에게는 근기라는 것이 있다. 오도 후 세상에 나와 그 근기에 맞게 중생을 가르쳐 왔다. 그 사람의 수준에 맞게 비유를 들어가며 중생을 제도한 것이다.

그러나 엄밀히 말해 승은 세속과 인연을 끊은 사람이다. 출가하여 승이 되었다면 구도의 목적은 비정(非情)에 있다. 비정하지 않고 구경(究竟)에 들 수는 없다. 어찌 구도자가 비정하지 않고 구경할 수 있으랴. 세속의 잔정에 끌려서야 큰 깨침을 얻을 수 없다.

근기 면에서 볼 때 목련은 누구보다도 효심이 지극한 사람이다. 그 효심에 기름을 부어줌으로써 그는 깨침의 세계로 나아갈 수 있다. 어머니를 구하면서 깨침을 얻을 수 있다는 사실.

결심을 한 석존이 목련을 향해 입을 열었다.

"목련아, 여래는 오늘날까지 신통을 자제해 왔다. 여래가 성도할 때 육신통에서 오신통을 막아 버렸기 때문이다. 오신통이 무엇이냐? 공간에 걸림 없이 왕래하며 그 몸을 마음대로 변할 수 있는 신족통(神足通), 멀고 가까움과 크고 작은 것에 구애됨이 없이 무엇이나 밝게 볼 수 있는 천안통(天眼通), 멀고 가까움과 높고 낮음을 가리지 않고 무슨 소리나 잘 들을 수 있는 천이통(天耳通), 사람은 물론, 어떤 중생일지라도 그 생각하는 바를 다 알 수 있는 타심통(他心通), 자신뿐만 아니라 육도(六道)에 윤회하는 모든 중생들의 전생과 금생, 내생의 일을 다 알 수 있는 숙명통(宿命通)이 그것이다."

"그럼 그것을 닫아버렸다는 말씀이십니까?"

왜 그래야 하느냐는 듯이 목련이 물었다.

"무슨 말이냐 하면, 제1통에서 제5통까지는 정도의 차이는 있을 지라도 유루정(有漏定)을 닦는 외도(外道)나 신선, 천인(天人), 귀신들도 얻을 수 있고, 약을 쓰거나 주문을 외워도 이룰 수 있지만 제6통 누진통(漏盡通)만은 아라한이나 불보살(佛菩薩)들만이 지닐 수 있는 것이기 때문이다."

"이해하기가 쉽지 않습니다."

목련의 말에 석존이 고개를 주억거렸다.

"언젠가는 알게 될 것이다. 왜 내가 다섯 신통을 닫았는지. 그러나 오늘 특별히 너를 위해 그 다섯 신통을 열려고 한다."

"네?"

무슨 말이냐는 듯이 목련이 눈을 크게 떴다.

"너에게 신통력을 불어넣어주려고 한다는 말이다."

"스승님, 무슨 말씀이십니까?"

"너에게 신통력을 주겠다는 말이다."

"세존이시여, 이해하기가 쉽지 않습니다."

"내가 말하지 않았느냐. 언젠가는 알게 될 날이 있을 것이라고."

그렇게 말하고 석존이 목련에게 신통력을 불어넣었다.

목련의 몸이 가벼워지기 시작했다. 머릿속이 텅 빈 것 같았는데 발우를 당겨야 되겠다고 생각하자 그 생각만 머릿속에 남았다. 오로지 발우뿐이었다. 모든 사념이 발우와 하나가 되었다. 그러자 발우가 공중으로 솟아올라 자신의 손으로 왔다.

목련은 스승에게 합장하고 그대로 몸을 허공으로 띄웠다. 몸이 생각대로 종잇장처럼 가볍게 허공으로 솟아올랐다.

기사굴산으로 가야겠다고 생각하자 순식간에 자신의 몸이 기사굴산에 이르렀다. 그곳에 빈바라암이라는 절이 있었다. 그 절에 이르러 잠시 쉬면서 아버지와 먼저 간 우파라가 어디에 있는가 하고 생각해보았다. 이상하게 그들의 존재가 잡히지 않았다.

북망(北邙)의 산으로 가보았다. 사람이 이승에서 목숨이 다하면 맨먼저 들어서는 길이었다. 천상의 복을 지은 사람은 운명하기 전 염부에서 그들을 맞이하기 위해 정중히 북망으로 사자들을 내보낸다. 천상으로 오는 이의 중음신(中陰身, 목숨을 마친 뒤 새로운 생명으로 다시 태어나기까지의 기간 중의 유정)을 맞으러 가는 것이다. 그리고 숨이 끊어지면 정중히 모시고 천상의 세계로 든다.

북망의 기슭으로 가니 두 길이 있었다. 한 길은 천상으로 드는 길이요, 다른 한 길은 지옥으로 드는 길이었다. 천상과 지옥의 길목이었다.

천상으로 가는 길목에서 그렇게 갈등을 겪지 않았다. 그를 데려가는 빛이 천상으로부터 내려와 데려가고 있었다.

그러나 지옥으로 갈 중음들은 이상하게도 전혀 그 빛 속으로 들어갈 엄두를 내지 못하였다. 오히려 그 빛을 피해 도망을 다니는 것이었다. 부모들이 자식의 앞길을 열어주기 위해 회초리를 들고 어서 학교에 가라고 매질을 할 때 부모를 피하는 자식들 같았다. 그러면서 도저히 따라가서는 안 되는 검은 빛이나 다른 여타의 빛 속으로 들어가는 것이었다. 꼭 어릴 때 부모님들에게 꾸중을 들을까 어두운 곳으로 숨는 아이들 같았다. 그리고는 뒤늦게 빛에 휘말려 황량한 지옥의 길을 걸어갔다.

목련이 보니 지옥의 빛 너머에는 무시무시한 사자들이 칼과 갈고리 창을 들고 중음신을 기다리고 있는데도 중음신들은 이승에서 지은 업장에 의해 그 사자들을 전혀 보지 못하고 있었다.

천상의 길목도 마찬가지였다. 천상으로 가는 길에도 천사들이 내려와 그들을 기다리고 있었다. 그러나 그들은 빛 너머의 천사들을 전혀 보지 못하고 자신들이 지은 업에 가려 그 빛에 현혹당해 그 길을 가고 있었다.

업장에 의한 선택이라 이리로 가라 저리로 가라 할 수도 없는 일이었다. 자기 업장대로 그렇게 빛을 선택해 길을 가는 중음들을 바라보다가 목련은 순식간에 석존 앞으로 와 물었다.

"세존이시여, 빈바라암에서 아버지를 생각해보았으나 그분의 거처지가 보이지 않습니다."

석존이 고개를 주억거렸다.

"적멸에 들었다면 그 존재를 만나기가 쉽지 않다. 너는 천상이 극락으로 생각되느냐?"

목련은 무슨 말씀이냐는 표정으로,

"네?"

하고 물었다.

석존이 고개를 내저었다.

"천상 역시 윤회의 세계이니라."

"세존이시여, 그게 무슨 말씀이신지요? 인간세계에서 선한 업을 지어야 갈 수 있는 갈 수 있는 곳이 그곳 아닌지요?"

"목련아. 그렇지 않다. 그곳은 업장에 의해 존재하는 세계이나 그역시 업장에 의해 가는 곳이기 때문이다. 인간이 세상을 살면서 주먹만큼 좋은 일을 했다면 천상에 날 시간은 주먹만큼 될 것이다."

"네?"

"그렇지 않느냐."

"무엇이 말씀이옵니까?"

"인간은 선과 악의 양면적 존재이니라. 인간세상을 살면서 백이면백 다 좋은 일만 하면서 살 수 없는 것이니라. 인생의 절반을 선하게살았다고 하자, 그럼 천상의 세상을 절반 정도 살게 될 것이다. 그 절반은 악한 일을 했으므로 지옥에서 그 업보를 받아야 할 것이 아니겠느냐."

"그럼 제 아버지가 지옥에 있다는 말씀이십니까?"

"지옥에 있다면 이미 찾을 수 있었을 것이다."

"그런데 어찌하여 아버지의 존재가 느껴지지 않는 것이옵니까?"

"목련아, 수행자의 목표가 무엇이겠느냐. 바로 윤회세계에서 벗어나는 것이다. 윤회세계를 벗어나는 것이 수행자의 목표라면 깨침을 얻은 존재들은 어디에 있겠느냐. 바로 적멸세계이다."

"적멸세계?"

"그곳은 천상도 지옥도 없는 공(空)의 세계이다. 네가 아무리 신통력이 있다 하여도 공의 세계를 들여다볼 수는 없다. 바로 그 세계가 깨친 이의 세계이기 때문이다. 유불여불(唯佛與佛)이라 깨침의 경지에 든이만이 그 세계를 볼 수 있다. 너는 일각(一覺)이 모자라므로 그 세계를 결코 볼 수 없을 것이다."

"그럼 세존이시여. 제가 출가하기 전에 우파라라는 여인이 먼저 죽었사온데 그 여자는 어디 있는지 모르겠습니다."

석존이 잠시 눈을 감았다가 뜨며 미소 지었다.

"목련아, 그 여자는 지금 여인의 자궁 속에 있다. 인간세계로 다시 돌아가기 위해."

"그 여인을 밴 여인이 살고 있는 곳이 어디인지요? 누구이옵니까?"

"목련아, 너의 마음을 모르는 바 아니나 유정(幽精, 사념체)은 어디든 통과할 수 있다고 하나 침범할 수 없는 곳이 두 곳 있느니라. 그 한 곳은 여래의 금강좌요, 또 한 곳은 여인의 자궁 속이니라. 한 곳은 진리의 보장이요, 한 곳은 생명의 산실이니라."

석존이 그렇게 말하였으나 목련은 설마 하는 생각에 다시 북망으로 왔다. 북망에서 천상의 빛 속으로 들어갔다.

"멈추라."

앞장선 나인(儺人)이 소리쳤다.

목련이 걸음을 멈추고 그들을 쳐다보았다. 금강저를 찬 모습이 더없이 위엄 있다. 이승에 있을 때 신장들의 무기가 금강도(金剛刀)라고 들었었는데 그들이 차고 있는 게 바로 그것인 모양이었다. 모양새가 묘했다. 중앙에 손잡이가 있고 양 옆으로 칼날이 있는데 그리 길지 않았다. 그런데 칼 같지 않게 무척 화려했다.

칼뿐만이 아니라 그들이 입고 있는 옷도 그랬다. 갑옷을 입고 있는 것 같은데 전혀 갑옷처럼 보이지 않았다. 형용할 수 없는 색깔로 지어진 천의였다. 천의 자락이 미풍에 하늘거리고 있었지만 질서 있게 잡힌 주름의 각이 흐트러지지 않아 절로 경계심이 들 정도였다.

"이곳의 유정이 아니다. 역귀가 아닌가!"

금빛으로 빛나는 투구형의 모자를 쓴 나인이 말했다.

"역귀?"

목련은 나인의 말을 되뇌다가 아! 그래서 천상의 나인들이 달려온 것인가, 하는 생각이 그제야 들었다.

"그렇습니다. 저는 이곳의 유정이 아닙니다."

"그럼 이승의 유정이란 말인가?"

"석가모니 부처님의 뜻입니다."

그제야 나인이 밝게 웃었다.

"아하, 이승에서 오실 분이 있다고 하시더니 바로 그분이군요?"

"제 이름은 목련입니다."

나인들이 그제야 목련에게 깊숙이 허리를 숙였다.

"알고 있습니다. 아침에 제석천의 명이 있었습지요. 저는 이곳의 선객 나인 아지르입니다. 이곳의 치안을 담당하는 나인이지요. 역귀를 쫓는 것이 저희들의 임무입니다."

"그렇군요."

"유정이라면 절차가 필요할 것이나 그럴 이유가 없으니 어디든 드셔도 방해하는 이가 없을 것입니다."

"저는 이곳에 제 아버지와 속세의 여인이었던 이를 찾아왔습니다."

"그렇지 않아도 제석천의 명이 있었습니다. 명부(名簿)를 확인했사오나 아버지는 이곳에 계시지 않다는 결론이 나왔습니다. 필시 적멸의 나라에 든 것이 분명한 것 같아 그곳에 알아보았으나 그곳에도 없다고 합니다."

"그럼 어디에 계시다는 말입니까?"

"더러 이승의 유정이 적멸에도 들지 못하고 천상이나 지옥에도 들지 못하는 경우가 있습니다."

"그게 무슨 말씀입니까?"

"남에게 죽음을 당한 유정은 그 원으로 인해 저승에 들지 못하는 경우가 있기 때문입니다."

"그럼 내 어머니로 인해? 내 스승께서는 분명히 적멸에 들었다고 하시었소."

"이곳의 법은 업장에 의해 규정지어지는 것입니다. 그러므로 부처님이라고 하더라도 그 업장을 어찌할 수는 없습니다. 부친께서는 이승에서 한없는 덕을 베풀기는 하였으나 전생에 지은 죄에 의해 아내에게 죽음을 당한 것입니다. 그 죽음이 자신이 전생에 지은 업장으로 인한 것임을 알면서도 그 원을 버리지 못하였으니 저승에 들지 못하고 있는 것입니다. 필시 언젠가는 저승에 들 것이니 그리 염려하지 않아도 될 것입니다. 그 유정 스스로 마음을 돌려 원을 풀 것인즉 그럼 이 천궁에 날 것입니다."

"그게 사실이오?"

"그렇습니다. 그러하오니 염려 놓으십시오."

"그럼 내 여인은요?"

"그 이름이 우파라지요. 그 유정은 이승에서 자결을 해 그 죄로 지옥세계를 헤매다가 이제 인간지옥으로 다시 나가기 위해 자궁 속으로 들어가 있습니다."

"그 자궁의 거처지를 알 수 있겠습니까?"

아지르 나인이 고개를 내저었다.

"알 수 없습니다."

스승 석존의 말이 맞다는 생각이 들었다.

"그렇군요."

하고 나직이 내뱉자 그가 기다리고 있었다는 듯이 입을 열었다.

"이곳의 안내는 제가 맡겠습니다."

그렇게 말하고 아지르 나인이 앞으로 나섰다. 그러자 다른 나인들이 깊이 목련에게 예를 표하고 몸을 허공으로 날려 사라졌다.

비로소 안심한 목련은 그들을 따라 천궁으로 들었다. 천궁의 모습은 언젠가 석존께서 말씀해주신 그대로였다. 그때 석존께서 사밧티성의 남쪽 기원정사에 계셨다. 1,500명의 제자들에게 둘러싸여 있었는데 한 비구가 물었다.

"세존이시여, 천궁에 대해서 말씀해주십시오."

극락이나 지옥이나 내생이나 그런 문제에 대해서는 일체 즉문즉답을 피해오던 석존이 그날따라 고개를 끄덕였다. 제자들 모두가 아라한의 도를 닦은 성자들이어서 그런 모양이었다. 자신의 말을 알아들을 정도로 덕이 많기로 널리 세상에 알려져 있었으니 그랬을 것이었다. 그중에서도 특히 중심이 되는 인물은 지혜 제일 사리자, 논의 제일 마하가전연, 두타 제일 마하가섭(摩訶迦葉), 장조범지(長爪梵志)라 불리는 마하구희라(摩訶俱稀羅), 소욕지족(小欲知足)의 수도자 이파다(利婆多), 우둔한 수도자로 알려진 주리반타가(周利槃陀迦), 석존의 배다른 동생 난타(難陀), 다문(多問) 제일 아난다(阿難陀), 밀행(密行) 제일 라후라(羅睺羅), 우상비구(牛相比丘) 교범파리(憍梵波提) 등이었다. 그들이 보살과 불법을 수호하는 제석천, 제천 등과 함께 모여 있었다.

그때 석존께서는 다음과 같이 말씀하시었다

"이곳에서 서쪽으로 십만 억의 나라를 거쳐 가면 부처님의 세계가 있느니라. 그 나라를 극락세계라고 하느니라. 그 나라에 계신 부처님을 아미타불이라고 일컬으니 그 부처님은 지금도 그 정토에서 설법을 하고 계시느니라……."

그때 석존은 그 세계를 어째서 극락이라고 하느냐에 대해 세세히 말씀해주셨는데 정말이었다.

넓기가 한량없었다. 땅이 평탄했다. 산과 구렁과 골짜기가 없었다. 바다와 강이 없었다.

"이곳은 6도 중 지옥, 아귀, 축생, 아수라와 용이 없는 곳입니다."

목련이 입을 다물지 못하고 장엄한 모습에 놀라자 나인이 그렇게 말했다.

"해가 보이지 않으니 이상합니다."

나인이 고개를 끄덕였다.

"본시 극락세계에는 비와 눈이 없습니다. 해와 달이 없습니다."

"그런데 어찌 이렇게 밝습니까?"

"그러니까 극락정토이지요. 해가 없으나 항상 밝고 어둡지 아니합니다. 밤과 낮이 없습니다. 꽃이 피고 새가 우는 것으로 낮을 삼고 꽃이 지고 새가 쉬는 것으로 밤을 삼을 뿐입니다. 이곳의 일 주야는 사바 세계의 1겁입니다. 또 기후 차가 없습니다. 항상 봄과 같이 온화하지요."

"참으로 상쾌합니다."

문득 바람이 불어왔다. 꽃잎이 흩어져서 허공에 가득하다. 하늘에서 꽃비가 내리는 것 같았다. 이내 꽃잎이 네 치나 쌓였다. 발로 밟자 네 치를 들어갔다가 발을 들자 도로 올라올라왔다. 꽃밭이었다. 가는 길이 꽃길이었다.

어디선가 잠시 물 흐르는 소리가 들려왔다. 그런데 그 소리가 연꽃

사이로 흘러온다는 생각이 들었다. 이내 그 소리는 노랫소리로 변하였다.

"방금 노랫소리를 원하셨지요?"

나인이 물었다.

그걸 어떻게 아느냐는 표정을 지으며 나인을 쳐다보았다.

"물소리가 노랫소리로 바뀐 것은 그 소리를 원했기 때문입니다. 이곳에서는 소원대로 소리를 들을 수 있습니다. 설법소리를 듣고자 하면 설법소리를 듣게 됩니다. 음악소리를 듣고자 하면 음악소리를 듣게 됩니다. 새소리를 듣고자 하면 새소리를 들을 수 있습니다. 모두가 아미타불이 변화하여 내는 소리들입니다."

"그렇군요. 그런데 이곳은 차별이 없어 보입니다."

"차별이 있다면 극락정토가 아니지요."

목련이 지나는 이들을 보니 온몸이 금빛으로 빛나고 있었다. 용모가 잘나고 못난 것이 없다. 형상이 한결같고 단정하며 정결하다. 그 수승함이 세간 사람이나 하늘 사람으로는 비교할 수가 없다.

"그런데 이상합니다."

"무엇이 이상하십니까?"

"아무리 봐도 여자가 보이지 않습니다."

나인이 하하 웃었다.

"이곳에는 여인이 없습니다."

"네?"

"설사 여인이 왕생하더라도 여인으로 태어나지 아니합니다. 극락세계의 사람은 육신통을 구족하니까요. 여인이 되고자 하면 여인이 될 수 있지요. 아마 지금은 여인이 되고 싶은 사람이 없는 모양입니다.

하하하……"

"그래도 남녀의 차별이 느껴지지 않으니 희한한 일입니다."

"이곳은 참으로 평등한 곳입니다. 차별이란 있을 수 없지요. 사람들이 모두 지혜로워 마음으로 생각하는 것이 도덕 아닌 것이 없습니다. 입으로 말하는 것이 바른 일 아닌 것이 없습니다. 서로 사랑하며 공경하고 미워하거나 시기하는 일이 없습니다. 제각기 질서를 지키고 어긋나는 일이 없어서 움직이는 것이 예의에 맞고 화목하기가 형제 같습니다. 말이 진실하고 서로 가르쳐주면 기쁘게 받아들입니다. 어김이 없습니다. 신기가 고르고 고요하며 체질이 가볍고 맑습니다."

"그러니까 즐거움만 있고 생로병사의 고가 없다는 말씀이군요."

"태생하는 데는 고가 있으나 화생하는 데는 연화에 화생하므로 생고가 없습니다. 여기는 춘하추동이 없고 절기가 바뀌지 아니합니다. 기후가 항상 온화하므로 늙는 고통이 없습니다. 화생한 몸이 미묘하여 향기롭습니다. 정결하므로 병고가 없습니다. 수명이 한량이 없으므로 죽는 고통이 없습니다."

그렇게 말하고 나인은 천상에 대해 다음과 같이 말했다.

"이곳에는 여섯 천국이 있습니다. 사왕천, 도리천, 야마천, 도솔천, 화락천, 타화자재천이 그것입니다. 이들 여섯 하늘은 수미산 주위에 있거나 완전히 구름에 의지한 하늘도 있습니다. 사왕천은 수미산에 의지한 하늘입니다. 그래서 공거천이라고도 부릅니다. 어느 하늘보다도 인간세계와 가까운 하늘이기도 합니다. 사왕천은 네 명의 신이 맡고 있지요. 수미산에서 동쪽으로 천 유순(由旬)을 가면 지국천이란 곳이 나옵니다. 지국천이기 때문에 그곳의 왕 이름은 지국천왕이지요. 수미산에서 남쪽으로 천 유순 정도 가면 증장천이라는 곳이 나옵니다. 그곳은 증장천이란 왕이 살고 있습니다. 그는 남쪽에 거주하는 인간세계를 수호하는 왕입니다. 수미산의 서쪽으로 한참을 가면 광목천이란 곳이 나옵니다. 그곳은 광목천이란 왕이 사는 곳입니다. 그래서 광목천왕이라고 합니다. 그는 서쪽 하늘 밑에 거주하는 인간세계를 지키는 왕입니다. 수미산의 북쪽으로 또 한참을 가면 다문천이란 곳이 나옵니다. 이곳을 맡고 있는 이는 비사문이라는 왕입니다. 그곳 사람들은 그를 다문천왕이라고도 부릅니다. 그는 북쪽의 인간세계를 수호할 뿐만 아니라 진리를 보호하는 왕입니다. 그렇기에 그는 진리의 말씀을 많이 들어 다문천이라도 하는데 사천왕 중에서도 가장 높은 왕입니다. 자, 이제 아미타궁으로 드시지요. 인사를 올려야 할 테니까요."

"그, 그래야지요."

아미타불 궁에 들었다. 궁은 참으로 장엄하였다. 절묘한 음악이 흐르고 있었다. 궁은 황금으로 되어 있고 천녀들이 만다라의 꽃을 화병에 담아 궁으로 들어가고 있었다. 하루에 여섯 번 꽃 공양을 드린다고 하였다.

나인이 아미타불이 궁에 계시지 않는다며 잠시 기다리라 하였다. 조찬을 마치고 칠보수림 사이를 산책하고 계신다고 하였다.

이윽고 아미타불이 궁으로 들었다. 그 모습이 형형했다. 홀쩍하니 키가 컸다. 그런데 평범하다. 어느 농가의 촌로 같았는데 그의 몸에서 이상한 빛이 흘러나오고 있었다. 옷도 마찬가지였다. 칠보로 장식된 옷을 입고 있을 줄 알았는데 아니었다. 삼으로 만든 면옷을 입고 있었다. 그냥 깨끗하다는 생각만 들었다. 아미타불이라는 명호는 광명은 천상 천하에 둘도 없는 훌륭한 것이라는 뜻이다. 시방세계를 구석구석 비추어 사람들의 어리석음을 깨우쳐주신다는 말이다. 영원하다는 말이다. 그래서 무량수불(無量壽佛)이라고도 한다. 아미타불이 도통하신지 이미 십 겁이라는 긴 세월이 흘러도 영원한 것은 그래서이다. 그러므로 그에게는 수없이 많은 성문(聲聞)이 있다. 하나같이 아라한의 경지를 얻은 성자들이다. 그렇게 공덕이 많은 사람들로 이루어져 있는 곳의 주인인데 그런 분이 하층 계급이나 걸치는 삼으로 된 남루한 옷을 걸치다니.

그런 그가 미소 지으며 입을 열었다.

"호오, 효가 깊은 젊은 수행인이 이곳에 들었다고 해 궁금했었는데 오셨구먼 그래."

"소승 목련 인사드리옵니다."

그렇게 인사를 올리자 혼온하게 웃었다. 그리고는 천궁을 둘러본 후 세상으로 나가 중생들에게 널리 알리라 하였다.

아미타불 곁을 물러나 주위를 둘러보니 천궁에 살고 있는 사람은 아무 고난이 없어 보였다. 그렇기에 몸과 마음이 쾌락에 넘쳐 있는 것 같았다.

"극락정토는 일곱 겹의 난간으로 둘러싸여 있습니다."

안내를 맡은 나인이 말했다.

"위는 일곱 겹의 구슬 그물로 덮여 있지요."

목련이 바라보니 그 광경이 눈부셨다. 그곳까지 수목이 자라 가지런한데 모두가 금, 은, 유리, 파리 등의 보물로 되어 있다.

아, 이렇게 아름답게 무성하니 그 보지(寶池)를 극락이라 하셨구나 싶었다.

잠시 걸어가노라니 맑은 연못이 있었다. 그냥 맑은 것이 아니었다.

보석처럼 찬란하게 그 물빛이 영롱하게 빛났다.

"여덟 가지의 공덕으로 이루어진 물입니다."

그 물이 이 보지에 철철 넘쳐나고 있었다. 연못 바닥에는 금모래가 깔려 있었다. 연못으로 내려가는 계단이 보였다. 계단도 일곱 가지 보석인 칠보로 만들어져 있었다.

연못가에는 수레바퀴처럼 커다란 연꽃이 피어 있었다. 그런데 그 색이 색색으로 빛나고 있었다. 푸른 연꽃은 푸른빛으로 빛난다. 노란 연꽃은 노란빛으로 빛난다. 붉은 연꽃은 붉은빛으로 빛난다. 하얀 연꽃은 하얀 광명으로 빛난다. 향기가 그윽하다.

그 속을 날아다니는 새들도 색깔이 달라 기묘하다. 백조, 공작, 앵무새, 가릉빈가(迦陵頻伽, 묘음조), 사리 구묘오 같은 새들이 아름답게 지저귄다.

천조(天鳥)의 목소리는 불도 수업의 중요한 대목을 풀이해준다던가. 저 소리를 듣고 불, 법, 승의 삼보를 염하면 부처님의 은혜와 오묘한 공덕과 큰 덕상(德相)을 알 수가 있다고 하던가.

석존은 그때 그 새들은 죄악의 업보로 짐승으로 태어난 것은 절대로 아니라고 하였다.

"그 이유가 무엇이옵니까?"

사리자가 물었다.

"극락정토에는 지옥, 아귀, 축생의 삼악도는 있을 수 없기 때문이다. 그런 이름조차 모르는 곳이 천궁이다. 그런데 그런 실체(實體)가 있을 리 있겠느냐. 그 새들은 정토의 교주(敎主)인 아미타불이 오묘한 불법을 교시하기 위하여 신통력으로 변신시킨 것이니라."

어디선가 향기로운 바람이 솔솔 불어왔다. 그 바람이 칠보의 나무

와 그물을 움직였다. 아름답고도 고운 음률(音律)이 일어났다. 그 소리는 풍아(風雅)하고도 화음이 절묘했다.

가만히 그 음을 듣고 있자 음률이 가슴속으로 파고 들어와 불, 법, 승의 삼보를 염하는 마음이 저절로 용솟음치는 것 같았다.

그날 석존께서는 듣고 있던 제자 사리자에게 이렇게 물었었다.

"너는 극락세계의 광경을 듣고 어떻게 생각하느냐?"

"극락세계에 태어난 사람은 모두가 보살의 높은 자리에 있다는 생각이 드옵니다."

"그렇지 않다."

"그게 무슨 말씀이옵니까?"

"무릇 살아 있는 생명은 업의 소산이기 때문이다. 그 업장에 의해 때로 천상에 나기도 하고 지옥에 나기도 하는 것이다. 그것이 바로 육도윤회이다. 천상에 있는 이들이 진실로 깨침을 얻었다면 천상에 있을 리 없다."

"세존이시여, 그게 무슨 말씀이옵니까?"

"차차 알게 될 것이다. 저기 적멸의 세계가 있기 때문이다. 진실한 부처에게는 천상도 없고 지옥도 없고 윤회도 없고 그 무엇도 없다. 그저 여여하기 때문이다. 그것이 곧 부처의 경지다."

"그럼 세존이시여. 아미타불 이하 그곳의 제불들이 깨침을 얻지 못했다 그 말씀이옵니까?"

"그들은 그 궁의 주인일 뿐이니라. 성도하여 적멸의 세계에 들었기에 그러한 세계를 관장할 수도 있는 것이니라."

"그러면 부처의 경지에 들어야 그 세계에 들 수 있나이까?"

"그중에는 부처에 가까운 보살도 수없이 많으니라."

"세존이시여, 어찌 부처의 경지에 들지 않고 중생을 제도할 수 있겠나이까?"

"그러하다. 비구, 비구니, 아라한, 보살, 부처에 이르기까지 그 경지에 있어 각자 일각이 모자라기에 계층이 생기는 것이다. 그러나 내가 깨닫지 못했기에 무명에 찬 중생을 제도할 수 없다고 생각하는 것은 소승의 소산이니라."

"세존이시여, 이해하기가 쉽지 않습니다."

"너희들은 오늘날까지 내 가르침에 의해 수행해 왔다. 그러므로 내가 부처의 경지에 들지 않으면 중생을 구하지 못할 것이라고 생각한다. 내가 깨쳐야 남을 깨치게 할 수 있다고 생각하고 있는 것이다. 그러나 그런 생각은 작은 마음의 소산이다. 독각(獨覺). 그 마음이 크게 이르면 대승의 대해에 들어간다. 나 홀로 깨칠 것이 아니라 다 함께 깨치자. 곧 그것이 대승인 것이다. 좀 더 쉽게 말해주리니 자세히 들어라. 여기 수레가 하나 있다. 소승은 홀로 그 수레를 타고 간다. 그러나 대승은 그 수레에 모든 이를 싣고 간다."

"세존이시여. 내가 깨치지 못하였는데 어찌 다른 이를 깨치게 할 수 있겠사옵니까?"

"그래서 대승인 자는 위로는 법을 구하고 아래로는 아는 만큼 중생을 구하는 것이다. 그 이치를 바로 아는 자 곧 대승인 것이다. 바로 보살의 경지이다. 그들은 설령 깨치지 못했어도 지옥으로 들어가 고통에 시달리는 중생들을 구하려 한다. 지옥에 고통받는 이가 한 사람이라도 있다면 내가 천상에 나지 못하더라도 그를 구하겠다는 신심으로 가득 차 있는 것이다. 그분들이 바로 보살이다. 그러하니 그분들의 공덕을 일일이 설명하기는 어렵다."

사리자의 눈에서 비로소 눈물이 흘러내렸다.

"세존이시여, 그렇게 큰 법을 왜 이제 가르쳐주시는 것이옵니까?"

석존이 혼온하게 웃었다.

"사리자야, 이제야 가르치는 것이 아니다. 나의 가르침은 언제나 대승적이었다. 너희들이 근기가 약해 소승적으로 받아들였을 뿐이다. 그러하니 이제부터라도 대승적으로 수행해야 할 것이니라. 고통받는 모든 중생들이 힘써 아미타불이 계신 극락정토에 태어나기를 발원(發願)해야 하고 그리하여 대자유에 이르러야 할 것이니라."

사리자가 깊이 허리를 숙여 합장하고 다시 물었다.

"세존이시여, 그 큰 법에 이르려면 어떻게 해야 하겠나이까?"

"사리자야, 대승의 법에 들려면 너의 고정관념부터 버려야 할 것이다. 내가 깨치지 않고는 남을 깨치게 할 수 없다는 그 소승심부터 과감하게 버려야 한다는 말이다. 그리하여 처음부터 다시 시작하는 것이다. 내가 너희들에게 도를 말했을 때 너희들은 그 도를 소승적으로만 받아들였으므로 모두 버려야 할 것이라는 말이다. 그 도가 고정관념에 물들어버렸기 때문이다."

석존은 그때 엄청난 발언을 하고 있었다. 자신이 가르친 법을 모두 버리라니. 혁명이었다. 세존은 자신의 모든 가르침을 한순간 엎어버리고 있었다. 참으로 무서운 일이었다.

그러나 세존의 음성은 변함이 없었다.

사리자가 두 눈을 감고 어쩔 바를 모르다가 시선을 들고 침통한 어조로 말을 내뱉었다.

"세존이시여, 세존의 말씀을 옳게 받아들이지 못한 이 무지를 어찌하오리까?"

"여래는 너희들이 스스로 그 사실을 깨닫기를 바랐느니라. 내가 아무리 가르쳐도 너희들의 근기가 약했기 때문이다. 그러나 이제는 어느 정도 불법에 달통했기에 대승에 이를 때가 되었다. 그러므로 이제 큰 법을 시작해야 하는 것이다. 도가 무엇이라는 것을, 어떤 성질의 것이라는 것을 대승적으로 인지하고 성취하도록 노력해야 하는 것이다. 도의 모습을 바로 모르는 자가 어찌 첫걸음부터 적멸에 이룰 수 있겠느냐. 그렇기에 도는 너희들에게 오히려 독이 되었던 것이다. 이 법이 진실한가? 나는 바로 이 길을 걷고 있는가? 그런데 왜 성불은 오지 않는 것인가? 그런 회의로 나날의 수행을 방해받고 있었던 것이다. 사리자야, 그러므로 너희들은 사실상 회의론에 빠져 있었던 것이다. 대승의 법에 이르지 않고는 적멸의 세계를 이해조차 할 수 없다. 적멸은 지극한 수행의 대가이므로 점차로 자기 세상을 열어가야 한다. 천상에도 들지 못할 업을 지으면서 적멸의 세계를 원한다면 그보다 어리석은 짓이 어디 있겠느냐. 그러니 모두가 아미타불의 명호를 일편단심으로 외운다면 임종할 때 아미타불께서 직접 거룩한 모습을 나타내시어 극락세계로 인도할 것이니라. 그리고 그때야 적멸의 세계를 진실로 이해하여 부처의 경지에 이를 수 있을 것이니라."

"이제 제석천으로 가시지요."

나인을 따라 제석천으로 갔다.

제석천 역시 칠보로 장식되어 있었고 그 끝이 보이지 않았다.

제석천 이곳저곳을 둘러보았다. 제석천궁은 형용할 수 없을 정도로 호화로웠다. 동산마다 꽃과 열매가 어우러졌다. 그런 곳에서 천인들이 재미있게 놀고 있다.

목련은 그곳으로 가 두루 살펴보았다. 여전히 아버지나 우파라의 모습은 보이지 않았다.

가는 곳마다 온갖 악기들이 미묘한 소리를 내었다. 천녀들이 그 음악에 맞춰 춤을 춘다.

그 모습을 보다가 목련은 홀린 듯이 천궁의 주인이 거주하는 선견성 제석천궁 안으로 들어가 보았다. 천궁 안에는 법당과 공원 등이 있었다.

이곳저곳을 둘러보다가 선법당에 이르러 나인 아지르에게 물었다.

"이곳이 어찌하여 선법당(善法堂)이라고 이름 붙여진 것입니까?"

"당상(堂上)에서 묘법(妙法)을 사유하고 청정한 안락을 받기 때문에 선법당이라고 이름 붙여진 것입니다."

그는 아지르 나인을 따라 법당 안으로 들어갔다. 그 크기가 상상을 초월하였다. 난간이나 주위의 장식은 칠보로 되어 있었다.

그가 다시 들어선 곳은 추삽림원(麤澁林園)이라는 곳이었다. 추삽림원이라는 곳은 제석천궁과는 달리 일종의 공원이라는 생각이 들었다. 선견당의 동쪽에 위치해 있었고 원림이었다.

"이 원림에 들어서면 육체가 추삽해지기 때문에 추삽원이라는 이름이 붙여진 것입니다."

나인 아지르가 친절하게 설명해주었다.

이렇게 화려한 곳에 와 있다가도 그 보를 다하면 다시 지옥으로 가야 한다니.

업장의 보가 무섭고 한 치의 용서도 없는 우주 순환의 철칙의 보

역시 무섭다는 생각을 하며 이곳저곳 둘러보노라니 두 개의 활 쏘는 터가 보였다. 그들은 이곳을 석타(石垜)라고 부르고 있었다. 한 곳은 현석타(賢石垜), 또 한 곳은 선현석타(善賢石垜)라고 하였다. 돌로 쌓은 것이었다.

그곳을 돌아 목련은 맑은 못가를 거닐었다. 못 가운데는 청, 황, 적, 백의 꽃들이 만발했다. 꽃향기가 너무나 향기로워 마음이 절로 즐거워졌다. 온몸의 잠자던 세포들이 기지개를 켜며 일어나는 것 같았고 아직까지 깨어나지 못한 의식들이 일제히 환호하며 일어나는 것 같았다.

목련은 화락원림(畵樂園林)이라는 곳으로 들어갔다. 이 원림은 선경궁 남쪽에 위치해 있었다. 이 원림에 들면 신체가 여러 가지로 화색이 나타나게 되어 있어서 즐겁기 그지없다고 하는데 사실 그러하였다. 담벼락과 난간과 행수 등이 칠중으로 되어 있었고 칠보로 장식되어 있었다.

목련은 그렇게 제석천궁을 둘러보다가 이제 이곳을 벗어나야겠다는 생각이 들었다.

"다시 북망으로 가야 할 것 같습니다."

"왜요?"

"이곳에는 내가 찾는 분이 없는 것 같습니다."

"그럼 저도 같이 가겠습니다."

"아닙니다. 저 홀로 가도 됩니다."

그가 고개를 내저었다.

"아닙니다. 이곳의 안내를 맡았으니 책임을 다해야 합니다."

그와 함께 다시 북망으로 왔다. 이번에는 지옥의 길로 나아가 보았다. 지옥으로 데려갈 빛이 몰려왔고 그 빛 속으로 들어가니 빛 뒤에 기다리고 있던 지옥사자들이 앞을 막아섰다.

우두머리쯤으로 보이는 지옥사자가 가까이 다가왔다. 다가와 목련을 아래 위로 훑어보더니 헤벌쭉 웃으며 입을 열었다. 그는 칼처럼 긴 도르래를 들고 있었다. 천상에서 만난 나인들이 차고 있던 그 칼이었다.

"그대는 산 사람의 유정이 아닌가?"

"유정?"

목련은 자신도 모르게 뇌까렸다.

그때 안내를 맡은 나인 아지르가 나섰다.

"보면 모르시겠소. 나는 천궁의 나인이외다."

"흥, 산 유정이 이곳까지 온 것을 보니 보통내기는 아닌 것 같군. 그래 무엇 때문에 살아 있는 몸으로 이곳까지 왔는가?"

"저는 어머니를 찾아 이곳까지 왔습니다."

목련이 대답했다.

"아하, 바로 그대로군. 석가모니 부처님께서 기별을 특별히 주셨지, 맞아. 그대의 책임이 크겠소이다."

"그럼 수고하시오."

뒤늦게 예를 차리는 지옥사자에게 나인이 그렇게 말하고 앞서 나아갔다.

그의 뒤를 따라가며 주위를 살펴보았더니 천상으로 오르는 길과는 달리 지하세계로 들어가는 저승길은 참으로 황량했다.

모두가 죽어 지옥보를 지었다면 이 길을 가는가 싶었다.

물론 그렇지는 않으리라. 제 마음이 밝으면 어찌 이 길을 걸을 것인가. 이내 화락천궁에서 나온 천사들이 모시고 갈 터이니.

그러나 지옥으로 가는 저 길은 너무 거칠고 황량하구나.

유정들이 사자들에게 끌려가는 길은 너무나 험하고 멀어 보였다. 천상으로 가는 이들은 공손히 떠받들려 꽃마차로 허공을 날아가는데 지옥으로 가는 이들은 하나같이 검은 밧줄에 묶여 가고 있었다.

목련은 그들의 뒤를 따랐다. 몇 날 며칠을 험한 길을 걸었다. 지옥으로 가는 중음들은 얼음이 꽁꽁 언 냇물을 몸을 묶인 채 맨발로 건넜다. 온 전신이 얼어붙고 언 발에서 피가 흘렀다.

그렇게 얼마나 갔을까.

검은 강이 나왔다. 강가에 유정들이 웅성거리고 있었다. 하늘에서 한 줄기 빛이 사람들에게 다가왔다.

사람들이 그 빛을 두려워하며 이리저리 피했다. 그 빛에 자신의 모습이 너무 환히 드러날 것 같은 모양이었다. 그래서 그들은 나무 아래 몸을 숨겨야겠다는 생각들을 하고 있었다.

이미 나무 밑에는 수많은 사람들이 숨어 있었다. 밝은 빛이 두려워 숨은 것 같았다.

목련은 혹시 그 속에 어머니가 있을지 모른다는 생각에 그곳으로 가 살펴보았다. 사람들을 하나하나 살펴보았는데 어머니는 보이지 않았다.

별의별 사람들이 다 있었다. 어떤 이는 칼을 맞아 죽어 피를 흘리고 있고, 어떤 이는 전쟁에 나가 다리가 부러지고 내장이 터져 죽었고, 어떤 이는 목을 매 죽어 목에 그 흔적이 선명했고, 노환으로 죽은 이는 힘없이 끙끙거리고 앉았고……

잠시 후 허리가 굽은 늙은이가 지팡이를 짚고 나타났다. 늙은이는 나타나기가 무섭게 심술궂게 사람들을 모이게 했다.

"이 죄 많은 인간들아, 난 다 알아. 너희들은 죄를 많이 지은 종자들이야. 그러니까 밝은 빛이 겁나는 거지. 어이구, 어리석은 인간들아, 그 빛 속으로 들어갔으면 그곳이 천상일 터인데……. 부처님의 자비심도 모르는 무작스런 미물들하고는……. 하긴 죄 많은 인간들이니 그걸 알 리가 있나. 내가 너희들을 세상에 나가도록 점지해줄 때는 그렇게 살라고 하지 않았건만, 쯧쯧쯧……."

그러다가 목련을 발견하고는 다가왔다.

"아니, 이게 무슨 일인가? 네놈은 산 유정이 아니냐?"

나인이 나섰다.

"노인장, 말을 삼가시오. 이분은 석가모니 부처님의 명으로 이곳으로 온 불승이외다."

그제야 늙은이가 공손해졌다.

"아아, 그러시오. 그런데 어쩐 일로?"

"이곳을 둘러보러 오셨으니 무례하지 말길 바라오."

"알겠습니다."

늙은이가 다시 예를 올리자 나인이 목련에게 말했다.

"안 되겠습니다. 그냥 염청에 들지요."

목련은 고개를 내저었다.

"아닙니다. 어머니를 위해서라도 자세히 여길 보아두어야겠습니다."

하는 수 없다는 듯이 나인이 고개를 주억거렸다.

"자, 어서 배에 올라타라."

늙은이가 유정들에게 고함을 질렀다.

유정들이 차례로 강가의 배에 올랐다. 배가 강을 건너가기 시작했다. 건너편 기슭에 이르자 유정들에게 배에서 내리라고 했다.

목련도 배에서 내렸다.

잠시 후 뒤를 돌아보니 배가 없었다. 배를 내리는 순간 사람들을 태워 온 배가 어느 사이에 사라져버리고 없었다. 정말 이상하다는 생각이 들었다. 사라져버린 배를 찾으려고 두리번거리는데 저승의 사신들이 달려오는 모습이 보였다.

유정들이 겁을 집어먹고 이리저리 도망을 쳤다. 그러자 사신들의 손에 든 철봉이 사정없이 그들을 후려쳤다. 골이 바수어지고 사지가 끊어졌다.

그런데 이상했다. 바람 한 줄기가 불어오자 이내 골이 되살아나고 팔과 다리가 자랐다.

어떤 사자는 끈으로 유정의 목을 뒤에서 묶어 끌고 갔다. 줄줄이 엮어 개처럼 끌고 갔다. 개미 뿔처럼 좁은 길과 험한 가시밭길 등을 헤쳐 나아갔다.

그렇게 나아가자 저승 연추문(延秋門)이 보였다. 염라대왕이 사는 곳이었다.

목련이 연추문을 들어서 보니 마당가에 큰 기와집이 있고 큰 모자를 쓴 하얀 늙은이가 있었다.

그때까지 말이 없던 나인이 말했다.

"이곳에는 크게 두 흐름이 있습니다. 하나는 수평적이고 다른 하나는 수직적인 위치이지요."

"무슨 말씀이신지?"

목련이 말을 알아들을 수가 없어 물었다.

"사천하(四天下)에는 다시 8천의 천하가 있습니다. 그 밖을 둘러싸고 있지요. 다시 큰 바닷물이 있어 8천의 천하를 둘러싸고 있습니다. 다시 큰 금강산이 큰 바닷물을 둘러싸고 있지요. 금강산 밖에는 제 2의 큰 금강산이 있습니다. 두 산의 중간은 어둡고 아득하지요. 해와 달, 신천(神天)은 큰 위력이 있지만 결코 그곳까지 밝히지는 못합니다. 광명으로 거기에 미칠 수가 없기 때문입니다. 그렇게 깊숙한 곳에 누구의 손길도 미치지 못하는 8대 지옥이 있습니다. 금강산은 철위산(鐵圍山)이라고도 합니다. 높이가 680만 유순이나 됩니다. 너비와 세로의 크기 또한 680만 유순이나 되지요. 금강(金剛)으로 이루어져 깨뜨릴 수도 없습니다. 이는 꼭 우리의 마음을 닮았습니다."

"예?"

"수평적으로 자리한 지옥은 우리의 마음속에 자리한 번뇌와 같은 모습이라는 말입니다. 마치 깨뜨리기가 어려운 금강산과 같다는 말이지요. 그 번뇌가 일으키는 죄업은 끝이 없음을 상징하고 있다는 말입니다."

"아, 네!"

"수직으로 봐도 그렇습니다. 지옥을 뜻하는 '나라카'는 본디 '행복이 없는 곳[無幸處]'을 의미하니까요. 한없이 깊은 땅밑으로 지옥의 유정들은 다리를 위쪽으로 머리는 아래쪽으로 한 채 떨어지니까 말입니다. 바로 울람바라지요. 그래서 8대 지옥도 지표로부터 차례차례 아래쪽으로 내려가면서 자리합니다. 원추(圓錐)를 거꾸로 세워 놓은 모습이지요. 이 모습도 우리의 마음을 닮았지요."

"그렇군요!"

"우리의 마음도 그 깊이를 알 수 없지 않습니까. 인간의 깊은 죄업 또한 헤아리기 어렵다는 말이지요."

목련은 고개를 끄덕였다.

아아, 그러고 보니 천상이나 지옥이나 우리의 마음을 닮았구나.

그런 생각을 하는데 나인의 음성이 다시 이어졌다.

"8대 지옥은 섬부주(贍部洲, 수미산 남쪽에 있다는 대륙으로, 우리들 인간이 사는 곳)의 땅밑에 차례로 포개진 모습을 하고 있습니다. 곧 삼각형의 모습을 하고 있지요. 섬부주의 땅 표면과 똑같은 넓이를 지닌 지하층이 있는데 그 두께는 5천 유순이나 됩니다. 모두 다섯 층으로 되어 있지요. 위쪽부터 각종 흙이 무더기무더기 쌓여 있습니다. 진흙, 흰흙, 백토(白土), 적토(赤土), 황토(黃土), 청토(靑土)가 같은 두께로 쌓여 있지요. 마치 시루떡처럼 겹겹이. 그 아래에 같은 크기의 입방체 모습의 7대 지옥이 또 겹겹이 포개져 있습니다. 맨 위쪽이 등활지옥이지요. 그로부터 시작하여 흑승지옥, 중합지옥, 규환지옥, 대규지옥, 염열지옥, 대열지옥의 차례로 아래를 향해 있지요. 각 지옥의 한 변 길이는 5천 유순이나 됩니다."

"그럼 7대 지옥의 깊이는 모두 합해서 3만 5천 유순이 되겠군요?"

나인이 고개를 주억거리며 웃었다.

"계산이 빠르시군요. 맞습니다. 지표로부터는 4만 유순이 되는 셈이지요."

"그럼 맨 밑에 있는 지옥이 제일 크겠군요?"

"그렇습니다. 삼각형 맨 밑바닥이 제일 큰 것처럼요. 그 지옥이 무간지옥입니다. 가장 형벌이 과중한 죄인들이 가는 지옥이지요. 그 크기가 한 변의 길이가 2만 유순이 되는 입방체를 이루고 있습니다."

"대단하군요."

"대단할 정도가 아니지요. 불가사의한 일이지요. 팔열지옥은 어느 곳이나 네 벽에 하나씩 문이 있습니다. 그 문마다 4종의 소지옥(小地獄)이 딸려 있지요."

"그럼 8대 지옥을 16개의 소지옥이 에워싸고 있다는 말인가요?"

"그렇습니다."

"지옥에서 겪는 고통은 그가 이승에서 저지른 죗값에 상응한다고 하던데요?"

나인이 시선을 들었다. 그것도 질문이냐는 듯한 눈빛이었다.

"아무래도 좀 이상하게 생각되어서요."

"뭐가요?"

"내가 생각하기에 이승의 현실은 전생의 업의 결과인데……."

"네?"

"아, 아닙니다."

"말이 좀 이상하군요?"

"아 아닙니다. 괜한 생각이 들어서……."

나인이 고개를 갸웃하다가 말을 이었다.

"이런 말을 해서 어떨지 모르겠습니다만, 저는 사실 이곳 8대 지옥의 단골이었습니다."

"단골?"

단골이라는 말이 이상하게 들려 시선을 들었더니 그는 빙그레 웃고 있었다. 그렇다고 같이 웃을 수도 없는 형편이어서 멍하니 그냥 걷기만 하는데 그가 말을 이었다.

"여기서는 윤회의 수레바퀴를 타지 못하고 새로운 운명을 부여받을 때까지의 유정을 중음이라고 하지요. 유정은 전생에 지은 죄에 대해 반복되는 고통의 형벌을 받는데 그들이 가는 지옥은 크게 여덟 가지로 구분되어 있습니다. 첫째가 등활지옥이지요. 다음이 흑승지옥, 셋째가 중합지옥, 넷째가 규환지옥, 다섯째가 대규환지옥, 여섯 번째가 초열지옥, 일곱 번째가 소열지옥. 여덟 번째가 무간지옥……. 말도 마십시오. 말이 지옥이지, 정말 갈 곳이 아닙니다. 그 형벌이 정말 상상을 초월할 정도거든요. 가보지 않고는 그 참상을 모를 것입니다. 똥오줌에 나자빠졌는데 그 속에서 우글거리고 있던 벌레들이 몸속으로 파고들어가 살을 파먹는 겁니다. 숲이 칼[劍林]이 되어 온몸의 살을 찌르거나 베어내는 겁니다. 온몸의 살이 다 없어져 죽어 가도 누구 하나 동정하는 이가 없어요. 그런데 찬바람이 부니까 다시 살과 거죽이 되살아나는 겁니다."

목련은 어머니를 생각하며 눈을 감았다.

"내가 천상의 나인이 되기 전 어느 날 문득 사람이 죽는 모습을 보았어요. 배우기도 잘 배웠고 기도도 잘하는 분이었는데 사연이 있어 자살을 하려고 높은 벼랑에서 아래를 내려다보고 있더군요. 난 관여하고 싶지 않았습니다. 남이야 죽든 말든 내가 상관할 바가 아니라고 생각했지요. 그렇지 않아도 골치 아픈 세상, 관청에서 오라 가라 귀찮았던 거지요. 그런데 그가 죽고 나도 죽었습니다. 그런데 내가 간 곳이 흑승지옥이었어요. 검은 새끼줄[黑繩]로 온몸을 꽁꽁 묶기에 내가 물었지요. '내가 무슨 죄가 있다고 이러십니까?' 사자가 그러더군요. '이놈, 너는 이승에 있을 때 한 번이라도 진리를 설하는 법을 제대로 들어본 적 있느냐? 너는 짖어라, 나는 한 귀로 흘리겠다. 남이 죽는 데도 너는 죽어라, 나는 살겠다. 그러고만 있었으니.' '그게 죄가 되는 줄 몰랐군요.' '죄지. 그래서 이승이 그렇게 돌아가는 것이다. 진실이 통하지 않고 어울려 살아야 하는 세상이 살벌해진 것이다.' 어이가 없더군요. 사자들은 나를 개처럼 끌고 험준한 언덕으로부터 날카로운 풀섶만을 골라 끌고 가는 겁니다. 온몸에 불이 붙고 온몸이 칼숲에 베어 찢어지더군요. 등활지옥은 아무것도 아니었습니다. 등활지옥의 고통보다 수십 배는 더 고통스러웠으니까요. 반면에 중합지옥은 사람을 죽였거나 도둑질을 한 유정들이 오는 곳이더군요. 삿된 음행을 저지른 자들도 그 지옥에 떨어지더군요. 흑승지옥 맛을 본 지 얼마나 되었다고 다시 남의 여편네를 힐끔거리다가 그놈의 지옥에 떨어진 겁니다. 내 눈에 보인 건 철구(鐵句)의 큰 강이었습니다. 그런데 그 철구가 강이 아니라 말 그대로 쇠판이었습니다. 벌겋게 달궈진 뜨거운 철구. 그 위로 개구리처럼 내동댕이쳐졌습니다. 구울 생선처럼 말입니다. 그런데 좀 전에 본 큰 강의 물이 불이 되어, 붉은 구리가 녹은 물이 되어 나를 삼키는 겁니다. 아이고, 온통 물속이 붉은 구리물이었습니다. 펄펄 끓는. 넨장할, 그 고통을 겪고 겨우 어떻게 이승보를 받았는데 이번에도 지난 세월은 싹 잊고 사람을 죽이고 도둑질을 하고 음행을 저지르지 않았겠습니까. 이번에는 이중처벌이 들어오더군요. 규환지옥이라고 하는데 기가 막히더구먼요. 갈고리로 입을 찢고 철퇴로 사지를 부러뜨리고 그리고는 뜨겁게 불타는 구리물[銅汁] 속에 처박았다가 건져내어 멀쩡해지니까 솥 채로 입으로 넘기라고 하더군요. 얼마나 참기 어려웠으면 규환지옥이라 했겠습니까. 그런데 그래도 용서가 안 됐는지 대규환지옥으로 보내더군요. 고통이 너무나 가혹해서 크게 울부짖기 때문에 대규환지옥이라 한다는 그곳이요. 참 그 참상 기가 막히더구먼요. 그때 처음 알았어요. 내 혀가 그렇게 긴 줄을. 혓바닥이 이렇게 한 발이나 빠졌는데 이상하더군요. 그 혓바닥을 입속으로 걸어올 수가 없는 겁니다. 그런데 그 긴 혓바닥에다 끓는 구리 쇳물을 계속 붓는 겁니다. 그것도 모자라 망치로 짓이기는 겁니다. 나중에는 가루를 내더군요. 그래도 정신을 못 차렸어요. 다시 이승에 나가 살생하고, 도둑질하고, 삿된 음행에다 거짓말을 거듭하다 초령지옥에 떨어졌으니까요."

비로소 그의 단골이란 말이 이해가 되는 것 같았다. 지옥의 참상이 그가 꾸며낸 말이 아닌 것 같아 등골이 자꾸 뜨끔거렸다.

그가 고개를 주억거리다가 다시 말을 이었다.

"인간이란 그런 동물이다 그 말이지요. 망각의 동물. 왜 지난 일을 그렇게 잘 잊어버리는지. 그렇지 않아도 내가 지옥을 자주 들락거리니까 염라왕이 내게 묻더군요."

"······?"

"'나는 네가 살아 있을 적에 천사 다섯 명을 보냈느니라.' 그래서 제가 물었지요. '제게 말입니까?' '그럼 누구이겠느냐.' '이해할 수가 없군요. 천사라니요?' 내가 그렇게 묻자 염라왕께서 이렇게 대답하더군요. '나는 네놈에게 미리 천사를 차례로 보내어 나중에 지옥에 오지 않도록 경계한 바 있었다.' '그러니까 묻지 않습니까. 천사라니요?' '이놈 보게. 너는 그들을 정녕 보지 못했단 말이냐?' '도대체 무엇을 보지 못했느냐고 자꾸 그러십니까?' '내게 이곳에 네놈이 다시 오지 않도록 경계한 바 있다 그 말이다.' '글쎄 무얼요?' '너는 그들을 정녕 보지 못했단 말이냐?' '글쎄 뭘 자꾸 보지 못했느냐고 물으십니까? 네, 보지 못하였습니다.' '거짓말하지 말거라.' '제가 왜 거짓말을 하겠습니까?' '네놈은 정말 머리가 나쁜 모양이다. 그렇게 내가 보여주었거늘.' '글쎄 뭘 보여주었다고 자꾸 이러십니까?' '그럼 너는 네 동생들이 자기가 싸놓은 똥, 오줌 위에서 누워 울면, 어머니가 말도 못하는 어린 것을 안아 일으켜 깨끗하게 몸을 씻겨주는 것을 보지 못하였느냐?' '보 았습니다.' '그것이 내가 보낸 첫 번째 천사였느니라.' '그게 무슨 말입 니까?' '무슨 말이냐 하면 너는 어떻게 그 모습을 보았으면서도 그 뒤 지각(知覺)이 났을 때, 아기와 어머니의 그 행동에서 '태어남[生]도 인연 이 있는 것이구나. 그럼 몸과 입과 뜻을 바르게 행하자'라고 생각하 지 못하였느냐 그 말이다.' 참 어이가 없더구먼요. 그러면서도 정말 그 랬구나 하는 생각이 들었습니다. 염라왕께서 혀를 쯧쯧 차더군요. 그 러면서 이렇게 물었습니다. '그러니 두 번째 천사를 당연히 못 보았을 것이다. 그렇지?' 나는 보지 못했으므로 보지 못했다고 대답하였습니 다, 그랬더니 또 거짓말을 한다면서 화를 내시더군요. 그러면서 하는 말이 '너는 늙은이가 이가 빠지고 머리는 하얗게 세고, 등은 구부러 져 지팡이에 의지해 걸으며 몸을 벌벌 떠는 것을 보지 못하였느냐?' 나는 본 적이 있어 '보았습니다.' 하고 대답했습니다. 그랬더니 '너는 그것을 보고도 어떻게 늙음은 스스로도 어쩔 수 없는 것이구나, 마 땅히 몸과 입과 뜻을 바르게 행하자,라고 생각하지 못했느냐' 하고 나 무라더군요. 역시 어이가 없었는데 그러고 보니 그렇다는 생각이 들 더군요."

"그것 참……."

"염라왕께서 다시 그러면 '세 번째 천사는 보았는가?' 하고 물었습 니다. 나는 짜증이 났지만 '보지 못하였습니다.' 하고 대답했지요. 그 러자 이렇게 말하더군요. '너는 사람들이 병이 들어 사랑할 수 없을 만큼 목숨이 다한 것을 보지 못하였느냐?' 그래서 '보았습니다.' 하고 대답했습니다. 그러자 또 혀를 차는 겁니다. '이놈아, 그것을 보고서 도 깨치지 못하고 게으르고 잘못되게 살아갈 수 있다더냐.' 그러는 겁니다. 그리고는 또 호통을 치더군요. '이놈아, 이제 알겠느냐. 네 스스로 모든 죄업을 지었으니 이제 마땅히 그 대가를 갚아야 하리라.' 어이가 없었습니다. 그런데도 사실 맞는 말이라는 생각이 들었어요. 그런데 또 묻는 겁니다. '너는 네 번째 천사를 보았겠지?' 하고 말입니다. 그래 '보지 못하였습니다.' 하고 대답했지요. 그랬더니 또 이렇게 말하더군요. '너는 죽은 사람이 썩어가는 모습을 본 적이 없느냐? 혹은 짐승의 밥이 되기도 하고 불에 타거나 땅 속에 묻혀 썩는 것을 보지 못하였느냐?' 그래 대답했지요. '똑똑히 보았습니다.' 또 나무라더군요. '이놈, 그것을 본 적 있느냐?' 그래 그런 적 있어 '있습니다.' 하고 대답했지요. 그러자 '그걸 보았으면서도 몸과 입과 뜻을 바르게 행하지 않았단 말이냐' 하고 나무라더군요. '너의 악업은 누가 시켜서 한 일도 아니다. 네 스스로가 저지른 것이니 마땅히 네 스스로 그 갚음을 받아야 하리라.' 그렇게 말하고 마지막으로 묻더군요. '다섯 번째 천사는 보았느냐?' 그래 대답했지요. '보지 못했습니다.' 그랬더니 또 나무라는 겁니다. '무엇이? 못 보았다고?' 그리고는 '너는 그렇게 보았다. 죄를 지은 죄인을 잡아다 다스리는 모습을. 손을 끊고, 발을 끊고, 귀를 베고, 코를 베고, 살을 저미고, 머리털을 뽑는 모습을. 그렇게 너는 그 고통을 보았으면서도 몸과 입과 뜻을 다스리지 못하고 또 다시 악업을 지어 끌려왔으니 어떻게 용서받을 수 있겠느냐. 벌써 다섯 번씩이나 기회를 주었는데 그때마다 기회를 놓쳤으니 누구를 탓하겠느냐.'라고요"

"그러니까 우리의 기억이 지워진다 하더라도 일상의 모습만 가지고도 알 수 있다 그 말이군요?"

그가 고개를 주억거렸다.

"그렇습니다. 그렇다는 말이지요. 그래도 잊어버리는 것이 인간입디다. 그런 나를 초열지옥 옥졸들이 쇠성[鐵城] 가운데 던져버렸으니까요. 불이 활활 타서 안팎이 붉습디다. 그 뜨거운 불길에 거죽과 살이 익어 터지더군요. 아이고. 죽을 수도 없고……. 그 다함없는 고통은 이겨내기 힘들고. 거기에다 다음 생에는 대열지옥까지. 전생의 업인지 왜 그렇게 살생, 도둑질, 삿된 음행, 거기에다 음주, 거짓말, 사견(邪見)을 거듭하는 것인지……. 말하기 뭐하지만 이번에는 착한 비구니를 더럽혔으니 말입니다. 대열지옥, 말도 마십시오. 지옥 한가운데 큰 불구덩이가 있습디다. 불길이 맹렬한데 그 양쪽 언덕에는 커다란 화산이 있는 겁니다. 거기서 뜨거운 용암이 흘러넘치는데 옥졸이 나를 잡아다 쇠꼬챙이에 꿰어 사나운 불길 속에 넣어 굽는 겁니다. 살과 거죽이 벌겋게 익어 터져 재가 되더군요. 그래도 남은 죄가 있어 죽지 않는 겁니다. 결국 무간지옥까지 맛봤지요. 8대 지옥 가운데 가장 악독한 죄인들만 온다는데 정말 거창하더군요. 부모를 죽였거나, 부처님 몸에서 피를 흘리게 하거나, 승가의 화합을 깨뜨리고 또 아라한을 죽인 못된 자들이 오는데 하나같이 예사롭지 않아요. 바람이 불기에 오히려 여기는 괜찮구나 생각했는데 그랬는데, 아이고, 그 바람이 몸을 건조시키는 겁니다. 피가 서서히 말라가더군요. 뒤이어 그 바람을 따라 뜨거운 불꽃이 휘날리면서 온몸을 태우는 겁니다. 살과 거죽이 익어 터지더군요. 그런데 더 무서운 것은 그럴 때마다 염라대왕의 고함소리가 들려온다는 겁니다. 그래서 더 무서웠는데 정말 이상하더군요. 누가 도왔는지 무간지옥에 갔다 오니까 죄짓기가 싫더군요. 그래 다음 세상에는 좋은 일을 좀 한 것 같은데 그 길로 천상에 들어 나인이 되지 않았겠습니까."

"다행이군요."

"문제는 언제 어느 때 인간보를 받아 또 죄를 지을지 모른다는 겁니다."

"그런데 지옥은 염라대왕이 맨 윗분인가요? 저승, 하면 염라대왕을 먼저 떠올리니……."

"웬걸요."

"그럼 다른 대왕들이 있나요?"

"그럼요. 무려 열 명이나 되는 대왕들이 있습니다."

"열 명?"

"그렇습니다."

"아이고, 그럼 열 명이나 되는 대왕들에게 죄의 유무를 판단받는단 말입니까? 극락으로 가는 유정들은 그렇지도 않던데요."

"그야 선업을 지었으니까 그런 것이 아니겠습니까. 그 유정들이야 선한 이들이니 거짓말을 하겠습니까. 하지만 지옥보를 지은 유정들은 성품이 악독하여 진실 규명이 필수거든요. 그래서 극락으로 가는 유정들은 오히려 사자들이 모셔가지만 지옥 유정들은 철저하게 그 죄를 규명하게 되는 것이지요. 명부에서 사람이 죽으면 망자의 초칠일을 관장하는 대왕이 있습니다. 망자는 죽고 중음을 헤매지요. 칠 일째 되는 날 중음신으로 진광대왕의 심판을 받습니다."

"진광대왕요?"

"말하지 않았습니까? 우리의 윤회 기간은 49일입니다. 이 기간 중에 환생을 하거나 지옥에 떨어지거나 하는데 인간계도 사실 지옥세계거든요. 그 인간계의 지옥세계 첫 일 주일을 관장하는 왕이 진광대왕입니다."

"그렇군요."

"중음을 헤매는 것을 중유의 여행이라 합니다."

"말이 어렵군요."

"쉽게 생각하면 됩니다. 생각해보십시오. 자신이 살던 이승을 떠나온 것입니다. 그러니 얼마나 낯설겠어요. 하나라도 눈에 익은 것이 없습니다. 음식도 없고, 머물 곳도 없고, 무서운 나찰들은 불쑥불쑥 나타나 겁을 주고, 게다가 높고 험한 바위들에……. 그래도 나아가야 합니다. 칼날 같은 사출산(死出山)을 통과해야 합니다. 계속해서 옥졸들의 쇠몽둥이 찜질을 당해야 합니다. 그렇게 하여 진광대왕의 궁궐에 들지요. 진광대왕이 담당하는 지옥은 도산(刀山)지옥이지요. 진광대왕이 죄의 경중을 가립니다. 그런데 이곳에서 선악의 경중이 가려지지 않아요. 그럼 다음 대왕에게 넘겨버립니다. 아무래도 다음 생을 정하기가 힘드니까 말입니다. 그러면 죄인은 삼도하(三途河)를 지나 초강대왕(初江大王)에게 가게 됩니다."

"초강대왕? 초강이라는 말이 낯설군요?"

"초강 가에 관청을 세우고 망자의 도하(渡河)를 감시하므로 초강대왕이라고 하지요. 그는 망자의 두 번째 칠일의 심판을 맡은 왕입니다. 유정이 초강대왕에게 가기 위해서는 삼도천(三途川, 三途河, 奈河津)을 건너야 합니다. 삼도하는 나루가 세 곳 있어 붙여진 이름입니다. 그러니까 깊이 정도에 따라 정해진 것이지요. 강물의 깊이가 아니라 사람의 됨됨이 말입니다. 가장 얕은 이가 건너는 천수뢰(淺水瀨), 선인이 건너는 교도(橋渡), 악인이 건너는 강심뢰(强深瀨). 강기슭에는 노파가 기다리고 있습니다. 탈의파(奪衣婆)지요. 기다리고 있다가 죄인의 옷을 빼앗습니다. 그녀는 그 옷을 현의옹(懸衣翁)에게 주지요. 현의옹은 그

옷을 의령수(衣領樹)에 겁니다. 그리고는 그 죄의 무게에 따라 건너갈 나루를 정해주지요. 강 물살은 급하고 쏜살같습니다. 파도는 큰 산처럼 밀려옵니다. 물속에는 독사가 죄인을 삼키고 있습니다. 큰 돌이 떠내려 와 죄인의 몸을 먼지 같이 부숴버립니다. 그러나 몸은 다시 살아나지요. 그럼 다시 부서지고, 가라앉으면 뱀이 쏜살같이 달려가 삼키고, 뜨면 귀왕과 야차가 활을 쏘아댑니다. 그런 고통을 견뎌내어 천신만고 끝에 건너편에 도착하면 인로우두(引路牛頭)가 방망이로 두들겨댑니다. 최행귀(催行鬼)는 칼로 난도질을 합니다. 이제 기다리고 있는 대왕은 송제대왕(宋帝大王)입니다. 송제대왕은 죽은 자의 삼칠일 심판을 관장합니다. 송제대왕은 옥초석 밑의 대지옥에 거주하고 있지요. 죄의 경중에 따라 죄인을 각 지옥에 보내는 것이 그의 역할입니다. 주로 인간의 사음(邪淫)을 다스리지요. 죽은 자는 일 주일 동안 송제대왕의 업관(業關)을 통과해야 합니다. 쉽지 않습니다. 도깨비가 죽은 자의 손발을 싹둑싹둑 잘라내니까요. 그리고 불에 달군 철판 위에 늘어놓습니다. 몸이 불에 익으면 금방 찬바람이 불어와 한순간 몸을 얼려버립니다. 그리고 부서지지요. 그래도 결정이 나지 않으면 오관대왕(五官大王)에게 갑니다. 오관대왕은 죽은 자의 사칠일 심판을 관장합니다. 주로 인간의 망어(妄語)의 죄를 다스리는 분이지요. 그는 한빙지옥의 대왕답게 업칭(業秤, 업저울)으로 죄업의 무게를 가려서 벌을 내리는 것이 주 임무입니다. 망자는 일곱 날 일곱 밤을 오백 리나 되는 업강(業江)을 건너가야 합니다. 그런데 그 뜨겁기가 불속과 같습니다. 뛰어나오면 옥졸이 방망이로 밀어 넣습니다. 강에 들어가면 몸이 익는데 쇠이빨 독벌레가 피를 빨아댑니다. 오관대왕은 그렇게 검수(劍樹)지옥을 관장합니다. 이제 유정은 염라대왕에게 보내집니다."

"드디어 염라대왕이군요."

"그렇습니다. 그러고 보면 염라대왕도 윤회의 한 부분을 담당하는 대왕이지요. 그는 죽은 자의 오칠일 심판을 관장하니까요. 그의 처소에는 업경(業鏡)이란 것이 있습니다."

"업경요?"

"이승에서 지은 죄를 비춰볼 수 있는 거울이지요."

"아, 그래서 사람들이 저승에 가면 이승에서 지은 죄를 거울에 비춰본다는 말이 나온 거군요?"

"그렇습니다. 비로소 이승에서 지은 죽은 자의 모든 것이 거울에 나타납니다. 그의 생전 일체의 선악 행위가 업경에 나타나지요. 염라왕청에는 광명왕원이라는 별궁과 선명칭원이라는 두 별궁이 있습니다. 그 두 곳의 업경에 의해 죄과가 더 선명하게 드러나지요. 그럼 그 보에 따라 죄를 받습니다. 그렇게 염라대왕은 발설(拔舌)지옥을 관장합니다. 그래도 죄과가 다 드러나지 않으면 이제 변성대왕(變成大王)궁으로 불려가 육칠일의 심판을 받습니다. 그는 업저울과 업거울의 재판을 받고도 아직도 죄가 남은 죄인을 지옥에 보내는 역할을 맡고 있습니다. 이 대왕에 의해 비로소 죽은 자가 어떤 지옥에 가야할지 지옥행이 결정되는 것입니다. 그의 궁에 이르는 길에는 철환소(鐵丸所)가 있습니다. 둥근 돌이 굴러다니면 맞부딪히면서 유정을 깔아뭉개댑니다. 도망가면 옥졸이 뒤에서 몰아 집어넣으니 죽어나지 않을 수 없습니다. 그렇게 이분은 독사(毒蛇)지옥을 관장하는 분입니다. 거기에서도 결판이 나지 않으면 이제 유정은 태산대왕(泰山大王)에게로 보내집니다. 이 대왕은 칠칠일의 심판을 관장하는 분입니다. 보통 중유는 49일에 끝나지요. 그러므로 태산대왕의 심판을 받으면 새로운 생을 받게 됩니다. 칠칠재(중음불사)를 회향하는 날인 것입니다. 태산대왕은 지옥, 아귀, 축생, 아수라, 인간, 천상의 육도 중 한 곳을 지정해줍니다. 거해(鉅解)지옥을 관장하는 분이지요. 그래도 판단이 서지 않으면 유정은 평등대왕(平等大王)에게로 보내집니다. 백 일째의 심판을 관장하는 분이지요. 팔열팔한지옥의 사자와 옥졸을 거느리는 분입니다. 공평하게 조업을 다스린다고 해서 평등왕입니다. 이 대왕에게 가는 길에는 철빙산(鐵氷山)이 있습니다. 쇠얼음으로 이루어진 산이지요. 쇠얼음. 생각해보십시오. 쇠얼음이라니요. 살이 갈라져 피가 흐르고, 얼음이 몸을 부숩니다. 철상(鐵床)지옥을 관장하는 분이지요. 그래도 안 되면 도시(都市)대왕에게 보내집니다. 그분이 문서를 훑어보고 심판을 하지만 역시 지옥을 관장하는 최후의 심판은 열 대왕 모두의 몫이지요."

그때였다. 갑자기 나인이 걸음을 멈추었다. 무슨 소린가를 듣는 것 같았다. 나인이 귀에 손을 갖다 댔다. 그러자 나인의 귀에서 소리가 흘러나왔다.

"아지르, 어디 있느냐?"

"네, 저 여기 있습니다."

"빨리 천궁으로 들라."

"지금 이승에서 온 산 유정의 안내를 맡고 있습니다."

"그분에게 정중히 인사드리고 귀환하도록 하라. 유정 몇이 천궁을 벗어나 인간세계로 나아갔다."

"알겠습니다."

멍하니 보고 있는 목련에게 그가 다급한 어조로 말했다.

"천궁의 보안에 이상이 있는 것 같습니다. 어떡하지요? 저는 이만 돌아가야 할 것 같으니."

"유정이 천궁을 벗어나 인간세계로 나가다니요?"

이상하게 생각되어 그렇게 물으니 나인이 웃었다.

"인간의 유정은 때로 분수를 모르는 것이 낭패입니다. 천상에 와서도 지상의 인연을 끊지 못하고 지상으로 돌아가려고만 하거든요."

"오죽 이승의 인연을 못 잊었으면 그럴까요……."

"그러게나 말입니다. 어떡하지요? 홀로 지옥으로 가서야 할 것 같으니. 그러나 걱정하지 마십시오. 이미 지옥에서도 스님이 올 것을 알고 있으니 다시 안내자를 붙여줄 것입니다."

"알겠습니다. 걱정 말고 돌아가십시오. 고마웠습니다."

"그럼."

하고 나인이 허공으로 몸을 띄웠다.

그러자 천지가 순식간에 검은 어둠으로 뒤덮히는가 했더니 어디인지는 모르는 세계가 나타났다.

자신을 인도하던 나인 아지르도 사라진 뒤였으므로 목련은 홀로 이곳저곳을 헤맸다.

한 곳에 이르자 송곳 같이 생긴 가시나무가 울을 쳤는데 그 속에서 사람들이 아우성을 치고 있었다.

이게 무슨 일인가.

그는 멈칫거리며 다가갔다.

좀 전까지 이곳이 극락세계인가 했는데 이곳이 어디인가. 지옥인가.

그렇구나. 지옥이구나!

그리고 보니 사람들이 여기저기 불길 속에서 아우성을 치고 있다. 불이었다. 불길 속에 사람이 허우적거리고 있었다. 그런데 그런 그들을 감시하고 있는 사내들이 달라보였다. 모두가 웃옷을 벗고 상체를 드러낸 상태였다.

보통 사람의 형상이 아니었다. 이승에 있을 때 일주문을 들어서다 보면 사천왕상을 볼 수 있는데 그들의 모습에 가까운 형상이었다. 눈이 툭 튀어나오고 코가 뭉툭 불거지고 아랫도리는 갑옷으로 무장되어 있었지만 하늘거리는 천의로 둘러싸인 기묘한 모습이었다. 저승사자들이 분명했다.

'아아, 내가 정말 지옥에 왔구나.'

목련이 그런 생각을 하는데 저승사자들은 둥글고 날카로운 쇠말뚝을 사람들의 입 속으로 집어넣어 척추를 지나 항문으로 빼내 새총처럼 만들어진 쇠말뚝에 걸쳐놓고는 활활 타는 불길에 빙빙 돌려가며 굽기 시작했다.

그러고 보니 이곳이 말로만 듣던 화마지옥이 아닌가.

저승사자가 비명을 지르는 유정에게 소리쳤다.

"이놈, 너는 저 세상에서 이렇게 남의 속을 태워 먹고 살지 않았느냐. 남의 것을 빼앗아 그 가슴에 한을 심고 남의 가슴에 피를 내어 먹고 살지 않았느냐. 이제 그 보를 받는 것이니 아프다고 엄살 부리지 말거라."

목련은 정신이 없었다. 멍하니 보고 섰는데 사자들에게 지시를 하고 있던 우두머리 사자가 다가왔다.

"으흠. 산 유정이다? 바로 그 사람이로군."

"저를 아십니까?"

목련이 물었다.

"말을 들었지. 그대가 온다는……. 하긴 이 어딘가에 바로 울람바라(ullambana) 죄인이 하나 있지."

"방금 울람바라라고 하셨습니까?"

"바로 그대의 어머니지. 여기서는 울람바라라고 통해."

"울람바라라니요?"

"이승에 있을 때 아주 악독한 죄를 많이 지어 이곳에 오기가 무섭게 거꾸로 매달렸지. 그래서 울람바라라고 해."

"내 어머니가 이곳에서 거꾸로 매달려 있다고요?"

저승사자가 웃었다.

"거꾸로 매달리기만 할까. 다른 이들은 그냥 불에 구워지지만 네 어머니는 너무 죄를 많이 지어서 불 속으로 들어가도 그냥 들어가는 것이 아니라 거꾸로 매달려 들어가기에 그렇게 불리는 것이야."

목련은 너무 놀라 그 자리에 털썩 주저앉았다.

"그게 사실이오?"

저승사자가 껄껄 웃었다.

"내가 왜 거짓말을 하겠는가?"

"그럼 내 어머니가 있는 곳을 가르쳐주십시오."

"뭐하게?"

저승사자가 눈을 크게 뜨고 물었다. 만나봐야 무슨 소용이 있겠느냐는 표정이었다.

철퍼덕 주저앉았던 목련은 그제야 일어났다.

"그 어머니를 찾아 여기까지 왔는데 만나봐야 하지 않겠습니까?"

어이가 없는지 저승사자가 다시 웃었다.

"염라왕의 부탁이 특별히 있었지만 산 유정이 죽을 유정을 어찌할 수 없다는 걸 모르는가? 그대가 여기까지 어떻게 왔는지는 모르나 신통력 따위는 유정에게 통하지 않는다는 걸 알아야지. 그것은 이곳의 유정도 마찬가지야. 죽은 이상 산 사람의 유정을 어떻게 해볼 수가 없어. 인간들은 어리석어 귀신이 어쩌고 하는데 그거 다 무지하고 어리석어서야. 이곳은 업보대로 가고 오는 곳."

"그걸 모르는 것이 아닙니다. 그래도 제 어머니 아닙니까. 그분을 만나기 위해 여기까지 왔는데 그냥 돌아갈 수야 없지 않습니까."

"글쎄, 만나서 어쩌겠다는 것인가. 만나봐야 마음만 아프지."

"제발 만나게 해주십시오. 그래야 돌아가서도 더 수행을 열심히 할 수 있지 않겠습니까."

목련의 애원에 저승사자가 입을 꾹 다물고 생각하는 눈치였다.

"허어 참, 내 그리 오래도록 여기 있었지만 제 어미를 찾아 지옥까지 오는 산 유정은 처음일세. 그 효성이 얼마나 지극했으면 석존께서 염라왕에게 특별히 부탁했는지 모르지만……."

그렇게 중얼거리다가 멀리 단칸으로 지어진 요사체를 향해 고함을 질렀다.

"질로야! 질로야!"

"예, 주인님."

이내 요사체의 문이 열리고 조그만 동자가 뛰어나왔다. 이제 아홉 살이나 되었을까. 머리가 길다. 눈이 동그랗고 코가 오뚝하다. 얼굴이 희고 잘생긴 아이였다.

"너 어제 보고 왔다고 했지?"

"뭘요?"

"울람바라 죄수 말이다."

"아! 무간지옥에서요."

"무간지옥? 내 어머니가 거기 있단 말인가?"

목련이 물었다.

아이가 영문을 몰라 눈을 동그랗게 뜨고 목련을 살폈다.

저승사자가 흐흐흐 웃었다.

"무간지옥을 아시나 보군?"

"들어보았소. 팔열지옥 중에서도 가장 깊숙한 곳에 있어 악독한 지옥 아니오."

저승사자가 고개를 끄덕였다.

"아시는구면. 무구지옥(無救地獄)이라고도 하지. 사람이 죽은 뒤 유정이 무간지옥에 떨어지면 그 당하는 괴로움이 끊임이 없기 때문에 무간(無間)이라고 불리는 곳이지."

목련도 그 정도는 알고 있었다. 오역죄(五逆罪)를 범하거나, 사탑(寺塔)을 파괴하거나 성중(聖衆)을 비방하고 시주한 재물을 함부로 허비하는 이가 그곳에 간다고 하였다. 저승사자들이 죄인의 가죽을 벗긴다고 하였다. 그리고 그 벗겨낸 가죽으로 죄인의 몸을 묶어 불수레에 실어 옮겨서는, 활활 타는 불 속에 집어넣어 몸을 태우는 곳이라고 하였다. 그것도 모자라 야차들이 큰 쇠창을 달구어 죄인의 몸을 꿰고 입, 코, 배, 등을 꿰어 공중에 내던진다고 하였다.

어머니가 거꾸로 매달려 그곳에서 그런 고통을 당하고 있다고 생각하자 목련은 다시 정신이 없었다.

"어서 저를 그곳으로 좀 데려다주십시오."

목련이 애타게 말하자 지옥사자가 동자를 쳐다보았다.

"그곳에 다시 갈 수 있겠느냐?"

"저 유정하고요?"

동자가 물었다.

"죽어서 온 유정이 아니니라."

"네?"

"산 유정이니라."

"산 유정이라니요?"

"살아 있는 사람의 유정이란 말이다."

동자는 이해가 되지 않는지 눈을 크게 떴다. 그는 죽어서 오는 유정만 보아 온 모양이었다.

"특별히 오는 수도 있느니라. 그러니 그리로 모시거라."

동자는 이해가 되지 않는지 네, 하고 대답하면서도 고개를 갸웃거렸다.

"저를 따라오세요."

동자가 앞장서며 말했다.

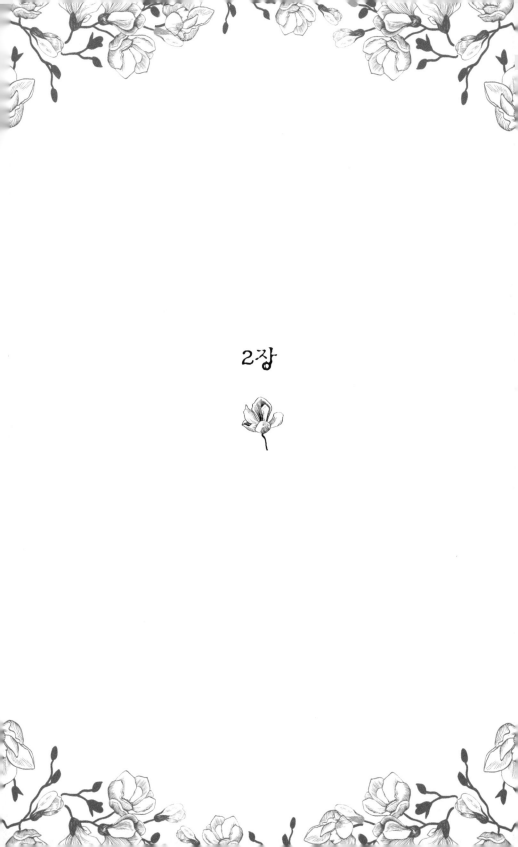

2장

바람이 머무는 곳

생각했던 대로 차는 영동고속도로를 타고 달리고 있었다. 벌써 문막이었다. 문막IC를 지나자 진선이 남원주(안동) 방면 우측 중앙고속도로로 진입했다. 잠시 나아가자 치악 휴게소가 나왔다.

한동안 책장을 덮고 앞을 바라보고 있었다. 탱화 속 목성 조실의 모습이 나름대로 그려졌다. 정연하게 떠오르는 것은 아니었다.

다시 어머니가 생각났다. 아버지가 돌아가시고 난 후 밖에서 돌아왔다 하면 우리들을 들들 볶아대던 어머니가 생각났다.

책을 읽는 사이에도 문득 문득 그런 어머니의 모습을 보았었다.

"이 방 좀 봐라. 그렇게 치우면서 살자고 했건만……."

그러면 철없는 여동생이 어머니의 말을 되받고 나섰다.

"엄마, 이제 기도 좀 그만하면 안 돼요?"

여동생이 나서면 나는 여동생을 끌고 밖으로 나왔다. 어머니의 마음을 알고 있던 나는 그래도 철이 좀 든 고등학생이었다.

"엄마에게 왜 그래?"

"그렇잖아. 아버지의 눈이 이렇게 밝다 그러는 것 같잖아. 네 아버지가 다 보고 있다 그러는 것 같잖아. 싫어 난."

"너 정말 그럴래?"

"영주 말이 맞다."

언제 따라 나왔는지 우리의 동태를 살피고 있던 어머니가 말했다.

"내가 너희 아버지 때문에 정신이 쏙 빠진 모양이다. 하지만 날 좀 이해해다오."

"그러니까 이제 기도 가지 마."

무슨 억하심정인지 몰랐다. 여동생도 어머니의 마음을 알고 있었을 터인데 입만 열면 아버지, 아버지. 그렇다고 아버지가 살아오는 것도 아니고, 아버지가 죽었는데도 집안이 자식들이 아니라 여전히 아버지 위주로 돌아가는 것이 여동생은 싫었던 것이다. 언젠가 여동생은 내게 이렇게 말한 적이 있었다.

"눈만 뜨면 그저 아버지, 아버지. 난 싫어. 그런 아버지 백 번 살아온대도 난 싫어."

"왜 그래? 너."

"주정뱅이에다 폭력이나 일삼던 의처증 환자. 뒤늦게 회개하여 눈 두 쪽 주고 간 것이 뭐 대수라고. 나는 그런 그윽한 사랑도 싫고 그 사랑에 다시 눈멀어버린 엄마도 싫어."

그러고 보니 여동생은 한창 감수성이 예민할 나이였다.

그런 여동생에게 어머니가 애원하듯 말했다.

"그곳에 아버지가 있잖니. 그 양반 너희들도 알다시피 나 없이는 하루도 못 살던 사람 아니냐."

"또 아버지, 아버지. 왜 그래요? 아버지가 엄마에게 눈을 주었다고 해도 그렇지. 그럼 우리에게는 뭘 주었는데요? 엄마에게 눈 두 쪽 주었다고 해서 우리들은요?"

그럴 나이였다. 어머니에게 아버지가 거룩하게 눈을 주었다고 하더라도 우리들에게 남은 상처. 그 상처는 아버지의 뒤늦은 회개만으로 치유될 수 없는 그런 나이였다. 이해하면서도 이해하지 않으려고 하는 나이였다.

"미안하구나."

어머니가 아버지처럼 말했다.

"그만해, 엄마."

"영주야, 이제 아버지를 용서해주면 안 되겠니?"

"엄마, 내가 아버지를 용서 못하는 것이 아니라 엄마가 그런 아버지를 자꾸 생각나게 만든다구요. 그래 잘 보이세요? 아버지의 눈이 좋아요?"

"영주야!"

내가 참지 못하고 주먹으로 여동생의 머리를 쥐어박았다.

여동생의 눈에서 불이 터졌다.

"오빠도 마찬가지야."

"뭐?"

"난 무서워. 눈을 감으나 눈을 뜨나 그 무섭던 아버지가 날 노려보고 있는 것 같단 말이야."

여동생의 눈에서 눈물이 터졌다. 여동생은 울면서 소리쳤다.

"엄마가 날 보면 아버지가 날 보고 있는 것 같아서 싫단 말이야. 그런데 엄마는 아버지처럼 잔소리를 해대잖아."

어머니가 영주를 끌어안았다.

"미안하구나, 미안하구나. 내가 그것을 몰랐구나."

"엄마아!"

여동생이 어머니의 품속을 파고들며 울었다.

"아버지를 미워하지 말거라. 너희들의 아버지잖니. 살아 너희들에게 몹쓸 짓을 많이 했다만 용서해다오. 아니, 용서하자. 그리고 이해하자. 우리들이 아버지를 이해하지 않으면 누가 이해하겠니."

그 후 여동생은 대놓고 투정을 부리지 않았지만 그렇다고 아버지로부터 받은 상처가 씻은 듯이 나은 것은 아니었다. 가끔씩 꿈에 아버지의 무서운 모습을 보았다며 울먹이곤 했기 때문이었다.

아마도 여동생은 점점 자라면서 용서는 오로지 우리들의 수호신만이 할 수 있고 이해만큼 더러운 것이 없다는 과정을 거치면서 아버지의 인생을 제대로 되돌아보게 되었을 것이었다. 내가 그랬던 것처럼.

아무튼 어머니의 기도는 그 후로도 계속되었다.

나는 낮게 한숨을 몰아쉬며 잠든 아내를 쳐다보았다.

아내는 깊이 잠든 것 같았다.

아내에게까지 숨겨온 속마음이 들켜버린 것 같아 홰홰 머리를 내저었다. 그리고는 기억의 잔상을 밀어버리듯 후딱 책장을 넘겼다.

지옥 방랑1

"아직도 멀었느냐?"

목련이 앞서가는 동자에게 물었다.

동자가 몸을 흔들며 뒤를 돌아보았다.

"아직도 멀었냐구요?"

"응?"

"아직 시작도 안 했는데 아직도라니요?"

"그렇게 먼가?"

동자가 샐쭉 웃었다.

"따라와보면 알 거 아니에요."

그렇게 말하고 동자가 휘적휘적 앞서 걸었다. 그러다가 갑자기 걸음을 멈추고 뒤를 돌아보았다.

"그런데 아까부터 말을 텅텅 놓는데 왜 그러는지 모르겠구먼요?"

"뭐라고?"

못 알아들어서가 아니라 동자의 물음이 이상해서 되물었다.

"왜 내가 하대를 하니 속상하냐?"

동자가 웃었다.

"이승에서 왔다고 했나요?"

동자가 웃다 말고 물었다.

"그래."

"어떻게요?"

"어머니 만나러."

"어머니요?"

그렇게 되물으며 동자가 고개를 갸웃했다.

"이상하네요. 산 유정이 이곳에 오기가 쉽지 않을 터인데 어머니를 만나러 오다니……. 아주 신통력이 높으신가 봐요?"

"그럴 이유가 있지."

"이유요? 어디 여기가 어머니 만나고 싶다고 아무나 올 곳이던가."

동자가 혼잣말처럼 말했다.

"그렇게 되었다고 하지 않았나. 그런데 하대를 하지 말라니. 보아하니 아직 어린 것 같은데……."

"호호호."

동자가 어린애답지 않게 웃었다.

왜 그렇게 웃느냐는 얼굴로 목련이 쳐다보았다.

"제가 몇 살로 보이세요?"

"몇 살?"

"네."

"뭐, 아홉 살 정도……?"

"호호호……."

그가 다시 어린애답지 않게 웃었다. 그리고는 갑자기 정색을 하며 다시 물었다.

"아홉 살이요?"

"그래."

"정말 뭘 모르시나 보네요."

"뭘?"

"내가 이곳에 있은 지 몇 해나 되는지 아세요?"

"응? 그걸 내가 어떻게 알아?"

"지금 그곳 세상이 어떤가요? 내가 여길 들락거린 세월이 한 200년 쯤 될 걸요. 그곳 나이로 209살요."

"뭐?"

"얼마 전에 잠시 이승을 아홉 해 동안 다녀오긴 하였지만……. 그래서 아홉 살 모습이 그냥 있는 거지요. 실제 나이는 209살이에요."

목련은 그만 할 말을 잃고 입을 딱 벌렸다.

"그럼 누가 위인가요? 스님은 이십 대 같은데……. 아닌가요?"

"그렇긴 한데……."

목련은 어이가 없었다.

209살?

그럼 어떡해야 되는 것인가?

그러고 있는데 동자가 먼저 입을 열었다.

"그렇다고 내게 존대하라는 거 아니에요. 내가 이승에서 아홉 살 때 죽었으니 그냥 아홉 살이지요. 이곳에 들락거린 기억이 200년이라는 말이에요. 내가 기억할 수 있는 기간만요. 그러니 내 말은 공경심을 좀 가져주십사 그 말이거든요."

"어째 무안해지는구나."

"그럴 필요 없어요. 알고 보면 스님도 여길 들락거릴 수도 있었을 테니까요."

동자가 툭 털어버리듯 말하면서 웃었다.

"그런데 나는 여길 온 기억이 없구나."

"그럴 거예요. 이승으로 나갈 때 이곳의 기억은 지워지거든요. 그러고 보면 난 특이했어요. 이곳에 다시 오니까 그동안의 기억이 다 살아나지 않겠어요. 기억이 덜 지워져서 그런 거래요. 더러 마음이 청정해 삼생(三生, 전생·현생·내생)을 볼 수 있으면 그런 현상이 생기기는 한다고 하는데, 그렇지 않고 보면……."

동자는 계속해서 나아갔다.

"이름이 뭐예요?"

동자가 한참을 나아가다가 물었다.

"목련이라고 해. 너는?"

"질로예요."

"질로?"

"하하 이상하죠. 질로. 이승에서의 이름은 콘돌라였죠. 그런데 이곳에 와 질로라고 금강역사들이 부르기 시작했어요. 질로(疾路)란 되국식 이름이에요."

"되국?"

"되국 염라왕이 그러래요. 스님 이름이 목련이라고 했나요?"

"그래."

"그럼 되국식으로 목건련? 아, 부르기 쉽게 목련(目蓮)이 되겠네요."

"목련?"

"이름이 참 곱네요. 되국 염라왕이 내 모습이 이곳의 병균 같대요."

"병균?"

"이곳에도 병이 있어요."

"병이 있다?"

"잘생긴 사람만 보면 환장하는 병요."

"그런 병도 있나?"

"사람들은 외모에 왜 그렇게 신경을 쓰는지 모르겠어요. 마음이 잘 생겨야 한다는 걸 모르거든요. 마음을 잘 쓰는 사람은 주로 천상에 나는데 외모에 신경이나 쓰던 사람들은 대부분 이곳으로 오거든요. 그런 이들에게 나는 병균이지요. 잘생겼으니까요. 외모에 신경 쓰던 유정들은 잘생긴 날 보면 환장을 해요."

"환장을 해?"

"상사병에 걸리는 거예요. 나를 안지 못해 안달을 한다 그 말이지요. 하기야 병 중에서 그 병만큼 큰 병이 어디 있겠어요."

그가 정말 어린애답지 않게 말했다.

"글쎄, 내가 이렇게 어린 데도, 유정들은 날 어린애로 보지 않는다니까요."

"그럼 내가 잘못된 것인가? 난 네가 어린애로 보이는데?"

"그래서 여기 사람이 아니죠."

"그런데 상사병이 그렇게 큰 병인가?"

"아직 누군가를 사랑해보지 않았군요?"

"뭐?"

"하기야 수도하는 사람이었으니……. 몰라서 그렇지. 그리운 사람을 만나지 못하는 병을 여기서는 제일 큰 병으로 쳐요. 왜 이승에서도 그렇잖아요. 사랑병이 생기면 자살할 정도로 아파하는 사람들 말이에요. 그 병은 여기서는 낫지도 않아요. 이승에서는 세월 가면 낫기나 하지만요. 피골이 상접해서 늘 끙끙 앓고 있죠. 차라리 불구덩이에 들어가는 게 낫다고 하는 유정들도 있어요. 왜냐면 불구덩이로 들어가 육신이 불에 타면 그뿐이거든요. 다시 불구덩이를 나와 바람을 맞아야 새살이 차니까요. 하지만 상사병이 든 유정은 변함없이 미쳐 있지요. 열병이 들어 마구 미쳐 돌지요. 업이에요, 업."

"네가 병균이라면 그것도 업 짓는 거 아니냐?"

"그러게요. 저는 사실 이승에서 너무 추악하게 태어나서 보다 못한 내 부모가 아홉 살 때 저를 버렸죠. 그래서 얼어 죽었지요. 그 길로 이곳으로 왔어요. 이곳으로 와 염라왕을 만났는데 날 이렇게 만들었죠. 병균을 만든 거예요. 이것도 업이지요."

"그럼 지금 부모님들은?"

"저에게 반해 상사병을 지독하게 앓고 있지요. 제 아들인 줄도 모르고. 그게 업이죠. 밤이나 낮이나 골방에 갇혀 내 이름을 부르고 있어요. 질로야! 질로야! 사랑한다고 외치고 있지요. 자신이 죽인 아들을 사랑한다고 외치고 있어요. 그렇게 사랑은 무서운 병이지요."

하기야 그런가 싶었다. 그래서 자신도 여기에 온 것이 아닐까 싶었다. 어머니를 사랑하기에 이곳에 온 것이 아닐까 싶었다.

조금 더 나아가자 배고픔에 떨고 있는 사람들이 옹기종기 모여 앉아 있는 모습이 보였다.

그들을 보자 목련은 그제야 이곳에 온 지도 꽤 되었는데 배가 전혀 고프지 않다는 생각이 들었다.

"이곳에선 전혀 음식물을 섭취하지 않느냐?"

목련이 동자에게 물었다.

"이곳이라고 왜 음식물을 섭취하지 않겠어요. 이승에 있을 때 그런

업을 지은 사람은 이곳에 오면 의식의 배고픔을 심하게 겪는답니다."

"그런데?"

어떻게 음식물을 섭취하는 영을 볼 수 없느냐는 물음에 그는 잠시 눈을 감고 있다가 대답하였다.

"음식은 눈에 보이지만 그것은 사식(思食)이기 때문이에요."

"그러니까, 생각 음식?"

"맞아요. 생각이 곧 음식이 되지요. 욕(慾)이 없으니 굳이 형식적인 음식이 필요가 없는 것이지요. 그래도 형식이 필요하면 생각대로 보배그릇이 앞으로 다가와요. 거기에는 구존한 음식이 담겨 있고 먹은 뒤에는 자연히 녹아 흘러서 남는 찌꺼기도 없답니다. 또는 빛만 보고 냄새만 맡아도 저절로 배가 부르지요. 의복도 마찬가지예요. 입고자 하면 저절로 앞에 와서 놓이거든요. 바느질하거나 빨래하거나 물들이거나 다듬이질할 일이 전혀 없어요."

"이승에서 듣던 말하고는 다르구나."

무슨 말이냐는 표정으로 동자가 돌아보았다.

"여기서도 음식을 먹는다고 하던데 말이다. 이승에선 죽었다 살아난 사람들의 말이 흔하게 돌아다니거든. 지옥에서는 음식물이 있어도 제 욕심에 사로잡혀 서로 먹여줄 줄을 모른다고. 젓가락 끝머리를 꼭 잡아야 하는데 그 젓가락이 너무 길어서 자기 입에 음식물을 넣을 수 없다는 것이야. 그러니 그 고통이 오죽하겠느냐는 것이지. 그러나 천상에 난 이들은 서로 상대방을 생각하여 먹여준다고 하더구나. 그러니 배가 고프지 않을 게 아니냐는 것이다."

동자가 고개를 주억거렸다.

"물론 지옥을 돌아보다 보면 그런 곳이 있어요. 아귀보라 하지요.

평소에 식탐하는 자들이 받는 보랍니다. 스님이 지금 배고픔을 느끼지 않는 것은 아귀보를 짓지 않았기 때문이지요."

"그럼 이승에 있을 때 들은 젓가락 얘기는 전혀 터무니없는 게 아니었군?"

"그것도 보에 의한 것이에요."

목련은 그 말을 듣자 문득 이곳에 오기 전에 선정 속에서 보았던 어머니 생각이 났다. 그때 당신이 있던 지옥이 아귀지옥이었다.

"그럼 여기가 바로 아귀지옥이냐?"

목련이 갑자기 소리쳐 외치자 동자가 멍하니 쳐다보다가 고개를 내저었다.

"아귀지옥은 건너편에 있지요."

"그럼 그리로 가자."

"왜요?"

"이곳에 오기 전 내 어머니가 아귀지옥에 있는 모습을 보았거든."

동자가 그제야 말을 알아듣고는 희미하게 웃었다.

"어머니란 사람, 이승에 있을 때 참 욕심이 많았던가 봐요?"

"어허, 어떻게 그런 말을……"

무례하다는 듯 눈을 치뜨자 동자가 헤헤 웃다 말을 이었다.

"가봤자 없을 걸요. 이제 그곳에 없다고 하지 않습니까. 무간지옥에 있다고 하니 말입니다. 무간지옥으로 간 것을 보면 정말 죄를 많이 지은 것이 분명한가 보네요. 그곳은 윤회조차 허용되지 않는, 영원히 고통받는 곳이라는 말이 있거든요."

"그래?"

목련이 놀라 되물었다.

동자가 다시 헤헤 웃었다.

"뭐 그렇다는 말이지요. 세상에 구원받지 못할 죄가 어디 있겠어요. 어느 한순간 내가 왜 이곳에서 지옥보를 받고 있는가 하고 생각할 수만 있어도 그곳을 탈출해 천상에 갈 수 있다는데요."

"그렇겠지?"

목련이 어머니를 생각하는 마음에 동의하듯 묻자 동자가 대답 대신 다시 웃었다.

좀 더 나아가자 지옥으로 끌려오고 끌려가는 사람들의 모습이 보였다. 업력의 사나운 바람이 뒤에서 앞으로, 앞에서 뒤로 그들을 내몰고 있었다. 칠흑 같이 짙은 무시무시한 어둠 속을 사람들이 어딘지도 모르고 끌려가고 있었다. 그 어둠 속으로부터 때때로 '죽여라, 저놈을 죽여!', '저년을 죽여라!' 하는 무서운 협박 소리가 들려오고는 하였다.

뒤이어 온갖 악귀들이 여러 가지 무기를 들고 그들 앞으로 달려들었다. 그들은 사람 고기를 먹으면서 눈을 부라리고 있었다.

그 모습이 너무 흉측하여 목련은 동자에게 물었다.

"무간지옥이 어디에 있는데 이런 곳으로만 가느냐?"

동자가 웬 투정이냐는 얼굴로 클클 웃으며 돌아보았다.

"왜 겁나나요?"

"그럼 너는 겁이 나지 않느냐?"

동자가 계속 웃었다.

앞서 가는 동자를 보니 가관이다. 애어른이 따로 없다. 늙은이처럼 뒷짐을 지고 허리를 뒤로 젖힌 채 팔자걸음을 걷고 있다.

침묵이 흘렀다.

목련은 부지런히 동자의 뒤를 따라 걸었다.

어느 한순간 사방에서 철가시로 된 철조망이 지옥의 구덩이에 떨어진 이들에게 다가왔다.

지옥에 빠진 유정들이 무서움에 질려 몸을 떨고 있는 모습이 보였다. 어떤 여인이 목련을 향해 '여보시오!' 하고 불렀다. 그러자 어디에서 나타났는지 무서운 맹수들이 내달려 왔다. 그녀가 맹수들을 피해 달리기 시작했다. 그녀 앞에 있는 산들이 우르르 무너져 내렸다. 갑자기 바다가 나타나더니 성난 파도가 세차게 밀려왔다. 어디서 일어났는지도 모를 불길이 휘몰아쳤다. 거센 바람 소리가 칠흑 같이 어두운 허공을 찢었다. 그녀는 겁에 질려 어디로 가는지도 모르고 도망치기 시작했다. 그 길은 하얗고, 검고, 붉은 색이 나는 세 개의 무서운 낭떠러지에 의해 막혀 버렸다.

여인이 비명을 지르며 낭떠러지로부터 물러섰다. 목련은 자신도 모르게 자비심이 솟구쳐 자신도 모르게 손을 뻗쳤다.

"이 손을 잡으시오!"

그렇게 소리쳤지만 여인은 그 손을 보지 못하고 있었다. 낭떠러지들은 너무도 깊고 아찔해서 그녀는 뒤에서 몰아치는 매서운 바람 때문에 그대로 떨어질 것만 같았다.

"어서 이 손을 잡으란 말이오!"

목련은 안타깝게 그녀를 향해 손을 내밀며 소리쳤다.

여인이 그제야 말을 알아듣고 손을 뻗었다.

그때 동자가 돌아서서 날쌔게 다가오더니 매정하게 그 손을 발로 차버렸다. 그 바람에 목련은 그만 그녀의 손을 놓치고 말았다.

"무슨 짓이냐?"

목련이 못 믿겠다는 음성으로 소리쳤다.

"흥!"

동자가 건방지게 뒷짐을 지고 선 채 콧방귀를 뀌었다.

"아니 이 조그만 놈이 버릇없이……."

동자가 목련을 노려보다가 클클 웃었다.

"뭘 아직도 모르시는군."

"뭐라고?"

"자기는 뭐가 그리 잘났다고……."

동자가 노골적으로 느물거렸다.

"정말 버릇이 없지 않은가!"

목련이 소리치자 동자가 똑바로 돌아섰다.

"버릇이 없다고?"

동자가 되물었다.

"무슨 짓이야?"

"내 말은……."

동자는 계속 뒷짐을 진 채 시건방지게 턱을 꼿꼿이 세우고 목련을
무시하듯 말했다.

"미쳤느냐?"

"내가 미친 것이 아니라 그대가 미쳤다, 그 말이오."

"무엇이라?"

"여기가 어디요? 지옥이오. 그대라고 별 수 있을 줄 아시오. 그대
도 죽으면 올 곳이지. 그런데 웬 동정심? 그대의 죄과가 그 죄수보다
나을 것이 뭐가 있다고……."

"지금 무슨 말을 하고 있는 것이야? 내가 죽으면 여기로 오다니?"

동자가 허리를 젖히고 하하하 웃었다.

"겁은 나나 보지. 맞소. 더 깊은 지옥으로 갈지도 모르지. 그런데 동정을 하다니……."

목련은 자신도 모르게 눈을 질끈 감았다. 그제야 이곳은 이승에서 업보를 지은 대로 온다는 말이 생각났기 때문이었다.

"여기는 무슨 지옥이냐?"

목련은 자신도 모르게 잠시 후 동자에게 물었다.

이제야 정신이 드느냐는 표정을 지으며 동자가 쳐다보았다.

"이름도 없는 지옥이 이 정도? 그럼 지옥 입구란 말이냐?"

"그렇소이다. 유정이 죽으면 죄를 판별하기 전에 들어오는 곳이 여기요. 죄가 나누어져야 본격적인 지옥생활이 시작되기 때문이오."

"그럼 여기는 겨우 시작이라는 말이 아니냐?"

"그렇소."

그때 한 여자 유정이 다시 소리치며 손을 내밀었다.

"스님, 저를 좀 살려주세요."

목련은 자신도 모르게 그녀를 향해 손을 내밀었다.

그 순간 동자가 목련의 손을 다시 찼다.

목련은 멍하니 동자를 쳐다보다가 벌떡 일어났다.

"너 정말 못됐구나."

"그러니까 동정심을 내어서는 안 된다고 하지 않았소."

동자가 못마땅하다는 듯 투덜거렸다.

"아니 동정심이라니, 너는 눈물도 없는 것이냐?"

목련은 분노가 치밀었다.

동자가 어린애답지 않게 갑자기 그런 그를 비웃었다.

"저 비명소리가 들리지 않느냐? 어찌 그리 몰인정하단 말이냐?"

동자가 목련을 향해 똑바로 돌아섰다.

"그럼 하나 물어봅시다."

"뭐?"

"진정한 동정이 뭔지 알고나 동정해요?"

"뭐냐니?"

"그저 도와주는 것이 동정이요?"

"응?"

"저 손을 내미는 여자의 죄를 대신 받을 수 있느냐 그 말이오."

"뭐?"

"대신 받을 수 있다면 그게 진짜 동정이지요. 그럴 수 있나요?"

동자의 물음에 목련은 입을 딱 벌렸다.

무슨 말인가?

어린아이의 말이 아니라는 생각이 들었다.

나이가 200살이 넘는다고 하더니 정말 어린아이가 아니란 말인가?

어린아이의 모습을 하고 있지만 209살이라고 하더니 그 말이 사실이었던 모양이었다.

할 말을 잃고 있는데 동자가 앞서 걸으며 소리쳤다.

"어서 가기나 해요. 갈 길이 머니까."

목련은 설레설레 고개를 내저으며 동자 뒤를 막연히 따랐다.

"듣기에 선택받은 자라고 하던데. 그렇게 인물이 없나? 보기에는 영별 볼 일 없는 불목하니 같은데 뭘 선택받았다는 것인지 모르겠네."

동자가 앞서 걸으며 투덜거렸다.

역시 어린아이가 아니라 어른이 투덜거리는 것 같았다.

"방금 뭐라고 했느냐? 불목하니?"

어린아이가 아니란 생각이 들면서도 어린 것이 버릇없이 나불댄다는 생각을 지울 수가 없어 목련은 그만 다시 음성에 가시를 세우고 말았다.

동자가 귀도 밝다는 듯이 흐흐흐 웃었다.

"기분이 상했다는 말인 것 같은데, 아무튼 갑시다."

목련은 가만히 서서 동자를 노려보았다.

동자가 저만치 가다 돌아보았다.

"왜 그러세요?"

동자의 말투가 온순해졌다. '왜 그러오?' 하고 묻던 어른스런 말투가 문득 사라지고 어느 사이에 아홉 살 말투로 돌아가 있었다.

아무리 어머니를 구하러 지옥까지 왔다지만 속을 알 수 없는 노인인지 아이인지 모를 유정과 뭐하는 짓인가 싶었다. 이승으로 돌아가 버릴까 하는 생각이 들었지만 그럴 수는 없는 노릇이고, 그저 뒤를 따라가는 수밖에 없었다.

"어지간히 화가 나셨나 보네요."

여전히 동자는 아홉 살 말투로 물었다. 분명히 느물거리는 것 같았는데 그래서인지 그나마 공손해보였다.

"내 비록 길을 몰라 너의 인도를 받고 있지만……."

말끝을 못 맺는 목련을 동자가 돌아보았다.

"정말 속이 상했나 보네요. 그러니까 어린놈을 상대하려니까 자존심이 상한다 그 말인가요?"

동자가 맑은 눈망울을 굴리며 어린애답게 물었다. 전혀 시건방진 구석이 느껴지지 않는 음성이었다.

"솔직히 그렇구나. 네 모습이 어른 같지는 않아. 이곳에 온 지 오래 되었다고 하지만……."

동자가 다시 애어른 같은 웃음을 웃었다.

"호호호……."

금세 태도를 바꾸는 동자를 목련은 멍하니 쳐다보았다.

"더러 심성이 꼬인 유정들에게서 그런 면을 볼 수 있지요."

동자가 웃다 말고 갑자기 이상한 말을 했다.

"무슨 소리야?"

목련이 물었다.

"그래서 병이 들어도 큰 병이 들었다는 거요."

동자가 또 어린애답지 않은 말투로 소리쳤다.

"병?"

목련은 어이가 없어 멍하니 쳐다보다가 되물었다.

"하기야 멍청이가 아니고 보면……. 이곳까지 와서도 아직도 고정 관념이란 병폐에서 벗어나지 못하고 있으니."

답답하다는 듯이 동자가 또 입속말을 했다.

"뭐? 고정관념?"

"이놈 봐라. 애늙은이라는 건 알고 있었지만……. 그래 좋다, 그런데……."

"……?"

"너 방금 내게 고정관념을 버리라고 했느냐?"

"그런데?"

"뭐?"

"뭐라니?"

어린아이가 정색을 하고 턱을 쳐들었다.

"내가 무슨 고정관념에 젖어 있다는 것이냐?"

허, 이놈 봐라 싶었지만 목련은 그렇게 물었다.

"오해하지 마시오."

"오해하다니 내가 무엇을 오해했기에?"

"내가 고정관념이라고 한 것은 내가 어리다고 생각하는 스님의 고정관념을 말하고 있는 것이니까."

"고정관념?"

"어머니를 온전히 친견하려면 헛된 자존심이나 동정심이랑 버려야 할 걸요."

갑자기 동자가 다시 어린아이 말투로 공손하게 말했다.

"그럼 내가 유정을 향해 손을 내민 것 때문에?"

"지금 이 세계가 어떤 세계라고 생각하세요?"

여전히 그의 말투가 어린아이스럽다. 그런데 어린아이가 갑자기 또 엉뚱한 말을 했다. '어떤 세계라니?' 하고 목련이 자신도 모르게 물었는데 동자가,

"이 세계가 실재한다고 생각하세요?"

하고 물었기 때문이었다.

"무슨 소리야? 실재하기 때문에 이렇게 여기로 온 것이 아닌가?"

동자가 다시 흐흐흐, 애늙은이 웃음을 웃었다.

"이 세계는 그대의 허상이랍니다."

"뭐?"

분명 어린아이인데 여전히 애 같지 않은 말에 목련은 되물었다.

"그래서 우리는 중생이지요."

그가 다시 말투를 바꾸었다.

목련은 지금 이 아이가 무슨 말을 하고 있는가 하고 그를 쳐다보았다.

"도대체 무슨 말인지 모르겠구나."

동자가 싱글싱글 웃었다.

"이 세계는 그대가 만들어내는 환상 속 세계란 말입니다."

말투는 어린아이처럼 공손해졌으나 그의 말은 어린애답지 않은 말이었다.

"뭐라고?"

목련이 되묻자 동자는 다시 이런 말을 했다.

"스님의 마음속 세계이지요. 하지만 탐진치(貪嗔痴, 탐욕·분노·어리석음)에 가리어 있으니 이 세계가 자신의 마음속 세계라고 어떻게 인식할 수 있겠어요. 아니, 이 상황을 자신의 마음속 환상이라고 보는 이가 몇이나 되겠어요. 모두가 현상으로 인식하고 있으니 말이에요. 그러므로 어머니에게 가보았자 아무 소용이 없을 거예요. 이 세계를 만든 장본인이 스님인데 그걸 모르면서 어머니를 만나본들 무슨 소용이 있겠어요. 어머니의 고통은 어머니 스스로가 만든 것이니 부디 이 환상에서 벗어나세요, 하고 말할 단계도 아니니 말이에요. 그래 가지고는 결코 어머니를 구할 수 없을 거예요."

"그러니까 네 말은 이 모든 현상이 내 마음속 반영이어서 오로지 자신만이 자신을 구할 수 있다 그 말이냐?"

"흐흐흐, 이제야 말이 좀 통하네요."

"이런!"

목련은 눈을 질끈 감았다.

탐진치에 물든 인간이기에 이 현상을 현상세계로 인식하고 있다는 그의 말이 폐부를 찔러왔다.

그렇구나. 이 아이는 애가 아니다, 아니야. 애의 모습을 하고 있으나 애가 아니야. 이 현상을 제대로 인식하고 있지 않은가.

그제야 목련은 정신이 번쩍 들었다. 어떤 현상도 제 마음이 만들어내는 환영이라고 하시던 석존의 말씀이 바로 이것이었구나, 하는 생각이 들었기 때문이었다. 그렇다면 천상이 있고 지옥이 있다고 믿어온 모든 것이 내 마음의 인식 작용이라는 말이었다. 탐진치에 물든 인간이기에 그 인식 작용을 지울 수가 없으니 이러한 현상 속에 있을 수밖에 없다는 말이었다. 그래서 스승은 우리들에게 왔고 고통받는 이 언덕에서 저 언덕으로 가자고 했던 것이었다.

바로 그 세계는 이러한 인식 작용이 없는 적멸의 세계? 그럼 그 세계가 공(空)이다? 그 인식 작용 속의 공. 찬연히 빛나는 공?

내가 여기로 오면서도 이 지옥세계에서 고통받는 어머니를 구해야 한다는 생각만 하고 있었지, 그 어머니를 어떻게 구해야 할지는 모르고 있었다는 생각이 그제야 들었다.

그런데 어린 동자가 천금 같은 가르침을 주고 있다?

목련은 동자가 아니라 보살이라는 생각이 갑자기 들었다.

자신도 모르게 동자에게 합장을 하려고 멈추어 섰는데 동자는 이미 저만큼 가고 있었다.

목련은 동자를 따라 더 깊은 지옥세계로 내려갔다. 내려갈수록 형벌이 무거워지고 있다는 생각이 들었다.

그 여름날의 어머니

　중앙고속도로를 통과한 지 얼마나 되었을까. 잠시 눈을 들어 차창 밖을 살피던 나는 제천 임시휴게소 표지판을 발견하고 진선을 쳐다보았다.

　"잠시 쉬었다 갈까?"

　"그래요 삼촌."

　진선이 고개를 끄덕이며 대답했다.

　아내를 깨우기가 뭐했으나 나는 아내를 깨웠다.

　"어디에요?"

　아내가 주위를 살피며 물었다.

　"휴게소야. 잠시 쉬어갈까 해서. 요기도 좀 하고. 아무것도 안 먹었잖아."

　"그렇긴 한데 나는 생각 없어요."

　"그래도 잠시 내려."

　"아뇨. 그냥 잘래요."

　"그래?"

　"갔다 와요. 잠이나 자야겠어요. 참, 옷 여기 있어요."

아내가 옷을 내밀었다.

"덮고 자."

아내가 옷으로 배와 가슴을 덮으며 눈을 감았다.

옷을 목 밑까지 끌어올려 덮어주고 손을 한 번 잡아준 뒤 차에서 내려서자 한 가닥 바람이 두 사람을 휘감고 지나갔다. 진선이 옷깃을 올리고 내 뒤를 따랐다.

화장실에 들렀다가 휴게소 안으로 들어갔다. 사람들이 어찌나 많은지 밥이나 먹을 수 있으려나 싶었다. 그 와중에도 음식 냄새가 코를 찔렀다.

차림표를 본 진선이,

"난 담백한 된장국 백반으로 할래요."

하고 말했다.

"그럼 나도 그것으로 하지."

내가 자리를 잡는 사이 진선이 밥을 타왔다. 주문량이 밀려 음식이 시원찮을 줄 알았는데 그것도 아니었다. 썩 마음에 들지는 않았지만 그런 대로 깔끔하고 맛도 괜찮았다.

수저를 놀리다 말고 진선이,

"외숙모, 배고프겠다."

하고 말했다.

음식을 씹다가 그를 건너다보았다.

문득 아버지 생각이 났다. 여동생이 어머니 속을 썩이던 아버지 얘기라도 했던 것일까.

하기야 세상을 살면서 아버지처럼은 살지 않겠다는 각오가 오늘의 나를 만들고 있는 것인지 몰랐다. 아내에게 애정 표현을 적극적으

로 하는 것도 그 때문이었다. 부부 금슬이 너무 좋으면 애가 들어서
지 않는다고 말하는 여동생 곁에서 어머니는 말이 없었지만 느끼고
는 있었을 것이었다.

"참, 외숙모 그림 전공했지요?"

진선이 갑자기 생각난 듯이 물었다.

"그래. 국전에도 입상하고, 나 만나는 바람에 포기해서 그렇지 실력
이 괜찮았다."

진선이 밥을 입으로 가져가다가 웃었다.

"삼촌답지 않네요. 외숙모 자랑을 다하고……."

"하긴, 마누라 자랑하는 사람 칠푼이란 소리를 들으면서도……."

말끝을 흐리며 이번에는 내가 웃었다.

"잘해야겠네요. 전 아직 어려서 모르겠지만 누군가를 위해 자신의
꿈을 포기할 수 있다는 건 쉽지 않을 것 같거든요. 정말 외숙모의 용
기 대단하세요."

"다시 시작한다고 하는데……."

'사랑 때문이겠지.' 하고 말하려다 그냥 그렇게 말하고 말았다.

식사를 끝내고 나온 것은 그로부터 한참이 지나서였다. 커피를 세
잔 빼서 다가온 진선의 손에 도넛 한 봉지가 들려 있었다.

"뭐냐?"

알면서도 물었다.

진선이 커피를 넘겨주고는,

"외숙모 드리려고요."

"어떻게 알았어? 그 사람 도넛 좋아하는 거?"

"접때 외숙모와 한 번 빵집에 들른 적이 있었거든요."

차를 향해 다가가는데 넓은 들판이 펼쳐진 게 보였다. 새들이 날고 있었다. 먼 산의 모습이 꼭 차양 밑의 그늘을 연상시켰다.

문득 어느 여름 날 어머니를 찾아 목련암을 오르던 어린 시절의 모습이 떠올랐다. 그날 접수처에서 어머니가 기도실에 있다는 걸 확인하고는 기도실로 갔을 것이었다.

기도실 담당 스님이 어떻게 왔느냐고 했다. 어머니를 찾아왔다고 했더니 머리를 내저었다.

"만날 수 없다."

"예?"

내가 놀라 되물었는데 여동생이 눈물을 흘리며 훌쩍였다. 기도를 드리던 신도들이 흘끔거렸다.

깜짝 놀란 담당 스님이 우리를 한쪽 구석으로 끌고 갔다.

"왜 우니?"

"엄마를 만날 수 없다고 하니까 울잖아요."

내가 말했다.

"어디서 왔니?"

"미선동에서요."

"미선동?"

"네."

"미선동에서 어머니를 만나기 위해 여기까지 왔단 말이냐?"

"그래요. 제발 우리 엄마 좀 만나게 해주세요."

여동생이 울먹이며 말했다.

"애들아, 그럴 수는 없다. 어머니는 지금 기도 중이셔."

"그 기도가 언제 끝나는데요?"

"허, 참."

담당 스님은 기가 차 말을 하지 못했다. 한동안 기도실에서 나오지 못할 텐데 어린 것들이 찾아와 어머니를 만나게 해달라고 하니 낭패가 아닐 수 없었다. 어머니는 그때 결제(結制)에 들어가 있었던 것이다. 나중에야 안 것이지만 결제는 여름에 한 번, 겨울에 한 번 있는 것이었다. 신심이 두터운 분들만 결제방(結制榜)이라는 곳에 들 수 있었다.

결제는 부처님이 살아 계실 때부터 있던 공부 방법이었다. 여름에는 비가 많이 와 탁발을 할 수 없으니까 석 달 동안 모여서 공부를 하고 겨울에는 눈이 많이 와서 탁발을 할 수 없으니까 또 석 달 동안 모여서 공부를 하는 것이었다. 그것을 다른 말로는 안거라고도 하는데 일단 안거에 참여하면 누구든 그 규율에 따라야 했다. 그런데 그 규율이 엄청났다. 안거에 참여한 사람이 죽는다고 하더라도 눈속에 파묻어 놓고 안거가 끝나야 장사를 치를 수 있을 정도였다. 안거방이라고 해서 하루 일과가 정해지는데 개인 행동은 일체 용납되지 않았다. 철저히 공산적이요, 공산적이면서 의논을 모을 때면 민주적인 것이 안거였다. 안거에 참여한 이들이 절의 소를 팔아먹자고 하면 소를 팔아야 하는 것이 안거법이었다. 안거의 규칙을 지키지 못하면 바랑을 메고 소리 소문 없이 절을 떠나야 했다. 결코 도반에게 방해가 되어서는 안 되기 때문이었다.

그러니 어머니를 만날 수 없다는 말이 담당 스님의 입에서 나올 만했다.

더욱이 어머니는 이른바 무문관에 들었다고 하였다. 무문관이란 문이 없다는 말이다. 사방이 꼭 막혔다는 말이다. 음식을 넣어주는 구멍과 배설을 받아낼 수 있는 구멍만 있는 방이었다.

보통 스님들은 무문관에 들면 6년 동안 좌선을 한다. 면벽을 하는 것이다. 홀로 햇볕 한줌 들지 않는 곳에서 자신과의 싸움을 시작하는 것이다.

소멱산 해는 짧았다. 해가 뉘엿거리는데 동생과 나는 어머니도 만나지 못하고 돌아와야만 했다.

어머니는 고승들도 견뎌내기 힘들다는 무문관에 들어가 몇 달을 견뎌내고 나왔다. 아버지가 죽은 후로 어머니의 기도는 날이 갈수록 그렇게 모질어지고 있었다.

무문관에서 돌아온 어머니를 보았더니 사람 꼴이 아니었다. 그러나 왜 그렇게 눈빛이 맑았는지 모를 일이었다. 청명한 하늘빛이었다. 그렇게 어머니의 얼굴이 평화스러워 보였다.

"네 아버지를 보지 않았겠니. 좋은 곳으로 갔더구나. 고맙다고 해."

"정말 아버지를 보았단 말이야?"

오랜만에 어머니가 해주시는 밥을 먹으면서 내가 물었다. 여동생은 말이 없었다.

"그렇다니까."

"아버지 나 보고 싶다고 안 해?"

질문을 해놓고 나는 여동생의 눈치를 살폈다.

"왜 안 보고 싶겠니. 보고 싶어 미치겠다고 하더라."

참 어쩔 수 없는 양반이었다. 그렇게 여동생에게 당해 놓고도 아버지 말만 나오면 그것을 잊어버리니.

"그럼 오면 되잖아."

말을 해놓고 아차, 했지만 따지고 보면 오빠도 마찬가지라는 말이 그래서 여동생의 입에서 나왔을 것이었다.

어머니가 대답을 찾다가 겨우,

"나중에 오신대."

하고는 말머리를 돌렸다.

여동생이 수저를 놓고 방을 나가 버렸다. 아무튼 사람 기 죽이는
데는 정말 재주가 있는 아이였다.

차로 돌아오자 잠들어 있을 줄 아내가 깨어 있었다.

"배 안 고파?"

"견딜 만해요."

"화장실도 안 가고. 하기야 먹은 게 있어야지."

"뭐 먹었어요?"

진선이 창 밖에서 아내를 향해 커피와 빵 봉지를 들고 서 있자 아
내가 자기 쪽으로 난 차문을 열었다.

"어머, 도넛과 커피네."

"안 사다줬으면 울 뻔했군 그래."

아내가 환하게 웃으며 커피를 마셨다.

나는 커피를 마저 마시고 책장을 뒤적였다.

지옥 방랑2

"얼마나 더 가야 하는 것이야?"

여기저기 무수한 유정들이 심판받고 있는 모습을 보며 목련이 묻자 동자가 심드렁하게 말을 받았다.

"이제 시작인데 왜 그래요?"

"가도 가도 끝이 없네."

목련이 혼잣말처럼 중얼거리자 동자가 앞서 걸었다.

"표정 좀 풀어요."

잠시 후 동자가 힐끗 돌아보며 말했다.

"아무리 마음이 아파도 저곳에서 고통받는 유정만 하겠어요."

"여기가 어디야?"

동자의 말을 들으며 목련이 물었다.

"이제 야마왕(Yama)이 있는 청에 왔네요."

"야마왕?"

"염라대왕 말이에요. 사람들은 이상해요. 야마왕인데 염라대왕이라고 해야 알아듣거든요. 하기야 그가 이곳을 맡은 지 오래되긴 하였지만……. 역대 대왕 중에 제일 독하다고 소문이 났다니까요. 어찌나 무섭게 구는지 글쎄, 이곳 지옥이나 천상계 명칭을 죄다 되국식으로 고쳐 부른다니까요. 그러고 보니 임기가 다 되어가네. 다음에는 어느 나라 누가 맡게 될지 모르지만 제석천왕(帝釋天王)만 해도 그렇다니까요. 제석천왕은 신(神)들의 제왕 아니에요. 가장 강력한 힘을 지닌 신이니까요. 그는 본래 사람이었다고 해요. 그런데 수행자들에게 음식을 베풀고 등불을 베푼 인연으로 제석천이 되었다고 해요. 원 이름이 샤크라(釋)지요. 샤크라데바남 인드라(Śakra-devānām Indra)거든요. 그런데 자기들 마음대로 음역하고 줄여서 그렇게 막 부르는 거예요. 수미산 정상에 있는 도리천의 왕들도 그래요. 그들을 네 하늘의 왕이라고 해서 사천왕(四天王)이래요. 그들은 32신(神)을 통솔하면서 불법(佛法)과 그 불제자를 보호하지요."

"나도 그렇게 들었다."

"스님 어머니가 가 있다는 무간지옥만 해도 그래요. 사실 본 이름은 아비(avici)거든요. 아비지옥. 그런데 저들은 무간지옥이래요. 팔열지옥이나 팔한지옥도 마찬가지에요. 각 여덟이나 되는 지옥을 거느리고 있는데 그것마저 저들 마음대로 음사해서 부르거든요. 그런데 묘한 것은요. 비슷해요. 음이 비슷한데 희한하게도 저들 나라 뜻이 이곳 말뜻과 똑같아요. 신기하지 않나요? 예를 들어서요. 여기서는 심한 추위로 몸이 부르트는 지옥을 아부다(arbuda)라고 하거든요. 그런데 저들은 알부타(頞部陀)래요. 이름도 비슷하지만 뜻도 똑같아요. 정말 이상하더라고요. 우리는 화화파(hahava), 호호파(huhuva) 그러는데 그들은 확확파(臛臛婆), 호호파(虎虎婆) 그러거든요. 그런데 그 뜻이 똑같으니 말이에요. 아비지옥에서 거꾸로 매달려 고통을 받는 걸 여기서는 우람부나(ullambana)라고 하거든요. 그런데 그걸 막 저들 말로 음사해서 우란분(盂蘭盆)이라고 하거든요. 7월 15일에 지옥의 문이 열리니까 지옥세계에서 고통받고 있는 영혼을 구제한다며 공을 들이는 재를 지내는데 그걸 우란분재(盂蘭盆齋)래요. 우리는 깨달은 이를 붓다라고 하는데 그들은 불타(佛陀)라고 하구요. 정말 비슷하지요? 매양 그런 식이에요. 물론 음이 다른 말도 많아요. 중생(衆生)이란 말 같은 것이 그래요. 본말은 사트바(sattva)거든요. 혹은 잔투(jantu). 그런데 그들 말로는 중생이래요. 우리는 나마스(namas)라고 하는데 그들은 합장(合掌)이래요. 그래서 유정들이 종종 헷갈려 할 때가 있거든요."

"그럼 모든 유정들이 야마왕청을 거쳐 가야 하는 거야?"

동자의 말이 길어지는 것 같아 목련이 자르듯 물었다.

"죽은 유정들이 이곳에서 나누어져요. 그 죄지음에 따라……."

목련의 반응을 눈치 챈 동자가 잠시 눈치를 보다가 대답했다.

"그렇구나!"

그러면서 살펴보니 유정들이 심판을 받기 위해 길게 늘어서 있는 모습들이 보였다.

그들 역시 이 세계가 자신이 만들어낸 것이라는 걸 전혀 하나같이 모르고 있었다. 설령 안다고 하더라도 탐진치에 의식이 가려져 있으므로 아무 소용도 없을 것이었다. 그저 현상세계로 인식될 것이기 때문이었다.

목련은 속으로 피눈물을 흘렸다. 자신도 그들과 다를 바가 없었다. 그 사실을 깨달았다고 해서 탐진치를 여읜 몸이 아니었다. 본능적으로 이 세계를 현상세계로 인식하고 있으니.

하기야 신적인 본성이 곧 자신이요 그와 동시에 태어난 선한 수호령이라는 사실을 알면 무엇할 것인가. 탐진치를 여의지 않은 이상 이

세계는 환영이 아니었다.

판관이 눈을 부라리고 유정들에게 묻고 있었다.

"네놈은 이승에서 어떤 죄를 지었느냐?"

그러자 유정들이 겁에 떨며 하나같이 '나는 어떤 악행도 저지르지 않았습니다.' 하고 대답했다. 그 말이 거짓말이라는 것은 목련도 알 수 있었다.

그럴 때마다 악령이 작고 검은 몸을 흔들며 나타났다. 그리고는 그렇게 대답한 유정들을 염라왕 앞으로 데려갔다.

"저 악령 말이에요."

보고 있던 동자가 목련을 돌아보며 입을 열었다.

"거짓말을 하고 있는 바로 저 사람의 것이랍니다."

목련이 무슨 말인가 하고 생각하였다.

"무슨 말이냐? 저 악령이 저 사람의 것이라니?"

"모든 생명체에는 선한 기운과 악한 기운이 존재하거든요."

"그렇지."

그 정도는 안다는 듯이 목련이 대답했다.

"그 기운이 뭉쳐진 존재가 바로 생명체랍니다. 그래서 선한 수호령과 악한 악령이 우리에게는 동시에 존재하는 것이에요. 내가 그랬지요, 이 세계는 그 자신이 만들어내는 세계라고. 이제 자신 속의 악령이 자신을 끌고 지옥의 판관에게 데려가고 있는 거예요. 그리고 자기 자신을 고발하지요."

동자의 말은 맞았다.

거짓말하는 사람을 데려간 악령이 이렇게 말하고 있었다.

"판관이시여, 이 자는 거짓말을 하고 있습니다."

그 말을 들으며 목련은 자신도 모르게 중얼거렸다.

"결국 자기 자신을 스스로 고발하고 있구나."

"그게 인간이지요."

동자가 말했다.

그때 판관의 날카로운 음성이 들려왔다.

"너의 모든 것을 카르마의 거울[業鏡臺]에게 물어보리라."

그러자 야마왕청 중앙에 설치해 놓은 거울이 열렸다.

목련은 자신도 모르게 거울 속을 바라보았다.

거울에 유정의 모습이 비치는가 했더니 살아 있을 때 행한 행동들이 선명하게 나타나기 시작했다. 모든 선한 행동과 악한 행동이 주마등처럼 스쳐갔다. 어린 날 어머니에게 칭찬받던 일이며, 벌받던 일이며 커서 음행을 일삼던 일이며, 이성에게 사랑을 느꼈던 일이며, 지나치게 음욕을 내었던 일이며 그런 모든 일들이 나타났다가 사라졌다.

지옥보를 받아야 한다는 결론이 나오자 집행관이 유정의 목에 밧줄을 걸고 끌고 나갔다. 집행관은 끌고 나간 그들의 머리를 잘라 떨어뜨리고, 심장을 도려내고, 창자를 끄집어내고, 뇌를 꺼내 핥아먹었다. 그들의 피를 마시고, 살을 먹고, 뼈를 갉아먹었다. 그런데 이상한 것은 그들은 죽지 않는다는 것이었다. 아니 죽을 수가 없다는 것이었다. 어디선가 찬바람이 불어오자 그들은 되살아나기 시작했다.

"생각이 살아 있는 한 결코 죽을 수가 없답니다."

동자가 역시 어린애답지 않게 그렇게 말했다. 무심한 어조였다.

무서운 결과 앞에서 목련은 몸을 떨었다.

그런 목련에게 동자가 다시 한마디 했다.

"문제는 그래도 자신들이 받고 있는 보가 자신의 업에 의해 형성된 생각의 산물이라는 것을 모르고 있다는 거예요. 그저 고통을 감내하고 있을 뿐이지요."

순간 목련은 바로 이것이라는 생각이 들었다. 경전이나 읽고 글귀에 얽매이던 자신이 참 미욱했다는 생각이 들었다. 자신이 보고 있는 이 모든 것. 참으로 엄청난 세계. 생각이라는 존재. 도저히 경전에서는 볼 수 없는 그 존재의 실상을 직접 눈으로 보면서 체험하고 있다는 생각이 들었다. 어머니가 계신 지옥으로 가겠다고 했을 때 신통력을 불어넣어서라도 이곳으로 보낸 스승의 뜻을 새삼 알 것 같았다.

내가 이승에서 막연히 생각하던 지옥세계와 정말 똑같지 않은가. 그렇다면 정말 이 세계는 저 아이의 말처럼 내 의식이 만들어낸 세계란 말인가? 생각을 지우지 않으면 결코 사라지지 않는? 저 업경대. 고통받는 지옥 중생들. 수호령도 그렇고, 그들을 대하는 사자들도 그렇다. 저들 모두가 내 의식의 산물이라니.

아아, 나를 죽이고 있었던 것이 정말 내 생각이었구나. 그럼 이놈의 생각을 없애버리면 이 모든 현상이 사라진다는 말인데 어떻게 생각을 없앤단 말인가?

그런 생각을 하며 목련은 고개를 홰홰 내저었다.

내 본래 모습은 어디에

"저 눈 좀 더 붙일게요."

커피와 도넛을 먹고 난 아내가 잠시 스치는 차창 밖 풍경을 내다보고 있다가 의자에 머리를 기대며 말했다.

나는 책갈피에 손가락을 끼우고 책을 덮으며 아내를 돌아보았다.

"그래. 좀 더 자."

"당신도 그만 보고 쉬어요."

"그래. 조금만 더 보고."

"재밌나 봐요?"

아내의 물음에 나는 웃기만 했다.

아내가 불편한지 의자에서 옆머리를 들어 차창에 기댔다.

그 모습을 보다가 나는 문득 책에 나온 동자의 모습을 떠올렸다. 그가 하는 말들이 참 익살스럽다는 생각이 들었다. 염라대왕의 임기가 다 되어간다? 이곳의 정서가 되국식으로 변해간다?

슬며시 입가에 웃음이 물렸다.

그러고 보면 앞서와 마찬가지로 번안자가 읽는 이에게 친절을 베풀기 위해 창작해 넣은 것이 아닐까 하는 생각이 들었다.

물론 되국의 유정들이 모여드는 모습을 원작자가 그렇게 그렸다고 볼 수도 있다. 하지만 지옥이나 천상의 곳곳이 중국식으로 명칭까지 변해간다는 익살은 아무래도 중국이나 우리의 통념에 맞게 덧붙였다는 혐의가 느껴진다. 음사되지 않은 지옥의 명칭들을 산스크리트어 그대로 쓰면 사실 우리 정서에는 맞지 않을 것이다. 분명히 원안자는 그런 생각을 하고 있었을 것이다. 읽다보면 들어본 적 없는 낯선 낱말들이 계속 가시처럼 걸릴 테고 그래서 원안자는 한어로 풀이해 썼고 번안자는 산스크리트어의 음사임을 명시했을 것이다.

그럴까?

하지만 동자는 익살로 그 점을 날카롭게 지적하고 있다. 붓다를 불타로 음사하려 한다는 익살이 그렇다. 그는 끝까지 붓다라는 부름말을 고집하고 있기 때문이다.

나는 멀거니 차창 밖을 바라보았다. 아내가 기댄 창밖으로 산등성이가 보였다. 손대지 않은 짙은 숲 언덕이 스치고 지나갔다. 맑고 청량한 계곡이 어디쯤 있을 것 같은 산세였다. 그 아래 밭을 갈고 있는 농부들의 모습이 보였다. 이내 마을이 보이는가 했더니 황토빛 수피를 뒤튼 거대한 나무 하나가 보였다. 분명히 문화재 같았다. 그 아래 정자가 지어져 있었다. 정자에는 사람 그림자가 없었다. 덩그렇게 홀로 서 있지만 나무의 모습이 예사롭지 않았다. 승천하려는 용처럼 당당하다. 언젠가 충북 괴산의 왕소나무를 본 적이 있었는데 영판 그 나무를 닮았다. 그 왕소나무도 범접할 수 없는 기운과 위엄이 느껴졌었는데 늘어지고 솟아오른 소나무의 모습이 오랜 세월 무수한 풍파를 견뎌낸 것 같았다.

시간이란 말이 떠오르자 나의 시간은 얼마나 되었을까 하는 생각이 들었다. 현재의 내 모습. 이 모습이 내 본래 모습일까? 아니면 내 본래 모습은 어떤 모습이었을까? 지금 내가 읽고 있는 이 글은 윤회를 증명하듯이 하고 있다. 무한한 시간 속에서 성도하지 못한 중생들은 끊임없이 모습을 바꾸며 윤회한다고 기술하고 있다.

사실일까?

사실이라면 저 왕소나무의 수피도 본래 모습은 아니라는 말이 된다. 어찌 윤회의 모습이 자연적 순리라면 왕소나무인들 윤회의 법칙에서 벗어날 수 있으랴. 이 우주만물의 모습이 그러하리라.

나무의 모습이 눈앞에서 사라져 버리자 야산을 깎아 아파트를 짓고 있는 현장이 나타났다. 불도저가 부르릉거리며 야산을 깎아먹는데 트럭들이 흙을 실어 나르느라 분주하다.

그 모습을 멍하니 바라보다 진선을 쳐다보았다. 룸미러로 진선이 마주 보았다.

"생각보다 길지요?"

"이제 지옥 입구까지 읽었다."

"아직 멀었네요."

그렇게 말하고 진선이 앞을 바라보았다.

나는 책장을 넘겼다. 이내 읽던 곳이 나왔다.

지옥 방랑3

목련은 염마왕청을 빠져나오기가 무섭게 지옥의 언덕에서 붉은 피가 뒤섞여 흐르는 도도한 강물을 보았다. 그 강물 속에서 지옥보를 받은 유정들이 허우적대고 있었다.

"상지옥(想地獄)이에요."

동자가 말했다.

"상지옥?"

"등활지옥(等活地獄)이라고도 하지요. 이승에 있을 때 출가 사문의 앞길을 방해하거나 살인을 행한 유정들이 오는 곳이에요. 뜨거운 불길로 고통을 받다가 숨이 끊어지려면 찬바람이 불어와 깨어나 고통을 받는답니다. 8대 지옥의 첫머리지요. 이제 8대 지옥이 거느린 소지옥을 지나가게 될 거에요."

주위를 둘러보니 참으로 엄청나다는 생각이 들었다. 사자가 유정의 손톱을 자르자 손톱은 자르는 대로 쇠가 되어 자라났다. 그런데 그 손톱이 남을 할퀴는 것이 아니라 자신의 육신을 할퀸다. 손톱이 날카로워 몸에 닿기만 하면 살점이 떨어져 나간다. 자신이 자신의 몸을 괴롭히면서도 그 손길이 멈춰지지 않는다.

"이승에서 남을 해치면서 살았으니 그 보를 저리 받는 겁니다."

"죄의식의 반영인가!"

아아, 생각이란 놈이 참으로 무섭다는 생각이 들었다.

그렇구나. 석존도 이놈의 생각이란 놈을 벗어버리기 위해 그렇게 수행하였구나. 그래서 우리들에게 공부해라, 공부해라, 그러셨구나. 그 말씀이 결국은 생각을 벗어버리라는 말이었지 않은가. 하지만 어떻게 생각을 벗어버릴 것인가? 어떻게 생각을 놓아버릴 수 있나? 죽지 않고는……. 아니지, 죽어서도 생각이란 놈에게 저렇게 고통받고 있지 않은가.

수행의 참뜻을 비로소 알 것 같았다. 막연히 생각하던 수행의 요체가 아니었다. 이것은 생각의 실상이었다.

목련은 몸을 부르르 떨었다. 생각이라는 놈. 이 생각이라는 놈. 별 생각 없이 생각하던 놈이었다. 그놈이 이제 제 얼굴을 드러내고 있었다. 악마처럼 이를 드러내고 제 모습을 보이고 있었다. 그놈에 의해 아무리 이승에서 그런 죄를 지었다고 해도 저토록 엄청난 고초를 당할까 싶었다. 자신의 손톱에 의하여 육신의 살점이 떨어져 나가는 모습은 참으로 보기에도 감당하기 힘든 노릇이었다. 입에는 피거품이 물렸고 전신은 떨어져 나간 살점으로 흉물스러웠다. 유정들은 그 고통을 이기지 못하고 살점이 다 떨어져 죽어 갔다. 그들이 그렇게 죽어 가는 사이 스르르 바람이 불었다. 바람이 그들의 몸을 감싸 안았다. 그러자 언제 상처가 났었느냐는 듯이 본래 몸으로 되돌아갔다.

그들은 그렇게 죽었다가 살아나 자신의 몸을 스스로 할퀴면서 고통스러워하고 있었다. 도저히 눈 뜨고 볼 수 없는 참상이었다. 목련은 동자의 뒤를 따르면서 몇 번이고 뒤를 돌아보았다.

문득 내 속의 생각을 버리는 길이란 석존의 팔정도를 공고히 해야 할지 모른다는 생각이 들었다.

여기에 온 죄인들이 왜 저렇게 고통받겠는가. 팔정도를 무시하고 삿된 견해, 삿된 사유, 삿된 말, 삿된 행동, 삿된 생활, 삿된 생각, 삿된 정진, 삿된 마음을 낸 결과일 것이다.

그렇다면 생각을 벗는 길이란 그 길밖에 없다. 한 번 틈입해 들어온 고정관념만큼 더러운 게 없을 것이다. 이게 옳다 그러면 죽을 때까지 옳은 그놈의 고정관념. 그러므로 지금까지 나는 내 위주로 모든 것을 생각해 왔다. 그렇다면 그보다 더한 이기가 어디 있겠는가. 남이야 어떻게 되든 말든 나만 잘되면 그만이다.

그렇다면 결코 대승의 법은 아니다. 나 혼자만 깨달으면 그만이라는 독각승(獨覺僧), 즉 소승의 발상이다. 하지만 내가 깨달아야 남을 제도할 수 있는 게 아니던가.

그럼 나는 저들을 구할 수 없다? 그런가? 그런데 왜 여기에 왔나? 언젠가 스승은 이런 말을 했다.

"여래는 지옥에 가는 일이 있더라도 중생을 구한다."

무슨 말인가? 천상에 날 기회가 있는데도 중생을 구하기 위해 자신의 구도를 미루고 중생을 구해야 한다는 말이다.

그렇다면 내가 설령 깨닫지 못했다 하더라도 중생을 먼저 구해야 한다는 말이지 않은가. 자신의 능력만큼. 그게 여래의 사명이라는 말이지 않은가.

그렇다면 여래는 자신이 깨닫지 못해 지옥에 떨어진다 하더라도 중생을 극락으로 보내는 이들을 말하는 것일 터이다. 그에게는 중생 자체가 곧 절대진리일 테니까.

그렇구나. 생각을 버리는 길이 바로 그 길이구나!

상지옥을 벗어나는가 했는데 다시 거대한 지옥이 가로막았다.

"이곳은 어디인가?"

"철정지옥(鐵釘地獄)입니다."

동자가 여느 때와는 달리 공손하게 말했다. 잠시 사이가 있었는데 자신이 좀 심하게 잘난 체했다는 생각이 들었는지도 모를 일이었다.

"이곳은 어떤 유정들이 오는 곳인가?"

"남의 가슴이나 몸에 상처를 낸 유정들이 오는 곳입니다. 남의 마음과 육신을 괴롭히던 사람들 말입니다."

동자는 여전히 다소곳했다.

얼마 가지 않아 무수한 사람들의 영혼이 붙들려와 철정지옥으로 들어서는 모습이 보였다. 영혼들이 돌로 된 옥문을 들어서기가 무섭게 옥졸들이 달려든다. 집행관들이 쇠정으로 그들의 전신을 쪼기 시작했다. 그들의 고통을 더 지켜볼 수가 없어 목련은 자신도 모르게 눈물을 흘렸다.

동자가 그런 목련을 쳐다보다가 지옥 밖으로 끌어내었다. 잠시 다소곳하던 동자가 아니었다.

"스님이 눈물을 보이다니요? 승의 본분은 비정에 있다고 알고 있어요. 더욱이 이곳은 이승에서 지은 업력에 의해 오는 곳이라고 말했잖습니까. 지은 죄가 있다면 마땅히 벌을 받아야지요. 스스로 깨닫지 못하는 이상 붓다님의 법력으로도 어쩔 수 없다는 걸 알면서 왜 자꾸 이러세요. 창피해서 같이 갈 수가 없네요. 어설픈 동정심일랑 버리라고 하지 않았습니까?"

"이 얼음 같은 놈. 너의 눈에는 나의 눈물이 어설픈 동정심으로만 보이느냐?"

목련은 울컥해서 눈을 부라리며 소리쳤다.

"그럼 자비심이라도 된단 말이에요? 어리석은 중생 주제에……."

어린 것의 입에서 노골적으로 상대를 무시하는 말이 터져 나왔다. 목련은 자신도 모르게 다시 놀랐다.

아, 그렇지. 이놈은 애늙은이지.

그런 생각이 들었지만 목련은 화가 나 그를 노려보았다.

"아주 이골이 났구나. 그러니 그런 꼴을 하고 200년을 버티었지. 그래 네놈은 중생이 아니라서 그런 강심장을 가질 수 있단 말이냐?"

동자가 목련을 비웃었다.

"그래요. 어찌 어른이 아이보다 못할까? 그래요. 저의 영혼은 스님의 영혼보다 훨씬 더, 강철처럼 단단해요. 모두 이 세상에서 배운 것이지요. 인간이 터무니없다는 것을요."

"조금 먼저 와 이곳을 잘 안다고 해서 네놈이 내 영혼보다 맑다고 할 수가 없다. 네놈은 이곳의 참상을 보고도 심드렁해져 버린 짐승의 심장을 가졌다. 그렇기에 깨침이 없는 것이다. 강철 같은 심장으로 추구해야 할 것은 진리이지, 네놈처럼 무관심을 가장하는 것이 신심이 아닐 것이다."

어린애라고 해서 그가 말을 못 알아들을 리 없고 보면 주저주저 말 못할 이유가 없었다. 목련은 화가 나 생각나는 대로 내뱉었다.

"말이사 번지르르하군. 넨장할."

동자가 될 대로 되라는 듯이 정말 애답지 않게 상소리를 입에 담았다.

그 말을 들으면서 목련은 부들부들 떨었다.

'이놈이 미쳤나.'

동자는 아랑곳하지 않고 말을 이었다.

"아직도 거쳐야 할 지옥이 남았다. 가자."

이제는 말끝까지 놓아버리는 동자를 목련은 멍하니 바라보다가 이맛살을 찌푸렸다.

"어린놈이 이제는 대놓고 덤벼들고 있지 않은가. 함부로 대하면 그에 대한 상벌이 있을 것이다."

동자가 입가에 조소까지 물었다.

"마음대로 해라. 나도 참을 만큼 참았다. 고얀 놈. 내 누누이 일렀거늘. 내 나이가 몇인데 어린애 모습을 하고 있다고 해서 그렇게 분별을 하다니. 내 너 같은 놈은 처음 보았다. 에잇, 버릇없는 놈. 기가 막힌다."

"어허, 이놈이 못하는 말이 없구나."

"시건방은······. 이놈아, 시건방은 네놈 안방에나 가서 떨어라. 여기가 어딘 줄 알고······. 네놈이 아무리 그래도 난 이미 볼 장 다 본 놈이다. 너는 존경받을 만한 가치도 없는 놈이야. 나에게까지 존경심을 강요한다면 돌아가련다."

"어허, 이놈 보게."

"그러니 내 인도를 받으려면 잠자코 따라오기나 해라."

어쩔 수 없는 일이었다. 목련은 화를 삭이며 그의 뒤를 따랐다. 갈수록 길은 험했다.

"아직도 봐야 할 지옥이 남았다니, 도대체 내 어머니는 어디에 있다는 것이냐?"

동자가 이제는 대놓고 어른 흉내를 내며 껄껄거리며 웃었다.

"왜 겁나느냐?"

어린놈이 여전히 말을 탕탕 놓고 있었다.

목련은 화가 나 입꼬리를 찢었다.

"아니, 이 어린놈이 정말?"

동자가 눈을 새하얗게 치떴다.

"왜, 나를 치기라도 할 테냐. 네놈의 고정관념 정말 치가 떨린다. 아직도 내가 어린애로 보이느냐?"

"이놈, 그렇게 보이는 것을 어떡하느냐?"

"그것이 중생의 고정관념이란 것이다. 그 고정관념이 널 죽여 놓을 것이다."

"죽여 놓다니?"

"네놈이 그놈의 고정관념을 버리지 않는 이상 내게 존경받을 하등의 가치가 없다는 말이다. 어머니를 구하려는 자가 어떻게 소승적으로 논단 말이냐. 그래도 어머니를 구하려면 대승의 법열로 꽉 차 있어야 할 터인데 말이다. 생각하는 것이 그 무엇 하나 대승적이지 못하니 어찌 어머니를 구할 것인가. 생각해봐라. 너의 경지가 그 정도밖에 안 된다면 어이가 없다."

여전히 어린애답지 않은 말에 목련은 입을 딱 벌리고 서 있다가 잠시 후에야 한마디 했다.

"어허, 이런 놈을 보았나? 잔말 말고 앞장이나 서라."

그래도 어린놈이 입을 비쭉였다.

"꼴에 말끝마다 어린애 보듯 하니, 이렇게 사는 것만 해도 서러운데 꼭 그래야 직성이 풀리겠느냐."

"성질대로 한다면 너를 저 지옥의 구렁텅이로 밀어버리고 싶다."

목련도 화가 나 이를 부드득 갈 듯 말했다.

그러자 어린놈이 늙은이처럼 받아쳤다.

"오호라, 그러니까 갈 길은 멀고 참아야겠다?"

"......"

"왜 말이 없느냐? 이놈아, 너는 내가 어려 보일지 모르지만 나는 네가 어려 보인다. 금강역사가 나를 괜히 너의 길잡이로 보낸 줄 아느냐? 나를 통해 너의 모습을 보라는 뜻에서다. 이 멍청아."

갈수록 태산이라더니 한 번 시작된 독설은 끊일 줄 모른다.

"이놈이 그래도……!"

눈을 부라렸지만 통하지 않았다. 이미 깔본 상대, 존경심 따위는 완전히 잃었다는 투였다.

"어허, 내 몸이 비록 이렇게 어려 보여도 너 같은 놈은 둘이 덤벼도 내 상대가 되지 않는다."

"그렇겠지. 그러니 애늙은이가 되었을 테니까."

"좋다. 그럼 내 너의 본 모습을 보여주마."

동자가 앞장을 섰다.

"어디로 가는 것이냐?"

한참을 뒤따라 걷다가 목련이 물었다.

"네놈의 모습을 보여준다고 하지 않았느냐."

"이놈아, 지금 그게 문제냐. 빨리 어머니가 있는 곳으로 가야 할 것 아니냐?"

"걱정 말거라. 그 유정은 그 지옥에 계시니까."

"뭐라구?"

"이제 갈지옥(渴地獄)이 나올 것이다. 왜 갈지옥이냐. 바로 너 같은 놈이 오는 곳이기 때문이다."

"무엇이!"

"너 같이 목마른 자들이 오는 곳이란 말이다. 목마른 자들이 누구
이겠느냐?"

"……?"

"가도 가도 사막, 저기가 물이 있는 곳, 가보면 신기루. 물이 없다
는 말이다. 헛것을 보았다는 말이다. 신이 없다. 죽으면 그만이다. 영
혼이 어뎄느냐, 한평생 펑펑 돈이나 물 쓰듯 쓰고 세상 물정 모르고
산 자들이 오는 곳이다."

"이놈! 어찌 수도승을 그런 인간들에 비유한단 말이냐?"

"하하하, 이놈아, 그런 인간이 따로 있는 줄 아느냐. 공(空) 사상을
이해 못하는 자. 없음이 없음이 아니요, 있음이 있음이 아닐진대 그
것을 모르는 자들과 네놈이 무엇이 다르단 말이냐. 네놈은 이루어지
지도 않을 대자유의 세계를 얻기 위해 지금 죽을지도 모르고 덤벙거
리고 있지 않느냐. 불빛을 보고 달려드는 불나방처럼."

"애새끼 주제에 못하는 소리가 없구나. 그래 데려가봐라. 그래도 내
가 사람인데 어떻게 너와 같은 모습을 하고 있겠느냐. 어디 한 번 보
자꾸나."

"드디어 오기가 발동하셨군. 좋지. 설마 싫겠지만 그럴까?"

"본시 개의 눈에는 똥밖에 보이지 않는 법이거늘."

"그런데 어떡하느냐. 부처의 눈에는 중생의 눈물만이 보이니. 따라
오기나 하거라. 그곳으로 가려면 몇 개의 소지옥을 거쳐 가야 한다.
잘못하면 이 지옥의 가장 아래층에 있는 무간지옥까지 가야 할지도
모르겠다."

"네놈이 아주 나를 골탕 먹이려고 작정을 했구나."

"드디어 눈치를 채셨구면. 내가 벌을 받는 한이 있더라도 네놈만은 아주 요절을 내놓겠다."

"요절?"

"내가 보아하니 네놈에게 제일 큰 고통은 그놈의 동정심인 것 같다. 네놈은 쇠몽둥이 앞에서는 강철 같이 강해도 중생이 고통받는 것은 보지 못하는 보살심으로 꽉 차 있으니 아주 엄청난 고통에 시달리는 지옥 중생을 보여주는 게 네놈의 고통을 가중시키는 것이니 원 없이 그런 곳만 보여주마."

"이놈이 정말 미쳤구나."

"걱정 말거라. 미치지는 않았으니. 설마 미친 나를 너의 길잡이로 보냈겠느냐."

"……."

"왜 말이 없느냐. 이제 겁이 나는 게냐? 하지만 네놈의 본모습도 보아두는 것이 좋을 게다. 그리고 진심으로 세상을 구하고 싶다면 계속해서 그들의 고통을 보아두는 게 좋을 게다. 그들이 스스로 깨닫지 못하는 이상 언젠가는 네놈의 복력에 의해 구원될지도 모르니까. 아니 이를 계기로 저 세상으로 나가 중생 제도를 제대로 할지도 모르니까."

정말 동자는 도저히 눈뜨고는 볼 수 없는 지옥으로만 목련을 끌고 다녔다. 발길이 닿는 곳마다 목련의 가슴속에서 피눈물이 쏟아졌다. 피눈물을 흘리면서 목련은 생각하였다.

'그래, 고통받는 지옥중생이 보이는 것은 바로 내 마음이 지옥이기 때문이다. 나는 지금 저들이 아주 오랜 시간에 걸쳐 받아야 하는 보를 시간과 공간을 초월해 현실로 보고 있는 것이다. 두려워하지 말자. 그리고 똑똑히 보아두자. 그래야 내가 사는 세상의 인간들을 구할 것이 아닌가.'

그러면서도 도저히 더 두고볼 수가 없어 고통을 주고 있는 사자들에게 그만 고함을 지르고 말았다.

"그만두시오!"

고함소리를 들은 여인이 손을 허우적거리며 목련을 불렀다.

"저를 좀 살려주세요. 저를 살려주세요."

목련은 그만 그녀를 향해 몸을 날렸다. 그때 동자가 믿을 수 없는 힘으로 그를 낚아챘다.

동자는 밖으로 그를 끌고 나와서는 통쾌하다는 듯 껄껄 웃었다.

"역시 허수아비의 심장을 가진 놈이 아닌가."

"이놈!"

"환영임을 잊었느냐? 네놈 스스로가 만들어낸 생각의 소산."

"이, 이……, 죽일 놈!"

"으하하하! 그녀는 전생에 네놈의 아내였느니라."

"무엇이?"

"인연이란 그렇게 무서운 것이다. 그녀가 이곳을 지나간 것만은 분명하느니라."

"이놈의 새끼가! 아니 방금 뭐라고 했느냐? 내 아내? 내 아내라니?"

동자가 다시 웃었다.

"그것도 몰랐단 말이냐?"

"헛소리를 계속하면 가만두지 않을 것이야. 네놈을 상대하다가는 내가 돌아버리겠다. 내 전생? 날 아주 잡으려고 별 수작을 다 부리는

구나. 그럼 내 현생의 아내는 어디 있단 말이냐?"

"오호라, 그러고 보니 네놈에게도 지독한 사연이 있을 것 같구나. 하지만 나는 모른다. 내가 무슨 신인 줄 아느냐. 애새끼라며?"

그렇게 말하고 동자는 잠시 후 다시 느물거렸다.

"도대체 인간의 심성은 알다가도 모르겠다니까."

"그러니까 네놈은 여기서도 어른이 되지 못하고 애가 된 것이다!"

"애라고 사랑이 없을까 보냐. 보아하니 네놈에게 제일 큰 고통은 그놈의 덜 떨어진 사랑인 것 같구나. 그래서 승이 되었다? 참으로 거룩한 신심이지, 흐흐흐."

"……"

"왜 말이 없는 것이냐. 정곡을 찔리니까 이제 겁이 나는 것이냐? 많이 보았느니라. 그놈의 사랑에 미쳐 이곳에 온 놈들을. 내 지금껏 그렇게 이곳에 와 죽지 않는 놈을 본 적이 없다. 그러니 미리 저들의 고통을 보아두는 게 좋을 것이다. 하지만 그래 가지고서야."

동자가 틀렸다는 듯이 노인네처럼 끌끌 혀를 차며 고개를 저었다.

목련의 눈에서 불이 터졌다.

'이놈이 끝까지 사람 복장을 찢어놓는구나.'

생각 같아서는 발로 차버리고 싶었지만 그럴 수 없는 형편이고 보면 이나 악물 수밖에 없었다.

그런 심중을 비웃듯 목련의 시선이 닿는 곳마다 유정들이 고통받는 모습이 보였다. 가슴속에서 피눈물이 쏟아졌다. 그러나 어쩔 수 없는 일이었다.

그래, 고통받는 지옥중생이 보인다는 것은 바로 내 마음이 지옥이란 말일 것이다.

그런 생각을 하며 목련은 그냥 걸었다.

　한동안 목련이 걷기만 하자 동자가 말 없는 목련이 이상한지 말을 걸었다.

　"왜 말이 없느냐?"

　"네놈과 더 이상 말을 섞고 싶지 않구나."

　"허허, 내가 제대로 네놈의 정곡을 찔렀나 보네. 그래, 사랑 때문에 이곳까지 왔는데 어찌 그렇지 않겠느냐. 아니라면 거짓말이지. 그러나 너무 상심하지 말거라."

　"이놈, 보자보자 하니까. 에잇, 그만하자."

　"곧 죽어도 입은 살아서……."

　"그만하자고 했다."

　"그저 해본 말이니라. 그 여자가 네 전생의 아내였다는 말 말이다."

　"이놈의 새끼."

　"생각해보아라. 석가모니 부처님도 오백생을 환생했다고 하지 않았느냐. 그럼 계산해보아라. 그분의 마누라만 해도 몇 명이었겠느냐. 오백생을 환생하면 낳은 자식들은 얼마고……. 또 그 자식들은……. 그렇다면 그분으로부터 그 누가 자유로울 수 있겠느냐. 그래, 그만두자. 이미 끝난 인연 생각하면 무얼 하겠느냐. 하지만 부처님도 오백생을 환생했다는데 네놈이야 말해 무엇하겠느냐. 오백생, 아니 수천생을 환생했을지도 모르지."

　목련은 그만 눈을 감았다. 말없이 동자의 말을 듣고 있었지만 점차 소름이 돋았다. 그렇다는 생각이 들었다. 수천생을 환생했을지도 모른다면 전생의 아내들과 자식들이 저 지옥 바닥에 없다고 어찌 장담할 수 있겠는가.

그래서 자비심을 가지라고 스승께서 가르치신 것일지도 모른다는 생각이 들자 몸이 떨렸다. 저 지옥 중생들과 내가 어찌 인연 없다 할 것인가 하는 생각까지 들자 목련은 어느 날 길을 가다가 한 무더기의 해골 앞에서 하던 석존의 말이 떠올랐다.

석존이 길을 가다가 한 무더기의 이름 없는 해골 앞에서 오체투지로 예를 올렸다.

"세존이시여, 왜 이름 없는 해골 앞에서 정례하시옵니까?"

"비구들이여, 이 뼈는 과거 생에 내 부모였느니라."

그렇게 말씀하시고 자신의 윤회 전생을 말씀하셨다.

잠시 생각에 잠겨 있던 목련은 고개를 끄덕이다가 동자에게,

"아직 멀었느냐?"

하고 물었다.

"이제 곧 갈지옥이다."

기다렸다는 듯이 동자가 대답하더니 문득 엉뚱한 말을 했다.

"네놈은 그곳에서 지금의 네 모습을 보고 싶을 게다만 조심해야 할 것이다."

"무슨 말이냐? 조심하라니?"

"네놈의 모습을 뚜렷하게 보여줄 거울은 갈지옥 입구에 있다. 보고 나서 이야기하자."

그렇게 말하고 동자는 묘한 웃음을 지었다.

동자를 따라 한참을 들어가자 그의 말대로 거울이 아니라 작은 수각이 하나 나타났다. 맑은 물이 수각으로 흘러들고 있었다. 목이 마르던 참이라 목련은 그곳을 향해 다가갔다. 막 물을 마시려는데 그 물에 자신의 모습이 비쳤다. 목련은 깜짝 놀라 뒤로 물러섰다.

동자가 껄껄거리며 웃었다.

"이제야 보았느냐?"

"이럴 수가!"

물에 비친 자신의 형상은 반은 짐승이요 반은 사람이었다.

"으아, 그러고 보니 네놈의 본모습은 반인반수 아니냐?"

동자가 보고 있다가 느물거리듯 말했다.

"아니, 이럴 수가!"

"허허허, 그리 놀랄 것 없느니라. 그러고 보면 내가 너보다 낫지?"

"아니, 이게 웬일인가?"

"아직도 탈을 못 벗어 그런 것이다. 네 마음이 면경처럼 맑아 봐라. 왜 그런 모습이 보이겠느냐. 나는 한 번씩 여기 와서 수경에다 내 모습을 비춰보곤 하느니라. 내 모습이 짐승의 모습을 완전히 벗었을 때 그게 바로 공(호)이다."

"공?"

목련은 자신도 모르게 동자의 말을 되뇌었다.

"그렇다. 저 유정들을 봐라. 이 물을 향해 달려오고 있지 않느냐. 그러나 저들의 눈에는 그저 물일 뿐이니라. 자기의 모습 따위는 볼 필요도 없다. 그저 갈증만 가시게 하면 그만인 것이다. 가자."

목련은 멍하니 반인반수를 쳐다보았다.

"정말 믿을 수가 없구나."

"믿을 수가 없는 것은 너의 마음이다. 바람보다도 자주 흔들리는 신념, 허수아비처럼 텅 빈 가슴을 안고 네놈이 무엇을 볼지. 왜 너 같은 인간에게 선지자들이 이렇게 깨침의 방편을 주고 있는지 믿을 수가 없다."

심사가 뒤틀렸지만 목련은 할 말을 잃고 고개를 숙였다. 그러고 보면 나보다 한 수 위라는 저 아이의 말이 맞는 것 같았다. 내가 아직도 깨치지 못했다면 지승의?? 심장을 가지고 있다는 말이었다. 그러니 그리 보였을 것이 아닌가. 그런데도 아직도 이렇게 분별하고 있으니. 분별하기에 그 분별이 집착을 낳고 집착이 소유욕을 낳고 있지 않은가. 스승은 언젠가 그것을 잘 아는 이는 물질에 집착하지 않으며 그러기에 지혜 있는 자는 그 무엇에도 집착하지 않는다고 하셨다. 모두가 공(空)한데 어찌 해탈이 분별에 속하겠느냐, 그러므로 일체 법은 분별을 초월한 해탈의 얼굴에 있는 것이고 해탈의 상이란 곧 모든 법이라고 하지 않으셨던가.

그렇다면 저 애가 나의 부처라는 말이다. 나를 가르치는 부처. 우리는 나를 해치려는 자를 원수라고 생각한다. 그러나 말을 바꾸면 나를 해치려는 자가 부처라는 말이 된다. 왜냐면 나를 가르치는 자가 바로 원수이기 때문이다.

"이제 어디로 가느냐?"

목련은 음성에 온기를 담아 얼른 말머리를 돌렸다.

그런 목련이 이상한지 동자가 엉뚱하다는 표정을 지었다.

"이놈이 이제야 할 말이 없는 모양이로구나?"

"가자면서? 그럼 빨리 가자."

동자의 뒤를 따르자니 목련은 온갖 생각이 다 들었다.

무섭구나. 이 아이는 은연중에 큰 법을 말하고 있다. 큰 법? 그럼 대승? 아아, 무섭구나. 그 법을 지금 내가 애에게 배우고 있지 않은가. 지금까지 나는 뭘 했단 말인가.

목련은 가끔 뒤를 돌아보곤 하였다.

목이 마른 지옥 유정들에게 옥졸이 묻고 있었다.

"어떻게 이곳까지 왔느냐?"

"물, 물이 필요합니다. 물을 주세요."

옥졸이 고개를 끄덕였다.

"그래. 내 물을 주리라."

옥졸이 물을 주겠다고 하고는 그들을 뜨거운 철판 위에 올려놓았다. 그리고는 구리 쇳물을 그들의 입으로 들이부었다.

입술이 타고, 목이 타고, 가슴이 타고, 배가 타고. 그러자 그들은 살려달라고 울부짖었다.

목련은 자신도 모르게 입술을 씹었다.

동자는 그런 그에게 싸늘한 어조로 말했다.

"이제 일동복(一銅鍑)이다."

"일동복?"

"가보면 안다. 그곳을 거쳐 가야 다동복(多銅鍑)지옥에 이른다."

한참을 걸어 일동복이란 곳에 닿았다. 그곳으로 들어서서야 목련은 갈지옥에서 도망쳐 나온 죄인들이 오는 곳이라는 걸 알 수 있었다. 갈지옥에서 도망쳐 온 유정들이 멋모르고 들어서다가 놀라는 모습들이 여기저기 보였다. 목련이 둘러보니 거대한 구리솥이 엄청나게 걸렸다. 솥에는 물이 펄펄 끓고 있었다. 유정들이 그 속에서 비명을 지르며 허우적대고 있었다. 끓는 물에 살이 익어 떨어져 나간다. 이미 해골이 되어 둥둥 떠다니기도 한다.

옥졸이 그런 해골을 걸망으로 건져 던져버리자 찬바람이 불어와 뼈를 감쌌다. 그러자 해골에 살이 돋아나고 이내 멀쩡한 사람의 모습이 되었다.

옥졸이 그들을 다시 잡아 쇠솥으로 집어넣었다. 단말마의 비명소리에 지옥 바닥이 터져 나갈 것 같았다. 설령 전생의 인연으로 이승에서 그 보를 받았다고 할지라도 다음 생을 위해서라도 잘 다독여 더한 업을 짓지 않았다면 저런 보를 받을 이유가 없었다. 분명히 이승의 업은 과거의 보이지만 그 보를 잘못 다스림으로써 쇠솥에 들어가야 하는 보를 지금 받고 있는 것이었다.

그러고 보면 지옥도 현실 인간세계의 연장이요, 그 보일 수밖에 없었다.

일동복을 지나 들어간 곳이 다동복지옥이었다.

이곳은 구리 가마에 구리 쇳물을 끓여 죄인을 고문하는 곳이라고 동자가 말해주었다.

"구리 가마에 구리 쇳물?"

"일동복보다 더한 곳이지. 그곳은 유정들을 끓는 물에다 삶지만 여기는 구리 쇳물에다 삶아대니까. 남의 가슴에 불을 지르다 못해 칼을 박은 놈들이 오는 곳이다."

다시 길을 떠나면서 목련은 몇 번이고 이를 악물었다.

"이제야 똑바로 알겠는가?"

한참을 걷다가 동자가 느물거리듯 물었다.

"무엇을 말이냐?"

"어머니 제도 말이다. 그래도 어머니를 구하겠다는 발심을 세워 여기까지 왔다면 무슨 생각이 있었을 거 아니냐. 어떻게 구하겠다는……"

"그만하자. 나도 느끼는 게 많으니."

"아직도 내가 애새끼로 보이느냐?"

목련이 동자를 노려보았다.

"솔직히 어른으로는 보이지는 않는다."

"으하하하, 그래서 너는 아직 멀었다는 것이다."

"이런!"

동자가 통쾌하게 다시 웃었다.

목련은 그런 그를 잠시 노려보다가,

"이제 어디로 가는 것이냐?"

하고 물었다.

"무간지옥으로 가려면 석마지옥(石磨地獄)을 거쳐야 한다."

"석마지옥이 어딘가?"

"가보면 안다. 마지막에 있는 무간지옥으로 가려면 거쳐 가야 할 지옥이다."

"방금 마지막이라고 했느냐?"

"그렇다."

"마지막이라니?"

"거기 네 어머니가 있다는 말이다."

한참을 나아가자 지옥이 또 하나 나타났다. 동자가 말한 석마지옥인 모양이었다.

"이곳이 석마지옥인가?"

목련이 주위를 두리번거리며 물었다.

"무간지옥 위에 있는 지옥이다. 이곳은 다동복지옥에서 도망쳐 온 죄인들을 관리하는 곳이다."

목련이 보니 그런 것 같았다. 다동복지옥에서 영문 모르고 몰려온 이들이 우글거리고 있었다. 옥졸이 어디서 왔느냐고 물으니까 하나

같이 다동복에서 왔다고 했다.

그러자 옥졸들이 그들을 잡아 몸 위에 대열석(大熱石)을 올려놓고 눌러서 회전시켰다.

죄인들의 골육이 으깨어져 농혈이 밖으로 터져 나왔다.

목련은 동자를 재촉해 재빨리 다음 지옥으로 발걸음을 옮겨 놓고 말았다. 자신이 빨리 다음 지옥으로 가는 것이 그들을 한시라도 고통에서 벗어나게 하는 것이라는 어리석은 생각이 들기도 했지만 너무나 참혹하여 더 두고 볼 수가 없었기 때문이었다.

그런 그를 향해 동자가 희미하게 웃으며 말했다.

"정말 어리석구나?"

무슨 소리냐는 얼굴로 목련은 그를 쳐다보았다.

"피한다고 해서 저들이 고통이 없어지는 것이 아니지 않느냐. 그들의 고통이 너의 고통이 될 때 그들이 구원받는다는 사실을 왜 모르느냐."

"넌 도대체 누구냐. 애 주제에 이상한 말만 하고 있으니."

"나야 애가 아니냐."

"알긴 아는구나."

목련은 다시 동자가 이끄는 대로 갔다.

또 하나의 지옥이 나타났다.

"어디인가?"

"농혈지옥(膿血地獄)이다."

"농혈지옥? 바로 무간지옥이 있다고 하지 않았느냐?"

"석마지옥과 한 쌍으로 붙어 있는 지옥이다. 이곳에는 자연적으로 끓어오르는 열탕이 있다. 그것이 바로 농혈이다."

석마지옥에서 빠져 나온 이들이 그곳에 빠져 허우적거리다가 농혈이 끓는 탕 속에서 결국 나오지 못하고 죽어갔다.

"가자. 이제 무간이지?"

의외로 동자가 고개를 내저었다.

"붙어 있는 지옥이 몇 개 더 있다."

"뭐라고?"

"어차피 무간지옥으로 가려면 거처 가야 해."

"얼마나 있다는 것이냐?"

동자가 입가에 조소를 물었다.

"구경하는 것도 지겨운가?"

"저들을 구하지 못한다면 차라리 눈을 감고 싶어서 그런다."

"자비심이 그렇게 엷어서야 어떻게 중생을 구하겠다는 말인가. 한심하다."

"가기나 하자. 너와 말싸움이나 하고 있을 처지가 아니다."

"너 같은 멍청한 이를 인도하는 내 자신이 한스러워서 그런다. 여기가 회화지옥(灰河地獄)이다."

석마지옥에서 넘어온 유정들이 불에 태워지는 지옥이 회화지옥인 모양이었다. 물에 삶아지던 유정들이 불에 태워지고 있었다. 돼지들이 장작불에 구워지듯이 시뻘건 불길에 구워지고 있었다. 입에서 항문으로 쇠몽둥이가 꿰어서 걸쳐졌다. 불길이 혀를 날름대며 몸을 태우자 화롯불 위의 고기처럼 살들이 익어간다. 모두 태워지면 찬바람이 불어와 다시 살아 일어나고 그러면 옥졸이 다가가 입으로 쇠몽둥이를 찔러 넣어 항문으로 빼내어 새총처럼 생긴 곳에다 걸었다.

"이승에서 짐승들을 죽여 그 살을 탐하던 자들이다. 남의 고기를

223

맛있다고 얌냠거리던 종자들 말이다."

"불법에서 살생을 금기로 치고 있다만 인간으로 태어나 살기 위해서는 어쩔 수 없는 게 어떻게 죄가 되는지 모르겠구나?"

"어허, 승의 입에서 그런 말이 나오다니? 정녕 몰라서 하는 말이 아니고 보면……."

어허, 하고 힐책하는 모습이 어린애답지 않다는 생각에 목련은 자신도 모르게 픽 웃음이 나오려고 했다. 그러나 그의 말이 틀리지 않다는 생각이 들었다.

"왜 내가 그걸 모르겠는가. 하지만 너무 어이가 없어 그런다."

"수도의 요체가 뭐냐. 남의 입장이 되어보는 것이다."

"하기야 내가 돼지였다면 나를 잡아먹는 인간이 원망스러울 테지."

"잘 아는구먼!"

그렇게 말하고 동자가 클클 웃었다.

목련은 그런 동자를 노려보며 입을 열었다.

"그렇다고 해도 그렇다."

"뭐가?"

동자가 뚱한 표정으로 목련을 쳐다보았다.

"먹이사슬 말이다. 승인 내가 할 말은 아니다만 어찌 남의 살을 구워먹지 않고 생을 유지할 수 있다는 말이냐? 그게 죄라면 인간의 생활 자체가 죄라는 말이지 않느냐?"

동자가 애늙은이처럼 뒷짐을 졌다. 말투도 여전히 늙은이였다.

"맞아. 이승의 세상은 그렇게 존재하지. 내가 살기 위해서 남을 죽이지 않고서야 어떻게 그 세상이 존재할까. 약육강식. 그게 그 세상의 자연스런 법이지. 그래서 육도윤회라 하는 것이다. 인간세상 역시 지옥이다, 그 말이다. 천상이 지옥이듯이. 내가 존재하기 위해서는 약한 것의 살을 파먹지 않으면 죽게 되는 세상. 그래서 이곳으로 와 그 보를 받는 존재가 곧 인간인 것이다. 비극이지. 암, 비극이고말고. 그래서 석가모니는 수행에 임했던 것이다. 인간의 보에서 풀려나기 위해, 윤회의 굴레에서 벗어나기 위해서 말이다. 그렇지 않고는 영원히 육도윤회에서 벗어날 수가 없다고 생각했기 때문이다."

"무간지옥은 아직도 멀었느냐?"

어린것이 어린것답지 않게 말이 많다는 생각이 들어 목련은 그를 무시하듯이 물었다.

"무간지옥이라. 그것이 네 마음속임을 언제나 알까?"

동자가 하품하듯 말했다.

"무슨 말인지 알겠다만 내 관념의 저쪽 세계이니 접어두기로 하자."

"으하하, 이제 바른 말을 하는구나. 역시 나는 중생이다?"

목련이 말하지 못하자 동자가 능글스럽게 웃었다.

"너무 주눅들 이유가 없느니라. 나 또한 마찬가지니. 나는 너와 다르지 않기 때문이다."

"교활한 놈!"

"하하하!"

"하하하!"

둘은 모처럼 환하게 웃었다.

그들은 환하게 웃고 있었지만 지옥 중생들은 말할 수 없는 고초를 겪고 있었다.

웃고 있던 목련은 다음 순간 정신이 번쩍 들었다. 저들이 저렇게 고통받고 있는데 잠시나마 잊고 희희낙락하고 있었다니.

동자가 목련의 심중을 알아채고는 혀를 끌끌 찼다.

"또 그놈의 덜 떨어진 동정이 일어서누나."

목련은 정신을 바짝 차리고 그곳을 벗어나 철환지옥(鐵丸地獄)이라는 곳으로 동자를 따라갔다. 아직도 업력이 끝나지 않은 죄인들이 그곳에서도 고통받고 있었다.

그곳을 벗어나자 갑자기 이리 떼들이 달려 나왔다. 막 근부지옥을 빠져 나온 죄인이 그곳을 들어서다가 기겁을 하여 돌아서려 하는데 이리 떼들이 사정없이 그를 물어뜯기 시작했다. 이리저리 끌고 다니며 흔들어 대었는데 살점이 떨어지고 두개골이 덜렁거리고 전신에 농혈이 유출하여 피바다가 따로 없었다. 동자가 시랑지옥(犲狼地獄)이라고 일러주었다.

목련은 도저히 더 보고 있을 수가 없었다. 걸음을 옮겨 놓으려고 돌아서려는데 갑자기 대폭풍이 일어나면서 칼날로 된 수목이 시랑지옥을 빠져 나온 죄인 몸으로 떨어져 내렸다.

"조심하라! 검수지옥(劍樹地獄)의 입구다!"

동자가 소리쳤다.

검수에 달린 칼날잎[劍樹葉]이 죄인의 몸 위로 낙엽이 떨어지듯 떨어져 꽂혔다. 살점이 베어지고 팔다리가 절단되고 전신이 상처투성이가 되었다. 그러자 무쇠로 된 새가 어디선가 날아와 유정의 몸을 쪼아 먹기 시작했다. 머리에서부터 발끝까지 쪼아 먹는데 다 쪼아 먹자 찬 바람이 불어 그 몸이 되살아나기 시작했다.

"저 새는 철전조[鐵鳥]라고 한다."

동자가 비켜서 있다가 냉정한 음성으로 말했다.

그렇게 말하고 그는 상지옥의 마지막 단계인 한빙지옥(寒氷地獄)을 보여주었다.

"이곳은 모든 죄인이 추위로 형벌을 받는 지옥이다."

대한풍이 불었다. 유정들의 몸이 모두 꽁꽁 얼어붙었다. 꽁꽁 언 몸이 툭툭 부러졌다.

그곳을 나오면서 동자가 말했다.

"이 한빙지옥을 끝으로 죄인은 지은 죄업에 대한 고통스러운 과보를 다 받고 참으로 죽게 된다. 무슨 말이냐 하면, 지옥 보를 다 받고 나서야 지옥을 떠나 다른 세계로 가서 출생하게 된다는 말이다."

"그럼 한빙지옥에 오는 죄인들은 어떤 사람들인가?"

겁에 질려 목련이 물었다.

"남의 물건을 훔치거나 음행을 일삼거나 주색잡기에 빠졌던 사람들이다."

"그럼 이 형벌을 통해 구원받을 수 있는가?"

"악업이 없어지는 동안 최소한의 선업을 닦은 원인이 뒤를 이을 것이다. 그것이 영혼 속에 보존되어 있다가 지옥보다 선한 세계로 가 다시 출생하겠지."

"그렇다면 악업의 세력 때문에 선업이 발업하지 못했다는 말인데……?"

"그래서 인간이나 짐승이나 세상 만물은 선 속에 있어야 하는 것이다. 언제나 악과 싸워야 한다는 말이다. 그것이 곧 지옥에서 탈출하는 길인 것이다."

"그럼 이것으로 지옥은 모두 끝난 것인가?"

동자가 웃었다.

"그대의 어머니가 있는 무간지옥이 있지 않느냐."

"그럼 무간지옥이 지옥의 끝인가?"

"천만의 말이다. 겨우 대지옥의 한 부분일 뿐이다. 소지옥을 거느린 대지옥이 아직도 무려 일곱 개나 있다."

목련은 그만 머리를 홰홰 내젓고 말았다. 다시는 죄를 짓지 말자는 생각보다는 공포가 식은땀이 되어 흘러내렸다.

"어서 가자. 이제 무간지옥이겠지?"

한참을 걸어가자 지옥 한쪽에 낡은 전각이 있었다. 단청도 되지 않은 조그마한 단신의 전각이었다.

"전각 아니냐?"

"무간지옥 입구다."

"어찌 지옥 같지 않구나."

"그런 법이다. 하지만 겁 없이 들어섰다가는 그 괴롭기 끝이 없는 곳이 저곳이다. 그래서 무간이지."

동자의 말은 맞았다. 그곳으로 들어서다가 목련은 깜짝 놀랐다. 지옥사자들이 유정들의 살가죽을 벗겨 불 속에 집어넣고 있었기 때문이었다. 저쪽에서는 쇠매[鐵鷹]가 유정의 눈을 파먹고 있었다. 그런데 불에 던져진 몸이 다시 살아난다. 눈 역시 마찬가지다. 눈을 쇠매가 파먹었는데 이내 눈이 생겨나 파먹힌다.

그래서일까. 그들에게 당했던 짐승이나 새나 벌레나 사람들이 이제는 그들의 몸을 파먹고 있었다. 그들은 꼼짝 못하게 가시덩굴에 묶여 있었는데 짐승이나 새들은 그들에게 달려들어 물어뜯고, 쪼고, 째고, 핥고, 베고, 자르고. 그럴 때마다 가시덩굴에 묶인 사람은 비명을 질러대었다. 그러다 죽어갔다. 그런데 바람이 불면 몸은 원상복구되어 고통이 계속되었다. 배를 불린 짐승이나 새들이 물러나면 이번에는 벌레들이 달려들었다. 벌레들은 가시덩굴에 묶인 이의 몸속으로 파고들었다. 머릿속, 눈 속, 귓속……. 구멍마다 헤집고 들어갔다.

불의 모습은 흡사 하늘에 드리워진 구름과 비슷하였다. 불붙는 쇠가 있어서 그것이 죄인의 몸에 닿을 때 피어오르는 증기 때문에 불이 그렇게 보이는 것 같았다. 뜨거운 쇠는 사람의 몸을 쪼개고 부수어 겨자씨처럼 주위에 흩어지게 하였다가 다시 모아서는 여름철의 소나기처럼 불망이질을 해대었다. 그래도 그 유정은 죽지 않았다. 다시 사람의 형상으로 돌아와 그 보를 받았다.

이번에는 칼로 된 나뭇잎이 다가갔다. 나뭇잎은 아주 날카로웠다. 멀리서 바라보면 한데 엉켜 있어서 시원한 숲 같이 보였다. 그 숲이 그들을 향해 이동해 갔다. 슬금슬금 다가간 숲은 흩어지기 시작했다. 나뭇잎이 그제야 본색을 드러내었다. 그것은 칼이었다. 송곳 같이 생긴 날카로운 칼이 사정없이 사람들을 찔러대었다. 피가 낭자하게 터지고 비명소리가 천지를 뒤덮었다. 사람들은 이리 몰리고 저리 몰리고 서로 부르면서 숨기 위해 숲 속으로 달려갔다. 기다리고 있는 것은 숲이 아니었다. 모든 것이 칼날이었다. 칼날은 그들의 몸을 난도질하고 잠시 후 비가 쏟아졌다. 피와 내장이 숲 속을 뒤덮었다. 어디선가 바람이 불었다. 이내 그들은 본래의 모습으로 돌아왔다. 그러면 또 숲이 서서히 그들을 향해 다가들었다.

그 모습을 보고 있자 한순간 스승의 목소리가 기억의 골방 속에서 뛰쳐나왔다.

"왜 수행을 하느냐?"

스승이 언젠가 물은 말이었다.

"깨침을 얻으려고 수행을 합니다."

스승이 웃었다.

"정직해서 좋구나. 너는 지금 무슨 생각을 하고 있는 것이냐?"

"무슨 생각이라니요?"

"무슨 생각이라도 하고 있으니 그런 말을 하는 게 아니냐?"

"깨침을 얻어야 한다는 생각을 했습니다."

"네놈이 깨치겠다는 생각이 존재하는 한 삼매(三昧)는 오지 않는다."

"네?"

"깨닫겠다는 생각이 없을 때 진실한 수행이 이루어지는 것이다."

"무슨 말씀인지는 알겠는데 그 뜻을 확실히 해주십시오."

"역시 너는 따지는 것을 좋아하는구나. 좋다. 말해주마. 내 말은 우리가 왜 여기에 있느냐는 말이다. 역시 깨치기 위해?"

"그럼 아니란 말씀이십니까?"

스승이 허허허 웃었다.

"바로 생각하는 그놈."

"네?"

"생각이라는 그놈을 죽이기 위해 여기에 있다고 몇 번을 말해야 알 겠느냐."

"……!"

"그놈을 몰아내지 않는 이상 우리는 영원히 자유롭지 못하다는 것을 잊지 말아야지."

"결국 생각을 없애는 작업이라는 말씀을 다시 하고 계시는군요?"

"그 말은 아무리 일러도 모자람이 없다. 그만큼 중요하기 때문이다. 그렇다. 모든 존재는 생각에서 일어난다. 생각을 지워버리지 않는이상 윤회는 결코 사라지지 않는다. 깨침을 얻은 이에게는 모든 것이 그대로 여여하나 그렇지 못한 중생에게는 그래서 모든 것이 존재하는 것이다. 그 사실을 잊지 말라. 생각은 저 산을 넘을 수 있으며 벽을 뚫고 나갈 수 있지만 여인의 자궁 속과 부처의 금강좌만은 침범할 수가 없다. 왜냐면 한 곳은 존재의 산실이요 한 곳은 존재의 본자리이기 때문이다."

생각이 거기까지 미치자 목련은 그렇다면, 하는 생각이 들었다.

내가 여기까지 온 것이 아니라 생각이 여기까지 온 것이란 말이지 않은가.

저절로 고개가 끄덕여졌다. 스승은 언젠가 존재는 지수화풍(地水火風)으로 이루어져 있다고 했다. 거기에 의식이 더해지면서 인간의 존재가 모양을 갖추는 게 아니냐고 했다. 그러나 그것이 멸하면 모든 것은 각자의 성분으로 돌아간다. 지(地)는 흙의 성분으로, 수(水)는 물의 성분으로, 화(火)는 불의 기운으로, 풍(風)은 우주의 숨결로. 그렇게 한줌의 재가 되면 존재는 사라진다. 그러나 의식, 즉 생각은 결코 사라지지 않고 에너지가 되어 허공을 떠돈다. 그것은 바로 저 태양의 빛과 같은 것이며 이 우주를 떠받치는 기운이다.

그렇다면 그것은 돌고 도는 게 아닌가. 그것이 바로 윤회라면 그생각은 귀신일 수도, 혼일 수도 있으며 정신일 수도 있다는 말이 된다. 그렇다면 그것의 본자리는 마음이라는 말이다. 모른다면 영원히 구원받을 수 없다고 스승은 말했다. 그 본자리가 어딘가. 그곳은 생사, 즉 나고 죽음이 없는 자리일 것이다. 나고 죽음이 없다면 뭇 사람과 같은 어리석음도 없을 것이다. 지금 나를 이루고 있는 몸뚱이는 그림자에 지나지 않을 것이요, 생사가 붙지 않는 자리, 곧 시공이 끊어진 자리가 거기 있을 것이다. 그렇다면 불타가 그 자리를 가르쳐주기 위해 오신 것이라는 말은 성립된다. 이 세상의 한바탕 삶이 꿈이란 것을 가르쳐주기 위해서 오신 것이라는 말은 성립된다. 일 점도 안 되는 공간 속에서 나는 지금 어디를 헤매고 있는가. 천 년을 만 년을 윤회하던 세월을 보고 있지 않은가. 이것이 생각의 장난이라면 이 생각이 끊어진 마음자리에 적멸이 있을 것이다. 그렇다면 내가 보아야 할 것은 마음의 본자리란 말이지 않은가. 생각이 끊어진 자리. 삼매의 자리. 만약 마음의 본 자리를 볼 수만 있다면 생각은 물러가고 모든 것은 사라지고 적멸 속으로 잠길 것이다.

그럼 그 마음 끊어지는 자리가 어디란 말인가?

그런 생각을 하며 목련은 앞으로 나아갔다. 눈뜨고 볼 수 없는 지옥세계가 계속해서 펼쳐졌다. 그 모습을 보다가 목련은 이런 생각을 다시 하였다.

도대체 내 생각이 어디까지 뻗치려고 이러는 것일까. 어떻게 마음의 본자리를 보아서 이어지는 이놈의 생각을 끊어버릴 수 있단 말인가. 그때 이 모든 환영이 사라질 터인데.

한참을 나아가다 보니 옹숙(瓮熟)이라는 지옥이 나왔다. 활지옥의 부속 같았다. 도살업에 종사하는 사람들이 오는 곳이라고 했다. 소나 돼지, 염소를 죽이거나, 개를 죽이거나, 온갖 새를 죽이거나, 말, 토끼, 곰 등의 털 있는 짐승의 고기를 썰어 구워 먹거나, 산 채로 삶아 먹거나, 뜨거운 물속에 넣어 털을 뽑은 이들이 오는 곳이라고 했다.

이승에 살 때 지은 악업으로 인하여 몸이 무너지고 쇠판에 구워지는가 하면, 목이 베이고, 살이 파이고, 배가 갈라지고, 내장이 터져 나와 흘러내리고, 골이 바스러지고, 팔다리가 부러지고, 독수리를 닮은 새들이 날아와 그들의 몸을 쪼고⋯⋯.

도저히 더 볼 수가 없어 목련이 눈을 감는데 문지기처럼 옥을 지키던 저승사자와 무슨 말인가를 나누던 동자가 다가와 말했다.

"인간의 본성이란 어쩔 수 없는 것이라고 하는구나. 윤회를 계속하며 진리를 만나기가 참으로 어려운 법인데 그것도 모르고 천지사방 떠돌다가 저렇게 지옥보를 받고 있는 것이란다. 사람보를 받는 것 또한 어려워서 그 기회에 좋은 일을 많이 했다면 왜 저런 고초를 당하겠느냐고 한다. 저들은 죄를 지은 만큼 이곳에서 보를 다하고 벗어날 수는 있으나, 천상이나 인간세상에 다시 태어나더라도 그 목숨이 짧고 또한 업이 수승한지라 수행하는 사람을 업신여기고 그러다 이리로 다시 온다고 한다."

동자 역시 그 정도는 알고 있을 터인데 모르는 체하고 옥졸에게 들었다는 듯이 말하였다.

그런 어느 한순간이었다. 목련의 눈앞으로 하나의 환영이 스쳤다. 분명히 어린 시절이었다.

그랬다. 어린 시절. 산 중턱에 산 짐승들을 죽이는 사람들이 살았다. 그들이 사는 곳에서는 언제나 고약한 피비린내가 흘러나왔다. 어느 날 그들이 사는 곳을 지나치다가 어린 목련은 기겁을 하고 말았다. 우연히 마당 한 귀퉁이로 시선이 갔는데 그 집의 남편이란 자가 아내와 자식을 때리고 있었기 때문이었다. 술에 취해 있었다. 밥버러지들이라며 아내와 아들의 등과 가슴을 발길로 차고 짓밟았다.

그날 집으로 돌아와 밥을 먹으면서 아내와 아들을 때리던 그놈은 죽어 꼭 지옥에 갈 것이라고 생각했다.

그런데 그 사람이 거기 있었다. 사랑하는 가족에게 폭력을 일삼더니만 목련의 바람대로 그가 거기 있었다. 분명히 그때 그 사람이었다.

그가 당하는 고초를 보자 목련의 가슴 밑바닥에서 불덩어리 같은 것이 올라왔다. 설령 과거세에 지은 업으로 그런 짓을 저질렀다고 해도 인과응보라더니, 틀린 말이 아니었다.

천지에 불기운이 가득하다. 어디가 어딘지 분간하기가 어렵다. 아는 이를 또 만날까 두려웠지만 목련은 주춤주춤 안으로 들어갔다. 눈뜨고는 못 볼 참상이 그곳에서도 벌어지고 있었다. 옥졸들은 유정들을 나무로 눌러 괴롭히고, 노끈으로 매달아 불로 머리를 태우고, 그러다 한 가닥 바람이 불어와 다시 머리가 길어지면 기둥에 머리칼을 매달아 괴롭혔다. 또 빨리 달리게 하여 숨 가쁘게 하고, 길 위의 가시밭을 걷게 하고, 험한 벼랑에서 밀어 떨어뜨리고, 바늘로 찌르고, 노끈으로 꽁꽁 묶어 소에게 밟히게 하고, 공중에 던져 올려 땅에 떨어지기 전에 칼로 난도질을 하며 괴롭혔다. 그뿐만이 아니었다. 모래밭에 뉘어 돌로 누르고, 작대기로 때리고, 뜨거운 곳에 두거나, 찬 얼음 속에 두거나, 또는 묶어서 나무에 매달거나, 나뭇가지에 매달아 괴롭히거나, 생식기를 때리거나, 손가락에 쇠꼬챙이를 끼워 비틀거나, 털을 뽑거나, 그래도 안 되면 쇠바퀴를 굴려 머리를 쪼개거나, 날카로운 쇠꼬챙이나 뾰족한 나무꼬챙이로 항문이나 생식기를 찔러 괴롭히며 물을 퍼부어대었다.

그럴 때마다 비명소리가 터져 나왔다. 하지만 지옥사자들은 기왓장으로 때리고, 풀무통을 항문에 대어 풀무를 불고, 날카로운 칼로 몸을 난도질해댔다.

도저히 더 볼 수가 없어 고개를 홰홰 내젓는데 한 잔 술을 팔기 위해 추파를 던지던 거리의 창녀들이 보였다. 그리고 이승에 있을 때 자신을 파계케할 요량으로 농탕을 치던 술집 주인이 거기 있었다. 절로 들어와 돈을 훔쳐가던 도적놈이 거기 있었다. 그들이 그 죄로 지옥에 떨어진 것인지는 모르겠지만 이상하게 그들의 모습이 여기저기 보였다.

그 사람들을 멍하니 바라보며 자신의 눈을 의심하고 있는데 조금 전에 동자와 말을 나누던 문지기 옥졸이 언제 뒤따라 왔는지 한마디 했다.

"그대, 이승에서 온 사람이라는 말을 들었소."

그제야 목련은 정신을 가다듬고 그를 쳐다보았다.

"예. 그렇습니다."

"가끔 선정(禪定)에 든 이들이 이곳으로 오기도 하지만 대단하구려. 산 유정이 이런 곳에 올 수 있다니……."

그렇게 말하고 옥졸은 바람처럼 곁을 스쳐갔다.

그가 가고나자 동자가 다가오며 한마디 했다.

"저승사자치고는 친절하지?"

"글쎄."

"참으로 오래간만에 이승에서 온 이를 만나는 기쁨이 크다고 하더라. 하긴 그렇게 말하고 하나도 기쁘지 않다는 표정을 짓고 있더라만. 뭐 천상에 있다가 이곳으로 와 문지기가 된 중음(中陰)이라나. 그대도 이승에 나가면 부디 죄 짓지 말라고 하더라. 고통받고 있는 저들이 내 환영이라는 것이야. 꼭 그 모습이 화가가 그리는 그림에 불과해 보이지만 업을 지으면 그 환영이 현실이 된다는 것이야. 지금이라도 저 지옥 중생들이 자신이 당하는 고초가 환영이라고 깨달으면 모든 것이 사라질 테지만, 업이 성숙하여 그렇게 깨닫지 못하는 것이 중생이 아니겠느냐고 하더군. 남이 아니라 바로 우리들이라고 해. 그대가 저것이 현실이라고 생각한다면 그대 역시 나중에 그 목숨을 다하면 이곳 보를 면치 못할 것이라고. 생각이라고. 생각. 저들이 만들어내는 생각. 우리들이 만들어내는 생각. 저들이 생각을 없애면 그에게 주어진 이 세계가 없어질 터인데 그러지 못하니 이 지옥이 존재하는 것이 아니냐고 하더군."

그렇게 말하고 동자는 계속해서 중얼거렸다.

"그걸 누가 모를까. 생각을 없애면 환영이 없어질 것이라는 걸. 그렇지 못한다면 우리도 저 보를 면치 못할 것이라는 걸."

목련은 동자의 말을 들으면서 눈을 감았다.

하기야 스승은 그것을 깨치라 이곳에 보냈을 것이었다. 바로 그것이 중생을 불쌍히 여기는 선지자의 마음일 것이었다.

그 마음. 그 마음이 곧 자비라는 생각이 들었다.

그래 내가 깨침을 얻는다면 저들도 구원받을 것이다. 그렇기에 여기까지 온 것 아닌가. 여기가 아니면 어디 가서 깨침을 얻을 것인가.

그런 생각을 하며 목련은 동자를 향해 돌아섰다.

"내 어머니가 여기 있단 말이지?"

"분명 여기서 보았다. 이곳은 오역죄를 지은 이들이 오는 곳이니까."

오역죄라 함은 아버지를 죽이는 일, 어머니를 죽이는 일, 승려를 죽이는 일, 부처를 죽이는 일, 승가의 화합을 깨뜨리는 일을 말한다. 사탑(寺塔)을 파괴하거나 성중(聖衆)을 비방하고 시주한 재물을 함부로 허비하는 이가 그들이다. 옥졸이 죄인의 가죽을 벗기고 그 벗겨낸 가죽으로 죄인의 몸을 묶는 모습이 보였다. 그런 다음 불수레에 실어 활활 타는 불 속으로 집어넣었다. 그러자 야차들이 큰 쇠창을 달구어 죄인의 몸을 꿰었다. 입, 코, 배 등을 꿰어 공중에 던졌다.

그 모습에 정신을 빼앗기고 있는데 동자의 음성이 들려왔다.

"여기 울람바라 유정이 있다고 하여 찾아왔습니다."

목련이 돌아보았더니 동자가 다가온 지옥사자에게 묻고 있었다.

"저 불연못을 돌아가보라."

지옥사자가 손가락을 창날처럼 세워 어디인가를 가리켰다.

그가 가리키는 불연못을 돌아나가자 거꾸로 매달려 있는 여자가 보였다.

어머니였다. 어머니가 거꾸로 매달려 불연못가에 얼굴을 담그고 있었다.

"어머니!"

하고 목련이 부르자 야차가 잠시 어머니를 끌어올렸다. 그들은 목련이 찾아올 줄 이미 알고 있는 것 같았다.

어머니의 얼굴을 알아볼 수가 없었다.

잠시 후 찬바람이 어디선가 불어왔다. 그러자 형체가 무너졌던 어머니의 얼굴이 점차 드러났다.

어머니였다. 어머니가 맞았다.

어머니가 눈을 뜨고 목련을 쳐다보았다.

"구율타!"

어머니가 가까스로 목련을 알아보고 뇌까렸다.

"어머니."

"어떻게 된 것이냐? 너도 여기 온 것이냐? 무, 무슨 죄를 지었기에?"

목련이 달려들어 어머니를 연못가로 끌어내 안았다.

"어머니, 어떻게 된 일입니까?"

"글쎄, 이놈들이 여기로 끌고 와 이렇게 고통을 주지 않겠니."

어머니는 자신의 죽음을 이해하지 못하고 있는 것 같아 목련이 동자를 쳐다보았다.

동자가 딴전 피우듯 휘적휘적 걸음을 옮겨 놓았다.

목련은 어머니를 놓고 달려가 그를 붙잡았다.

"어떻게 안 되겠느냐?"

"뭘?"

동자가 걸음을 멈추고 생뚱하게 눈을 크게 떴다.

"보아라. 저 모습이 사람의 모습이냐?"

동자가 웃었다.

"이놈아, 여기 사람이 어디 있느냐. 네놈이 사람이니까 다 사람으로 보이느냐? 유정이다, 유정."

"아무튼 내 어머니를 구해야 할 것 아니냐?"

동자가 다시 웃었다.

"어허, 아직도 모르겠는가. 여기는 업보대로 오는 곳이다. 부처라 하더라도 업보는 어쩌지 못한다. 그러니 내 뭐라 그랬느냐. 봐봐야 마음만 아플 것이라고 하지 않았느냐."

"그렇다고 저런 어머니를 두고 돌아간단 말이냐?"

"그럼 제도를 해보던지."

"제도?"

"왜 말하지 않았느냐. 이 세계가 그대의 허상이라고. 그걸 깨달으면 어떻게 되겠느냐. 이 고통스런 세계가 한순간에 없어질지."

"내가 그걸 아는데도 이 세계는 존재하고 있다. 그걸 안다는 것이 무슨 소용이냐?"

"그렇다. 안다는 것과 해탈은 그토록 다른 것이다. 부처의 경지를 얻지 않고는 너 역시 생각의 사슬에서 벗어날 수가 없을 것이다. 그러니 어머니에게 가서 생각을 없애보세요, 하고 말해보아라. 아마 미친 놈이라고 욕이나 먹게 될 게다. 그런데 어떻게 구한단 말이냐."

"이대로 돌아갈 수는 없다. 내 어머니를 저대로 두고는 돌아갈 수가 없어."

목련이 버티자 난감해진 동자가 잠시 생각하다가 입을 열었다.

"예전에 말이다……."

"그래."

"너와 같은 이가 있었는데 그 어미가 천상에 있고 아비가 지옥에 있었거든."

"그래서?"

"그때는 딸이 찾아왔는데 염라왕이 그러더구나. 지옥에 있는 어미를 구하려면 아비의 도움이 필요하다고."

"아비? 아버지 말이냐?"

"그래. 그의 아버지는 천상에 가 있었다. 그런데 수행을 많이 하여 부처의 경지에 들었어."

"그래 구했느냐?"

"구했지. 아버지의 공덕으로."

이내 목련이 눈을 크게 떴다.

"여기로 오기 전에 천상으로 가 내 아버지를 찾지 못했던 것은 내 아버지가 깨침의 경지에 들었기 때문이라는 말을 스승님께 들었다."

동자가 고개를 끄덕였다.

"나 역시 울람바라 유정의 남편이 신기하게도 부처의 경지에 들었다는 말을 들었다. 아내가 악독했기에 그렇게 되었다는 것이다."

"그럼 내 아버지를 찾으면 되겠구나?"

"그렇기는 하다만······. 지금도 네 아비가 적멸의 세계에 있을지도 미지수다."

"그게 무슨 말이냐?"

"이런 말이 있다. 도를 깨치기도 어렵지만 지키기도 어렵다고······."

"무슨 소리인가? 부처의 경지는 금강(金剛)의 경지이다. 결코 허물어지지 않는 경지."

"그것은 절대적멸(絶對寂滅)의 경지에 든 이의 말이고 그냥 적멸에 들었다면 언제 중생심으로 돌아가 버릴지 모른다."

"갈수록 이상한 말만 하는구나?"

"중생의 깨침이란 고뿔과 같은 것이다. 중생들은 깨침을 얻으면 바로 붓다가 되는 줄 알지만 천만의 말씀이다. 샤카무니 붓다도 깨침 이후 이 우주만물의 조복을 받았다. 그리하여 절대적멸에 드신 것이다. 그러므로 그의 깨침은 금강석보다도 단단하다. 그러나 중생의 일시적 깨침은 고뿔처럼 들어왔다 나갔다 하는 것이다. 오늘 깨쳐 아하 했는데 내일 바람처럼 흔들린다. 그럼 곧바로 지옥행이다."

"그럼 내 아버지는 절대적멸에 들지 못했다?"

"그야 모를 일이지."

"그럼 가자!"

동자가 목련을 멍하니 쳐다보았다. '하기야 지금으로서는 그렇게 믿어보는 수밖에······.' 하는 표정이 역력했다.

자신의 아버지가 절대적멸의 경지에 들었을 것이라고 믿는 목련이 딱해 보인다는 눈빛을 뒤로 하고 목련은 어머니에게로 달려갔다. 그러나 그 사이에 지옥사자가 어머니를 다시 거꾸로 달아매버렸다.

어머니가 비명을 질렀다.

목련이 달려가 어머니를 안았다.

"아니, 여기가 어디라고 산 유정이 들어서는가!"

옥졸이 눈을 부라리고 목련에게 소리쳤다.

"이보시오. 제발 멈추시오! 내 어머니요, 내 어머니란 말이오!"

"어허, 비키지 못하겠는가!"

"이보시오. 차라리 날 달아매 매질하시오. 어머니의 여린 몸 어디 매질할 곳이 있다고 이러시오."

"네놈이 정녕 죽지 못해 환장한 것이 아닌가!"

그때 동자가 달려와 목련을 끌어냈다.

"놔라. 햇살 같은 꽃잎 한 잎도 어머니 몸이옵기에 이제껏 한 치의 소홀함도 없이 지켜왔던 몸이다. 이 몸을 바쳐 어머니를 구할 수 있다면 몸뚱이 같은 것이 뭔 대수더냐?"

동자가 푸핫핫, 웃었다.

"어허 그러셔? 어미의 몸이온지라 허물어질 것 같아 소중히 가꾸었다? 아직도 모르겠는가? 네놈이 어미의 업을 대신할 수 없다는 걸."

"도대체 업이 무엇이관데……. 놓아라, 내 어머니 대신에 죽고 말 것이다."

"죽으면? 어머니는 어떻게 구하고?"

"무엇이?"

나는 멍하니 동자를 쳐다보았다.

"조금 전에 어머니를 구하기 위해 아비를 만나러 간다고 하지 않았느냐?"

그제야 정신이 번쩍 들었다.

동자가 어이없다는 듯이 고개를 홰홰 내저으며 휑하게 몸을 돌려 버렸다.

그제야 목련은 어머니를 향해 목청껏 소리쳤다.

"어머니, 조금만 기다리세요. 조금만!"

3장

윤회의 현장

　책에서 눈을 떼자 제천 임시휴게소를 뒤로 한 지도 한참 되었다는 생각이 들었다. 지나치는 마을마다 가을 기운이 역력하다. 무겁고 두꺼운 옷을 벗어버린 봄이 언제인가 싶었는데 벌써 여인네들의 치맛자락에도 가을이 퍼덕인다. 어미의 치마꼬리를 잡고 노는 아이의 옷에도 가을이 익어간다. 이곳저곳 물들어 있는 단풍들이 화사하다.

　"여기예요."

　진선이 문득 말했다.

　"응?"

　다시 책으로 시선을 옮겨가다 말고 나는 고개를 들었다.

　아내는 잠이 든 것 같지 않은데 눈을 감고 있었다.

　"외할머니와 함께 기도했다는 사람요."

　진선이 주차할 곳을 찾으며 말했다.

　"이곳에 살고 있는 사람이란 말이야?"

　내가 물었다.

　"네. 종무소에서 외할머니를 찾고 있으니까 방금 금명봉무 보살이라고 했느냐고 어떤 할머니가 지나가다가 묻더라고요. 그렇다고 했더니 외할머니를 안다고 하더라구요. 그래 삼촌이 일본에서 나오면 만나주시겠느냐고 했더니 전활 하라고……. 그래 비행기 시간을 봐 제가 약속을 했는데……."

"오늘 만나기로?"

"네."

진선이 길가에다 차를 세웠다. 좁은 국도에 차들이 뒤엉켜 있었다. 이곳저곳에 무질서하게 주차된 차들, 가끔씩 리어카가 지나가고 아직도 소달구지가 지나간다. 덩치 큰 버스도 슬슬 소리를 내며 지나간다. 군용 트럭도 보인다.

"여기가 기림이지? 단양 초입?"

안전띠를 벗는 진선을 보며 내가 물었다.

"맞아요. 어떻게 아세요?"

"서울에서 외숙모와 늘 다니던 길 아니냐. 집에 올 때마다 말이다."

"네에."

진선이 주머니에서 메모지 한 장을 꺼냈다. 집을 나설 때 접어서 넣어놓은 것인 모양이었다. 메모지에는 약도가 그려져 있었다. 출발하기 전에 만날 사람과 통화를 해 약속 장소를 정해놓은 모양이었다.

"몇 시에 만나기로 했냐?"

"2시요."

시계를 보니 얼추 시간을 맞춰 온 것 같았다.

"어디서 만나기로 했니?"

"그분 암자에서요. 여기 어디라고 했는데, 암자 가는 길이……."

주소를 손에 들고 두리번거리던 진선이 안 되겠다 생각했는지 메모지에 적힌 핸드폰 번호를 눌렀다. 이내 신호가 가고 여인의 음성이 흘러나왔다. 여인의 음성이 내 귀에까지 들려왔다.

여인은 기다리고 있었던지 진선의 음성을 듣기가 무섭게 어디냐고 물었다. 진선이 사방을 두리번거리다가 우체국 옆이라고 했다. 그럼 길을 건너 위쪽으로 잠시 올라오다 보면 '삼정사'란 표지판이 보인다고 했다.

여인의 말은 맞았다.

농기구 파는 건물 귀퉁이에 차를 주차하고 아내더러 내리자고 하자 아내는 여전히 꼼짝할 생각을 않았다.

"갔다 와요. 나 사람 만나는 데 취미 없다는 거 알잖아요. 우르르 몰려가는 것도 그렇고……"

"그래?"

그도 그럴 것 같아 차에서 내리자 진선이 아내를 향해 소리쳤다.

"외숙모, 그럼 갔다 올게요."

"그래에."

아내가 일부러 명랑하게 대답하고는 팔짱을 끼고 차창에 기대며 다시 눈을 감았다.

국도로부터 잠시 걸어 올라가자 이내 산기슭이 나타났다. 팻말 하나가 다시 보였다. 팻말을 따라갔다. 길 옆으로 몇 채의 집이 드문드문 서 있었다.

길이 점점 좁아지는가 했더니 막다른 골목이 나타났다. 그 골목 끝에 납작하게 엎드린 슬레이트 지붕이 하나 보였다. '삼정사'라는 입간판이 푸른 대문 앞에 걸려 있었다.

아무리 봐도 절 같지가 않았다. 암자라고는 했지만 암자 같지도 않았다. 그저 어디서나 볼 수 있는 낡은 농가였다.

입구로 다가가는데 대문이 열리면서 할머니 한 분이 나왔다. 예순 대여섯이나 되었을까. 머리를 자글자글 볶고 노란 스웨터를 걸친 전형적인 시골 아낙네였다.

"아, 오싯구만."

할머니가 가까이 다가가는 진선을 향해 아는 체를 했다.

"안녕하셨어요?"

진선이 좀 과장되게 밝은 목소리로 인사를 했다.

"어서 와요."

인사를 받으면서 할머니가 나를 쳐다보았다.

"그 보살님 아드님이신가 보네?"

"네, 그렇습니다."

내가 대답했다.

"반갑구먼요. 어서 들어가요."

대문 안으로 들어서자 잔디가 깔린 마당이 나왔다. 헛간도 없이 지어진 단독 건물이었다. 초가집을 개조해 슬레이트로 지붕을 얹고 마루 건너 안방에다 부처님을 모신 것 같았다.

"들어가요."

할머니가 먼저 마루로 올라서며 말했다. 낡은 마루 구석에 몽당 빗자루 하나가 던져져 있었다. 할머니가 안방 문을 열었다.

진선이 올라갈 엄두를 못 내고 마루에 걸터앉았다.

할머니가 안방 문을 연 채로 진선을 돌아보았다.

"들어와요."

"아, 아닙니다. 여기가 시원하고 좋네요."

진선이 말했다.

"그래요? 그럼 잠시 기다려요."

할머니가 안방 문을 열어 놓은 채로 건넌방으로 들어갔다.

그 사이에 나는 안방을 슬쩍 기웃거렸다.

예상이 맞았다. 안방은 그리 크지 않았는데 안쪽으로 단을 마련하고 부처님을 모신 것 같았다. 관세음보살님이지 싶은 부처상이 하나 덜렁 모셔져 있었고 방금 전까지 기도를 하고 있었던 것인지 향이 반쯤 타들어가고 있었다.

건넌방은 주방이었던 모양이었다. 할머니는 혼자 사는 듯했다. 아니면 식구들이 출타하고 없는 것인지 다른 인기척은 없었다.

잠시 후 할머니가 찻상을 들고 나왔다.

"멀리서 오싯는데 대접할 것도 없고……."

"아닙니다. 외삼촌께서 일본서 나오셨기에 목련암 가는 길에……."

할머니가 진선의 말을 들으며 찻상을 놓고 앉았다. 커피를 끓여 나온 줄 알았더니 오렌지 주스 석 잔이 달랑 놓여 있었다.

그제야 나도 마루에 걸터앉았다.

할머니가 진선과 내 쪽으로 찻상을 좀 더 밀었다.

"들어요."

할머니가 나를 보면서 말했다.

"네, 고맙습니다."

내가 말했다.

"그래 얼마나 걱정이 많으시우. 조카 분한테 대충 말은 들었지만 일본에 계시다면서요?"

"네."

"내 목련암을 그렇게 오래 다녔어도 그런 보살님은 처음 봤다우."

"네?"

내가 시선을 들며 되묻자 할머니가 고개를 주억거렸다.

"나도 늘그막에 애들 다 출가시키고 이렇게 집에다 관세음보살님을 모시고 의지하고 살지만 그 보살님은 어딘가 다릅디다."

"무슨 말씀이신지?"

"하도 오래된 일이라 기억이 희미하오만 처음에는 몰랐다오. 그 절 〈목련전(目連傳)〉을 발견한 분인지. 그저 다른 이들처럼 기도를 열심히 하는 신도구나 했는데 어느 날 보니까 기도실을 나와 울력을 하고 있지 않겠소."

"울력?"

진선이 할머니의 말을 되씹었다.

"지지하게 자란 경내의 풀을 호미로 뽑고 있더란 말이지요. 시키지도 않았는데……. 그래 내가 물었다우. 보살님, 기도는 않고 뭐하오? 그러니까 그럽니다. 나는 이게 기도라오, 기도가 따로 있겠습니까."

"그 보살님 성함이?"

내가 물었다.

"나중에야 듣긴 했는데 이름이 좀 이상해요. 금명 뭐라고 하던데……. 그래서 그때부터 금명보살이라고 불렀는데……. 그분이 맞아요. 조카 분이 저번에 사진을 보이기에 보았더니 그분이더만."

어머니가 맞다 싶었다.

"그때 며칠이나 같이 계셨습니까?"

"어디 보자……, 한 열흘 같이 있었나? 그런데 이상했다오."

"이상하다니요?"

역시 내가 물었다.

"기도를 하다가 꼭 밤이 되면 새벽까지 자리를 비우더란 말이우."

"그게 무슨 말입니까?"

"처음 한두 번은 이상하게 보지 않았는데 허구헌날 그러니까 이상해서 내가 물었다우. 왜 밤만 되면 자리를 비우느냐고. 그랬더니……"

할머니가 잠시 말을 끊었다.

"그랬더니요?"

내가 다급하게 물었다.

할머니가 숨을 가다듬고 말을 이었다.

"누구를 만날 일이 있어 그렇다고 합디다. 그래, 누구냐고 물으니까 말을 하지 않아요."

"혹 뒤를 밟아보시진 않았나요?"

내가 물었다.

"왜 아니우. 하도 이상해서 하루는 뒤를 따랐다우. 그런데 목련당 쪽으로 올라가지 않겠소."

"목련당요?"

목련당이라면 목성 조실이 살았을 때 목련불(目連佛) 대목건련(大目犍連, Mahamaudgalyayana)을 모시기 위해 지은 건물이다. 신도가 늘어나니까 새로 더 크게 지었는데 목련암 맨 위에 지어진 대목건련전이 그것이었다.

"그런데 참 이상합디다. 늙은이 걸음이 어쩌면 그렇게 빠를 수 있는지. 나는 애 둘을 낳고 난 뒤로 언제나 관절통에 시달렸는데 보살은 훨훨 나는 것 같았다오. 하지만 놓칠 수가 없어 달려가듯 붙었는데 목련당 계단을 밟다가 그때 보았다오."

"보았다니 무엇을?"

역시 내가 다급하게 물었다.

"목성 스님과 금명보살님을 말이오."

"그래요?"

할머니가 나직이 한숨을 쉬었다. 사이를 두었다 문득 입을 열었다.

"목련암에서 발견된 글 말이오."

"글? 아, 네. 그래서요?"

우연이라고 하기에는 너무 이상한 일이 내가 태어나기 전에 있었
다. 평소 독신한 불교신자였던 어머니는 어느 날 목련의 전설을 듣고
이곳으로 왔다가 산 중턱에서 조그마한 암자 하나를 발견했다. 결혼
을 하고도 한동안 애가 들어서지 않아 홀로 절을 찾고는 했던 어머
니는 알 수 없는 이끌림에 그곳으로 간 것이다. 암자 안으로 들어가
보니 중늙은이 하나가 절을 지키고 있었다. 법명이 목성이라고 했다.

그날 목성 조실이 목련바위의 전설을 들려주었다.

부처님의 10대 제자 중 한 사람인 목련존자가 어머니를 지옥에서
구하고 이곳으로 와 수도를 했다는 것이다. 그래서 어머니가 물었다.

"그곳은 인도가 아닌가요?"

"그렇습니다. 그 옛날 천축국이었지요."

"그런데 그곳 사람이 어떻게 여기까지?"

그러자 목성 조실이 고개를 주억거리다가 이렇게 말했다.

"혹 가락국의 허황후[許黃玉]를 아시는지요? 가락국의 김수로왕에게
시집온 천축 아유타국(阿踰陀國)의 공주 말입니다."

"네. 들어본 적 있습니다."

"그럼 이상할 것도 없지요. 그분도 천축에서 오신 분이니까요."

"그렇군요. 그런데 이상하네요. 지금은 없어졌지만 이곳에 있던 본디 절 이름은 울람바라사라고 하던데요?"

"아, 그렇지요?

"울람바라? 절 이름이 이상하군요?"

목성 조실이 고개를 주억거렸다.

"제 스승은 참 효성이 지극한 분이셨습니다. 출가를 하고 난 후에도 어머니를 못 잊어 절로 모서와 수발을 할 정도였으니까요. 하기야 부모님이 바로 자신의 신이지요. 창조주 아닙니까. 부모님 없는 자식이 이 세상 어디 있겠습니까. 진리도 그 다음이지요. 창조되지 않고는 진리조차 깨달을 수 없는 존재가 인간이니까요. 그래서 제 스승님은 어머니를 위해 모든 것을 바친 목련존자의 법을 늘 가까이했지요. 이곳을 목련암이라 한 것도 목련존자의 정신을 살려보고자 한 것입니다. 울람바라란 목련존자의 어머니 이름이거든요."

"목련존자의 어머니요?"

"사실 그 이름은 지옥에서 얻은 이름이랍니다."

"지옥에서요?"

"죄를 많이 지어 그녀가 지옥에 가 거꾸로 매달렸는데 그곳에서는 그런 유정을 울람바라라고 했다니까 말입니다. 보살님도 아실 겝니다. 우란분절 말입니다."

"아, 백중요?"

"그렇습니다. 그날 지옥문이 열린다고 해서 백중날 공부하던 스님네들이나 영혼들에게 치성을 드리지요?"

"아아, 그렇군요."

"그러나 제 스승 신심당 대조사께서는 이곳 터를 저에게 잡아주시고는 먼저 입멸하셨지요. 제가 그분의 뜻을 받들어 목련암을 지은 것입니다."

그게 인연이었다. 그때부터 어머니는 목련암의 신도가 되었다. 어머니의 기도처는 그 옛날 목련존자가 이곳으로 와 잠시 수행했다는 목련바위 앞이었다.

그날도 어머니는 목련암으로 올라 밤새도록 기도를 드리다가 자신도 모르게 잠시 졸았다. 꿈인 듯 생시인 듯 꿈을 꾸었다.

한 수도승이 걸망 하나 메고 헤매고 있었다. 이상하게 이 나라 사람 같지가 않았다. 아침 햇살이 아름다운 나라, 아직도 잠이 덜 깬 자신을 깨우치기 위해 먼 나라에서 이 나라로 오고 있었다. 이 나라 이곳저곳을 돌아보던 그가 비로소 자신이 안주할 수도처를 찾아내고 선정에 들었다. 그동안의 방랑을 끝낸 그는 바위를 의지하고 수도에 전념하였다. 그는 비로소 자신의 모든 것을 보고 있었다. 자신의 도를 찾는 시발점이 어디서 시작되었다는 것도 알아채고 있었다. 그는 세세생생 변해 온 자신의 모습에서 우주의 참이치를 깨닫고 있었다. 비로소 자신의 스승 석존의 뜻을 깨달은 그는 이렇게 소리쳤다.

"그렇구나. 여래정례(如來頂禮)로다. 부모의 은덕만큼 큰 것이 어디 있으랴. 아아, 세상이 모두 내 부모로다. 이 세상에 남 아닌 것이 없고 나 아닌 것이 없구나. 인연으로 인해 우리는 세세생생을 흘러오며 인연 맺었으니 어찌 우리는 하나가 아니리오."

그는 그 자리에 초막을 짓고 중생들을 구제하였다. 그가 적멸에 든 후 오랜 세월이 흘러 제자가 그의 법을 이었다. 제자가 제자를 낳고 그렇게 목련의 법은 전해졌다.

어느 해 한 제자가 입멸 직전 목련불의 일생을 기록하여 바위 밑에 묻었다.

다시 오랜 세월이 흘렀다. 이번에는 한 여인이 목련바위 밑을 손으로 파는 모습이 보였다. 큰 바위가 이마를 맞댄 밑이었다. 가만히 보니 바로 어머니 자신이었다. 한참을 파내려가자 무엇인가가 나왔다. 목련불의 후대 제자가 묻은 함(函)이었다.

눈을 번쩍 떴는데 꿈이었다. 꿈에서 깨어난 어머니는 하도 이상하여 목련암으로 내려와 목성 조실에게 그 이야기를 했다.

목성 조실은 그 말을 듣고 웃고 말았다. 그런데 그날 밤 목성 조실도 꿈을 꾸었다. 이번에는 목성 조실이 어머니가 꾼 그 꿈을 그대로 꾼 것이다.

이상하게 생각한 목성 조실은 다음 날 목련바위로 올랐다. 바위 아래를 살펴보던 그는 다시 절로 돌아갔다. 창고에서 곡괭이와 삽을 찾아든 그는 목련바위로 올랐다. 그리고는 바위 아래를 팠다. 한참을 파내려가자 꿈에서처럼 정말 무엇인가가 나왔다. 어머니가 말한 함이었다. 그것을 파내어 속을 열어보니 금불 좌상이 나왔다. 목련존자상이었다. 높이 41.5센티미터, 폭 30.9센티미터짜리였다.

절로 모셔와 자세히 살피다가 목성 조실은 깜짝 놀랐다. 좌상의 밑바닥이 열렸기 때문이었다. 그 속에서 아주 오래된 두루마리 글이 나왔다. 아주 긴 것이었다. 언문도, 범어도 아니었고 한어로 쓰인 것이었다.

목성 조실은 그 두루마리를 전문기관으로 가져갔다.

그러자 매스컴에서 연일 이 문제를 다루었다.

탄소측정까지 마치고서야 고려시대 때 쓰인 것이 아닐까 하는 추측이 가능했다. 두루마리 글의 제목은 〈목련전〉.

글의 해석이 이루어졌다. 석가모니 부처님의 10대 제자 중 한 분인 목련존자의 일생을 그린 글이라는 것이 밝혀졌다.

그 글은 자연히 목련암의 보물이 되었다. 세상이 떠들썩했다. 지금까지의 〈목련경〉이 그렇지 않아도 위경이라고 했는데 진짜 〈목련경〉이 나타났다고 야단이었다. 어머니는 그래서 더욱 목련암에 미쳤던 것인지 몰랐다.

어느 날 어머니는 또 이상한 꿈을 꾸었다. 자신이 목련바위에서 찾아낸 〈목련전〉이 보였다. 그런데 그곳의 주인공들이 곧 자신들이었다. 자신은 목련, 그러니까 그 글에 나오는 목련의 어머니였다. 그날의 목련 아버지가 지금의 남편이었다.

너무 어이가 없어 어머니는 처음에는 피식 웃고 말았다. 그런데 그날 똑같은 꿈을 다시 꾸었다. 어머니는 어이없어 하다가 설마하면서 목련암으로 올라 목성 조실에게 꿈 이야기를 했다.

목성 조실이 그 말을 듣고는 고개를 주억거렸다. 목련바위 앞에서 기도를 드리던 차에 꾼 꿈도 그렇거니와 그 속에서 발견된 〈목련전〉이며 거기다 그런 꿈까지 꾸었다면 이상하다는 생각이 들었기 때문이었다.

"〈목련전〉이 왜요?"

그녀의 대답을 기다리며 잠시 생각에 잠겨 있던 나는 그녀를 향해 시선을 들며 물었다.

"내가 조사전으로 갔을 때 보살님과 조실 스님이 마주 앉아 있습디다."

"그래요?"

"언뜻 들었지요."

"네?"

"조실 스님이 그래요. 자신도 다시 이상한 꿈을 꾸었다고. 아무래도 전후로 따져봐 그 글이 우리들에게 온 것이 심상치 않다고……"

나는 고개를 갸웃했다.

"무슨 말입니까?"

내가 물었다.

그녀가 고개를 갸웃했다.

"글쎄, 나도 잘 모르겠습디다. 그런데 그날 조실 스님이 죽었어요."

"죽어요?"

"내가 분명히 보았거든요. 보살님이 '그럼 스님 내려가 보겠습니다.' 하고 일어나 밖으로 나와 내려갔거든요. 그 모습을 내가 보았는데 열불 스님이 저녁 예불 드리려고 '조실 스님, 저녁 예불 드리려고 합니다.' 하고 신고를 했어요. 그래 '그러거라.' 하는 대답을 들었는데 잠시 후 덩, 하고 종루에서 종이 울렸어요. 그때 조실 스님의 시자의 놀라는 음성이 들려왔다오. '조실 스님!' 첫 종소리를 들으시고 넘어지셨던 것입니다. 그렇게 목련암을 위해 노력하시던 양반인데……. 얼마나 노력을 많이 하던 스님이었는데……. 그분이 발견한 목련존자 좌상이 문화재로 지정되고 그 후 신도들이 얼마나 많이 늘어났어요. 무엇보다 스님의 인품이 훌륭해 따르는 신자들이 많았으니 말이오. 사하촌 중생들을 먹여 살리다시피 하던 분 아니오. 전염병이 돌았을 때 손수 사하촌으로 내려가 군경이 손놓아버린 환자들을 돌본 사람이 그분이었소. 여기를 이렇게 극락으로 만들어 놓고 찾아오는 신도들이 썰

수 있게끔 해놓고는 첫 종소리 듣고 간 것이오."

나는 나도 모르게 눈을 감았다.

언젠가의 어머니 말이 떠올랐다.

"내가 가는 목련암 말이다. 그 절을 창건하신 분은 목성 스님이란 분이었단다."

"그래요?"

"그래. 정말 대단한 양반이었어. 신도들을 잘 제도해 그렇게 절을 크게 일으켰으니 말이다."

"죽은 지 벌써 사십 년도 넘었다면서요?"

"그 양반 그리 가실 줄 어떻게 알았겠냐."

"왜요?"

지금 그녀는 그날의 이야기를 하고 있었다. 벌써 40년도 넘은 그날의 이야기를.

그날 어머니는 이렇게 말을 잇고 있었다.

"목성 조실 스님 죽던 날을 나는 지금도 잊지 못한다. 막 절문을 나서서 내려오는데 종소리가 덩, 하고 울리잖냐. 그때 이상하더구나. 눈앞으로 그 스님의 얼굴이 문득 나타난 것이야. 그 곁에 아주 잘생긴 스님이 서 있는 것이야. 이 나라 사람 같지가 않더구나. 코가 크고 눈이 아주 검더구나. 목성 조실이 그를 향해 깊은 예를 올렸다. 그분의 배웅을 받으며 그 스님이 내 뱃속으로 쑥 들어오지 않겠냐. 그 후 배가 불러오더구나. 널 밴 것이야. 바로 그날 말이다. 다음 날 목성 조실이 죽었다고 하더구나."

그때 동생이 곁에 있다가 웃으며,

"무슨 소리야? 목성 조실이 들어왔다는 거야? 그 스님이 들어왔다는 거야? 목성 조실 곁에 서 있던 스님은 누구야? 목성 조실이 예를 올렸다면 분명 큰스님인 것 같은데……. 목성 조실이 죽었다고? 어머, 그럼 오빠가 목성 조실? 환생한 거 아냐?"

하고 말했다.

나는 그때 어머니의 말이 말 같지 않아서 웃고 말았다.

"그 후 어떻게 되었는데요?"

기억을 지우려는 듯이 내가 물었다.

누군가 문을 두들기듯 문이 덜컹거렸다. 지나가던 바람이 기웃거리는 것 같았다. 샛바람일까 생각하는데 할머니의 음성이 들려왔다.

"목성 조실 스님이 죽었다는데 내 정신이었겠소. 내가 댁의 어머니에게 그 사실을 알려야겠다고 막 뛰어가려는데 순간 딱, 하는 소리가 무릎에서 나지 않았겠소. 그 순간 고만 눈앞이 캄캄합디다. 아이고, 기도는 않고 헛것에 신경을 쓰니까 관세음보살님이 벌을 주시는구나. 그런 생각이 들면서 그만 그 자리에 주저앉고 말았다오."

"그럼 최근에 그 보살님을 어디서 보셨는지요?"

이야기가 너무 멀지 않느냐는 듯이 내가 물었다.

자신이 생각해도 그렇다는 듯이 그녀가 고개를 주억거리다가 입을 열었다.

"그날 그렇게 본 보살을 다시 만난 것은 최근이었다오. 저번 기도 기일에 본 것이오."

"어디서요?"

진선이 물었다.

"어디서겠소. 목련암이지."

"목련암?"

진선이 되뇌었다.

"인연이 그래서인지 그날 이후로 그 보살을 보지 못했는데 저번 기도 기일에 문득 보게 된 것이오. 얼굴이 예전의 얼굴이 아니라 처음엔 설마 했는데 주름살이 생겨 그렇지, 그 보살님이 맞습디다. 그래 나 모르겠느냐고……."

그렇게 말하고 할머니가 웃었다.

"알 리가 없지요. 벌써 수십 년도 넘었으니. 오다 가다 기도처에서 만난 사람을 기억한다면 그게 거짓말이지. 나야 목련암 본존불인 목련좌상을 발견한 보살님이라 기억하고 있지만……. 그러나 세월 무상합디다. 그것도 옛말, 목성 조실 스님이 돌아가신 후 뒤를 이어 불사를 펴던 제자 성월 스님도 돌아가시고 그러자 그 보살님네도 잊혔는지 그리 아는 체하는 스님네나 보살들도 없었으니 말이오. 하기야 볼품없이 늙어버린 늙은이를 누가 기억하겠소. 아무리 목련좌상을 발견한 보살님이라고 해도……. 그게 세상 인심 아니오."

"그래도 그런 보살님을 모른 체하는 건……."

진선이 너무하지 않느냐는 듯이 말했다.

"그럴 만하지요. 목성 조실 스님 돌아가시고 난 후 이곳 조실 스님이 몇 번이나 바뀌었고 그런 와중에 실권을 쥐려고 재산 싸움까지 났으니 말이오. 자연히 예전에 다니던 신도님들도 다 섭섭해 떠나갔다고 합디다. 그래서 더 놀랐다오. 모두가 떠났다는데 기도날 그분을 만났으니 말이오. 나도 모처럼 들른 날이었다오. 그래 안 것이지만 절이 자신을 버려도 그 보살님 신심으로 마음 변치 않고 다닌 모양입디다. 절 주인이 바뀔 때마다 그런 보살님네들을 내치려고 했다지만……."

"그래도 이상하지 않습니까? 그렇게 내쳐도 질기게 다녔다는 말인데 그럼 외할머니의 행적이 종무소에 기록되어 있을 거거든요."

그녀의 말을 듣고 있던 진선이 하소연하듯 말했다.

할머니가 고개를 끄덕였다.

"그건 그렇소만……"

"분명히 같이 기도를 했었습니까?"

내가 물었다.

"그래요. 분명히 나와 함께 기도를 했다오."

"정말 이상하네요. 그럼 외할머니의 기록이 종무소에 남을 터인데 기록이 보이지 않고 있으니 말입니다."

진선이 말했다.

"그럼 종무소에 신고를 하지 않았다는 말 아니오?"

"네?"

내가 되물었다.

"그럴 수도 있지 않겠소. 실권을 잡은 사람들이 쉬쉬하기 위해 절 출입을 못하게 하니까 이름을 바꾸었을지도……"

"이름을 바꾸어요?"

"그럴지도 모르겠네요. 그래서 이렇게 온 것입니다."

진선이 말했다.

"그런데 이상하긴 했소."

"네?"

할머니의 갑작스런 말에 내가 반문했다.

"기도 중에 말이오. 그 옛날처럼 한밤중에 기도실을 나가는 거요."

"그래서요?"

"옛날 생각이 납디다. 어? 저 보살 그 옛날도 그러더니만……. 그래 이상해 하루는 뒤따랐는데 거 참 이상합디다."

진선의 시선과 내 시선이 할머니의 얼굴에 붙박였다. 그러고 보니 할머니의 입이 합죽하다는 생각이 들었다. 콧마루가 내려앉았고 하관이 빠져서인지 여우를 닮은 것 같았다.

"그 보살을 따라갔는데 옛길을 그대로 가고 있지 않겠소."

"그래서요?"

진선이 다급하게 물었다.

나는 자세를 좀 고쳐 앉았다.

"그런데 그만, 그날처럼 두둑, 하고 무르팍이 내려앉으면서 넘어지고 말았지 뭐겠소."

"네에?"

진선이 왜 이러느냐는 듯 소리를 질렀다. 잔뜩 기대하고 있다 보니 자신도 모르게 나온 소리 같았다.

"이상합디다. 왜 그 보살 뒤만 따르면 다리가 말을 듣지 않는지……."

진선이 실망스런 얼굴로 고개를 숙였다.

"그럼 그때 기도를 함께 마치셨습니까?"

내가 물었다.

그녀가 고개를 끄덕였다.

"그렇다오. 다리가 아프기는 했지만 도중에 그만둘 수 없어 분명히 함께 마쳤소."

"그런데 외할머니의 흔적이 없거든요."

진선이 고개를 들고 말했다.

"그럴 리가."

할머니가 못을 박듯 확신에 찬 음성으로 말했다.

"그럼 어디로 가셨는지 모르신다는 말입니까?"

물어봐야 기대할 대답이 돌아오지 않을 걸 알면서도 그렇게 물을 수밖에 없는 내 물음에 할머니가 고개를 주억거렸다.

"그래요. 그 길로 난 돌아왔으니까. 아들이 차를 갖고 왔거든요."

할머니와 헤어지고 진선과 함께 아내가 기다리는 차로 돌아가면서도 고개가 절로 갸웃거려졌다.

"이상하네. 함께 기도를 했다? 그런데 그 기록이 보이지 않는다? 이게 말이 돼? 그렇다고 어머니가 도둑 기도를 할 리도 없고……."

"기도중이란 것이 있어 항상 기도 기일 동안 앞섶에 달고 다니니까 도둑 기도도 못해요."

"그럼 이상하지 않느냐?"

"참 알다가도 모르겠네요. 기도를 드리다가 한밤중에 어디를 가신다는 걸까요?"

"아무튼 가보자. 목련암으로 가보면 뭔가 나올지도 모르니까."

차로 돌아오자 아내가 그제야 눈을 뜨고 나를 쳐다보며 물었다.

"만났어요?"

"음."

"뭐래요?"

"별 말은 없었어."

"말이 없어요?"

"그런 건 아니고, 기도 중에 밤이 되면 새벽까지 어딘가 나갔다고 하더라고."

"그래요? 어딜요?"

"글쎄, 그 양반도 이상해 뒤를 밟았다는데 다리 때문에 두 번씩이나 놓쳤던 모양이야."

"다리 때문이라니요?"

"아마 무릎이 좋지 않았나 봐."

"그럼 모른단 말이에요?"

"그렇다고 하더라고."

진선이 안전띠를 메고 차를 출발시켰다.

갑자기 문을 걸고 바깥 출입을 하지 않던 언젠가의 어머니가 생각났다. 왜 갑자기 그날의 어머니 모습이 떠오르는지 모를 일이었다.

여동생이 고등학교 2학년이던 해였을 것이었다.

TV에 세계적으로 유명하다는 마술사가 나와 시청자들에게 기를 불어넣어 소원을 이루어주겠다고 했다. 그러니 소원 한 가지씩을 써서 TV 옆에 붙여놓으라고 했다.

아직 어리고 순진했던 여동생은 사실인 줄 알고 자신이 짝사랑하던 남학생의 사진을 TV 옆에 붙여놓았다.

마술사가 시청자들에게 이제 기를 넣을 것이니 시청자들이 자신에게 기를 모아달라고 했다. 그럼 자신의 기가 흘러가 나타날 것이라고 했다. 형광등이 꺼지거나 인형이 넘어지거나 아무튼 작은 이적이 일어날 것이라고 했다. 바로 그것이 자신의 기가 미쳤다는 증거이니 곧 소원이 이루어질 것이라고 했다.

동생은 정말 간절히 기도하는 것 같았다.

잠시 후 마술사가 기를 넣자 형광등이 덜덜덜 떨다가 정말 꺼져버렸다.

"야호!"

여동생이 팔짝팔짝 뛰었다. 그러다 안 되자 내 손을 잡고 또 팔짝거렸다.

"야, 불이 나갔잖아. 등이나 갈아."

내가 고함을 치자 여동생이,

"지금 형광등이 문제야?"

그랬다.

우연이라고 생각하고 있던 나는 동생에게 다시 소리쳤다.

"형광등 갈라니까!"

"오빠가 갈아, 난 키가 작잖아."

여동생이 지지 않겠다는 듯이 대들었다.

에잇, 하면서도 천상 형광등은 내가 갈았다.

그런데 정말 다음 날 기적이 일어났다. 여동생이 짝사랑하던 그 남학생, 그때까지 여동생에게 눈길도 주지 않던 그 남학생이 말을 걸어온 것이다.

"야, 날 따라와."

"응?"

여동생은 깜짝 놀랄 수밖에 없었다.

"따라오라니까."

"어딜?"

"암튼 따라와."

남학생이 앞서 걸었다.

여동생이 따라가며 다시 물었다.

"어딜 가는데?"

"따라와보면 알아."

"말해주면 안 돼?"

"안 돼."

그때까지도 여동생은 아무런 의심도 하지 않고 있었다. '아 정말 기적이 일어나는구나.' 그렇게 생각했을 뿐이었다.

남학생이 계속 으슥한 곳으로 가니 여동생이 이상해 다시 물었다.

"도대체 어딜 가는 거야?"

"가보면 안다니까."

"어디로 가는지 알아야겠는데?"

여동생이 이상하다는 생각이 들어 멈춰 섰다.

"그렇지? 참 그걸 말 안 해주었군."

생각할수록 남학생은 이상한 말만 했다.

"정말 이상하네. 무슨 일 있는 거야?"

남학생은 다시 앞서 걸었다.

"도대체 어딜 가는 거야?"

"이곳에 와 봤어?"

"어머, 말 돌리시는 것 좀 봐."

남학생이 웃었다. 그는 잠시 웃다가 물었다.

"혹시 요 위에 있는 수선사란 절을 알고 있냐?"

"수선사?"

"음."

"아니. 가보지 않았어. 그런데 왜?"

"너희 담임선생님 말이야."

"응?"

"지금 그곳에 계셔. 널 데리고 오래."

"그래? 왜?"

"그걸 내가 어떻게 알아."

그러면서 남학생이 여동생을 숲덤불 위로 밀었다. 절과 학교의 중간쯤 되는 지점이었는데 고함을 쳐도 들리지 않을 정도의 거리였다. 그리고 숲 속이었다. 순진한 어린 것이 남학생의 거짓말에 속아 따라 들어간 것이 잘못이었다.

여동생은 짐승처럼 달려드는 남학생의 힘을 이겨낼 수 없었다.

결국 당하고 말았다.

운명의 신은 가혹했다. 이제 여고생이었다.

배가 불러오자 여동생이 학교에 가지 않기 시작했다. 나 역시 영문을 알 수가 없었다. 여동생이 설마 아이를 가졌을 줄이야 생각이나 했으랴.

여동생 자신도 모르고 있었다.

"오빠, 내 배 봐. 이상하게 자꾸 불러와."

그러면서 배를 보이기까지 했으니 말이다.

어머니가 기도처 목련암에서 돌아와서야 여동생이 아이를 가졌다는 것을 알았다. 어머니는 일 년에 한 번씩 목련암 기도 기일이 되면 몇 달씩 집을 비우고는 했기 때문이었다.

어머니와 여동생을 건드렸다는 남학생을 만나러 갔을 때 울어야할지 웃어야 할지 기가 막혀 말이 나오지 않았다.

여동생이 TV에 사진을 붙여놓고 소원을 빌던 그 시간에 남학생은 한 손은 TV에 대고 한 손은 자신의 심볼에 대고 있었다고 했다. 자신의 정력이 강해지기를 빌었다는 것이다. 천하의 악동이었다. 학교에 간다 하고는 여학생이나 꼬드겨 그 짓거리나 하다가 여동생을 넘본 것이었다. 하필이면 소원을 빌었던 그 다음 날.

자신의 정력을 시험해보았을 뿐이라는 남학생의 말에 어이가 없었다. 고등학생이 겁간을 하고도 당당하게 나오는 모습을 보면서 참 무서운 세상 속에 내가 살고 있다는 생각이 들었다.

어머니는 그날로 방문을 걸어 잠갔다. 목련암 출입도 하지 않았다. 자신의 수호신을 향한 첫 번째 부정이었다.

어머니의 방문은 그 후에도 열리지 않았다.

마음의 본자리

목련은 동자와 함께 무간지옥을 나섰다.

"내 옷깃을 꼭 잡아라."

밖으로 나서기가 무섭게 동자가 목련에게 말했다. 그제야 목련은 정신을 차리고 그의 옷깃을 단단히 잡았다. 동자가 하늘로 몸을 솟구쳤다.

그들이 맨 먼저 닿은 곳은 화락천이었다. 동자는 수미산 상봉에 있는 도리천으로 목련을 데려갔다. 도리천은 수미산의 정상이었다.

목련과 동자는 제석천 이곳저곳을 둘러보았다. 지옥으로 가기 전에 먼저 와본 곳이 이곳이었다. 역시 천상은 지옥과는 딴판이었다.

"대단하군!"

이곳저곳을 둘러보던 동자가 짐짓 놀라는 표정을 지었다.

"뭐가?"

"이놈아. 인간이란 동물은 무엇에 미치면 소승의 그늘을 벗어나지 못하는 법이다. 충격이 크면 클수록 속아지가 좁아져 크게 생각하지 못하고 넓게 보지 못하기 때문이다."

"무슨 말을 하는지 모르겠구나. 그리고 이놈? 이놈이라니?"

"허어, 이놈이 아직도 날 어린애 취급일세. 하기야, 어리석은 중생은 손에 쥐어줘도 그게 뭔지 모르는 법이지."

"너 이놈, 지금 무슨 소릴 하고 있는 것이야?"

"가자. 하긴 인연이란 것. 그것 역시 물거품 같은 것이니까."

알아듣지 못할 말을 지껄여대며 동자는 앞장서 걸었다.

꽃으로 장식된 길이 한참이나 계속되었다. 동자는 말이 없었다. 징검다리를 건너면서야 동자가 먼저 운을 떼었다.

"어디로 가는지 알겠느냐?"

"모르겠다. 어디로 가는 것이냐?"

"명부전으로 가야 할 것 같다. 잠시 내가 정신을 놓은 것 같구나. 명부전으로 가서 네 아비의 이름자부터 확인해봐야 하는 것을."

"그, 그렇지! 그걸 잊었구나"

명부전에 들어가 아버지의 이름을 찾아보니 없었다. 브미상이라는 이름이 있기는 했지만 이미 9년 전에 환생했다고 하였다. 그럼 아버지가 부처가 되었다는 말도 거짓이었단 말인가. 아무튼 적멸세계에 거주하다가 그 보를 다해 인간세계로 환생했다는 사실만 알았다.

"그런데 왜 그분을 찾으시오?"

목련이 너무 애타게 찾은 모습이 안쓰러워 보였는지 금강역사가 물었다.

"사실 이승의 제 아버지입니다. 제 어머니가 지옥에 계신데 아버지의 힘이 꼭 필요해서 말입니다."

옥졸은 잠시 생각하는 눈치더니 시선을 들었다.

"그분은 9년 전 이곳에 계실 때 저를 잘 제도해주셨지요. 그 덕분에 아직도 저는 이곳에 있게 된 것입니다. 그때 이곳에 그분의 스승이 한 분 계셨습니다. 바르틴이라는 이름의 성인이십니다. 혹 그분이 도와주실지도 모르지요."

"그래요?"

"그런데 그분의 도움을 받으려면 그분의 시험에서 살아남아야 한다고 합니다."

"그분은 어디 계신가요?"

"잘못하면 목숨을 잃을 수도 있는데 그래도 만나보시겠습니까?"

"어머니를 위해서라면 그렇게 하겠습니다."

목련이 매달리듯 말했다.

금강역사는 또 잠시 생각하는 눈치이더니 결심을 굳힌 표정으로 말을 이었다.

"그대가 기연이 닿아 그분으로부터 도움을 받을 수 있다면 얼마나 다행한 일이겠습니까."

금강역사는 아무래도 염려가 되는지 자꾸 말을 얼버무렸다.

"어떻게든 그분을 친견하게 해주십시오."

"그 전에 보아둘 것이 있습니다. 만약 그분을 만나 구원을 받지 못한다면 곧바로 지옥으로 떨어질 것입니다."

"네?"

"자, 보십시오."

갑자기 그들 앞에 지옥이 나타났다. 금강역사가 어딘가를 가리켰다. 화탕지옥이 분명했다. 펄펄 끓는 물에 유정들이 삶아지고 있었다. 금강역사가 한쪽 구석을 가리켰다.

"저기를 보십시오. 화덕 하나가 비어 있지 않습니까?"

그가 가리키는 곳을 보니 정말 사람을 굽는 화덕 하나가 덩그러니 비어 있었다.

"그렇군요. 비었군요."

"만약 그대가 그분에게 구원을 받지 못하면 구하려던 이들은 구하지도 못하고 곧장 저곳으로 가게 될 것입니다."

"네에?"

목련은 너무 놀라 금강역사를 쳐다보았다.

그래도 가겠느냐는 듯이 금강역사가 마주쳐다보았다.

"저는 수행승입니다. 바로 이러한 징벌을 두려워하기에 수행을 열심히 하고 있었는데 그렇다면 저의 수행이 무슨 의미가 있겠습니까?"

목련의 말에 금강역사가 못을 박듯 말을 잘랐다.

"있지요."

"있다고요?"

"그러고 보면 불법은 참으로 위대하지 않은가."

동자가 뒷짐을 지고 고개를 끄덕이다가 끼어들었다.

"무슨 소리야?"

끼어들지 말라는 듯 목련이 동자에게 눈을 흘기며 말했다.

그때 금강역사가 말을 이었다.

"그 대답은 제가 하겠습니다. 세상 사람들이 부처님에게 물었지요. 지옥이 있습니까? 천상이 있습니까? 그때마다 부처님은 대답하지 않았습니다. 왜?"

"……?"

"지옥이 있다고 했다면 어떻게 되었겠습니까? 중생은 지옥에 가지 않기 위해 열심히 선한 일만 할 것입니다. 반대로 천상이 있다고 했다면? 천상에 나기 위해 선한 일만 골라 했을 것입니다."

"그것이 바로 신앙의 힘이 아니겠습니까? 그렇기에 부처님은 우리에게 오신 것이구요. 그래서 지옥과 천상이란 굴레를 만든 것이고."

동자가 다시 끼어들자 금강역사가 껄껄 웃었다.

"그것이 바로 죄지요. 혹시 이런 말을 들어보았습니까. 의식하는 것은 곧바로 죄가 된다고. 고행을 해도 내가 고행을 하고 있다는 생각을 하면서 고행을 한다면 그것이 곧 마(魔)이지요. 내가 지옥에 가지 않겠다고 선한 일만을 골라 한다면 그것이 곧 위선이고 마이지요. 내가 극락에 가겠다고 위선적으로 좋은 일만 골라 한다면 그것이 곧 악이요 마입니다. 그것이 다 무엇으로 인해 오는 것인지 아직도 모르겠습니까?"

"그렇군요. 그게 바로 소승심의 발로라는 말이군요. 그래서 여기로 온 것이 아닙니까?"

동자가 끼어들기 전에 목련이 먼저 대답하자 금강역사가 고개를 끄덕였다.

"분명한 것은 그분을 통해 대승의 법을 얻어야 어머니를 구할 수 있다는 것입니다. 그렇지 않고는 그 누구도 지옥보를 면치 못할 것이니 말입니다."

목련은 시선을 떨어뜨리고는 조금은 힘없는 목소리로 말했다.

"그분이 있는 곳이나 가르쳐주십시오."

"그러지요. 이 길로 곧장 가십시오. 그분은 이미 우리의 말을 듣고 있었을 것입니다. 길을 가시면서 그분을 염하십시오 그러면 곧 나타나실 것입니다."

얼마나 걸었는지 몰랐다. 어딘지도 모르는 길을 걸으면서 목련은 주위를 둘러보았다. 누군가 그의 곁을 지나갔다. 밭으로 나가는 농부 같았다.

여기가 어디인가?

그런 생각이 들었다. 잠시 다시 두리번거리는데 그의 경계를 시험해 보기로 한 바르틴이 다가왔다.

"저 자다."

동자가 소곤거렸다. 그 순간이었다. 긴 칼날이 섬뜩하게 목련의 목에 걸렸다. 순간 동자가 위급함을 느끼고 몇 발 물러섰다.

"네놈이 네 어미를 구하려 한다고?"

인간의 음성이라고 하기에는 온기라곤 전혀 느껴지지 않는 음성이었다.

"그, 그렇습니다."

목련은 자신도 모르게 더듬거리며 대답했다.

"어찌 모르는가? 부처라 할지라도 업장은 당사자가 아니면 씻을 수 없다는 것을. 네놈이 네 어미의 업장을 씻을 수 있을 것 같으냐?"

"혹 바르틴 어른이시라면 이 칼을 거두고 저를 제도해주십시오."

"허허허, 저승을 방랑하는 놈이 있다고 하더니 바로 네놈이로다?"

"소, 소문이 사실이었군요."

목련이 떨리는 목소리로 말했다.

"좋다. 네 어미를 구하겠다니, 네 어미를 구하려면 대승심이 필요할 터인데 그럼 대승이 무엇인지를 말해보라. 지체 없이 대답하지 못한다면 죽이고 말리라."

"생각하게 하는 놈, 그놈의 목을 치지 않고는 얻을 수 없는 경지라는 걸 알았습니다."

목련은 지체하지 않고 대답했다.

"입에 발린 소리. 내 너를 부처에게 데려간다면 부처의 목을 칠 수 있겠느냐?"

"무슨 말씀입니까?"

"이놈아, 너를 생각하게 하는 것이 바로 부처가 아니더냐?"

목련이 대답하지 못하고 몸을 떨자 칼로 목을 겨눈 바르틴이 흐흐흐, 웃었다.

"네놈도 틀렸구나!"

"그대는 부처를 죽였습니까?"

목련이 용기를 내어 물었다.

"물론이다."

"어떻게 죽였습니까?"

"생각이 없는 상태에서. 추론이 없는 상태에서 그의 침묵을 베었느니라."

"나를 죽이겠다는 생각은 생각이 아니십니까?"

"그저 여여(如如)할 뿐."

"죽이십시오."

이상했다. 이상한 용기가 순간적으로 뻗쳤다. 이대로 죽어도 괜찮다는 생각이 용기가 되어 가슴을 재우쳤다.

"물론이다. 대승의 법이란 너 같은 무리들이 아무렇게나 쓸 것이 아니다. 그것을 포기하라. 그러면 살려주겠다."

"그럴 수는 없습니다."

"나를 시험하지 말라. 너를 믿지 못하는 나의 마음은 지극히 어둡다. 나의 제자들이 저 세상에서 모든 어둠을 지배하고 있다. 나는 이 세상을 파멸케하고 말 것이다. 너는 나를 막을 수 없다."

"차라리 저를 죽이는 게 나을 것입니다. 지금은 대답할 수 없어도 저의 신심은 변함이 없을 것입니다."

"흥, 제법이로다. 신심이 대단하구나. 그렇다면 어디 시험이나 한 번 해보자꾸나. 대승적으로 모든 것을 내다볼 경지에 가 있는지 보자. 내가 묻는 말에 대답하라. 마음은 이 세계의 본질인가, 아닌가?"

"그대 있는 자리가 마음의 본자리가 아닙니까."

목련은 생각나는 대로 대답했다.

"틀렸다! 그 본자리 역시 마음이 그리는 그림에 불과하다."

그가 목련의 목을 치려는 순간 동자의 몸이 훌쩍 허공으로 솟아올랐다. 순식간에 그의 모습이 변하였다. 어린아이가 아니었다. 아이의 모습은 사라지고 목련의 아버지 모습이 나타났다.

목련의 눈이 점점 커졌다.

"아버지!"

목련의 부름에 바르틴의 눈빛이 사납게 흔들렸다.

"아버지?"

바르틴의 시선이 모습을 바꾼 동자의 몸으로 옮겨졌다.

"너는 누구냐?"

바르틴이 물었다.

"나는 이 수행자의 본래 모습이다."

바르틴이 갑자기 웃기 시작했다.

"으하하하, 말을 아주 멋지게 하는구나. 네놈은 어른의 모습을 하고 있다만 아직 여물지도 않은 어린아이가 아닌가."

순간 아버지의 손에 칼이 쥐여졌다.

"그렇다. 이승에서 나는 아주 악독한 여자로 인해 적멸의 세계에 잠시 들 수 있었다. 아내의 악행이 날 적멸의 경지로 밀어 올렸던 것이다. 그러나 나는 금강의 경지를 지켜내지 못했다. 나는 적멸 속에 노닐지 못하고 이곳으로 와 천상을 노닐다 다시 인간세계로 나갔으며 아홉 살에 급사해 화합의 신이 되었다. 내 모습만 보면 사랑하지 않으면 안 될 모습을 가졌다는 말이다. 그러나 나를 이렇게 만든 이가 누구인가. 바로 내 아내다. 나를 이 경지로 올려놓은 여자. 그 여자를 어찌 무간지옥에 두겠는가."

바르틴의 입가에 비웃음이 스쳤다.

"그렇다면 대답은 네가 해야 하리라."

"물론이다. 모두 죽인다. 부모를 만나면 부모를 죽이고 부처를 만나면 부처를 죽인다. 자, 이것이 내 대답이다. 내 칼을 받으라. 바로 이것이 살인검이 아니라 바로 활인검의 경지니라."

"으하하하! 임자가 따로 있었군, 그래. 그렇다고 나를 죽일 수는 없으리라."

"너를 죽임으로써 이 우주를 지키리라. 그것이 곧 반야의 지혜를 지키는 길이니 어찌 내 목숨을 두려워하겠느냐."

"그 칼로야 네놈을 잡아먹은 짐승 나부랭이는 죽일 수 있을지 몰라도 어림도 없느니라."

아버지가 장검을 들고 달려들려 하자 바르틴이 신통술을 부리기 위해 손을 허공으로 쳐들었다. 위기를 느낀 목련은 그들 앞을 막아섰다.

"멈추십시오."

"이놈, 정말 맹랑하구나. 어디라고 감히……. 네놈이 저들과 세상을 구할 수 있을 것 같으냐?"

바르틴이 소리쳤다.

"위대한 대덕이시여, 모든 것은 저로 인해 생겨난 일입니다. 이제야 뭔가 조금은 알 것 같습니다. 저는 어머니를 구하기 위해 나선 몸입니다. 그런데 이제 어머니만이 아니라 아버지까지 잃게 되었으니 어찌 제가 가만히 있을 수 있겠습니까. 그러니 차라리 저를 베십시오. 제가 본 것이 모두 제 무의식이 만들어낸 허상이라면 무엇이 두렵겠습니까."

그제야 바르틴이 깜짝 놀라 물러섰다.

아버지가 허허허, 웃었다.

"허허허, 내 아들이 이제야 여여(如如)의 세계에 들었구나."

한동안 침묵이 흘렀다. 말을 못하고 침묵하던 바르틴이 허공으로 몸을 띄웠다. 그의 몸을 이내 그림자조차도 보이지 않았다. 뒤이어 아버지의 모습도 사라져버렸다.

사랑의 증좌

책에서 눈을 떼고 시선을 들자 차는 읍내를 빠져나가고 있었다.

창밖을 내다보았다. 좀 전에 읽은 글의 내용이 실타래처럼 뒤엉키며 떠올랐다.

소양으로 통하는 협곡을 따라가노라면 잠시 후면 미령읍이 나올 것이었다. 나는 환기를 시키기 위해 창문을 조금 내렸다. 열린 차창 너머에서 바람이 들어와 머리카락을 흔들었다.

어머니가 집을 옮긴 것은 여동생이 갑자기 하혈을 하면서 애를 잃고 나서였다. 다행인지 불행인지 모를 일이었다.

나중에야 알았다. 학교에도 가지 못하고 친구들에게 따돌림을 당하자 여동생은 복대로 계속 배를 압박했던 모양이었다. 배가 계속 불러오자 어린 그가 할 수 있는 일은 그것뿐이었다.

여동생은 애를 잃고 이사를 하고 나서야 전학을 했다.

어머니는 그때까지도 목련암으로 발걸음을 하지 않았다. 오로지 우리들에게만 매달렸다.

그러나 그때 우리들은 모르고 있었다. 우리들로서는 어쩔 수 없는 끈이 어머니를 동여매고 있었다는 것을.

여동생이 전학하고 난 그해 연말이었다. 학교에 갔다 오다 길거리 음식을 사먹었던 모양이었다. 자정이 넘었는데 여동생이 배를 움켜쥐고 떼굴떼굴 굴렀다.

벼락 치는 것 같은 어머니의 부름에 놀라 달려가니 여동생은 이미 사경을 헤매고 있었다. 그대로 들쳐 업고 인근 병원으로 뛰었다.

급성 장염이라고 했다.

주사 몇 대 맞으면 낫겠지, 했다.

생각했던 대로 여동생은 링거 한 병과 주사 한 대를 맞고 약을 타서 집으로 돌아왔다.

그런데 집으로 돌아온 지 한 시간이나 지났을까. 갑자기 얼굴이 새파래지면서 숨을 헐떡이다가 쿵, 하고 바닥으로 넘어졌다.

어머니가 어쩔 줄 몰라 하며 허둥대다 내 등을 밀었다.

"업어라, 빨리!"

다시 그 병원으로 갔다. 이번에는 전문의가 불려 나왔다. 급성 장염은 오진이었다. 여동생을 면밀히 살피던 전문의는 여동생의 발바닥에서 작은 상처 하나를 찾아내었다. 그날 여동생은 학교에 가지 않고 친구들과 강릉 해수욕장에 놀러 갔다 온 것이었다. 해변을 맨발로 걷다가 녹슨 못에 발이 찔렸던 것이다. 대수롭지 않게 여긴 것이 잘못이었다.

전문의는 파상풍이라며 응급조치를 하고 큰 병원으로 가라고 했다. 앰뷸런스가 큰 병원으로 숨가쁘게 질주하는 동안, 어머니는 여동생의 이마에 손을 놓고 눈을 감고 있었다. 자신의 수호신에게 진심으로 기도하고 있었던 것이다.

"제게 기회를 한 번 더 주세요. 제 딸이 잘못된다면 저는 딸과 함께 이 세상을 하직할 것입니다."

그렇게 간절히 기도하던 어느 순간이었다. 한 줄기 빛이 어머니의 시선으로 파고들었다. 그 빛 끝에 건물이 하나 보였다. 어머니가 바라보니 지금 가고 있는 병원이 아니었다. 다 쓰러져 가는 낡은 목조 건물의 병원이었다. 게다가 한의원이었다. 그곳의 원장이 빨리 오라고 손짓하고 있었다.

어머니는 그곳이 어디인지 알 것 같았다. 옛날 자신이 처녀 시절 살던 곳이었다. 학교 다닐 때 그 한의원 앞을 지나다니곤 했는데 그 한의원의 원장이 손짓하고 있는 것이었다.

어머니는 그 길로 앰뷸런스를 돌렸다.

앰뷸런스가 도착했을 때 한의원 원장은 아내가 급체를 해 침을 가지러 나온 참이었다. 그런데 갑자기 앰뷸런스가 요란하게 들이닥치자 무슨 일인가 하고 파자마 바람으로 달려 나왔다. 동생의 입으로 한약이 들어가고 혈을 찾아내 침이 정확하게 꽂혔다.

이틀 만에 여동생은 의식을 되찾았다.

기적이었다.

그 후로 여동생과 나는 어머니의 목련암 행을 말리지 못했다. 부정의 협곡을 넘어 비로소 긍정에 이른 어머니의 목련암 행은 아무도 막을 수 없었다.

⁂

차는 이제 중앙고속도로를 통과한 후매포(북단양) 방면으로 방향을 잡아 우측 도로로 이동하고 있었다.

"다 와 가는구나."

잠시 책을 덮고 생각에 잠겨 있던 나는 밖을 내다보다가 무심히 진선에게 말했다.

"네. 얼마 남지 않았어요."

진선이 말을 받았다.

"정섭이는 공부 잘해?"

정섭이는 여동생이 스물 다섯에 본 막내둥이였다.

"말도 마세요. 사춘기여서인지 말을 안 들어요. 어찌나 말썽을 피우는지."

"그러고 보면 우리 진선이는 착해."

"그렇지 않아요. 저도 말썽깨나 피우는 걸요."

"그래?"

"고등학교 다닐 때요. 왜 그렇게 학교 가기가 싫었는지 모르겠어요. 엄마가 간섭을 해대면 더 가기 싫은 거에요."

"그래도 무사히 졸업했잖니."

"고등학교 때 우리 학교는 점수제가 있었거든요. 애들이 하도 말썽을 피우니까 점수제를 도입한 거에요. 미성년자 관람불가 영화관에 가서 걸리면 1점, 클럽에서 걸리면 2점, 그런 식으로요. 졸업할 때까지 10점을 넘지 말아야 하는데 전 7점이었어요."

"다행이네."

"얌전하지는 않았다는 말이죠. 3점 이하인 모범생도 수두룩했으니까요."

뜻밖이었다. 그렇게 얌전하더니만.

하기야 여동생과 매제는 눈만 뜨면 직장에 나가야 했으니 남동생과 둘이서 다독이며 책가방을 챙기고 학교에 가야 하고 돌아오면 저녁을 차려야 하고 그렇게 그들만의 생활을 꾸려나가야 했을 테니 그런 그들을 다잡는 여동생의 잔소리가 얼마나 듣기 싫었으랴. 더욱이 여동생은 아이들이 자신의 전철을 밟을까 그 와중에도 조금만 빗나가면 사정없이 다잡았으리라.

내가 대학 4학년이 되었을 무렵 어머니의 연이은 사업 실패로 재산은 바닥나 있었다. 재산이 없어져가자 다급한 어머니가 남은 돈으로 다시 장사를 해보겠다며 사업을 시작했는데 시장바닥에 차린 포목상이 잘 되지 않았다.

더욱이 포목을 대주는 사람이 돈을 떼먹고 몸을 숨겨버리는 바람에 어머니는 가게마저 빼앗기고 쫓겨나고 말았다.

그 후로 어머니는 안 해본 것이 없었다.

"대학은 마쳐야 하지 않겠니?"

어머니는 아들을 졸업시키겠다는 일념 하나로 그 어려운 세월을 버텼을지 몰랐다. 세상은 가혹했다. 이리 뛰고 저리 뛰다가 등록금 마감일을 하루 남겨놓고 모자란 돈을 마련하기 위해 어머니가 택한 것은 혈액 병원이었다. 오죽 답답했으면 그곳에 갈 생각을 했을까. 참 엉뚱한 양반이었다. 어머니는 피를 팔아 내 마지막 등록금을 마련해야 된다는 생각만 하고 있었다. 제정신이 아니었다.

피를 팔고 소변이 마려워 화장실로 간 어머니는 어지럼증을 못 이기고 간호사가 준 빵봉지를 입에 물고 두 손으로 허리춤을 잡은 채 변기에 처박혔다. 청소부 아주머니가 신음소리에 놀라 문을 열었을 때 어머니는 성긴 칫솔모 같은 체모를 드러낸 채 넘어져 있었다.

병원으로 달려갔을 때 어머니의 한쪽 얼굴은 시퍼렇게 멍이 들어 있었다. 눈썹 부근에 흰 반창고가 붙어 있었다.

"채혈한 피를 도로 주사하려고 했지만 거부하는 바람에……."

의사가 어이없다는 투로 말했다. 종종 피를 팔고 나가다가 넘어져 뺀 피를 도로 수혈해야 하는 진풍경이 벌어진다고 했다. 오히려 피를 맞아야 할 사람이 피를 팔았으니 넘어지지 않을 리가 없다는 것이다. 피를 판 돈으로 한 끼의 밥을 사먹기 위해 그들은 눈을 뒤집고 수혈을 거부하지만 생명이 위독하다고 판단되면 채혈했던 피를 도로 수혈한다는 것이다. 다행히 어머니는 진정이 되었고 피를 판 돈은 내 몫이 되었다.

피를 판 돈을 받으면서 나는 이를 악물었다. 아무리 자식에 대한 사랑이 깊다고 할지라도 나는 그 어떤 선(線)을 알고 있었다. 건축학을 전공하면서 나는 어머니의 가슴속에 숨어 있는 그 불가사의하고 모호한 것을 그리려고 했다. 그러나 그것은 쉽사리 제 모습을 보여주지 않았다.

언제나 설계도 앞에 서면 목이 말랐다.

나는 멀거니 차창 밖을 바라보았다. 굽이굽이마다 물들어가는 단풍이 울긋불긋하다.

벌써 가을이 깊어가고 있구나.

그런 생각을 하다가 책이나 읽자고 생각하며 책으로 시선을 떨어뜨렸다.

절대의 모습

　본래의 자리로 돌아온 목련은 어머니가 무간지옥에서 나와 다시 윤회의 몸을 얻었다는 것을 알았다. 그녀는 아귀의 몸을 받고 있었다. 이제 무간지옥에서 영원히 고통받는 굴레에서 겨우 벗어난 셈이었다.

　목련은 49등에 불을 켜 밝히고, 어머니가 아귀보를 면할 수 있게 기도하였다. 그러자 이적이 일어났다. 아귀보를 받은 어머니가 점차 개명해 눈을 뜨기 시작하는 것이었다. 업이란 대신할 수 없는 것이었지만 도란 마음과 마음[以心傳心]으로 이어지는 것이었다. 석존의 불법이 제자 대가섭에게 이심전심에 의해 전해진 이치가 거기 있었다. 어머니를 생각하는 자식의 마음이 아귀에게까지 이르자 더욱 큰 변화가 어머니에게 일어났다.

　목련은 어머니를 위해 방생을 많이 하였다. 어부들이 물고기를 잡으면 그 물고기를 사서 산 목숨을 놓아주었다.

　나중에 알았다. 자식의 공덕과 어머니의 노력으로 인해 아귀보를 벗어난 어머니가 왕사성 어미 개가 되었다는 것을.

　목련은 발우를 가지고 왕사성으로 갔다. 개가 된 어머니가 전생의 자식인 줄도 모르고 달려와 꼬리를 쳤다.

"어머니, 더욱 노력해야 할 것입니다."

개는 전생의 자식을 알아보지 못하고 꼬리만 흔들었다.

그 길로 정사로 돌아온 목련은 어머니의 업장을 위해 7월 보름날 (15일)을 택해 우란분재를 베풀었다. 13일이나 14일이 아니라 7월 15일을 택한 것은 그날이 여름 안거가 해제되는 날이기 때문이었다. 스님들에게 공양을 베풂으로써 어머니의 업장을 씻으려고 했던 것이다.

아들의 정성이 참으로 지극하자 어머니는 개의 몸을 벗어났다.

드디어 사람보를 받았다는 것을 알고 그녀의 나이 8살에 찾아갔다. 어머니는 바이샤리의 한 장자집에 여식으로 태어나 있었다.

어머니의 아버지는 바리타란 이름을 가진 사람이었다. 목련이 자초지종을 말해도 장자는 믿지 않았다.

"그러니까 내 딸이 스님의 전생 어머니다?"

"그렇습니다."

"나도 바라문이라 윤회를 부정하지는 않소만 그걸 말이라고 하시오? 내 딸이 스님의 어머니라는 것을 어떻게 증명할 수 있소?"

"장자여, 내가 왜 거짓말을 하겠습니까."

"그러니까 하는 말 아니오."

"그럼 내 말해드리지요. 댁의 따님 가슴 안쪽 겨드랑이를 보시지요. 양 겨드랑이에 붉은 반점이 두 개 있을 것입니다. 그 크기가 동전만 하지요."

장자가 깜짝 놀랐다. 딸의 몸에 그런 점이 있었기 때문이었다.

"내 딸을 본 모양이구려. 보지 않았다면 어찌 알 수가 있소?"

"그럼 그 딸을 낳던 날의 모습을 말해드리지요. 따님은 어미의 자

궁 속에서 나올 때 머리부터 나오지 않고 다리부터 나왔으며 장자님
은 그 사실을 숨겼지요. 부정을 탄 생명이 그렇게 태어난다고 사람들
은 알고 있었으니까요. 그때의 조산 할미는 부정을 탔는지 새 생명을
받고 사흘 만에 죽고 말았습니다. 입단속이 지나쳐서일까요?”

“아니, 지금 무슨 말을 하고 있는가? 내가 그럼 조산 할미를 죽이
기라도 했다는 말인가?”

장자가 화를 내며 소리쳤다.

목련이 조용히 고개를 내저었다.

“소승의 말을 믿지 못하니 하는 말입니다. 그 비밀은 누구도 모르
는 것인데 어떻게 제가 알 수 있겠습니까?”

“그대는 샤카무니 붓다의 제자라고 하는데 샤카무니 붓다의 도력
이 그렇게 높은가?”

“저의 스승이십니다. 아니, 이 우주의 스승이지요. 저의 신력은 그
분의 발밑에도 이르지 못합니다.”

장자가 그제야 합장을 하였다.

“내 딸이 스님의 전생 어머니가 맞는 모양입니다.”

“그럼 그 딸을 우리 교단에 보내십시오. 허락하신다면 제가 데려가
겠습니다.”

목련은 장자의 딸을 데려가 스승에게 사실을 아뢰고 5계를 받게
했다. 그리고 기도하였다.

“어머니, 삿된 마음을 버리고 바른 길로 돌아가시옵소서.”

목련의 효심이 그녀의 신심을 부추겼다. 그녀는 비구니가 되어 수
도를 하면서도 석존의 인연법을 화두로 삼아 정진하였다. 그녀는 수
도에 너무 열심이었던 나머지 병을 얻어 목련보다 앞서 죽었다. 그녀

는 수행의 덕으로 도리천궁에 태어났다.

그때쯤 목련도 신통제일의 아라한이 되어 있었다. 목련이 신통을 잘 부리게 되자 사람들은 그를 두려워하였다. 어느 날 석존은 그를 불러 명했다.

"이제부터 신통을 부리지 말아라."

목련은 뜨악하게 금강좌에 앉은 석존을 올려다보았다. 자신에게 신통력이 없을 때 그 신통력을 불어넣어주면서까지 어머니를 구하라고 했던 스승이 아니던가. 이제 그 신통력으로 세상을 구하고 있는데 신통력을 부리지 말라니 말이 안 된다는 생각이었다.

"세존이시여, 왜 그러십니까?"

"내 명을 어기고 다시 신통력을 부린다면 너는 이 교단을 나가야 할 것이다."

목련은 석존이 이해되지 않았다. 언젠가의 석존이 떠올랐다. 어머니를 찾아가려고 했을 때 모든 신통력을 닫았다던. 왜 신통력을 닫았다는 것인지 이해할 수가 없었는데 이제 제자의 신통력을 시샘하듯 신통력을 자제하라고 한다.

'내 명성이 자자하니까 시샘이 나셨나?'

그럴 리 없다고 하면서도 그런 생각이 들었다.

왜 괜히 신통을 닫아서는 제자를 시샘하나 싶었다.

그러나 그 후 목련은 보았다.

어느 날 아들이 죽어가자 그 어머니가 석존을 향해 달려왔다.

"세존이시여, 저의 아들을 살려주십시오."

석존이 머리를 내저었다.

"잘못 오시었소. 어서 의사에게 가보시오."

목련은 자신의 귀를 의심하였다.

'내가 잘못 들었나?'

아들의 어머니도 깜짝 놀라 묻고 있었다.

"그대는 의왕이 아니십니까."

석존이 고개를 내저었다.

"세존이시여, 생명이 죽어가고 있지 않습니까."

목련은 눈을 크게 뜨고 석존에게 아뢰었다.

석존이 고개를 내저었다.

"아니다."

석존이 잘라 말했다.

"아니라니요?"

"나는 살릴 수 없다."

"세존이시여, 그게 무슨 말씀이옵니까? 세존께서 신통력이 없다면 모르되 어찌 죽어가는 생명을 이렇게 대할 수 있단 말입니까?"

"목련아, 내가 신통력으로 아들을 살렸다고 하자. 그렇다면 이 세상이 끝날 때까지 그 신통력을 가진 나는 존재해야 할 것이다. 기적이 필요하기 때문이다. 신통력은 지혜의 산물이다. 오로지 중생 구제를 위해서만 이루어져야 하는 것이다. 나는 지혜의 신통력인 누진통만을 열고 모든 신통력을 닫아버린 지 오래니라."

"세존이시여, 지금 어린 생명이 죽어가고 있습니다."

"나는 죽어가는 저 아이와 똑같은 인간일 뿐이니라."

"세존이시여, 너무하시군요."

"진정한 절대자유의 경지를 말하고 있는 것이니라."

그렇게 말하고 석존은 침묵했다.

보다 못한 목련이 다시 나서려고 했으나 이미 아들의 어머니는 침을 탁 뱉고 아들을 업고 정사를 나가버리고 있었다.

나중에 그 아들이 죽었다는 소문이 돌았다.

제자들이 석존을 원망했고 목련 역시 석존을 이해할 수 없어 번민했다.

그러자 석존은 법상에 올라 다음과 같은 말을 남겼다.

"그녀의 아들이 죽었다고 하나 그 아이가 의원을 찾음으로써 왜 그런 병이 생겼는지 처방을 어떻게 하는지 이제 알게 되었을 것이다."

목련은 석존의 심중을 알 수 없었다. 신통력을 쓰지 않기 위해 변명하는 것만 같았기 때문이었다. 그런 그가 석존의 진심을 안 것은 말년에 이르러서였다.

그가 수행하던 정사 곁에 코살라라는 나라가 있었다. 코살라국은 카필라의 주변 국가 중에서도 가장 크고 강대한 나라였다. 그 나라의 왕은 프라세나짓 왕이었다. 그는 일찍이 카필라와 동맹을 맺고 그곳의 공주를 받아들여 비유리(毘琉璃)라는 태자를 얻었다.

그러므로 비유리는 석존이 코살라에 들를 때면 스승처럼 따랐다. 석가족의 피를 받았기 때문이었다.

코살라의 프라세나짓 왕이 유서 깊은 종족으로 소문난 석가족과의 친분을 두텁게 하려고 석가족의 왕족에게 청혼을 한 것은 20여 년 전이었다.

그때 석가족은 코살라국 사람들을 천하게 여기고 있었다. 그 때문에 왕족을 그곳으로 시집보낼 수가 없었는데 그렇다고 코살라와 동맹을 맺지 않을 수도 없었다. 만약 청혼을 거절한다면 당장에 자신의 나라를 무시한다며 쳐들어올 것이기 때문이었다.

생각다 못한 카필라의 왕은 여자 노예의 몸에서 난 바사바라라는 소녀를 왕실 소생이라 속이고 코살라국으로 시집보냈다. 코살라국은 그것도 모르고 그녀를 국모로 삼았다. 거기서 태어난 태자가 비유리 였다.

비유리 태자는 그 사실도 모른 채 자랐다. 그는 자라면서 모후의 고향인 카필라를 동경했다. 모후인 바사바라는 자신이 왕실 신분이 아니라는 것이 탄로 날까 두려워 태자의 앞을 가로막았다.

어느 날 태자는 기어이 시종 한 사람만을 데리고 카필라국으로 넘어갔다. 그는 카필라국으로 들어가 이곳저곳을 돌아다녔다. 어머니의 나라라는 생각 때문에 낯설지가 않았다. 그런데 이상하게도 그가 카필라 성을 방문한다는 사실을 알렸는데도 누구 하나 정중히 나와 맞아 주는 사람이 없었다.

그는 아랫사람과 함께 궁으로 향하다가 어느 제당 앞에서 여장을 풀었다. 그곳 사람들은 언제 다시 석존이 오실지 모른다며 제당을 깨끗하게 치워놓았는데 비유리가 잠시 쉬려고 그 앞에 앉은 것이다. 비유리가 이런저런 말을 나누며 한숨 돌리는데 주위로 사람들이 모여들었다. 그들에게서 비유리는 이상한 느낌을 받았다. 그들은 물이 담긴 그릇을 들고 서 있었는데 그가 일어나기가 무섭게 그 자리에 물벼락을 쏟아 붓는 것이었다. 그때까지도 사람들이 자신을 흘끔거리는 것이 제 어미의 나라를 찾아온 태자에 대한 흠모의 눈길이라 생각했었는데 어쩐지 그게 아닌 것 같았다. 그들은 그가 앉았던 자리에 물벼락을 퍼부은 다음 비를 가져와 깨끗이 닦기 시작했던 것이다.

"왜 내가 앉았던 자리를 그렇게 닦고 있는가?"

이상해서 비유리가 물었다.

자리를 닦던 사람이 흥, 콧방귀를 뀌며 쌀쌀맞게 돌아서버렸다.

태자는 다른 사람에게 물었다. 팔목을 잡힌 그 사람이 화를 냈다.

"보시오, 이곳이 어떤 곳이오?"

"어떤 곳이라니?"

비유리 태자가 되물었다.

"여기는 선조를 모신 제당이오."

"제당? 그런데?"

"이런 곳에 당신 같은 사람이 와서 앉다니……."

"아니, 나 같은 사람이라니? 그대는 나를 알고 있는가?"

"어찌 그대를 모르겠소. 비유리 태자 아니오."

"그렇다. 나는 비유리 태자다. 그런데 어머니의 나라를 찾아온 나를 이렇게 대할 수 있는가?"

"여러 말 말고 어서 여기서 물러나시오. 여기는 당신 같은 천인이 서 있을 자리가 되지 못하니."

너무도 화가 난 태자는 이유도 확실히 모른 채 왕궁을 향해 발길을 재촉했다. 그가 왕궁 가까이 다가섰을 때 갑자기 그들을 야유하는 고함소리와 함께 돌팔매가 날아들었다.

"천한 노예의 자식이 감히 어디를 들어가려고 하느냐!"

그는 영문을 몰라 돌팔매질을 하는 사람들을 멀거니 바라보았다. 아랫것이 겁에 질려 소리쳤다.

"태자님, 피해야 되겠습니다."

"대체 저 사람들이 왜 저러는지 모르겠구나?"

"뭔가 심상치 않습니다. 태자님이 앉았던 자리를 물로 씻는 것이나 돌팔매질을 하는 것이나……."

"저들이 지금 날더러 천한 노예의 자식이라고 하질 않느냐?"

"그렇습니다."

"대체 무슨 영문인지 모르겠구나?"

순간 돌멩이 하나가 날아와 태자의 이마에 맞고 떨어졌다. 금세 피가 손바닥을 적시며 흘러내렸다.

"안 되겠습니다."

아랫것이 황급히 태자를 부축해 골목길로 이끌었다. 골목 귀퉁이에서 손바닥의 피를 내려다보던 태자가 돌멩이를 던지고 있는 사람들을 향해 고함을 내질렀다.

"아니, 왜들 이러는가?"

"이놈아, 너의 근본을 몰라서 하는 소리냐?"

맨 앞에 서서 돌을 던지려던 사람이 태자에게 맞고함을 쳤다.

"나는 이웃나라의 비유리 태자다. 어머니의 나라를 찾아온 한 나라의 태자를 이렇게 대하는 법이 어디 있는가?"

"흥, 태자! 태자면 다 태자냐. 넌 종의 자식이야."

"무슨 소린가? 종의 자식이라니?"

"네 어미가 말해주지 않았던가 보군. 이놈아, 네놈의 어미는 이 나라의 천한 종년이었어. 천한 나라 자식이 어딜 감히 들어와 태자 행세를 하려고 들어. 이놈아, 네 나라로 썩 물러가라!"

그제야 자초지종을 알게 된 비유리 태자는 격노하여 자기 나라로 돌아갔다. 피투성이가 되어 돌아온 태자의 모습에 온 나라가 발칵 뒤집혔다. 아버지 프라세나짓 왕이 물었다.

"어떻게 된 것이냐, 태자?"

속이 깊은 태자는 아무 대답도 하지 않았다. 왕은 계속 태자를 추궁했으나 태자는 어머니의 나라를 여행하다 돌아오는 길에 도둑 떼를 만나 다쳤을 뿐이라며 속마음을 숨겼다.

그날 밤 태자는 어머니의 한 서린 눈물을 보았다. 종으로 살다 한 나라의 왕비가 될 수밖에 없었던 어머니의 눈물겨운 말을 들으며 태자는 이를 갈았다.

날이 밝기가 무섭게 왕이 그들 모자를 찾았다. 그들이 왕 앞으로 나아갔을 때 왕은 얼굴에 살기를 띠고 있었다. 이미 왕은 태자가 어머니의 나라로 들어갔다가 당한 수모를 알고 있었던 것이다.

"그대가 카필라의 종이었다니, 이 무슨 해괴한 소린가?"

왕은 화가 난 음성으로 왕비에게 물었다.

눈을 내리깔고 있던 왕비가 모든 것을 체념하고 실토했다. 어질고 착한 그녀의 눈에 눈물이 고였다.

"용서하십시오. 본의는 아니었습니다."

"본의가 아니었다? 그렇다면 모든 것이 사실이란 말인가?"

"제가 카필라의 종의 자식이었던 것만은 사실입니다."

"그런데도 본의가 아니었다?"

왕이 피를 토하듯 고함을 쳤다.

"왕이시여, 그 책임은 카필라에만 있는 게 아님을 알고 계시지 않습니까."

"무엄하다. 그러고도 나를 능멸하려 들다니!"

그 길로 모자는 왕에 의해 감옥에 갇히고 말았다. 아내와 아들을 옥에 가둔 왕은 그래도 분이 풀리지 않아 복수를 결심했다.

"오냐, 잘난 네놈들의 피로 내 왕관을 씻으리라!"

왕은 군사를 모으고 결전의 날을 기다렸다. 결전의 날을 기다리면서 매일 술로 나날을 보내었다. 생각할수록 분통터지는 일이었다. 예로부터 고상한 종족이란 사실 때문에 침략을 핑계 삼아 그 나라 여성을 원했던 게 사실이지만 마가다국을 위시한 열네 나라 중에서도 가장 약소한 나라가 카필라였다.

그는 아내를 얻은 후로 한 번도 카필라를 업신여겨본 적이 없었다. 고상한 종족의 아내를 얻은 것을 은근히 자랑스러워했고 자랑스러운 만큼 카필라를 사랑했고 다른 나라로부터 지켜주었다.

그런데 왕족인 줄 알았던 왕비가 종이었다니 기가 막힐 일이었다. 얼마나 이 나라를 업신여겼기에 평민도 아닌 종년을 왕족이라 속여 자신에게 보내었단 말인가. 그는 칼을 갈고 또 갈았다.

그러다 결전의 날을 앞둔 어느 날 화병으로 죽고 말았다. 그는 눈을 감으면서 태자를 찾았다.

"태자를 데려오라! 태자를!"

피는 물보다 진했다. 죽음 앞에서 왕은 아들의 손을 잡았다.

"태자야, 약속해다오. 카필라를 쳐서 네 발밑에 두겠다고."

비유리는 어렸지만 강하게 자란 사내아이였다. 아버지는 아들을 알고 있었다. 어머니의 나라라고 해서 섣부른 감상으로 카필라를 용서할 아들이 아니었다.

아들이 아버지의 손을 잡고 눈물을 흘렸다.

"걱정 마십시오, 아버지, 제가 비록 카필라의 피를 받았지만 카필라를 제 발밑에 두어 그들의 왕이 되겠습니다."

"숫도나나와 그 일가족의 목을 내 영전에 바치겠다고 약속해다오."

"그러겠습니다. 그들의 목을 베어 아버지 앞에 바치겠습니다."

그렇게 대업을 이어받은 비유리는 아버지 대신 카필라를 치기 위해 복수의 칼을 갈았다.

석존은 어느 날 피붙이나 다름없는 비유리를 불렀다. 그가 물밀듯 카필라를 공격한다면 모든 것은 끝장이었다. 나라는 물론이고 백성은 그들의 종이 될 것이었다.

그토록 따르던 비유리의 얼굴엔 살기만이 감돌았다. 석존은 그에게 자초지종을 묻고 타일렀으나 비유리는 눈물만 흘렸다. 존경하는 분에게 그가 보일 수 있는 마지막 눈물이었다. 그 후 비유리는 두 번 다시 석존을 찾지 않았다.

비유리는 카필라를 치기 위해 군세를 계속 키우고 있었다. 그러면서 때를 기다리고 있었다. 그때가 시시각각 다가오고 있었다.

비유리가 카필라를 치기 위해 출전하기 전날. 석존은 무슨 생각에선지 길을 떠났다. 제자들이 그의 뒤를 따랐다. 석존은 카필라성이 올려다 보이는 벌판의 한 기슭에 다다라 말라 니그로다 나무 밑을 마다하고 신작로 한가운데 정좌하고 앉았다.

그때까지도 제자들은 그의 뜻을 헤아리지 못하고 있었다. 볕이 너무 뜨거워 건강을 해친다고 염려했으나 석존은 아무 반응이 없었다.

한나절이 지났을까. 검은 구름장이 먼 벌판으로부터 밀려오기 시작했다. 아니, 검은 구름장이 아니었다. 전쟁 준비를 끝내고 카필라성을 향해 진군하는 비유리의 군대였다.

군대는 석존 앞에서 멈춰섰다. 마상에 높이 앉은 비유리는 자신의 앞을 가로막고 있는 늙은이가 석존이라는 걸 한눈에 알아보았다. 그는 석존이 무엇 때문에 그 자리에 앉아 있는지를 알고 있었다. 그에게 있어 석가족은 모두가 복수의 대상이었지만 석존은 자신의 스승이요 혈연이었다.

비유리는 말에서 내려 석존을 향해 다가갔다.

가까이 다가오는 비유리를 석존은 눈이 부신 듯 바라보았다.

"세존이시여, 햇볕이 이렇게 따가운데 무성한 나무숲 그늘을 놔두시고 어인 일이십니까?"

비유리는 석존 앞에 공손히 예를 표한 후 물었다. 비유리의 넉살에 석존이 조용히 미소 지었다.

"비유리여, 나무 그늘이 제 아무리 짙어도 내 어찌 그곳으로 가 그늘진 내 마음마저 덮어버릴 수 있겠는가."

"알겠습니다! 세존이시여."

비유리는 그 길로 퇴군을 명령하고 돌아서고 말았다. 그러나 침략을 포기한 것은 아니었다. 그는 며칠 후 석존이 돌아갔을 것이라 생각하고 진격해왔고 예의 그 자리에 석존이 앉아 있는 것을 보았다.

멀리서 석존임을 한눈에 알아본 비유리는 망설이다 되돌아갔다.

며칠이 지났다. 비유리는 다시 진격해왔다. 석존은 예의 길목을 지키고 있었다.

네 번째. 비유리는 더 참지 못하고 석존 앞으로 나아갔다.

"세존이시여, 이러신다고 해서 저의 결심이 변하지는 않습니다. 그렇습니다. 저는 지금도 그대를 뵈었을 때의 감동은 잊지 않고 있습니다. 그대는 그때 저의 인사를 받았을 뿐 말이 없었지만 저를 쳐다보는 그대의 눈매에서 형언할 수 없는 따뜻함을 느낄 수 있었기 때문입니다. 그리고 그대가 저의 혈연이라는 사실이 그럴 수 없이 자랑스러웠습니다. 하지만 이제는 아닙니다. 석가족은 나를 버린 지 오래이기 때문입니다. 오로지 증오의 대상일 뿐이라는 말입니다."

"비유리야, 네가 모르는 게 하나 있구나."

"그것이 무엇입니까?"

"나는 카필라를 버리지 않았다. 구하고자 해서 버린 것이다. 그러나 너는 카필라를 증오하기 때문에 버리려고 하는 것이다."

"그렇다면 카필라를 향한 그대의 사랑보다 저의 증오를 사랑해주십시오. 이제 어떤 말로도 저의 마음을 돌려놓지는 못할 것입니다."

"그렇다. 나 역시 그걸 알고 있느니라."

"그렇다면 물러나십시오."

"그럴 것 없다. 나는 여기에 있겠다. 그리하여 네 칼날에 무너지는 내 조국을 끝까지 보아두겠다. 그것이 카필라의 운명이요 나의 사랑법이다. 나를 개의치 말고 너는 너의 길을 가거라!"

"세존이시여, 저를 용서하시옵소서."

비유리의 눈에서 눈물이 흘러내렸다. 뒤이어 돌아선 그의 입에서 무시무시한 고함이 터져 나왔다.

"진격!"

석존을 외면하고 병사들이 카필라를 향해 진격해갔다. 코살라의 말발굽 아래 카필라는 무너지기 시작했다.

계속해서 비유리의 한 서린 고함이 터져 나왔다.

"한 놈도 남기지 말라! 모조리 목을 베어라!"

석존은 눈을 뜬 채 자신의 백성들이 코살라의 칼날에 무너지는 모습을 바라보고 있었다.

석가족은 활을 쏘며 저항하였다. 그러나 이상했다. 화살은 엉뚱한 곳으로만 날았다. 혹여 투구를 맞히면서도 머리는 다치게 하지 않았다. 수레바퀴를 맞혀 부수면서도 사람은 해치지 않았다.

"이상하구나. 왜 저들은 활을 쏘면서도 엉뚱한 곳만 쏘고 있느냐?"

호고 범지라는 자가 옆에 있다가 앞으로 나와 아뢰었다.

"대왕은 두려워 마십시오. 저 석씨들은 다 계율을 지키기에 벌레도 죽이지 않습니다. 그저 겁이나 주려고 쏘아대는 것입니다. 하물며 사람을 해치겠습니까. 그대로 밀어붙이면 반드시 항복받을 수 있을 것입니다."

호고 범지의 말대로 비유리는 쉽게 성 안으로 들어가기 위해 닥치는 대로 칼을 휘둘렀다. 그러자 사마라라고 하는 무사가 그들의 앞을 막았다. 그는 닥치는 대로 비유리의 군사를 죽였다. 그 바람에 잠시 비유리의 군사가 뒤로 물러났는데 석가족 사람들이 오히려 사마라를 나무랐다.

"그대는 왜 이 나라를 욕되게 하는가. 이 나라는 착한 법을 수행하는 나라다. 더구나 사람을 죽이다니. 우리는 저 군사들을 다 쳐부술 수 있지만 붓다의 말씀을 따르기로 했다. 그대는 빨리 떠나라. 여기 있지 말라."

그 말을 듣고 사마라는 화가 나 카필라를 떠나버렸다. 그러자 악마 파순이 석씨들 가운데 있다가 석씨의 형상으로 변해 여러 석씨들을 꼬드겼다.

"너희들은 빨리 성문을 활짝 열어라. 오늘의 곤액을 함께 받지 말아라."

석씨들이 성문을 열어 주자 성 안으로 들어온 비유리는 이렇게 외쳤다.

"석씨 종족 백성들이 너무 많다. 칼로는 다 죽일 수 없으니 모두 잡아다 땅속에 묻은 뒤에 사나운 코끼리로 하여금 밟아 죽여라."

그의 부하들이 코끼리를 불러 카필라의 백성들을 밟아 죽이는 사이 비유리는 다시 명령했다.

"석씨 여자 중에서 미인 5백 명을 뽑아라."

부하들이 미인 5백 명을 뽑아 비유리에게 데리고 갔다.

카필라의 마하남 왕이 견디다 못해 못에 빠져 자결했다.

비유리는 미친 듯이 웃었다.

"내 할아버지가 죽었구나!"

그러면서 눈물을 흘리다가 다시 카필라 백성들을 죽이기 시작했다. 곁에서 보다 못한 신통제일 목련이 참지 못하고 일어났다.

"세존이시여, 신통력으로 나라를 구하지 않겠다면 저라도 이 나라를 구하겠나이다."

석존이 머리를 내저었다.

"아니다. 나서지 말라."

"세존이시여, 모두가 죽어가고 있습니다. 그런데도 보고만 계실 것이옵니까? 저의 신통력으로 석가국을 쇠울타리로 덮어버리겠습니다. 그러면 유리왕이라 해도 저의 신통력에 감복하고 돌아설 것입니다."

석존은 고개를 내저었다. 목련의 신통술을 몰라서가 아니었다. 아주 간교한 난도빠난다(Nandopananda) 용도 제자를 길들이듯 뱀으로 만들어버리는 사람이 목련이었다. 자신이 원한다면 수미산이라도 으깨어버릴 수 있는 힘이 있는 사람이었다. 천상에서 천사들이 잡담이나 하고 있기에 가서 지도를 하라고 했더니 천상으로 가 엄지발가락으로 천상을 흔들어 혼을 내는가 하면, 제석천이 자신의 영화에 도취되어 자만하고 있자 제석천의 웨자얀따(Vejayanta) 궁전을 흔들어 놓은 제자가 목련이었다.

하지만 석존은 머리를 내저었다.

"세존이시여!"

목련이 애타게 매달렸다.

"아직도 모르겠느냐?"

"그러하옵니다."

"너는 쇠울타리로 과거의 업을 덮을 수 있느냐?"

그제야 목련이 할 말을 잃었다.

"나서지 말라. 나는 이 날이 올 것을 알고 있었다. 이것은 석가족의 숙연(宿緣)이다. 이제 그 과보를 받는 것이다."

"그러나 그냥 보고만 있을 수는 없는 일 아닙니까?"

"이는 석가족 전체가 과거세로부터 쌓은 업이라고 하지 않았느냐. 내가 오늘날까지 너희들에게 가르쳐온 것이 무엇이었더냐. 모든 것은 원인이 있고 그 원인에 의해 생하고 멸하는 것을 가르치지 않았느냐. 이제 그 원인이 멸망을 불러온 것이다. 이것이 연기의 이법이니라."

이때 아난다가 더 참지 못하고 끼어들었다.

"세존이시여, 그렇다면 신통력을 얻은 깨침이 무슨 소용입니까?"

석존이 따가운 햇살 속에 앉은 채 아직도 철없는 아난다를 응시하였다.

"너는 데바닷다와 똑같은 말을 하는구나. 비구들이여 들어라, 모든 기적은 지혜를 여는 힘에 의해 이루어진다. 나는 그 문제를 너희들에게 누누이 가르쳤다. 여기 병든 병자가 있다고 하자, 특히 목련아, 너는 어찌하겠느냐? 너의 신통력을 열어 기적을 베풀겠느냐? 아니면 누진통을 열어 그 지혜로 병의 원인을 알아내고 그 결과에 의하여 처방을 하겠느냐? 분명히 말해두건대 나의 법은 기적을 행하는 법이 아니다. 세상엔 깨달은 사람이 많으나 이 누진통을 얻기는 힘들다. 이 누진통으로 인해 나의 법은 존재하는 것이다. 나의 법은 그렇게 지혜의 법이지 기적의 법이 아닌 것이다. 원인이 있으면 결과가 있는 법, 그 결과를 예측하는 것이 깨침의 지혜인 것이다. 비록 오늘 석가족이 멸망했다 하나 서러워해서는 안 된다. 원인으로 인해 그 보를 다했기 때문이다."

제 나라가 쓰러지고 제 피붙이가 피를 흘리고 있는데도 그는 두 눈 형형하게 뜨고 그렇게 가르침을 잊지 않고 있었다. 그렇게 석존이 가르침에 있어 주먹손을 쥐지 않는 사이 카필라는 멸망하고 있었다. 비유리는 석가족 사람들을 남김없이 죽였다.

제자들은 보았다. 석존의 얼굴에 오히려 증오보다는 번져 가는 연민, 그 연민을 쳐다보면서 몸서리를 쳤다.

그때 비유리가 죽인 카필라 백성의 수는 9천 9백 90만 명이었다. 그들의 피가 강물을 이루었다. 그는 카필라바스투를 불사르고 냐그로로다 동산으로 뽑아온 5백 명의 미인들에게 이렇게 말하였다.

"너희들은 근심하지 마라. 내가 너희들 남편이요, 너희들은 내 아내다."

비유리가 희롱하려고 하자 여자들은 울부짖었다.

"종년에게서 난 종자와 정을 통하느니 차라리 죽음을 택하겠다."

화가 난 비유리는 그녀의 손발을 잘라 구덩이에 버렸다. 그래도 5백의 여자는 비유리와 정을 통하지 않겠다고 했다.

미인들을 모두 손발을 잘라 죽이고 자신의 나라로 돌아간 비유리는 얼마 되지 않아 지독한 피부병을 얻어 미쳐 날뛰다가 호수에 빠져 죽었다. 사람들은 그 역시 보를 받은 것이라고 수군대었다.

"유리왕은 지금 목숨을 마치고 어디 가서 났나이까?"

어느 날 제자들이 석존에게 물었다.

"유리왕은 지금 아비지옥에 있느니라."

"카필라의 석씨들은 과거에 무슨 인연을 지었기에 유리왕의 해침을 받았나이까?"

"옛날 이 왕사성에 한 어촌이 있었느니라. 흉년이 들어 살기가 어려웠다. 사람들은 풀뿌리를 먹었고, 금 한 되로 쌀 한 되를 바꾸어 먹는 실정이었다. 그 촌에 큰 못이 있었는데 그나마 그곳에 고기가 많았다. 그곳 사람들은 연못에서 고기를 잡아먹었다. 그 물에는 두 종류 고기가 살고 있었다. 하나는 구소요 또 하나는 양설이었다. 사람들이 고기를 마구 잡아먹자 그들은 서로 눈을 붉혔다. '우리는 전이나 지금이나 저들에게 척 지은 적이 없다. 우리는 물에 살고 있지 땅에도 살지 않는다. 그런데 저들은 아무 허물도 없는 우리를 잡아먹는다. 만일 우리가 전생에 조그만 복이라도 지은 것이 있다면 후생에 태어나 그것으로써 원수를 갚자.' 그때 그 촌에는 어린애가 있었다. 나이는 겨우 여덟 살. 그는 고기를 잡지도 않고 또 목숨을 죽이지도 않았지만 고기들이 언덕 위에서 죽는 것을 보고 재미있어하였다."

여기까지 말하고 석존은 잠시 숨을 돌리고는 말을 이었다.

"비구들이여, 알라. 지금의 석씨 종족이 바로 그들이었다. 그때의 구소 고기는 유리왕이요, 그때의 양설 고기는 호고 범지요, 그때 언덕에서 죽는 고기를 보고 웃던 어린애는 바로 나였느니라."

그 후 목련은 신통력을 시험하려는 무리들에게 죽었다. 신통력을 자제하라는 스승 석존과의 약속을 지켰던 것이다. 그는 제 나라가 피를 흘리며 쓰러지고 있는데도 두 눈 형형히 뜨고 지켜보던 석존에게서 보았던 것이다. 신통은 지혜의 산물이라는 것을. 오로지 중생 구제를 위해서만 이루어져야 한다는 것을.

다시 말해 불타는 지혜의 신통력인 누진통만을 열고 모든 신통력을 닫아버렸기에 신통력이 있을 수 없지만 그대로 여여하기 때문에 어떤 집중도 나올 수 없다는 말이었다.

하기야 여여한데 어떤 집중이 나올 리 없었다. 신통은 불타가 되기 전의 일이었다. 이미 깨달아 무심한데 어찌 초점과 집중이 있을 수 있겠는가.

처염상정

책장에서 문득 눈을 떼고 앞을 바라보았다. 진선의 어깨 너머로 먼 산이 보였다.

비가 오려나.

검은 구름을 문 산봉우리들이 불길한 징조처럼 눈 속으로 파고들었다.

문득 어느 날의 기억이 골방 속에서 달려 나왔다. 학교를 마치느라 미뤘던 군에 입대하기 직전이었을 것이었다. 목성 조사의 뒤를 이어 신통 하나로 신자를 돌보던 성월 조실의 시대도 얼추 끝나가던 무렵이었다. 마지막 불길이 무섭다던가. 어느 날 어머니가 돌아오더니 환희에 찬 음성으로 말하였다.

"성월 스님의 신통력을 한두 번 본 것이 아니다만 부처님의 가피가 아니고서야 어떻게 그런 일이. 다 죽은 사람이 살아나다니."

"무슨 말이에요?"

영문을 모르고 내가 물었다.

어머니가 자초지종을 말했다. 척추를 다친 사람이 일어나 목련암 불사에 참여했다는 것이었다.

"믿기지 않네요."

신도들에게 여전히 사기나 치고 있는 것이 아닐까 생각하며 내가 말했다.

"그렇지?"

어머니가 눈을 빛내며 물었다.

"또 가실 거예요?"

나는 마땅찮다는 음성으로 물었다.

"그럼 가야지."

그렇게 대답하던 어머니는 시간만 나면 목련암으로 달려갔다.

여동생과 내가 한 번 찾아갔더니 어머니는 목련암 울력(運力에) 참여하고 있었다. 앞장서서 남자 신도들이 깨준 돌을 나르고 병이 난 환자를 돌보고 있었다. 지쳐가는 신도들 앞에 어머니가 있었다.

그 모습을 본 후로 목련암에 들를라 치면 길가에 아무렇게나 핀 꽃 한 송이도 예사롭지 않았다. 이 꽃에도 어머니의 손길이 닿았다는 생각에 가슴이 북받쳤기 때문이었다.

내가 군에 가자 어머니는 집을 팔고 작은 집을 하나 얻었다. 그곳에서 여동생과 함께 살았다.

내가 배속된 곳은 휴전선 부근의 수색대였다. 작전이 있기 전 휴전선 부근의 지형이나 적군의 동태를 살피는 것이 수색대의 임무였다. 임무가 그렇다 보니 가끔 북에서 기총 사격을 하거나 시비를 걸어오기도 했다. 느닷없이 전투가 벌어지기도 했다.

그때 부대의 반장은 오종식이라는 자였다. 김해 출신이었는데 본시 군인 집안에서 태어난 자였다. 대학을 다니던 중에 자원입대할 정도로 애국심이 투철한 자였다.

그래서인지 그는 툭하면 군기를 잡곤 했다.

그런데 그 군기라는 게 문제였다.

어느 날 북에서 내려온 군인들과 전투가 벌어졌다. 전투에 임한 부대원 한 명이 총을 버리고 도망을 갔다.

북쪽 애들이 물러가고 난 뒤 그 부대원이 붙잡혀 왔다.

"왜 도망갔나?"

오종식이 물었다.

"무서워서 그랬습니다."

그는 벌벌 떨고 있었다.

"전투 중 무단이탈은 총살형이라는 것을 모르나?"

"옆의 전우가 총을 맞고 죽는 것을 보고는……."

"비열한 자식. 넌 사내도 아니다. 널 죽일 총알도 아까워."

정오의 햇살은 살갗을 태워 버릴 듯이 뜨거웠다. 오종식은 부대원의 사지를 벌려 눕히고 사지 끝에 말뚝을 박아 쇠사슬로 묶었다.

물 한 모금 주지 않았다.

점점 그의 몸이 익어갔다.

그렇다. 익어가야 한다고 해야 맞는 표현일 것이었다.

5일째. 몰래 물을 가져다주던 두 병사가 걸렸다. 나와 다른 한 명의 동료 병사였다.

물을 가져다주었다는 사실 하나만으로 벌이 내려졌다. 그때 내가 이해할 수 없었던 것은 군기를 유지하기 위한 폭력에 대한 명분이었다. 당시의 나는 그 전통성과 합리성을 도저히 이해할 수 없었다.

"저는 이해할 수 없습니다. 그럼 죽어가는 전우를 그대로 두는 것이 인간적 도리입니까?"

나의 반항에 오종식이 눈을 부릅떴다.

"우리는 조국의 안녕을 위한 전사들이다."

그렇지 않아도 명분을 찾을 수 없었던 나의 불만이 고함이 되어 터졌다.

"우리는 한민족입니다. 왜 형제끼리 싸워야 하는지도 모르겠지만 그렇다고 그런 처벌이 내려져야 하는지도 모르겠습니다."

"이 자식, 미쳤군!"

"이 세상에 생명만큼 소중하고 고귀한 것이 어디 있단 말입니까? 이게 사람이 할 짓입니까?"

"이 자식이 죽으려고 환장을 했구나."

오종식이 허리에서 권총을 뽑았다.

"돌아서라. 서로 마주 보고 서라."

내가 머뭇거리자 다시 분대장 오종식의 고함이 터졌다.

"서로 마주 보고 서란 말이다!"

전우에게 물을 가져다주고 상관에게 반항한 죄는 엄청났다.

두 사람이 마주 보고 섰다.

"서로의 뺨을 한 대씩 힘껏 때린다."

두 사람은 멍하니 오종식을 돌아보았다. 그제야 그 유명한 일본식 체벌이 주어진 것을 깨달았다. 마음에도 없는 폭력을 서로에게 행사하게 된 것이다. 전혀 때릴 의사가 없는데도 사랑하는 전우의 뺨을 때려야 하는 상황에 놓인 것이다.

"모르겠습니다. 왜 내가 전우의 뺨을 때려야 합니까?"

내가 고함치자 오종식이 권총을 내 머리에 가져다댔다.

"때리라면 때리란 말이다. 때리고 맞으면서 무엇이 잘못되었는지 생각해보란 말이다."

"그럴 수 없습니다."

"좋다."

오종식이 돌아서면서 전우의 뺨을 사정없이 갈겼다.

전우는 분대장의 뺨을 맞고 비틀거리다가 바로 섰다. 코에서 피가
주르륵, 흘러내렸다.

"아프냐?"

오종식이 물었다.

전우의 눈에 눈물이 괴었다.

"아픈 만큼 상대의 뺨을 후려쳐라."

뺨을 맞은 전우는 그렇게 못하겠다는 말도 하지 못했다.

오종식이 비켜서면서 소리쳤다.

"쳐라!"

겁에 질린 상대방이 내 뺨을 슬쩍 건드렸다.

그러자 오종식이 그의 뺨을 다시 사정없이 쳤다.

그는 다시 비틀거리다가 자세를 바로잡았다.

"아프냐?"

오종식이 물었다.

"아픕니다."

뺨을 맞은 전우가 대답했다.

"그럼 쳐라."

이번에는 좀 힘이 들어간 손이 내 뺨으로 날아들었다. 그래도 성이
안 찬 오종식이 전우의 뺨을 다시 쳤다.

"이렇게 치란 말이다, 이렇게!"

전우의 코와 입에서 피가 터져 흘렀다.

이번에는 내 뺨에서 철썩, 소리가 났다.

"더 세게!"

다시 전우의 손바닥이 내 뺨으로 날아들었다.

"더 세게!"

더 사나운 손길이 내 뺨으로 달려들었다.

이번엔 내가 때릴 차례였다. 그러나 나는 그대로 서 있었다. 오종식이 다가오더니 내 뺨을 쳤다.

"치란 말이다. 이렇게, 이렇게!"

나는 꼼짝도 하지 않았다.

오종식이 계속 내 뺨을 쳐댔다.

나는 결코 상대의 뺨을 때리지 않았다. 그 대신 나는 있는 힘을 다해 오종식 분대장의 뺨을 내갈겼다.

타악!

오종식은 그 길로 의무실로 실려가야 했다.

상부에서 이 사실을 알았다. 나는 명령불복종, 상관폭행죄로 영창에 갇혔다. 갇히기 전에 군판사가 물었다.

"할 말 있으면 하라."

나는 그때 자신도 모르게 어머니가 목련암 목성 조실에게서 직접 받은 것이라며 면경대에 붙여놓았던 처염상정(處染常淨)이란 낡은 글귀를 떠올렸다. 어머니는 언제나 목련암의 정신이 그대로 밴 글귀라고 했다.

어쩌면 어머니는 그 말을 깨닫기 위해 언제나 목련암을 꿈꾸었던 것은 아니었을까.

연꽃은 더러운 흙탕물 속에서 피어난다. 하지만 잎도 꽃도 더럽혀 지지 않고 깨끗하게 피어난다. 편견과 독단이 전행하는 세상, 그리하 여 남의 생명을 경시하는 오탁악세(五濁惡世)의 세상에서 자기 멸망의 화택을 만들고 있는 그들.

그들에게 말 한마디 못하고 영창을 살면서 나는 이를 악물었다.

비로소 어머니를 이해할 수 있을 것 같았다. 오탁악세의 세상, 거기 에 물들어 흐려짐 없이 살아가고자 했기에 신앙의 길로 나아갈 수밖 에 없었던 어머니.

오로지 신앙심만이 악한 세상에서 살아가고 있는 이웃의 심성을 연꽃처럼 맑고 아름답게 가꿔줄 수 있을지도 모른다는 생각이 내 가 슴속에서 봇물처럼 터져 흘렀다.

생각에 잠겨 있는 사이 차가 하괴삼거리 삼봉로 단양군청, 도담삼 봉(가곡) 방면으로 좌회전했다.

잠시 나아가자 성신후문 삼봉로 우측 도로가 나왔다. 또 잠시 나 아가다 수변로로 좌회전할 것이다. 얼마 가지 않아 다리안로로 좌회 전하면 이내 고수삼거리 고수재로 들어설 것이고 영춘 방면으로 한 참을 갈 것이다. 그럼 고수대교를 건너고 좌회전, 가곡면으로 통하 는 도로를 따라가게 될 것이다. 가곡이란 곳에 닿으면 거기서 두 갈 래 길이 나온다. 그럼 결정을 해야 한다. 하나는 남한강을 건너서 영 춘면 방면으로 들어가는 길이고, 또 하나는 가곡면 보발리 보발고개를 넘어가는 길이었다. 진선이 어느 길을 택할지 모르겠지만 이 고갯길이 만만치 않다. 물론 비포장이 아니고 아스팔트 도로여서 운전하는 데 별 지장은 없지만 험한 고개였다.

갔다 온 적이 있는지 진선은 보발리 방면 우측도로로 접어들었다. 이제 한참을 가면 목련암 방면으로 갈 수 있는 백자1길이 나올 것이었다. 백자1길의 선연한 모습이 떠올랐다. 처음 아내와 그 길을 걸었다. 온달동굴을 찾아가던 길이었을 것이다. 바보 온달과 평강공주의 얼이 서린 곳. 태고의 숨결을 느낄 수 있는 곳이었다. 바보 온달과 평강공주가 된 것 같은 느낌이 들어 웃고는 했었다.

그곳을 나와 길을 걸으면서 잠시 군대 얘기를 했었고 군대에서 불명예제대를 하고 돌아와 세상속으로 들어가던 세월을 떠올렸었다.

군 영창에서 나와 집으로 돌아온 것은 그해 10월 초순이었다.

집으로 들어서기 전날 비가 왔으므로 어머니는 새벽에 장독대로 나가 장독대를 행주로 정성스럽게 닦고 정화수를 떠올리고 있었다.

문을 들어서다 그 모습을 보았는데 그만 눈물이 왈칵 쏟아졌다.

"어머니!"

어머니가 뒤를 돌아보다가 자신이 잘못 본 것일지도 모른다는 생각에 소매 끝으로 후딱 눈을 쓸었다.

"상오 아니냐?"

"어머니, 제가 돌아왔습니다."

"아이고, 상오야."

두 사람은 이내 얼싸안았다.

어머니는 그래도 실감이 나지 않는지 아들의 등을 쓸어보고 가슴을 더듬고 얼굴을 만져보았다.

"아이고, 얼굴이 매란 없구나."

그럴 수밖에. 죽을 고비를 넘기고 돌아온 사람의 얼굴이 형편없을 수밖에 없었다.

"들어가자. 얼푼 들어가자."

"동생은요?"

"들어가자, 들어가. 내 이야기를 해줄 테니."

방으로 들어가 앉자 어머니가 눈치를 살피다 여동생 말을 꺼냈다.

"사실 영주 혼인을 시켰다."

나는 깜짝 놀랐다.

"예에? 시집을 갔단 말입니까?"

"작년에 보냈다."

"학교는 어쩌구요?"

"그애 성질 알잖냐. 눈이 맞으니까 학교는 뒷전이더라."

"누굽니까?"

"광명 이모리에 사는 사람이다. 오상준이라고."

어머니가 잠시 망설이다가 대답했다.

"광명이라면 경기도? 그곳 사람을 어떻게 만났대요?"

"그러게. 어떻게 전생이 없다고 할 수 있겠냐. 하필이면 이곳에서 그곳 사람을 만나다니 말이다."

"그곳 어디 사람이랍니까?"

"이모리 고개 너머."

"새덕재 너머요?"

어머니가 고개를 주억거렸다.

새덕재는 어머니의 고향에서 얼마 멀지 않는 곳에 있는 고갯길이다. 새덕리 하늘봉 다람쥐눈물고개. 그 고갯길 넘어 살던 어린아이가 이제 아들을 낳고 딸 하나를 보았다. 그 고갯길을 이제 자신이 낳은 딸이 넘어간 모양이었다.

"새덕재 어딥니까?"

"호산."

호산이라면 어머니의 고향과 반대 방향이다.

"집안은 어때요?"

"먹고 살만은 한 모양이더라. 이곳에서 남 못잖게 잔치도 벌였고."

"한 번 만나봐야겠네요."

호산에 사는 영주와 오상준이 소식을 듣고 왔다. 오상준을 보니 사람이 반듯해 보였다. 영주는 눈물만 흘렸다.

"오빠 돌아올 때까지 어머니는 기다리자고 했지만……."

"잘했다."

"미안해. 오빠를 보내놓고 나 혼자 살 거라고……."

"이래 돌아왔잖냐."

"엄마도 많이 마음 아파했어. 오빠에게 면목이 없다고. 그래 이제 어찌 살라요?"

영주가 울먹이며 말했다. 집안 형편 어려운 것을 알고 있는 여동생이었다.

"걱정 마라. 몸이 튼튼한데 굶어 죽기야 하겠냐."

"무슨 소리냐? 대학원에 가야지."

"어머니도……."

"아니다. 대학원은 마쳐야지. 그래야 박사 되고 학교에 남을 수가 있지."

"됐어요."

"허튼 소리 아니다."

어머니가 못을 박듯 말했다.

어머니는 그 길로 집마저 팔아치웠다. 그 돈으로 내 대학원 학비를
대었다.

"앞으로 어찌 살라고 이라요?"

내가 심각한 어조로 말했지만 어머니는 막무가내였다.

"그러니까 대학원에 들어가 박사 되고 교수 되어 날 호강시키면 되
잖냐."

그랬다. 무려 몇 년을 죽을 둥 살 둥 공부만 했다. 박사 따고 강사
되고 교수 되고⋯⋯.

고개를 내저었다. 지나온 세월을 뭉개버리듯 책에 눈길을 주자 눈
앞이 침침했다.

아내가 잔기침을 했다.

차가 신호등에 걸리는 것으로 미루어보아 번화한 네거리라도 지나
가는 모양이었다. 밖을 내다볼까 하다가 안경을 벗어 손가락으로 눈
밑을 훔치고 그대로 책장을 넘겼다.

돌아오다

목련이 생을 마친 것은 비유리가 죽고 한 세월이 흘러서였다. 그 전에 사리자가 유명을 달리하였다.

비유리 사건 이후 목련은 신통을 자제하라는 석존과의 약속을 지켰다. 그는 어떤 일이 있어도 신통을 쓰지 않았다.

그러자 목련의 신통을 무서워하던 무리들이 날뛰기 시작했다.

"목련은 신통을 쓰지 않는 것이 아니라 못 쓰는 것이다. 이 기회에 그를 죽이자. 그럼 우리들이 활동하기가 훨씬 수월해질 것이다."

목련을 제거하려는 무리들이 무기를 들고 목련이 수도하고 있는 동굴로 쳐들어왔다.

목련은 결코 신통으로 그들과 맞서지 않았다. 석존과의 약속을 죽어가면서까지 지켰던 것이다.

비로소 목련은 이승을 떠나 자신의 유정을 보았다. 유정은 여느 유정과 다름없이 생전의 모습을 닮은 자신의 의식체였다. 그 몸은 욕망에서 생겨난 것이었다. 욕망체였다.

자신의 모습을 되돌아보고 있는데 눈앞에 여러 세계가 나타났다. 그러자 사바세계에서 죽어 저승으로 온 유정들이 움직이기 시작했다.

그와 함께 그들 앞에 나타난 빛이 움직였다. 천상계의 신들로 태어날 업력을 지은 이 앞에는 천상세계의 빛이. 아수라보를 지은 유정 앞에는 아수라세계의 빛이. 인간계, 축생계, 아귀계, 지옥계 빛이 유정들을 따라 움직였다. 그리고는 그들을 어딘가로 데려가기 시작했다.

목련은 빛을 따라가는 유정들에게 그 빛은 자신이 만들어내는 것이니 먼저 자신을 되돌아보라고 말하고 싶었으나 하나같이 세상에서 지은 업대로 보를 받기 위해 빛을 따라갔다. 그들은 이제 다시 윤회계의 여섯 세계에 떨어져 고통받을 것이었다.

목련은 아버지, 어머니를 찾아보았다. 천상에 태어나 있을 줄 알았던 그들은 이제 그 보를 다하고 다시 인간세계로 나갈 날을 기다리고 있었다.

목련은 어머니와 아버지가 환생한다는 사실이 이해가 되지 않아 석존에게 나아갔다. 홀연히 몸을 나타내자 석존이 혼온하게 미소 지었다.

"왔구나. 그래 편안하느냐?"

"그러하옵니다. 세존이시여."

"나도 이 세상에 살 날이 얼마 남지 않았다."

"세존이시여. 제도할 중생이 울고 있는데 어찌 그런 말씀을 하시옵니까."

석존이 고개를 내저었다.

"아니니라. 나는 중생을 구제함에 있어 주먹손을 쥐지 않았다. 내가 성도할 때 이 세상은 함께 성도했으며 나는 모든 것을 가르쳤다. 그런데 갑자기 왜 나를 찾은 것이냐?"

"세존이시여, 제가 성심을 다하여 내 부모님들을 제도했다는 것을 아실 것이옵니다."

"그래. 그랬지."

"그런데 이상하옵니다."

"이상하다니? 무엇이?"

"부모님이 아직도 윤회의 세계에 빠져 있지 않겠사옵니까?"

석존이 고개를 끄덕이며 미소 짓다가 다음과 같이 말했다.

"목련아, 일전에 내가 천상에 나는 자도 그 보를 다하면 다시 지옥에 떨어져야 함을 설했지 않았느냐. 너의 효심이 그들과 하나가 되어일시 너의 어미를 일깨웠으나 절대적멸의 경지에 들지 않는 이상 그것이 영원하지는 않은 것이니라. 아직도 탐진치가 끊어지지 않았으므로 윤회계를 벗어날 수 없는 것이다."

"무슨 말씀인지 알겠사오나 제 아버지는 어떻게 되신 것이옵니까?"

"그 역시 선업의 보를 다해 네 어머니와 풀어야 할 과보가 남았다."

"세존이시여. 내가 어머니를 구하지 못해 방황할 때 아버지는 저를인도하고 현자 바르틴과 맞설 정도로 그 경지가 하늘 같았나이다. 그런데 어떻게 된 것이옵니까?"

"목련아, 다시 말하지만 완전한 깨침은 금강과 같아야 하는 것이다. 완전한 깨침을 얻어야만 절대적멸에 들 수 있다는 걸 알고 있지않느냐. 완전함에 이르면 시비조차도 사라진다. 바르틴을 물리쳤다고해서 붓다(완전한 깨침)의 세계를 증득한 것은 아니다. 바르틴 역시 붓다의 경지에 1각(一覺, 1분)이 모자란 존재이기 때문이다. 티끌 같은 미혹이 남아 있다면 여여의 경지가 아니다. 그러므로 그 보를 다하면윤회의 세계로 나아가야 하는 것이다. 다시 윤회계에 들면 티끌 같은미혹이 더 큰 미망을 만들어내리라. 그리하여 그 미망이 붓다의 경지에 이르게 하리라."

'도란 고뿔과 같다'는 말이 비로소 절절히 이해되는 것 같아 목련은 석존을 향해 합장하였다. 바로 그는 도의 지킴[守道]을 설하고 있었고 그러기 위해서는 수도(修道)와 수신(修身)이 언제나 함께 해야 함을 강조하고 있었다.

그 길로 목련은 다시 어머니와 아버지를 찾아보았다. 스승 석존의 말이 맞았다.

목련은 그들의 모습을 지켜볼 수밖에 없었다.

그들이 인간세계로 나아가는 모습이 참으로 참혹하였다. 그들은 선한 수호령과 악한 수호령에게 끊임없이 시달렸다. 수호령은 그들이 생전에 행한 선행과 악행을 하나하나 따져대었다.

죽음의 왕이 나타나 그들을 심판하기도 하였다. 그럴 때면 지옥사자들이 달려들어 그들의 머리를 잘라 떨어뜨렸다. 심장을 도려내었다. 내장을 끄집어내고, 뇌를 꺼내 먹었다. 그들의 피를 마시고, 살을 먹고, 뼈를 갉아먹었다.

그러나 그들은 죽지 않았다. 몸이 조각조각 난도질당해도 그들은 다시 살아났다. 때로 그들은 버려진 아이처럼 벌판을 헤매었다.

"어디로 가야 하나? 아, 이제 어떻게 해야 하나?"

그 모습이 하도 절망적이어서 목련은 그만 고함을 치고 말았다.

"어머니, 아버지! 절망하지 마세요."

아버지와 어머니가 돌아보았다. 자신의 자식이 멀리서 고함을 지르는 모습을 보고 그들이 소리쳤다.

"아! 아들아, 우리를 좀 살려다오."

순간 목련과 그들 사이에 지옥사자가 하늘에서 내려와 섰다.

"어림없다! 이곳의 법을 몰라서 그러는가?"

지옥사자가 목련을 향해 소리쳤다.

"법도를 몰라서가 아니라 도저히 두고 볼 수가 없으니 말이오."

"관여치 말라. 업보대로 가고 있을 뿐이다. 그 누구도 이 법도를 어길 수 없다."

그제야 새삼스럽게 자신의 희망도 어머니와 아버지의 절망감도 아무 소용이 없다는 생각이 들었다.

문득 기도라는 말이 떠올랐다.

"아버지, 어머니. 기도하세요!"

목련은 그렇게 소리쳤다.

"기도?"

어머니가 되물었다.

"그래요. 수호신에게 기도하세요. 자비의 수호신에게 기도하세요. 그러면 슬픔과 공포와 두려움이 사라질 것입니다."

그러나 채 기도를 하기 전에 그들의 몸이 마치 바람에 이리저리 날려 다니는 깃털처럼 휘날렸다. 회색 황혼빛이 그들을 감싸 안았다. 사나운 바람이 뒤에서 앞으로 그들을 내몰았다.

"아버지, 어머니. 두려워하지 마세요. 두려워해서는 안 됩니다, 그것은 스스로 만들어낸 환영이기 때문입니다."

"환영이라니?"

아버지가 되물었다. 이게 어디 환영이냐는 표정이었다.

갑자기 어디선가 '때려라! 죽여라!' 하는 소리가 들려왔다. 뒤이어 온갖 악귀들이 사람 고기를 먹으면서 몰려왔다. 지옥의 유정들이 여기저기 비명을 지르며 흩어지자 어머니가 울기 시작했다. 멀리서 맹수들이 달려왔다. 눈, 비, 어둠, 세찬 돌풍이 몰아쳤다. 산들이 무너져내리고 성난 파도가 세차게 밀려왔다. 불길이 휘몰아쳤다.

아버지와 어머니가 다른 유정들처럼 도망치기 시작했다. 갑자기 그들 앞에 하얗고, 검고, 붉은색이 나는 길이 나타났다. 그들이 그 길로 내달렸다.

목련이 보니 그 길은 세 개의 무서운 낭떠러지로 이어져 있었다.

그들은 그 낭떠러지 앞에서 어찌할 바를 모르고 서성였다.

목련은 자신도 모르게 기도했다.

"아, 저들을 부디 제도해주소서."

그때 하늘에서 음성이 들려왔다.

"그들은 아직도 자신의 모습을 모르고 있다. 모든 것은 그들의 의식이 만들어내는 것이다. 그 사실을 깨달을 때까지 네가 아무리 기도해도 결코 사라지지 않을 것이다. 그들이 보고 있는 것은 그들의 분노이며, 탐욕이며, 어리석음의 모습이다. 자비의 신을 부르면서 진실한 마음으로 기도하지 않고서는 결코 그 환영에서 벗어날 수 없다. 보아라. 이제 이승으로 너희 부모는 가고 있지만 그 과정을 똑같다. 기도하는 수밖에 없다. 기도하게 하라."

아아, 목련은 신음하였다. 지금 저들을 괴롭히는 것은 자기 자신이 만들어내는 환영이라고 고함치고 싶었지만 이상하게 말이 나오지 않았다.

"자신의 생각들이 깨끗하지 못해서 일어나는 현상입니다. 저것은 거울에 비친 내 얼굴의 흉터와 같은 것입니다. 무엇보다도 나 자신의 생각이 순수하지 못하기 때문입니다."

그렇게 소리치려고 해도 말이 나가지 않았다. 누군가 막고 있는 것이 분명했다.

그러는 사이 어디서인가 윤회계의 여섯 빛이 다가왔다, 아버지와 어머니가 그 빛 속에 들었다. 이제 그들이 태어날 장소의 빛이 뚜렷하게 그들을 비추었다. 흰색 빛은 천신들의 천상계로부터 오는 빛이었다. 어두운 초록색 빛은 거인 신들이 사는 아수라계로부터 오는 빛이었다. 어두운 노란색 빛은 인간세상으로부터 오는 빛이었다. 그리고 어두운 푸른색 빛은 동물세계로부터 오는 빛이었다. 어두운 붉은색 빛은 불행한 귀신들이 사는 아귀계로부터 오는 빛이었다. 회색빛은 지옥계로부터 오는 빛이었다.

어머니와 아버지는 인간세계로 나아가기 위해 인간세계의 빛인 노란 빛 속으로 들어갔다.

그러자 갑자기 광풍과 눈보라와 폭풍우와 어둠과 사람들에게 쫓기는 환영이 그들을 엄습했다. 아버지와 어머니가 비명을 지르며 뛰기 시작했다. 그 순간이었다. 쫓기던 어머니와 아버지 앞에 남녀가 성교를 하고 있는 환영이 나타났다. 아버지가 먼저 그 속으로 들어갔다. 뒤이어 거대한 자궁 문이 닫혔다. 갑자기 아버지마저 사라져버리자 어머니가 허둥거렸다. 뒤이어 또 하나의 거대한 자궁이 나타났다. 어머니가 잠시 망설였다.

목련이 보니 인간의 자궁이 아니었다. 소의 자궁이었다. 뒤이어 또 하나의 자궁이 나타났다.

말의 자궁이었다. 어머니가 달려 들어가다가 뭔가 잘못됐다고 생각했는지 돌아 나왔다.

이내 또 하나의 자궁이 나타났다. 사람의 자궁이었다. 그제야 어머니가 그 속으로 달려 들어갔다.

자궁 안으로 들어가 앉은 아버지와 어머니의 모습이 보였다. 그들은 이미 예전의 그들이 아니었다. 그들은 본능적인 직관 단계를 지나 있었다. 전생의 행위의 결과로 만들어진 이미지에 따라 우주의 근본 요소인 지수화풍공(地水火風空)을 취해 존재를 구성하고 있었다. 몸과 마음이 만들어지고 그것은 꿈속의 존재처럼 흔들리고 있었다.

그렇게 축축한 자궁에 깃들어 존재로 구체화되고 있었다.

인과 연으로 말미암아 음처에 들어가 앉은 그들의 모습은 꼭 푸른 풀[靑草]에 의지한 벌레 같았다. 인과 연이 화합하여 사대(四大, 지수화풍 地水火風)의 근본이 생겨나고 있었다. 부모의 부정(不淨)에 의지하여 생기는 것이어서 땅의 요소[地界]가 앞에 나타나면서 딱딱한 성품이 되고, 물의 요소[水界]가 앞에 나타나면서 축축한 성품이 되고, 불의 요소[火界]가 앞에 나타나면서 따뜻한 성품이 되고, 바람의 요소[風界]가 앞에 나타나면서 움직이는 성품이 되고 있었다.

그 모습을 보고 있자 인간이라는 존재는 참으로 위대하고 소중한 존재가 아닐까 하는 생각이 들었다. 스승 석존은 그 옛날 인간은 가장 낮은 차원의 생명 형태로부터 진화해온 것이라고 말한 적이 있었다. 스승은 그때 흐름이라는 말로 그 상황을 묘사했는데 그것은 참으로 맞는 말이었다. 분명히 저기 들어앉은 씨앗은 존재의 씨앗이었다. 이제 그것은 흐름에 따라 계속해서 진화되어갈 것이었다. 영을 감싸 안고 자기의 본성을 이해하며 생명계의 주역이 될 것이었다.

그렇긴 하였지만 그 씨앗의 모습은 어쩐지 금방이라도 사라져버릴 것 같았다. 아니 바짝 말라서 분산되어버릴 것만 같았다. 손으로 마른 미숫가루나 재 따위를 움켜쥘 때처럼 흩어져버릴 것 같았다.

그러나 그 생명은 전생의 업으로 말미암아 인(因)이 되고 또 서로

연(緣)이 되어서 서로가 함께 부르고 감응하여 의식[識]이 되고, 땅의 요소로 지탱하고, 물의 요소로 포섭하며, 불의 요소로 익고, 바람의 요소로 자라나고 있었다.

부모의 부정으로 된 것이기에 이름[名]이 생겨나고 있었다. 그것은 물질[名色]이었다. 느낌[受], 생각[想], 지어감[行], 의식[識]이 곧 그것이었다. 이것은 모든 존재[有]에 의탁하여 태어나는 것이었다.

이 오취온(五取蘊)의 물질, 느낌, 생각, 지어감, 의식은 모두가 나고[生] 머무르고[住] 자라고[增長] 쇠하여 무너지는[衰壞] 것이었다. 태어나는 것은 곧 괴로운 것이요 머무르는 것은 곧 병(病)이며 자라고 쇠하여 무너지는 것은 곧 늙어 죽는 것이니 이제 존재의 바다[有海]에 던져진 그들이 그저 안타까울 뿐이었다.

목련은 그들이 헤쳐갈 생의 세계 속으로 더 깊숙이 들어가 보았다. 스승 석존의 말씀은 틀림이 없었다. 스승이 설한 그대로 그 속에는 그녀가 태 속에 들어가 거쳐야 할 서른여덟 번의 칠일씩을 맞고 있었다.

목련은 먼저 첫 칠일을 살펴보았다. 첫 칠일 동안 그녀는 막대기 같고 부스럼 같은 더러운 찌꺼기 위에 누워 있었다. 그 모습이 마치 냄비 속에 있는 것과 같았다. 몸[身根]과 의식이 한 곳에 같이 있었다. 그것이 왕성한 열(熱)에 볶이면서 극심한 고통을 받고 있었다. 그제야 스승이 그 이름을 일러 갈라람(羯羅藍)이라 하였다는 생각이 들었다. 그분의 말씀대로 그 형상은 마치 죽의 즙(汁)과 같고 타락(酪)의 물과 같았다. 이것이 칠일 동안에 안의 열[內熱]에 끓여지고 삶아지면서 땅의 요소의 단단한 성품과 물의 요소의 축축한 성품과 불의 요소의 따뜻한 성품과 바람의 요소의 움직이는 성품이 비로소 나타나기 시작하고 있었다.

죽과 같은 상태(상여락장狀如酪漿)에서 2주가 되자 엉긴 우유와 같은 상태(상여응락狀如凝酪)로 변하였다.

3주가 되자 약을 찧을 때 쓰는 공이 같은 상태(상여약저狀如藥杵)가 되었고, 4주가 되자 신을 만들 때 쓰는 골 같은 상태(상여혜원狀如鞋援)가 되었고, 5주가 되자 머리와 두 팔, 두 다리로 갈라졌다(분두비分頭臂). 6주가 되자 관절 부분이 형성되기 시작했다. 팔꿈치와 무릎의 모습이 나타나기 시작했다(상현相現). 7주가 되자 손바닥과 발바닥이 나타났다(수족장현手足掌現).

그렇게 그녀는 달을 채워 인간으로 태어났다. 그리고는 어머니의 피젖을 마시고 있었다. 모든 음식을 먹으면서도 망령되이 맛있다는 생각을 내고 있었다. 그렇게 그녀는 점차로 장성하고 있었다. 처음은 젖먹이였다가 어린아이였다가 점차로 성장하고 있었다. 근심과 슬픔과 환난과 많은 병에 핍박을 받으면서 그렇게 성장하고 있었다. 때로는 몸 안의 모든 고통 때문에 더 살고 싶지 않고 죽기를 바라기도 하고 때로는 잠시 동안의 쾌락에 몸을 맡기기도 하였다.

그러고 보면 인생이란 아무리 생각해도 허망한 것이었다. 나는[生] 것은 모두 죽고[死] 항상하지 못하는 것이었다. 약과 음식으로 보양하면서 수명을 늘이어 오래 살려 하지만 마침내는 죽는 것이 인간의 운명이었다. 사왕(死王)의 죽임을 면할 길이 없었다. 언젠가는 빈밭으로 가야만 하는 게 생의 본질이었다. 그러므로 산다는 것이 즐거울 수 없는 것이었다. 스승 석존의 말씀처럼 오는 세상의 양식을 부지런히 쌓으면서 방일(放逸)하지 말고 범행을 힘써 닦으면서 게으르지 말아야 할 것이라는 생각이 목련은 들었다. 모든 이로운 행과 법다운 행과 공덕이 되는 행과 순전히 착한 행을 항상 즐거이 닦아 익히고 한결같이 자기 몸의 선과 악의 두 업을 관찰하여 마음에 매어두어 뒷날 크게 후회함이 없게 해야 할 것이었다.

백 년 동안 수명에는 열 가지의 자리가 있다던 스승의 말씀이 하나도 틀린 게 아니었다. 처음은 젖먹이의 자리로서 포대기에 누워 있을 때요, 두 번째는 어린아이로서 아이들과 장난을 즐기는 때며, 세 번째는 소년 소녀로서 모든 욕락(慾樂)을 느끼는 때요, 네 번째는 젊어서 의기가 왕성하고 힘이 많을 때며, 다섯 번째는 한창의 나이로서 지혜가 있고 담론(談論)하는 때요, 여섯 번째는 모든 일을 성취하고 잘 생각하면서 교묘히 계책(計策)을 내는 때며, 일곱 번째는 점점 쇠퇴하면서 법식(法式)을 잘 아는 때요, 여덟 번째는 허물어지면서 모든 일이 쇠약해지는 때며, 아홉 번째는 늙어서 아무 일도 할 수 없는 때요, 열 번째는 백 살이 되어 죽게 될 자리라던 그 말이 하나도 틀린 게 아니었다.

목련은 오탁한 사바세계로 나아간 그들을 제도하기 위해 다시 스승 석존을 찾았다. 어느 사이에 석존도 사바세계를 버리고 화락천궁의 주인이 되어 있었다.

"어서 오너라. 목련아."

"이제 무엇이라 불러야 할지 모르겠나이다."

"여래는 그대로 여여한 존재이니라."

"여래시여, 저의 어머니나 아버지가 환생하는 모습을 보았나이다. 이제 저 또한 다시 사바로 나가야겠나이다."

여래가 머리를 내저었다.

"목련아, 그것은 그들의 업이니라. 우주만물은 업의 소산으로 존재하는 것이니 너의 영역이 아니니라."

"여래시여, 알고 있사옵니다. 그러나 생각해보시옵소서. 저란 존재가 그들이 아니었다면 어찌 여기 있겠나이까."

"목련아, 너의 존재는 수많은 생을 거쳐 형성된 것이니라. 인연이 닿아 한때 너는 그들의 자식이 되었으나 너의 존재는 그렇게 형성된 것이 아니니라."

"여래시여, 저는 여기 있나이다. 세존께서는 언제나 현실을 직시하라 하지 않으셨나이까. 과거는 지나가 버린 것이요. 미래는 오지 않은 것이니 바라지 말라고 하지 않으셨나이까. 저 역시 현실에 철저하겠나이다."

"그렇다면 너는 다시 윤회계를 함께 헤매야 할 것이다. 너 스스로 그런 업장을 짓겠다고 하고 있으니 말이다."

"그래도 저는 그들을 구해야 하겠나이다."

"목련아, 염려치 말아라. 너희 부모들을 제도할 이는 수없이 나타날 것이니라. 그리하여 스스로 자신을 정화해나가게 되리라."

"하지만 그들의 보은에 제가 조금이라도 보탬이 되고 싶습니다."

"네가 이승에서 지은 보가 수승하여 이미 많은 이들이 이승으로 나갔느니라."

"그게 무슨 말씀이옵니까?"

"네가 사바세계에 있을 때 너의 가르침을 받은 이들이 있지 않겠느냐. 너의 보은을 잊지 못하여 다음 생에는 너의 뜻을 널리 펼 수도 있으리라. 그들이 때가 되면 너의 부모들을 제도하리라. 너의 부모는 그들의 부모이기도 하기 때문이다."

"그게 무슨 말씀이옵니까?"

"차차 알게 될 것이니라."

"그럼 제 부모들을 구할 이들이 인간보를 기다리고 있다는 말씀이옵니까?"

"목련아. 인간세상으로 나아가는 것도 때가 있는 법이니라. 네가 분명히 알아야 할 것은 그들이 바로 너라는 사실이다."

"여래이시여, 무슨 말씀이시옵니까?"

자꾸만 이상해져가는 스승의 말이 이상하여 목련이 다시 물었다.

"내 말이 어려운가 보구나. 언젠가는 알 날이 있을 것이다."

그렇게만 말하고 여래가 시선을 떨구었다.

순간 언젠가 탁발을 나갔던 날의 모습이 목련의 눈앞에 선명하게 펼쳐졌다.

그때 앞서가던 석존이 뼈만 남은 사람의 해골 앞에서 걸음을 멈추었다.

사리자가 얼른 석존 앞을 막아섰다.

"스승님, 보시지 마시옵소서."

스승이 그를 가만히 쳐다보았다.

"사리자야, 비키거라."

"스승님, 내다버린 시신을 아이들이 해코지를 한 것 같습니다. 그냥 가시지요."

"비키라고 하지 않느냐. 저분은 내 전생의 부모이니라."

"예?"

제자들이 하나같이 놀랐다.

석존은 그렇게 말하고 바리때를 놓고 해골 앞에 오체투지로 예를 올렸다. 그리고는 시신을 거두어 다비하였다.

정사로 돌아와서도 석존은 말이 없었었다. 의심 많은 제자들이 탄식하였다.

"허어, 여래정례라! 내 스승이 하찮은 시신에게 머리를 숙인다?"

비구 하나가 참지 못하고 스승을 향해 나아가 물었다.

"세존이시여, 길가에 버려진 시신이 전생의 부모라니요?"

석존이 잠시 생각하다가 시선을 들었다.

"비구들아, 생각해보아라. 불법의 핵심이 무엇이냐? 인연의 법이다. 세세생생이 이 인연의 법에 의해 연결지어져 있다. 그럼 세세생생을 거치면서 인연 없는 이가 어디 있겠느냐. 오늘의 아비가 내일의 자식이 된다. 오늘의 자식이 내일의 부모가 된다. 그것이 이 우주의 법칙이라면 어디 내 부모 아닌 이가 있고 내 형제 아닌 이가 있겠느냐."

비로소 스승 여래의 큰 법을 깨달은 목련은 여래를 향해 깊이 머리를 숙였다.

"여래의 크신 은혜를 무엇으로 보답하리까. 이제야 여래의 큰 법을 조금은 이해하겠나이다. 우리의 인연법이 그러하니 부정하고 부정하여 대긍정의 법이 이르는 대승의 법을 말이옵니다. 그러나 아직도 저는 인연의 염을 완전히 끊지 못하고 있나이다."

"그것은 너의 수행이 모자라기 때문이다."

"제가 세상에서 느낀 것은 인간의 보를 받았을 때 공부하는 것이었나이다. 공부를 하기 위해서는 인간의 보가 제일이었나이다."

"그래서?"

이미 목련의 심중을 헤아린 여래가 물었다.

"그러하오니 다시 세상으로 나가 내 부모들을 완전히 해탈케해야 한다는 생각을 떨쳐버릴 수가 없나이다."

"목련아, 자신을 구하는 것은 자신밖에 없다. 네가 그들의 자식이라고는 하나 네가 그들을 구할 수는 없는 것이니라."

"여래시여, 그럼 중생 구제라는 말이 틀리지 않습니까?"

"우리는 중생들에게 활 쏘는 법을 가르쳐줄 뿐이다. 결과는 그들의 몫이다."

"바로 그것이옵니다. 여래시여, 그들에게 활 쏘는 방법을 가르쳐주게 하옵소서."

여래가 고개를 숙이고 잠시 생각하였다. 이윽고 잠시 후 고개를 주억거렸다.

"너의 서원이 그렇다면 어쩔 수 없다는 생각이 드는구나. 여래인들 어찌 말릴 수 있겠느냐. 그러나 마땅히 알아야 한다. 네가 다시 인간의 보를 받아 간다고 하면 다시 시작해야 하리라."

"그러기 위해 나가는 것이 아니겠사옵니까? 철저히 체험하고 느끼어 대오하겠나이다."

"그러하리라. 그들과 하나도 다를 바 없는 인간이 되어 여기에 와야 하리라. 그러나 인간의 보를 받기는 쉬운 일이 아니다. 때가 있기 때문이다. 인간의 보를 받기가 얼마나 어려우냐 하면 수천 년 묵은 거북이 바다를 헤매다가 머리를 물가로 내밀었을 때 나무 올가미 하나가 떠다니다가 그 거북의 목에 걸리는 것과 같다. 네가 세상에 나간다 하더라도 때를 기다려야 할 것이다. 그러면 인연법에 의해 만나게 되리라. 네가 사바세계에서 걱정하는 부모들과 진정으로 조우할 때 네 어미는 과거의 업에 의해 세상을 바로보지 못하고 눈이 멀게 될 것이다. 너의 아비는 그때쯤 그 공덕이 다하여 세상에 나가게 되리라. 그들이 너를 다시 시험에 들게 하리니 바로 이것이 인연의 이법이다. 완전한 적멸을 얻지 못함에서 오는 병폐이다. 너는 그 과정을 통해 비로소 완전한 적멸에 이르리라."

"여래시여, 더욱 열심히 정진하겠나이다."

그렇게 말하고 목련은 스승 여래의 곁을 떠났다. 그는 여래의 말처럼 때를 기다렸다.

엄청난 세월이 흘렀다.

드디어 인간으로 나갈 때가 되어 인간의 자궁을 찾기 시작하자 기다리고 있던 사자들이 몰려왔다. 정말 흉측한 모습들이었다.

"참으로 이해하지 못하겠습니다. 어찌 아라한의 경지에 든 이가 오랜 세월을 기다려 스스로 인간세계를 원하신단 말입니까?"

"인간세계는 고해이나 그 고해에 내 부모들이 다시 나가 있기 때문이오. 내 그들을 구해 여기로 다시 올 것이오."

"어허, 극락세계를 마다하고 고해 속으로 들어간다. 도대체 부모가 무엇이기에……. 그대를 인간지옥에 낳은 이들이 바로 부모란 존재라는 것을 잊었는가?"

"어찌 부모와 자식의 관계를 이곳의 그대들이 알겠소. 내가 그들에게 가는 것은 그들이 바로 나의 우주이기 때문이요, 오늘의 나를 있게 한 장본인들이요, 그러므로 바로 나이기 때문이오."

거대한 윤회의 법칙만이 전부인, 그렇기에 우주의 법칙대로 움직이는 그들에게 말해봐야 무슨 소용이 있을까 하면서도 목련은 그렇게 말하였다.

그들이 고개를 홰홰 내저었다.

"우주의 법칙 앞에서 이 무슨 감상인가? 그렇다면 우리로도 어쩔 수 없다. 여봐라, 이 유정을 몰아라!"

말이 떨어지기 무섭게 그들이 목련을 몰아붙였다.

감정이 메마를 대로 메말라 용서라고는 없는 그들에게 쫓겨 목련
은 인간세계로 나아갔다.

4장

목련암 서설

백자1길을 우회전한 차가 우측 도로를 끼고 나아갔다.

글을 읽는 사이에 거의 다 왔다보다.

나는 책 뒷장을 넘겨보았다. 뒷장이 비어 있었다. 다시 뒷장을 넘겼다. 뒤표지가 나왔다. 글이 끝난 모양이었다.

잠시 차창 밖을 살펴보다가 눈을 감았다.

지금까지 읽었던 목련의 모습이 실타래처럼 뒤엉키며 떠올랐다.

진선이 눈치를 채고는 룸미러로 나를 흘낏 쳐다보는 것 같았다.

"다 읽으셨어요?"

눈을 떴다.

"음."

"어떠세요?"

"글쎄?"

"좀 이상하다는 생각 안 드세요?"

나는 내용을 생각해보기 위해 다시 눈을 감았다.

"난 모르겠더라고요. 거기 나오는 목련이라는 수도승이 효심이 지극해 자신의 부모들을 제도했다는 말인 것 같은데 어떻게 외할머니가 그 글을 찾아내게 되었는지. 그리고 보면 이상하긴 하거든요."

글의 내용을 생각해보다가 눈을 떠 그를 쳐다보았다.

"이상해? 뭐가?"

"아까 왜 말했잖아요. 그 글 읽어보니 이상하더라는……."

"그래. 그랬지. 그런데 뭐가?"

난 잘 모르겠던데, 하는 표정으로 다시 물었다.

"외할머니 말이에요."

"할머니가 왜?"

그래도 모르겠느냐는 듯이 진선이 룸미러로 나를 쳐다보았다.

"글 속에 나오는 부처의 말 말이에요. 목련의 부모들이 세상에 나가면 과거의 업장 때문에 눈먼 사람으로 환생할 것이라는……."

나는 그 부분을 떠올리며 고개를 끄덕였다.

"그래 그런 곳이 있었지. 그런데?"

"묘하게 외할머니와 대비되거든요. 그렇게 생각해서 그런지 모르겠지만……."

그제야 말을 알아들은 나는 잠시 그를 멍하니 쳐다보다가 시선을 떨어뜨렸다. 순간 이유 모를 곤혹감이 덜미를 움켜잡았다. 그것을 떨쳐버리려는 듯 입 밖으로 밀어내었다.

"별 생각을 다 하는구나."

진선이 속도 모르고 웃었다.

"외할머니에겐 정말 미안한 말이지만 자꾸 엉뚱한 생각이 들거든요. 그렇잖아요. 외할머니가 그런 글을 찾아낸 것도 그렇고, 눈이 먼 것도 그렇고……."

피식 쓴웃음이 나와야 할 텐데 어금니가 지그시 물리면서 눈이 감겼다.

"네 나이가 몇이냐?"

잠시 후 내가 물었다.

내 갑작스런 물음에 진선이 "네?" 하며 룸미러로 나를 보았다.

"하긴 망상이 많을 나이긴 하다만……."

진선이 멋쩍은지 손으로 뒷머리를 쓸었다. 그러면서도 속마음을 드러내었다.

"이상은 하거든요."

"뭐가? 할머니 눈멀었던 것이?"

굳어버린 음성 때문인지 진선이 움찔했다.

"아, 아니에요. 저작자의 저술이라고 생각하면서도……. 가끔 현실과 분간이 안 되는 바람에……. 미안해요."

무례하다는 생각에 내 기분이 상한 걸 눈치 챈 진선이 화들짝 놀란 게 분명했다.

"드라마나 영화 좋아하니?"

그러지 말아야지 하면서도 결정적으로 본색을 드러내는 나를 보다가 진선이 고개를 떨어뜨렸다. 그런 말 들어도 싸다는 행동거지였다. 이내 그의 입에서 기어들어가는 소리가 나왔다.

"삼촌, 미안해요."

나는 눈을 감았다. 언젠가 목련암 목련바위 아래서 발견한 글 속의 인물들이 바로 자신들이더라던 어머니의 꿈 이야기가 떠올랐다.

이상하긴 하지만 그 이상함으로 인해 이상해져버리는 것이 사람의 감정일 터였다. 어머니나 목련암을 생각할 때마다 그 이상함이 항상 꼬리표처럼 따라 붙지만 바로 그 이상하다는 생각이 터무니없는 미혹이요, 고쳐야 할 병폐일 것이었다.

"다 온 것 같네요."

진선이 백미러로 눈치를 살피다가 변명이나 하듯 말머리를 돌렸다.

눈을 떠 지나치는 차창 밖 풍경을 바라보았다. 갑자기 어느 날의 풍경이 눈앞으로 떠올랐다.

그때가 언제였던가.

나는 어머니의 손을 잡고 가고 있었다.

일곱 살 때였던가, 여덟 살 때였던가. 아아, 그렇구나. 초등학교에 들어가기 전이었으니 일곱 살 때였구나.

그때의 광경이 선명하게 떠올랐다.

그때까지만 해도 목련암은 어수선했다. 더욱이 내가 어머니를 따라 목련암으로 갔을 때는 창건주 목성 조사의 탄신일을 맞아 여기저기 공사를 하느라 난장판이었다.

어머니가 내 손을 잡고 그 어수선한 길을 잘도 피해 나아갔다.

어머니가 어느 건물 앞에서 걸음을 멈추었다.

우리들을 데려간 스님이 방안을 향해 목을 뽑았다.

"큰스님, 금명봉무 보살님 오셨습니다."

뒤이어 뭉툭하고 인자한 음성이 흘러나왔다.

"모시거라."

명이 떨어지기가 무섭게 우리를 데려간 스님이 어머니에게,

"안으로 드시지요."

하고 말했다.

"들어가자."

어머니가 내게 말했다.

어머니를 따라 방안으로 들어가자 중늙은이 스님 한 분이 앉아 우

리들을 쳐다보고 있었다. 몸집이 크고 아주 순박하게 생긴 모습이었다. 꼭 이웃집 할아버지 같았다.

"성월 큰스님이시다. 인사 드리거라."

나는 이마를 방바닥에 붙이고 넙죽 큰절을 올렸다.

"누군가요?"

성월 스님이 어머니에게 물었다.

"제 아들입니다."

"그래요?"

그는 잠시 후에야 만면에 웃음을 지었다.

"으흠, 아주 영특하게 생겼네 그려."

어머니가 웃었다.

"이름이 뭐지?"

성월 스님이 물었다.

"김상오입니다."

"김상오?"

"서로 상, 깨달을 오 자를 씁니다."

나는 어머니가 가르쳐준 대로 큰소리로 또박또박 말했다.

"호오, 금명봉무 보살님이 아주 영민한 아들을 두었구려."

"과찬이세요."

"아니야, 애의 얼굴이 예사롭지가 않아요."

그렇게 말하고 그는 이내 아랫사람을 불렀다.

"애 데리고 나가 절 구경 좀 시켜라. 보살님과 할 말이 있으니……"

"알겠습니다."

어머니가 성월 스님과 말을 나누는 사이 나는 절 이곳저곳을 구경

했다. 나중에 안 사실이었지만 성월 스님은 목련암의 창건주 목성 조사의 맏상자로 목련암의 조실이 된 스님이었다.

모든 것이 신기했다. 범종루도 신기하고 눈이 퉁방울처럼 불거진 사천왕의 모습도 신기하고 인자한 부처님의 모습도 신기하고…….

집으로 돌아오면서 어머니가 그랬다.

"우리 상오 앞으로 크게 되려나 보다."

"왜?"

"조실 스님이 그러잖니."

"그럼 큰사람이 되는 거야?"

"그럼. 성월 스님은 그 절의 창건주인 목성 큰스님의 맏제자란다. 그래서 인사를 드리게 한 것이야. 오백생을 환생해도 본래면목을 만나기는 쉬운 법이 아니란다."

그때는 몰랐었다. 어머니가 왜 그런 말을 하는지. 본래면목. 본래면목이 무슨 뜻이었을까.

나도 모르게 잠시 졸았던 모양이었다. 눈을 떴다. 어머니도 어린 나도 없었다. 그동안 까맣게 잊고 있었는데 성월 스님을 만날 때 꿈을 꾸었던 모양이었다.

"피곤했던가 봐요."

어느 사이에 정신을 차린 아내의 음성이 들려왔다.

"음. 졸았나 봐."

"그러게. 코까지 골던 걸."

“설마.”

나는 하품을 하며 기지개를 폈다.

진선이 웃었다.

“맞아요. 외숙모. 나도 들은 걸요.”

진선이 장난스럽게 내 말에 맞장구를 쳤다.

“거짓말.”

내 말에 진선이 웃었다.

진선이 잠시 오르막을 올라가다가 차를 멈추었다.

“먼저들 내리세요. 다 왔거든요. 차를 댈 곳을 찾아야겠어요.”

진선의 말을 들으면서 일단 차에서 내렸다.

진선이 주차장에 차를 정차하는 사이 우리는 버스 정류장에 세워진 주차장 건물을 바라보았다. 다른 버스 터미널과는 달리 기와를 얹은 웅장한 목조건물이었다. 주심포(柱心包)에 팔작지붕을 한 3층 건물인데 식당도 있었고, 잡화상도 있었고, 여행용품을 파는 곳도 있었다. 중앙에 매표소도 있었다. 주차장 건물만 보아도 목련암의 위용을 짐작할 만했다.

진선이 주차를 하고 달려왔다.

“여기 목련암까지 왕복하는 셔틀버스가 있어요.”

“걸어가요.”

아내가 말했다.

“너무 멀어요. 힘들어요.”

“그래?”

이내 셔틀 버스가 왔다.

“저기 오네.”

내가 말했다.

버스에 올라 잠시 후 도착한 목련암 일주문 앞. 차에서 내린 우리 셋은 일주문 앞에 멍하니 섰다. 소백산 목련암이란 현판이 보였다.

우리 고유의 전통 사찰 건축 양식에 따라 지어진 규모가 웅장했다. 맞배공포기와 건축물이라는 걸 알고 있었지만 현대적 공법을 통해 정교하면서도 고전적 균형미를 살려낸 솜씨가 멋드러졌다.

일주문은 사찰 경내와 바깥세상을 경계 짓는 첫 관문이다. 그렇기에 일주문은 일심(一心)을 상징하는 상징물이다. 부처님이 모셔진 절로 들어가기 전에 흐트러진 마음을 하나로 모으라는 뜻에서 세워지는 것이다. 그리하여 진리의 세계로 들어오라는 말이다.

그래서인지 어머니를 따라 일주문을 넘어설 때면 언제나 마음이 정갈해지는 느낌을 받곤 했었다.

내가 합장을 하고 허리를 숙이자 아내와 진선이도 덩달아 합장을 하고 절을 하였다.

세 사람은 일주문을 넘었다.

일주문을 지나 잠시 오르자 천왕문이 보였다. 부처님의 법을 호위하는 사대천왕의 보금자리다. 올 때마다 느끼는 것이지만 왜 이렇게 천왕문을 성처럼 크게 지었을까 하는 생각이 들었다. 더욱이 이곳의 천왕문은 특이하게도 이층으로 되어 있다. 여느 절에서는 볼 수 없는 구도다. 주로 천왕문을 들어서면 사천왕이 양 옆에 상주하기 마련이다. 들어서는 이를 관장하겠다는 의지가 그들의 자세와 표정에서 느껴진다. 그런데 이곳은 이층으로 올라가야 만날 수 있게 해놓았다. 그대로 아래를 통과하면 사천왕은 만날 수 없다. 이것부터가 다른 절과는 다르다.

사천왕은 부처님의 경호를 맡은 이들이지만 인간의 선악도 관장한다. 그리고 수행자를 올바른 길로 인도하는 이들이다. 동쪽은 지국천왕이 지키고 서쪽은 광목천왕, 남쪽은 증장천왕, 북쪽은 다문천왕이 지킨다.

나는 왜 다른 절과는 달리 사천왕들을 이층에다 모신 것일까 하고 생각해본 적이 있었다. 그 의문은 세월이 많이 흐르고 난 뒤에야 풀렸다. 승에게 있어 다비는 상식이다. 그런데 목성 조실은 일찍이 그 상식마저 깨버렸다. 목련암이 내려다보이는 적명궁에 안치되었기 때문이다. 승속(僧俗)이 하나임을 철저히 실천한 것이다. 오면서 읽은 책자에서도 그렇게 쓰여 있었지만 그것이 목련암의 창종 이념 중 하나였다. 그와 마찬가지로 사천왕이 절에 들어서기가 무섭게 잡아먹어버릴 듯이 앞을 막아선다면 일반인은 절에 들어오려다 기가 질려버릴 것이다. 그러면 진리의 당체와 만나보지도 못하고 돌아설 수도 있다. 일단 진리의 전당으로 들어와 진리와 마주한 뒤에 사천왕 앞으로 나아간다 해도 무리가 없다.

천왕문을 지나 경내로 들어서면서 잠시 눈을 감았다 떴다. 협곡처럼 생긴 골짜기 양편으로 안쪽 깊숙이 연이어 지어진 수많은 전각들. 골짜기 양 사면에 우거진 수풀과 단양의 명물인 철쭉꽃들이 비록 지기는 했지만 단풍이 우거져서 마치 천연색 물감을 엎질러 놓은 것 같았다. 그것은 화려한 단청과 붉은 기운의 전각과 조화를 이루어 잘 그린 한 폭의 유화 같았다.

수많은 사람들이 앞서가고 뒤에서 따랐다. 승복을 입은 보살들이 기도를 하기 위해 봇짐을 지고 올라가는 모습도 보였다.

신도들의 기도처인 신심당 건물이 먼저 내 시선을 사로잡았다. 5

층 건물의 위용이 만만치 않다.

기도하고 있는 사람들의 모습이 눈앞을 스쳤으나 조금 더 올라가면 맞은편으로 종무소(총무원)가 있을 것이라는 생각을 했다. 빨리 그곳으로 가 어머니를 확인해야 한다는 생각에 걸음을 재촉했다. 종무소와 장문당실이 나타났다. 우체국도 있고 은행도 보이고 접수처도 보였다.

일단 접수처로 가 어머니의 거처부터 확인했다. 진선의 말이 맞았다. 어머니의 본명도 법명도 통하지 않았다.

"분명히 이곳에서 기도 드리는 걸 본 사람이 있답니다."

내 말에 아가씨가 머리를 내저었다.

"그 이름으로 검색해도 없습니다."

"그럼 기도실 책임 스님이 있지 않겠습니까?"

"있긴 합니다만 여기서 만행하다 타지로 떠났군요. 그 날짜에."

"그분 어디로 가셨는지 모르겠습니까?"

"만행 나온 분이니까 알 리가 없지요. 물론 그분을 찾지도 못하시겠지만……."

난감했다. 멈칫거리다가 밖으로 나왔지만 막막했다.

"일단 집으로 가세요. 가서 생각해봐요."

진선이 말했다. 가만히 생각하던 나는 아내를 쳐다보다가 진선을 향해 고개를 내저었다.

"아니다. 이왕 이렇게 온 김에 둘러나 보고 가자."

먼저 석가모니 본존불이 모셔진 설법보존으로 가 인사부터 드리기로 했다.

잠시 올라가자 5층 건물인 대법당이 나왔다. 대법당으로 들어가 인사를 드렸다. 목성 조실이 처음 세운 삼간초암이 이 자리였다. 그는 여기서 목련암(木蓮庵)을 개창했던 것이다.

대법당을 지나 잠시 올라가자 세 마리 코끼리가 삼층석탑을 지고 있는 모습이 오른쪽으로 보였다. 12신상이 조각된 석탑이었다.

코끼리 위에 네모난 바닥돌. 그 위에 두 개의 탱주(撐柱)로 구성된 기단(基壇). 그 위로 솟아오른 3층의 탑신(塔身)과 옥개석(屋蓋石). 탑신에 새겨진 부조상(浮彫像). 탑신 위의 노반. 그 위의 금빛 찬란한 상륜(相輪)부.

아름답다. 전통적인 골격과 구조로 이루어졌는데 현대 감각을 잊지 않은 장인의 솜씨가 돋보인다. 이 3층석탑은 지금의 조실 스님이 인도 사위성 기원정사에서 친히 부처님의 진신사리를 모셔와 봉안한 것이었다.

계속 올라갔다. 좌우의 집을 건너기 위해 다리가 놓여 있고 그 위에 또 다른 다리가 놓인 것이 보였다.

나는 잠시 서서 범종각을 바라보았다. 구도자를 환영하는 하늘의 음악소리를 상징하기 위해서 불이문(不二門, 일주문)과 동일선상에 서 있는 것이라고 했던가.

종각에는 범종(梵鐘), 법고(法鼓), 목어(木漁), 운판(雲版) 등의 불전사물(佛前四物)이 배치되어 있었다. 언젠가 어머니를 따라와 이곳에서 자면서 조석예불 때 법고와 운판, 목어, 범종소리를 들은 적이 있었다.

그 소리는 불이문을 통과한 구도자의 법열(法悅)이 소리로 화하는 것이라고 하던가. 구도자의 내면세계가 사물을 빌어서 울려 퍼지는 것이라고 하던가.

좀 더 올라가자 오른쪽으로 삼보당이 보였다. 목련암을 찾은 신도들이 큰스님을 뵙고 인사를 올리는 곳이었다. 또 큰스님들이 모여 회의나 스님 안거를 주재하는 곳이기도 했다.

우리들은 어느 사이에 공양을 할 수 있는 향적당, 수계 승려를 대상으로 정규 승려교육 과정을 지도하는 지광당 앞을 지나 광명당 앞까지 와 있었다.

광명당은 목성 조사의 뜻에 따라 48칸 규모로 건립된 건물이었다. 20여 년간 불자들의 수행터였고 간부교육이나 종헌선포기념법, 안거해제법회 등 종단의 주요 행사 장소로 활용됐는데 신도 수가 늘어날수록 장소가 협소하고 시설이 낙후돼 2003년에 새로 짓기 시작하여 7년 여의 불사 끝에 완공한 건물이었다.

그곳에 서서 보니 비로소 좌측에 향적당이 보이고 우측에는 삼보당이 보였다. 그러고 보니 본존불이 계신 설법보존과 향적당을 그냥 지나쳐 왔다.

일단 설법보존으로 다시 내려갔다. 예전에는 설법보존이 아니라 대웅전(大雄殿)이었다. 정면 일곱 칸, 측면 다섯 칸. 팔작지붕 형식의 다포로 지어진 으리으리한 다층 전각. 전각 아래로 다른 전각들이 받치고 있다.

안으로 들어서자 여느 절과 마찬가지로 본존불은 좌우로 협시보살(挾侍菩薩)을 거느리고 있다. 왼쪽에 대세지보살, 오른쪽에 목련존자가 모셔져 있다. 내 짧은 소견에도 대개 법당 내부의 상단 배치상 석가모니 부처님을 본존으로 모신 곳은 좌우 협시보살을 문수보살과 보현보살을 모시는 것이 일반적인데 이곳은 목련 도량이기에 그렇게 모신 모양이었다. 하기야 어머니는 예로부터 좌우 협시보살은 시대적 요청에 부합하는 보살상으로 모셔질 수 있다고 말한 적이 있었다.

본존불의 자태가 근엄하다. 예전 모습과 별반 달라진 것은 없어 보였으나 문득 부처님의 손 모양이 이상해 어머니에게 묻던 어릴 때 생각이 났다.

"엄마, 왜 부처님은 손을 저렇게 하고 있지?"

절에 가 볼 때마다 손 모양이 달라 그렇게 물었을 것이다.

어머니가 고개를 끄덕였다.

"이곳에 모셔진 석가모니 부처님의 모습은 보리수 아래에서 깨달음을 얻기 전의 모습이란다. 왼손은 좌선의 모양의 선정인(禪定印)을 하고 있고 오른손은 땅 위의 마군을 항복받기 위해 검지로 땅을 누르고 있는 모양이란다. 그것을 항마촉지인(降魔觸地印)이라고 한단다."

예를 올리고 설법보존을 나와 대목건련전이 세워지기 전에 먼저 세워졌다는 효행전으로 갔다. 정면 다섯 칸, 측면 삼 칸의 팔작지붕 건물. 설법보존에 비할 바가 아니나 그래도 엄청나게 크고 넓다.

옥으로 조성된 백의목련상이 우리들을 맞았다. 남순동자와 해상용왕이 그려진 후불탱화가 눈부셨다. 지장단과 열시왕 탱화도 그대로 모셔져 있었다.

기도하는 할머니들 몇이 보였다.

조심스럽게 들어가자 진선이 구석에서 방석을 가져와 아내와 내 앞에 놓아주었다. 절을 올렸다.

어머니 생각이 간절했다. 금방이라도 '상오야!' 하고 나타날 것만 같아 절을 하고 주위를 살폈다.

"목련불에게 기도를 드리면 어떤 소원이 이루어지나요?"

어릴 때였다. 어머니가 너무 목련암에 미친 것 같아 그렇게 물은 적이 있었다.

"목련 부처님은 효성의 상징이란다. 부모님을 잘 섬기니 그 부모님이 어찌 자식을 돌보지 않겠니. 목련불을 잘 섬김은 바로 부모님을 잘 섬기는 것이니 어찌 복 받지 않을 수 있겠느냐."

효행전을 나와 조사전으로 올랐다. 인적이 뜸했다. 조사전을 참배하고 대목건련전으로 향했다. 내가 태어나기 전에 목성 조사에 의해 지어졌다는 대목건련전. 일전에 어머니를 찾아 이곳까지 왔다갔지만 그땐 경황이 없어 종무소에서 바로 내려가버리는 바람에 들르지 못했다.

한참을 걸어서야 대목건련전에 닿을 수 있었다. 목련암을 돌아보는 데 보통 1시간 30분에서 2시간이 걸린다는 말이 실감이 난다며 진선이 고개를 홰홰 내저었다.

대목건련전이 시야에 들어오는 순간 아, 하고 나는 얼어붙고 말았다. 금빛 봉황이 훨훨 나는 것 같은 환영을 보았기 때문이었다. 금빛 기와 때문이 아니었다. 내로라하는 이 나라 최고의 대목장이 조성한다는 말은 들었지만 예사로운 모습이 아니었다.

그분은 내 스승이기도 했다. 그랬기에 관심이 없었다면 거짓말이었다. 하지만 이 정도일 줄은 상상도 못했다. 양식으로만 보면 전통 사찰 양식을 띤 3층 다포집이었다. 곁에서 보면 3층이다. 그런데 안은 원통으로 툭 트여 있었다. 그 규모가 엄청났다. 1층은 얼른 보아도 90평 규모였다. 2층은 약 60평 규모. 그런데 1, 2층의 다포집은 외 7포, 내 9포를 이루고 있었다. 그리고 3층은 30평 정도? 다포집은 외 9포, 내 11포로 되어 있어 3층 넓이는 170여 평에 이르렀다. 스승이 10년 심혈을 기울일 만하다는 생각이 들었다.

사실 스승이 이 건물을 짓는다는 말이 나돌 때 입을 비쭉거리는 이들이 없잖아 있었다. 스승은 그때 한국의 내로라하는 곳만 손대던 사람이었다. 숭례문부터 시작해 조계사, 불국사, 쌍계사, 봉정사, 뉴욕 한마음 선원, 수원 장안문, 경주 안압지, 창경궁, 경복궁, 대통령 관저인 청와대 등 우리나라 대형 복원 및 신축 사업치고 그의 손을 거치지 않은 것이 없었다. 우리나라 대목장 계보를 잇는 장인이 바로 그였다. 내가 한국 전역에 걸친 사찰 연구로 박사논문을 준비할 때 지도교수가 그랬다.

"너 대패 알아?"

나는 웃음이 나왔다.

"나무 깎는 대패 말입니까?"

"그래."

"설마 대패를 모르려고요."

"써봤어?"

"예?"

"써봤냐고?"

나는 당황했다.

"아, 아뇨."

교수가 정색을 하며 나를 탁 쳤다.

"그럼 이 논문 가짜야. 대패로 나무 한 번 밀어보지 않았다는 작자가 사찰을 이야기하고 구조를 이야기해? 적어도 사찰의 구조를 논하려면 그 구조 속으로 들어가보아야 해답이 나올 거 아니야."

그래서 만난 사람이 바로 스승이었다. 그는 이 나라 최고의 대목장이었다. 참으로 대단한 인물을 지도교수가 만나게 해준 것이었다.

그때 그를 따라다니면서 비로소 내가 왜 사찰 건축에 흥미를 가지고 덤벼들었는지 알 것 같았다. 경주 불국사의 고색창연함이나 부석사의 소박하고 고결한 품위, 서운사의 아름다운 구조와 여백, 결코 함부로 지어진 것이 아닌 눈썹만큼도 어긋남이 없는 공간……. 거기에 우리 조상들의 얼이 있었고 숨결이 있었다.

그 아름다움은 세월이 주는 산물이라는 것을 스승 대목장을 만나면서 깨달았다.

우리는 대목건련전을 뒤로하고 여기까지 온 김에 목성 조사가 묻힌 적명궁까지 가보기로 했다. 당장 어머니를 찾을 수 없는 형편이고 보면 그대로 내려가기도 뭐하고 적명궁을 지척에 두고 그냥 갈 수도 없어서 끝없이 이어진 계단을 밟아 올랐다.

예전에 왔을 때는 겨울이었다. 계단 옆으로 철쭉꽃이 피었을 곳에 하얀 설화가 피어 있었다. 계속 계단 밟기가 힘들어 가쁜 숨을 내뱉으며 가끔 서서 가람이 들어선 협곡을 내려다보고는 했다.

따가운 햇볕 아래 산들바람이 불어와 옷깃을 흔들었다. 땀이 비 오듯 쏟아졌다. 적명궁이 가까워졌다. 바람이 심하게 불었다.

어머니와 왔을 땐 해뜨기 직전이었던가. 매우 추웠다. 장갑을 낀 손끝이 시렸었다.

소백산 칼바람이라더니.

계단을 오르고 또 올랐다. 이제 대가람의 지붕도 보이지 않는다. 어렴풋이 묘소 앞에 있는 묘를 지키는 스님이 머무는 암자의 추녀 끝이 보였다.

드디어 적명궁으로 올라섰다. 왕릉을 연상시키는 무덤이 둥두렷이 나타났다. 그 앞에 세운 비석들이 보였다. 상석 앞에 평상처럼 단을 만들어놓은 곳에 신도들이 놓고간 꽃들이 보였다. 바로 그 옆에 분재 화분이 보였다. 연꽃이 피어나 있었다. 두 송이었다.

셋이 절을 올리고 멍하니 앉았다가 무덤을 돌아나가 주위의 풍광을 감상하기로 했다. 잠시 주위의 풍광을 감상하다가 돌아나가자 앞이 탁 트이면서 거대하게 솟아오른 산봉우리들의 모습이 눈 아래 펼쳐졌다.

"와!"

진선이 탄성을 터트렸다. 불꽃 같은 산봉우리들이 우리의 시선을 사로잡았다. 장관이었다.

어느 날 이곳에 오른 어머니가 감격에 찬 어조로 말했다.

"상오야, 저 여덟 봉우리가 보이지? 해원팔문(解寃八門)이란다. 원이 지고 한이 진 인간들이 원을 풀어가는 곳. 목성 조사는 저 팔문을 지나 이곳에 정착해 목련암을 창건했단다. 원이 지고 한이 진 모든 이들이 쉬어가는 도량을 지은 것이지."

"봉우리가 여덟 개라서 팔문이라고 한 건가요?"

"이곳은 풍수지리상으로 볼 때 금닭이 알을 품은 형국의 지세란다. 금계포란형이라고 하던가. 그래서 사월 초파일에 닭 모양의 연등을 많이 단다고 하더구나."

그렇게 말하고 어머니는 그날 해원팔문에 대해서 이렇게 말했다.

목련암의 개창자 목성 조사는 본시 양반 가문의 자제였다. 일본 유학까지 마쳤던 그는 한 해에 어머니와 아내를 모두 잃었다. 어머니는 노환으로, 아내는 사고로.

인생에 회의하던 그는 세상을 떠돌다 절로 들어가 고승 신심당 대조사의 제자가 되었다. 수행을 하면서 인생사 자체가 고해임을 여실히 느끼던 어느 날, 그는 꿈에 어머니를 보았다. 누군가 어머니에게 보시를 하고 있었다. 어머니는 몹시 고통받고 있는 것 같았는데 그를 제도하는 것이었다. 나중에야 자신의 어머니를 제도하는 이가 스승 신심당 대조사가 늘 가르치던 목련존자라는 것을 알았다. 어머니를 위해 지옥행을 마다하지 않았던 사람. 그때 해원(解冤)이라는 생각을 했다. 해원하지 않고는 그 어떤 영혼도 구할 수 없다는 생각을 했다. 부모와 자신 간의 사랑도, 사랑하는 사람과의 인연도……. 원에 의해 맺어지고 원에 의해 흩어지고 있었다. 그 원을 풀어야겠다고 생각했다. 이 세상에서 중생이 쉴 수 있는 절을 지어야 되겠다고 생각했다. 그래서 누구나 와서 머물면 원이 풀어지는 절을 짓기로 한 것이다.

사실 그를 이곳으로 이끈 사람은 그의 스승 신심당 대조사였다. 이 나라에서 가장 아름답다는 곳. 금닭이 비상하는 산세의, 명당 중의 명당이었다. 그는 절을 직접 짓기 위해 법복을 벗어 던지고 목수가 되었다. 목수 일을 배우기 시작한 것이다. 그는 금닭이 비상하는 형국의 건축물을 구상하고 있었다.

사십 년을 나무에 새로운 생명을 불어넣어야 목수장이가 될 수 있었다. 굴도리집 공사의 허드렛일부터 시작했다. 청소와 연장 나르기, 담배 심부름 등 허드렛일을 하면서도 자투리 시간을 이용해 배운 것을 반복하면서 목수 일을 익혔다. 이후 문화재 고건축에 눈을 떠서 도편수가 되었다.

목수가 된 그는 다시 이곳으로 왔고 팔봉을 뒤져 절에 쓸 나무를 모았다. 소나무는 나뭇결이 촘촘한 적송(赤松)을 최고로 친다. 궁궐을 짓거나 보수하려면 그런 나무가 수도 없이 들어간다.

나무는 송진이 생명이다. 송진 기운이 다 빠져버리면 나무는 균열이 생기지 않지만 대신 강도가 약해진다. 오백 년, 천 년 갈 기둥들이 얼마 못 가 주저앉는다. 그렇기에 송진을 가둘 정도의 기술도 배웠다.

그렇게 중생이 살 가람을 짓기 위해 나무를 구하고 단단한 토대 위에 기둥을 세웠다. 그 위에 보를 얹고 지붕을 올렸다. 공사비가 떨어지면 시주를 얻기 위해 전국을 돌았다. 그렇게 동냥하듯 시줏돈을 모아 공사비로 썼다. 돌 하나, 풀꽃 하나에도 자신의 정성과 신도들의 신심을 눈물겹게 담았다. 목련암의 돌담을 그렇게 쌓았고 장작개비 하나도 그렇게 쌓았다. 진리는 체험이었다. 체험은 혁명이었다. 그 혁명에 의해 진리를 체득할 수 있었다.

그는 그렇게 절을 지으면서 그 과정이 인생과 참 비슷하다는 생각을 했다. 우리들 인생도 소박한 인생이 있는가 하면 웅장한 인생도 있다. 아름다운 인생이 있는가 하면 평생을 질곡 속에서 살다가는 슬픈 인생도 있다.

그는 그렇게 소박하게 지어질 곳은 소박하게 지어지나갔고 웅장하게 지어질 곳은 웅장하게 지어나갔다. 그렇게 절을 짓는 사이 허리가 휘고 머리에 검불이 앉았다.

그가 그러는 사이 그를 그렇게 괴롭히던 자신의 모든 모순점들이 흔적 없이 사라져버리는 것을 보았다. 모자람은 때로 소박미가 되고 덧없는 황량함은 황홀한 여백의 아름다움으로 일어섰다. 필요에 의해 웅장하게 욕심을 부린 건축물은 세월이 흐르면서 고색창연해지고 그 고색창연함은 중생들의 신심이 되고 눈물이 되어 일어섰다.

금명봉무 보살이 목련 바위 아래에서 목련의 전기를 찾아내자 그는 무릎을 쳤다. 그렇지 않아도 스승으로부터 그 법을 이어받아 꿈에 와 어머니를 구하던 목련불을 주존불로 하고 절을 창건했던 참이었다. 그는 목련불의 예시라고 생각했다.

목성 조실은 목련불을 모시기 위해 대목건련전을 장엄하게 지었다. 거기에다 금명봉무 보살이 발견한 좌상을 모시고 스승 신심당 대조사의 영정도 모셨다. 목련좌상을 발견할 때 함께 발견된 글도 전문가에 맡겨 책으로 만들고 대목건련전에 얹을 기와를 직접 구웠다. 금와(金瓦)는 100장을 구우면 겨우 30장정도 쓸 수 있었다.

황금기와로 말할 것 같으면 자금성(紫禁城)의 황금기와를 따를 것이 없다.

하지만 그건 1,000도 이하의 불에서 초벌구이한 것이다. 그는 그것도 약하다고 생각했다. 최소 1,300도에서 구워낸 것만 썼다. 수백 년 지나도 끄떡없을 기와로만 썼다. 보통 기와지붕은 20년 내지 30년 만에 한 번씩 새로 기와를 이어야 한다.

기와를 얹기 전에 하는 일이 있다. 지붕의 곡선을 잡기 위해 서까래 위에 적심을 쌓고 흙을 까는 것이다. 그 위에 기와를 얹는다. 그래서 기와가 망가져 흙이 습기를 머금어도 잘 모른다. 물이 새야 뭐가 잘못 됐구나 하는 것이다.

그는 그걸 막기 위해 적심 나무는 아예 쓰지 않았다. 지붕 속에 너와지붕을 덧댔다. 그 위에 최소량의 흙만 깔았다. 그 위에다 기와를 이었다.

사람들은 이상하게 겉모습에 민감하다. 사람들이 절이 너무 고색창연하지 않느냐고 했다.

그는 웃었다. 어려운 시절, 우리의 선조들이 욕심 없이 지었다고 생각한 곳에서 수십 톤의 흙과 나무가 쏟아져 나왔다. 밖은 고색창연한데 안은 썩어가고 있기 때문이었다.

그는 이렇게 말했다.

"지금은 옛날이 아니다. 사찰은 이래야 한다며 고찰처럼 지을 이유가 없다. 고정화된 한국인의 정서에 따르다보면 지붕 하나도 제대로 잇지 못한다. 욕심을 부리는 것도 미련해보이지만 현실에 맞게 건축물을 짓는 것을 나무랄 이유는 없다."

그라고 왜 우리의 소박하고 고풍스런 정서를 모르겠는가. 부석사 무량수전을 보수하고 수많은 도량을 짓고 보수해온 그였다. 고찰들의 소박하고 고풍스런 느낌을 지극히 사랑했기에 전혀 인공미가 느껴지지 않을 정도로 공사를 해왔던 사람이 바로 그였다.

그런 그가 금기와를 구웠다. 무려 십 년 동안을.

나는 그 옛날 어머니가 가리키던 봉우리를 하나 둘 세었다.

"왜 이렇게 헷갈리지요? 일곱 봉우리 같기도 하고 아홉 봉우리 같기도 하고……?"

아내 역시 세고 있었던지 그렇게 물었다.

"여덟 봉우리야. 목련암 터를 잡은 목성 조사의 스승 신심당 대조사전을 보면 이런 말이 나와. 내가 왜 저 여덟 봉우리를 해원팔문이라고 했느냐 하면 팔문의 첫 봉우리에서 내가 가진 등불이 꺼졌음을 알았다. 두 번째 봉우리에서 꺼진 등불에 불을 붙였으며, 세 번째 봉우리에서는 등불이 꺼질까 바람을 막아섰으며, 네 번째 봉우리에서는 등불을 온전히 하였고, 다섯 번째 봉우리에서는 그 등불을 들고 돌아오고자 하였으며, 여섯 번째 봉우리에서는 기름이 모자라 기름을 짜 부었으며, 일곱 번째 봉우리에서 비로소 등불과 내가 하나임을 알았으며, 여덟 번째 봉우리에서 이제 집으로 돌아와 그 등불을 들고 저자거리로 나가야 됨을 알았다."

아내가 고개를 갸웃했다. 들어본 소리 같다는 표정이었다. 아니나 다를까 잠시 후 아내가 말을 이었다.

"곽암선사의 십우도와 비슷하다는 생각이 드는데요?"

그 말이 나올 줄 알고 있었던 나는 고개를 주억거렸다.

"맞아. 곽암선사는 소를 본질의 현현으로 보았고 신심당 대조사는 어둠을 밝히는 등불을 본질의 현현으로 본 것이지. 실제 그는 저 여덟 봉우리에서 수도를 하면서 등불을 들고 다녔다고 해. 그래서 사람들은 팔문에 들면 귀신이 등불을 다닌다고 했다는 것이야."

아내가 그제야 새삼스럽게 산봉우리들을 바라보았다.

적명궁을 내려와 대목건련전 앞에 다시 섰다. 대목건련전을 지키는 금강역사들이 무섭기보다는 익살스럽다는 생각이 들었다.

"집으로 가지 않으실래요?"

진선이 물었다.

나는 잠시 생각하다가 진선을 쳐다보았다.

"진선아."

"네?"

"아무래도 오늘은 여기서 자야 할 것 같다."

"여기서요?"

"음. 여기서 자면서 어머니를 한 번 찾아봐야 할 것 같아."

"내일 다시 오면 되잖아요."

진선이 말했다.

"이대로 내려가면 내일도 마찬가지일 거야."

"어떡하시게요?"

진선이 물었다.

"글쎄, 아직은 모르겠다만 그래도 그래야 할 것 같다."

"그럼 저 혼자 내려가요?"

"엄마한테는 내일 저녁 때쯤 들를 거라고 해라. 내 기억으로는 셔틀 버스도 다니고 하니까 걱정 말고."

진선이 아무리 생각해도 안심이 안 되는지 계속 머뭇거렸다. 그러다가 결심을 굳히고는 나를 쳐다보았다.

"정말 여기 머무실 거예요?"

"그래. 너 먼저 내려가. 내일 학교도 가야 할 테니."

진선이 가고 나자 아내가 물었다.

"정말 여기서 잘 거예요?"

"그러기로 했잖아?"

"어떻게 여기서 자요?"

"자려면 접수부로 다시 가서 기도비부터 내야지."

"기도하자는 말씀이세요?"

"하루에 오천 원이라는 말을 저번에 들었는데……."

"그러기 전에 기도실을 한 번 살펴봐요."

아내는 아무래도 내키지 않는지 나를 끌었다.

두 사람은 먼저 기도실로 내려갔다.

기도실을 살펴 보고난 아내가 말했다.

"일단 절을 내려가 모텔에 들어 생각해봐요. 어떻게 어머니를 찾을 수 있나. 어머니를 찾게 해달라고 기도할 것은 아니잖아요."

하긴 그렇다 싶었다.

우리는 걸어서 주차장까지 내려왔다. 그곳에서 택시를 타고 단양읍까지 나왔다.

그제야 때를 놓쳐 저녁도 못 먹었다는 것을 깨달았다.

"좀 늦긴 했지만 어디 가서 밥부터 먹자. 그러고 보니 때를 놓쳤네."

"이럴 줄 알았으면 진선이 밥이나 먹여 보낼 걸."

아내가 말했다.

"그러게."

"가자고. 절밥도 절밥이지만 한 번 돈 내고 사 먹어보는 것도 괜찮을 거야. 이곳까지 와서 이곳 인심도 알아보고."

"난 사실 절밥을 한 번 먹어보고 싶었는데……."

아쉬운지 아내가 그렇게 말하면서 뒤를 따랐다.

"절밥이야 언제 먹을 때가 있겠지. 오늘은 글렀고 내일 아침은 먹을 수 있을지도 모르겠군."

"그래요."

"우선 식사나 하면서 생각해보자고."

적당한 식당 하나를 골라 들어갔다. 음식은 그런 대로 깔끔했다. 식사를 마치자 어느새 어스름이 내려앉고 있었다. 계산을 하면서 주인에게 물었다.

"아주머니, 가까운 곳 어디 쉬었다 갈 만한 데 없을까요?"

차라리 방을 얻어 쉬면서 술이라도 마시면서 말을 해야 되겠다는 생각에 그렇게 물었는데 아주머니의 반응이 시원했다.

"왜 없겠어요. 사방에 여관과 호텔인데 좀 조용히 쉬시려면 고개 너머에 있는 슬미골 호텔로 가세요. 깨끗하고 좋아요."

"그래요. 고맙습니다."

시간은 벌써 8시였다.

택시를 잡아타고 슬미골 호텔로 가자고 하자 기사가 얼른 알아듣고는 차를 돌렸다.

잠시 나아가자 고개가 나타났다. 고개가 가팔랐다. 길도 좁고 아슬아슬한데 해발 천 미터 정도의 고개였다. 양편으로 손바닥만 한 밭뙈기들과 논들이 보였다. 고개를 넘어가자 호텔이 보이면서 엄청난 빈터가 나왔다. 빈터 한쪽으로 탑이 서 있는 걸로 보아 예전에 절터였을 것이라는 생각이 들었다.

호텔은 비교적 깨끗했다. 방으로 들어 목욕부터 했다.

시계는 9시를 가리키고 있었다.

아내가 이부자리를 깔고 창을 열었다.

밖을 내다보니 어둠 속의 먼 산이 이상스런 느낌으로 다가왔다.

물을 한 잔 마시고 눈을 좀 붙일까 하다가 아무래도 잠이 올 것 같지 않아 펜과 메모지를 꺼내서는 요 위에 벌렁 드러누웠다.

아내가 곁에 누우며 웃었다.

"생각 안 나요?"

"응?"

"우리 신혼여행 갔을 때 말이에요."

이번엔 내가 실실 웃었다.

아내는 그때를 추억하듯 천정을 바라보고 있었다.

나는 눈을 감았다.

얼마나 시간이 지났는지 몰랐다. 어머니가 보였다.

"김 박사, 오셨는가."

"어머니!"

"오셨구먼. 반가워. 얼마나 기다렸다고."

어머니의 어깨 너머로 장엄한 목련암의 정경이 보였다. 단풍이 고왔다. 결좋은 바람에 단풍잎이 흔들리고 있었다.

"역시 여기 계실 줄 알았습니다."

"그럼. 내가 여기 말고 갈 곳이 어디 있는가. 목련암이 나이고 내가 목련암인 걸."

그렇게 말하고 어머니는 기도실을 나와 대목건련전으로 올라갔다.

나는 말없이 어머니의 뒤를 따랐다.

눈을 떠보니 꿈이었다. 나는 일어나 창을 좀 더 열었다. 아내는 잠이 든 것 같았다.

바람이 불어와 옷깃을 흔들며 지나갔다. 별빛이 고왔다. 저 멀리 아스라이 불빛이 보였다. 잠시 그 불빛을 바라보고 있자 어머니의 말이 생각났다.

"목련암이 내고 내가 목련암인 걸."

목련암이 되고 싶었던 어머니.

그 어머니는 어디 있는 것일까.

언젠가 어머니가 소리치던 말이 떠올랐다.

"그래, 모든 게 허망할지도 모르지. 그러나 목련암은 영원할 거야!"

영원?

그 말이 생각나자 어머니에게 금명봉무란 법명을 내린 목성 조사가 생각났다. 그때 그는 이런 말을 했다고 했다.

"모든 것이 무한 것임을 알 때 진정한 유를 알 것이니라."

그렇다면 어머니가 이곳으로 와 얻고자 했던 그것은 정체는 무엇이었을까? 무의 실체? 무의 실체를 깨달았다? 그럼 유의 세계? 유?

"여보, 안 자요?"

나는 뒤돌아보았다.

아내가 눈을 감은 채 묻고 있었다.

"왜 그러고 섰어요?"

"잠깐 졸았던 모양이야."

"더 자요."

"그래."

나는 멍하니 섰다가 이부자리로 다가들었다. 문득 기림에서 만난 할머니의 모습이 떠올랐다. 기도 중에 그 시간이 되면 어딘가로 사라졌다던 어머니.

이부자리에 앉으려다가 다시 허리를 세웠다.

아내가 이상한지 물었다.

"뭐해요?"

"나가봐야겠어."

"예에?"

아내가 그제야 눈을 뜨고 나를 쳐다보았다.

"방금 뭐라고 했어요?"

"나가봐야겠다고."

"무슨 소리예요?"

옷장 앞으로 내가 달려들자 아내가 일어나 앉았다.

"어디 가려고요?"

"잠시 나갔다 올게."

"이 시간에 어딜요?"

"기림에서 만난 할머니 말이야. 어머니가 그 시간 되면 언제나 나갔다가 새벽에 돌아온다고 했잖아."

"그런데요?"

"도대체 어딜 갔다 온 것일까 해서. 분명히 이 어디일 텐데, 그럼 혹시 그곳에 계실지도 모르겠다는 생각이 들어."

"아니, 그곳이 어딘지도 모르면서……?"

"그러니까 찾아봐야지. 짚이는 것도 있고."

아내가 눈을 빛냈다.

"짚이는 것? 그게 뭔데요?"

"암튼, 잠깐만 있어. 나갔다 올 테니까."

"저도 갈래요."

아내가 발딱 일어났다.

"글쎄, 여기 있으라니까."

나는 그대로 밖으로 내달았다. 아내가 여보, 여보, 부르며 뒤따라왔다. 그대로 뛰었다.

택시에 올랐다.

차는 목련암을 향해 달렸다. 인적 없는 산길을 헤매는 헤드라이트 불빛에 수목의 그림자가 을씨년스러웠다.

목련암은 깊은 정적에 싸여 있었다. 아직 문이 잠겨 있지는 않았다. 나는 접수처로 달려갔다.

내가 헐떡거리며 문을 열고 들어서자 일어나던 접수처의 아가씨가 놀란 얼굴로 나를 쳐다보았다.

그녀는 나를 기억하고 있었다.

신도를 찾는다는 말과 함께,

"금명봉유로 살펴봐 주십시오."

하고 말했다.

"금명봉유요?"

"네.

아가씨가 잠시 찾다가 눈을 크게 떴다.

"아, 여기 있군요."

"네? 있다고요?"

"네. 여기 이름이 있네요. 금명봉유?"

"그분 지금 어디 있습니까? 기도실에 있습니까?"

그녀가 고개를 내저었다.

"5일간 머무셨네요."

"그럼 여기 없다는 말씀입니까?"

"그렇죠."

다시 낭패다 싶었다. 그러면서도 행여나 싶어,

"혹시 기도실 책임자나 잠자리를 관리하는 분 만날 수 없을까요?"

하고 말하자 그녀가 고개를 갸웃하다가,

"교대로 일을 보기 때문에……."

하고 말했다. 그리고는 다시 컴퓨터를 쳐보다가 고개를 내저었다.

"이분 저번 달 25일날 나가셨거든요. 그런데 묘하게도 그날 기도실 관리하던 스님도 만행이 끝나 떠나셨군요."

그 말은 낮에 들었던 것 같았다. 아가씨는 친절하게도 낮에 했던 말을 덧붙이기까지 했다.

"스님 분들도 가끔 이곳으로 와 그렇게 머물다 말없이 떠나고는 합니다."

어깨를 늘어뜨리고 돌아서서 문을 막 밀려는데 안에서 듣고 있었던지 좀 나이든 여자가 나왔다.

"금명봉유 보살님을 찾습니까?"

돌아보니 뒷머리를 가지런히 위로 빗어 올렸다. 승복을 걸친 것으로 보아 여승이 분명했다. 이곳에서는 여자는 삭발하지 않으므로 나도 모르게 합장을 하며,

"예."

하고 대답했다.

"그 보살님을 왜 찾으십니까?"

"실은……."

여인이 나를 살폈다.

"제 어머니 되십니다."

"어머니요?"

"네."

"그러시군요."

"네?"

"그분 이곳에 5일 동안 머물렀습니다. 어찌나 기도를 열심히 하는지 그리고 낮에는 화단의 풀을 뽑고 꽃에 물을 주고 그래서 기억합니다."

"지금 어디 계신지는 모르십니까?"

"글쎄 그게 좀 이상하긴 했는데……."

"예?"

"집으로 돌아가셨는 줄 알았는데 요즘 들어 한밤에 대목건련전으로 와 말없이 앉았다 가고는 하는 걸 보았거든요."

"대목건련전?"

"아마 목성 조사님이 살아 계실 때 더 가까운 인연을 짓지 못해 그러시는 것 같아 내가 물었지요."

"……?"

"할머니, 기도비가 없으세요. 어디 머무세요? 그렇게 물었는데 빙그레 웃으시면서 이곳 어딘가에 해원팔문이 있지 않느냐고 하더군요. 그래 제가 할머니 그런 몸으로 어떻게 가요. 젊은 사람도 못 가는 곳인데요. 그러니까 웃기만 하시면서 괜찮다고, 가 일보라고, 그리고는 어디론가 가시더군요."

"그래요? 그럼 산 너머로 갔다는 말입니까?"

나는 낮에 적명궁으로 올라 바라본 해원팔문의 광경을 떠올리며 물었다.

"그건 모르겠어요. 나이 드신 분이 해원팔문으로야 가셨겠어요."

"그러게요. 아무튼 고맙습니다."

문을 열고 나오자 문득 기림에서 만난 할머니의 말이 생각났다. 뒤를 밟아보니 광명당 쪽으로 올라가더라는.

'그럼 그때 어머니가 찾았던 곳은 대목건련전?'

그곳이다 하는 생각이 들었다. 목련존자상과 신심당 대조사와 목성 조사 상이 모셔진 곳.

그 길로 대목건련전으로 뛰어올랐다. 언제 아내가 택시를 타고 왔는지 헉헉거리며 뒤따랐다.

"여보, 같이 가요."

"왜 왔어? 기다리지 않고."

"도대체 이 밤에 어딜 가는 거예요?"

대목건련전이 보였다. 나는 전각을 향해 뛰어올랐다. 문이 열렸다. 목련좌상과 함께 장엄하게 조성된 신심당 대조사의 모습과 목성 조사의 모습이 푸른 달빛에 드러났다.

나는 그제야 안도의 한숨을 내쉬었다.

그러나 다음 순간 섬뜩한 전율을 등에 느끼며 돌아섰다.

시커먼 그림자가 숲 어디에선가 얼핏 흔들렸다. 분명 누군가가 가까이 다가오고 있었다. 뒤따라와 숨을 헐떡이던 아내도 그걸 느꼈는지 내 등 뒤로 붙어 섰다.

어디선가 밤부엉이가 울었다.

대목건련전 앞을 가로막듯이 하고 주저앉았다. 아내가 영문도 모르고 옹송그리고 곁에 붙어 앉았다.

나는 눈을 감고 어머니를 기다렸다. 어머니가 이제 나타날 것이었다. 오로지 목련암이 되고 싶었던 사람. 이미 목련암이 되어버린 사람을 만나기 위해 이제 그녀가 올 것이었다. 해원팔문은 산 너머에 있는 것이 아니었다. 바로 여기가 해원팔문이었다.

나는 어머니를 기다리면서 겁에 떨고 있는 아내를 안았다. 따뜻했다. 별들이 반딧불처럼 가슴속으로 쏟아져 내렸다.

아내가 가슴에 얼굴을 묻고 영문 모르고 울기 시작했다. 나는 하늘을 보았다. 목련암이 되어버린 이들의 모습이 거기 나타났다. 진리를 찾아 일생을 흘러 다녀야 했던 모습이 거기 있었다. 그것은 바로 나 자신의 모습이요, 목련암이 되고자 했던 어머니의 모습이었다. 그리고 울고 있는 아내의 모습이기도 했다.

_ 끝

목련의 기도

초판 1쇄 펴낸 날 2015년 8월 14일

지은이 백금남
펴낸이 이규만
책임편집 위정훈
디자인 강국화
펴낸곳 참글세상
출판등록 2009년 3월 11일(제300-2009-24호)
주소 서울시 종로구 인사동 7길 12 백상빌딩 1305호
전화 02-730-2500
팩스 02-723-5961
이메일 kyoon1003@hanmail.net

ⓒ 백금남, 2015

ISBN 978-89-94781-39-6 (03810)

값 13,500원